JN152982

文《ぶん》豪《ごう》ノ怪《かい》談《だん》 ジュニア・セレクション

霊《れい》

星《ほし》新《しん》一《いち》・室《むろ》生《う》犀《さい》星《せい》ほか

東《ひがし》 雅《まさ》夫《お》 編《へん》

金《かな》井《い》田《だ》英《え》津《つ》子《こ》 絵《え》

目《もく》次《じ》

あれ

星《ほし》新《しん》一《いち》

あるホテルの一室《いっしつ》のベッドの上《うえ》で、ひとりの男《おとこ》が眠《ねむ》っていた。彼《かれ》は会社員《かいしゃいん》。出張《しゅっちょう》でこの地方都市《ちほうとし》へ来《き》て、ここにとまったというわけだった。

静《しず》かな真夜中《まよなか》。男《おとこ》はふと、寒《さむ》けを感《かん》じて、目《め》をさました。なにか寒《さむ》い。*暖房設備《だんぼうせつび》が故障《こしょう》したのだろうかな、とも思《おも》った。そうではない。かぜをひいたのでもない。そういうたぐいの寒《さむ》さではないのだ。*背中《せなか》のあたりに、つめたいものを感《かん》じる。これは、どういうことなのだろう。

横《よこ》になったまま、男《おとこ》は鼻《はな》をひくつかせた。*においがするようだ。なんのにおいかは、すぐにわかった。線香《せんこう》のにおいなのだ。気《き》がめいるような、*いやな気分《きぶん》になる。

そばに人《ひと》のけはいを*感《かん》じる。だれだろう。ドアはそとから簡単《かんたん》にあくわけがなく、人《ひと》の侵入《しんにゅう》してくることは考《かんが》えられない。しかし、たしかに、そばにだれかがいる感《かん》じがする。

寝《ね》がえりをうって、そっちを見《み》ようかと思《おも》う。しかし、それができない。どうと説明《せつめい》できないが、ただの侵入者《しんにゅうしゃ》でないことがわかるのだ。見《み》てはいけない、見《み》るべきではない。本能《ほんのう》*がそう命《めい》じている。ねむけは、すっかり消《き》えてしまった。頭《あたま》のなかは、さえわたっている。神経《しんけい》は鋭《するど》くなり、それがけはいを感《かん》じとっているのだ。

見《み》るべきではない。それはわかりすぎるぐらいわかっているのだが、からだがしぜんに動《うご》いてしまった。男《おとこ》は、寝《ね》がえりをうった。

そして、そこに見《み》た。一《いち》メートルほどはなれて、なにものかが立《た》っている。部屋《へや》のなかは暗《くら》い。明《あか》るさといえば、ベッドのそばの小《ちい》さな机《つくえ》の下《した》にともっている、ごく弱《よわ》い光《ひかり》だけ。その程度《ていど》では、黒《くろ》い人影《ひとかげ》がだれなのか、見当《けんとう》*のつけようがない。

なにか寒《さむ》い　小田仁二郎《おだじんじろう》「鯉の巴《こいのともえ》」（『恋《こい》』所収《しょしゅう》）34頁《ぺーじ》を参照《さんしょう》。
たぐい　「類《たぐい》」と表記《ひょうき》。種類《しゅるい》。
ひくつかせた　ひくひくさせる。体《からだ》の一部《いちぶ》（ここでは鼻《はな》）を細《こま》かく動《うご》かすさま。
めいる　「滅入《めい》る」と表記《ひょうき》。憂鬱《ゆううつ》になる。気《き》がふさぐ。
けはい　「気配《けはい》」と表記《ひょうき》。なんとなく察《さっ》したり、感《かん》じとられる様子《ようす》。
本能《ほんのう》　生物《せいぶつ》が生《う》まれつきもっている行動《こうどう》パターンや能力《のうりょく》。
見当《けんとう》　目当《めあ》て。見《み》こみ。予想《よそう》。

男《おとこ》は身動《みうご》きできなかった。＊わかっているのだ。そこにいるのは、だれと呼《よ》ぶことのできる普通《ふつう》の人間《にんげん》でないことを。声《こえ》も出《で》ない。目《め》もそむけられない。まぶたを閉《と》じようとするが、その筋肉《きんにく》は動《うご》いてくれなかった。

黒《くろ》い人影《ひとかげ》は、むこうをむいて立《た》っている。だから、男《おとこ》なのか女《おんな》なのか、年齢《ねんれい》さえもわからない。そばに電気《でんき》スタンドがある。そのスイッチへ手《て》をのばすことも、できない。明《あか》るくして正視《せいし》する気《き》に、＊ならなかったのだ。

男《おとこ》は、ベッドに横《よこ》になったままだった。その人影《ひとかげ》が、いまにもふりむくのではないか。そう考《かんが》えると、からだがふるえはじめた。暗《くら》いのだが、ふりむかれたら、その顔《かお》は、はっきりわかりそうな気《き》がしてならないのだ。

時間《じかん》が流《なが》れる。

その人影《ひとかげ》は、少《すこ》しゆれはじめた。そして、低《ひく》くなってゆく。床《ゆか》のなかに沈《しず》んでゆくといった感《かん》じだった。そんなことの起《お》りうるわけがないのに、ゆっくりと沈《しず》んでゆくのだ。やがて、消《き》える。

男《おとこ》はほっと息《いき》をついた。からだをしばっていた、目《め》に見《み》えないひもがほどけたようだった。おそるおそる手《て》をのばし、スタンドのスイッチを押《お》す。明《あか》るさがひろがった。

そばには、だれもいない。じゅうたん、カーテン、机《つくえ》、電話機《でんわき》、壁《かべ》の絵《え》。どういうこともない、ホテルの部屋《へや》の光景《こうけい》だった。男《おとこ》はベッドの上《うえ》に身《み》を起《おこ》し、腕組《うでぐ》みをする。

いまのは、なんだったのだ。夢《ゆめ》か。いや、そんなことはない。たしかに、なにかがあらわれたのだ。気《き》がつくと、からだが、ひや汗《あせ》でびっしょりだった。

男《おとこ》はベッドからおり、浴室《よくしつ》へ行《い》ってシャワーをあびた。少《すこ》し気分《きぶん》が落《お》ち着《つ》いてくる。寒《さむ》けも消《き》えているし、もはや、なんのにおいもしない。身《み》をかがめて、ベッドのそばの床《ゆか》を調《しら》べてみたが、どうということもなかった。

時計《とけい》を見《み》ると、午前二時《ごぜんにじ》。* こんな時間《じかん》では、部屋《へや》を替《か》えてもらうわけにもいかない。男《おとこ》

身動《みうご》きできなかった　いわゆる金縛《かなしば》り（目《め》が醒《さ》めているのに体《からだ》が動《うご》かせないように感《かん》じる睡眠時《すいみんじ》の現象《げんしょう》）の状態《じょうたい》。6頁《ぺーじ》の寒《さむ》けや線香《せんこう》の臭気《しゅうき》と同様《どうよう》に、霊《れい》が出現《しゅつげん》する際《さい》に特有《とくゆう》の現象《げんしょう》として語《かた》られることも多《おお》い。

正視《せいし》する　真《ま》っ向《こう》から見《み》る。はっきりと見《み》る。

午前二時《ごぜんにじ》　いわゆる丑三《うしみ》つ時《どき》。「草木《くさき》も眠《ねむ》る」と形容《けいよう》される真《ま》夜中《よなか》で、妖怪変化《ようかいへんげ》が出没《しゅつぼつ》する時間帯《じかんたい》とされる。

はカバンのなかに睡眠薬《すいみんやく》があるのを思《おも》い出《だ》し、それを飲《の》み、ふたたび眠《ねむ》りについた。あかりをつけたまま。

　翌朝《よくあさ》、男《おとこ》は服《ふく》を着《き》て下《した》におり、ホテルの人《ひと》に番号《ばんごう》を告《つ》げて言《い》った。

「わたしのとまった部屋《へや》についてだが」

「なにかふつごう*でも、ございましたでしょうか」

「あの部屋《へや》で、以前《いぜん》になにかあったのじゃないだろうか」

「妙《みょう》なおっしゃりかた*でございますね。くわしく、おうかがいしましょう。どうぞ、こちらへ……」

　別室《べっしつ》に案内《あんない》され、男《おとこ》は夜中《よなか》の出来事《できごと》を話《はな》した。

「というわけなのです」

「夢《ゆめ》をごらんになったのでしょう」

「しかし、寒《さむ》さとか、においとか、そんなものまでくっついている夢《ゆめ》なんて、ないんじゃないだろうか。たしかに、なにかが出《で》たのだ。わたしは、はっきりおぼえている。あの部《へ》屋《や》には、のろいが残《のこ》っているようだ*」

ホテルの人《ひと》は、顔《かお》をしかめた。

「弱《よわ》りましたな。いままで、そのような苦情《くじょう》を聞《き》いたことがございません。で、宿泊料《しゅくはくりょう》をまけてくれとでも……」

「とんでもない。そんなつもりはない。わたしのつとめているのは、伝統《でんとう》と信用《しんよう》を誇《ほこ》る会《かい》社《しゃ》だ。そんな脅迫《きょうはく》*めいたことをしたら、わたしがおこられてしまう。なかなか昇進《しょうしん》*しないが、いごこちのいい働《はたら》きがいのある会社《かいしゃ》なのだ。やめる気《き》はない。ただ、事情《じじょう》を知《し》りたいだけなのですよ」

「さようでございますか。しかし、信用《しんよう》に関《かん》しては当《とう》ホテルも同様《どうよう》、客室《きゃくしつ》に異様《いよう》なものが出現《しゅつげん》するとあっては、大変《たいへん》でございます。そうと知《し》っていながらお客《きゃく》さまをおとめした

ふつごう　「不都合《ふつごう》」と表記《ひょうき》。具合《ぐあい》の悪《わる》い点《てん》があること。
おっしゃりかた　物《もの》の云《い》い方《かた》。
のろいが残《のこ》っているようだ　霊《れい》が化《ば》けて出《で》るような何《なに》か呪《のろ》われた出来事《できごと》が過去《かこ》にあったようだ。
脅迫《きょうはく》　おどかすこと。おどして金品《きんぴん》などを要求《ようきゅう》すること。
昇進《しょうしん》　組織内《そしきない》での地位《ちい》や等級《とうきゅう》が上《あ》がること。

ら、評判《ひょうばん》になってしまいます。それが事実《じじつ》としたら、使用《しよう》しないようにしているはずでございます」

「そうだろうな」

「あのお部屋《へや》で死亡《しぼう》なさったかたなど、これまでにございません。おとまりになったかたで、そのような苦情《くじょう》をおっしゃったかたも、これまでにございません」

「しかし、わたしは、たしかに……」

「ふしぎなお話《はなし》でございます。今晩《こんばん》でも、わたくしが寝《ね》てみることにいたしましょう。なにかが出《で》ましたら、ご報告申《ほうこくもう》しあげます。そして、あらめておわびをいたします」

「よろしくたのむよ。まったく、あんな体験《たいけん》ははじめてだ」

男《おとこ》は仕事《しごと》をすませ、本社《ほんしゃ》へ戻《もど》る。

何日《なんにち》か待《ま》ったが、あのホテルからの連絡《れんらく》はなかった。のろわれた部屋《へや》ではなかったのだろう。ホテルの人《ひと》の言《い》う通《とお》りだ。なにかが出《で》るとわかっていながらお客《きゃく》をとめつづけたら、利用者《りようしゃ》がなくなってしまうだろう。

しかし、男《おとこ》はたしかに、なにかを見《み》たのだ。

会社《かいしゃ》の帰《かえ》り、男《おとこ》は同僚《どうりょう》と酒《さけ》を飲《の》んだ時《とき》、それを話題《わだい》にした。こういうことは、だれかに話《はな》さずにいられないものなのだ。

「こないだ出張《しゅっちょう》でホテルにとまった時《とき》、出《で》たんだよ、夜中《よなか》に……」

忘《わす》れようとしても、忘《わす》れらない出来事《できごと》なのだ。微細《びさい》な*点《てん》までおぼえている。

「まさか」

「本当《ほんとう》だよ。冗談《じょうだん》でこんな話《はなし》が作《つく》れると思《おも》うか」

「そういえば、そうだな。聞《き》いていて、ぼくまで、薄気味《うすきみ》わるくなったものな。うそとも思《おも》えない。それに似《に》たような話《はなし》は、だれかに聞《き》いたことがあるような気《き》もするよ。信《しん》じられないことだが、やはり現実《げんじつ》にあるのかなあ」

「だけど、あれはなんだったのだろう」

微細《びさい》な　こまごまとした。詳細《しょうさい》に。

考《かんが》えこむ男《おとこ》を、同僚《どうりょう》は力《ちから》づけた。

「あまり気《き》にするなよ。説明《せつめい》をつけるとすれば、一種《いっしゅ》の悪夢《あくむ》と言《い》う以外《いがい》にないよ。ああなって、こうなってという筋《すじ》が、なにもない。いやなものを見《み》て、ぞっとした。これは夢《ゆめ》の特徴《とくちょう》*だよ。出張《しゅっちょう》での、疲《つか》れのせいさ。そのご、*なんともないだろう。ちょっとした、リアルな悪夢《あくむ》さ」

「そうかなあ」

男《おとこ》にとっては、ただの悪夢《あくむ》とは思《おも》えないのだ。だから、つい、だれとはなしに*しゃべってしまう。解説《かいせつ》が得《え》られないとはわかっているのだが、しゃべりたくなるのだ。

そのうち、男《おとこ》は専務《せんむ》*に呼《よ》ばれた。

「なんでしょうか」

専務室《せんむしつ》へ行《い》く。立派《りっぱ》な部屋《へや》で、彼《かれ》もめったに入《はい》ったことがない。指示《しじ》や命令《めいれい》は、直接《ちょくせつ》の上役《うわやく》から告《つ》げられ、ここに呼《よ》ばれることはないのだ。専務《せんむ》は、言《い》った。

「うわさによると、きみは出張先《しゅっちょうさき》で、なにか妙《みょう》な目《め》に会《あ》ったとか」

「はい。しかし、悪夢《あくむ》のようなものでしょう、あれは」
男《おとこ》は話《はな》すのをためらった。むきになって*主張《しゅちょう》したら、頭《あたま》がおかしいと思《おも》われかねない。また、不吉《ふきつ》なやつ*だとされてしまうかもしれない。専務《せんむ》にそんな印象《いんしょう》を与《あた》えたら、ろくなことにならない。いまでさえ、いっこうに昇進《しょうしん》しそうにない。その可能性《かのうせい》を、さらに小《ちい》さくしてしまうようなものだ。同僚《どうりょう》に話《はな》すべきでは、なかったのだろうな。
しかし、専務《せんむ》の口調《くちょう》は、予期《よき》しない*ものだった。
「いやいや、かくすことはない。わたしは、そういう話《はなし》が好《す》きなのだ。くわしく聞《き》きたい。しかし、会社《かいしゃ》で、そんな話《はなし》をするわけにはいかない。どうだろう、きょうの帰《かえ》りにでも、

夢《ゆめ》の特徴《とくちょう》　夢《ゆめ》の中《なか》での出来事《できごと》には、現実《げんじつ》とは異《こと》なる筋道《すじみち》があること。そのため目覚《めざ》めているときには現実味《げんじつみ》を感《かん》じられないことにも烈《はげ》しく反応《はんのう》したりする。『夢《ゆめ》』の巻《かん》に収録《しゅうろく》した夏目《なつめ》漱石《そうせき》「夢十夜《ゆめじゅうや》」や内田百閒《うちだひゃっけん》「豹《ひょう》」、谷崎潤一郎《たにざきじゅんいちろう》「病蓐《びょうじょく》の幻《げん》想《そう》」などを参照《さんしょう》。

そのご　その後《ご》。

だれとはなしに　誰《だれ》にでも。相手《あいて》かまわず。

専務《せんむ》　専務取締役《せんむとりしまりやく》のこと。株式会社《かぶしきがいしゃ》における役職《やくしょく》のひとつで、通常《つうじょう》は取締役社長《とりしまりやくしゃちょう》を補佐《ほさ》し、会社《かいしゃ》の業務《ぎょうむ》を専門《せんもん》につかさどる。重役《じゅうやく》。

むきになって　たいしたことでもない事柄《ことがら》にこだわること。本《ほん》気《き》になって。

不吉《ふきつ》なやつ　縁起《えんぎ》の悪《わる》い存在《そんざい》。

予期《よき》しない　予想《よそう》もしなかった。前《まえ》もって推測《すいそく》できなかった。

酒《さけ》を飲《の》みながらというのは……」

「はい、そういたしましょう」

ことわるわけにもいかない。専務《せんむ》と二人《ふたり》だけで飲《の》むなんて、これまでになかったことだ。自分《じぶん》の存在《そんざい》をみとめてもらう、いい機会《きかい》かもしれない。しかし、仕事《しごと》のことで意見《いけん》を求《もと》められるのなら、ありがたいのだが、こんなことが話題《わだい》では……。

その日《ひ》の帰《かえ》り、男《おとこ》は専務《せんむ》と食事《しょくじ》をし、酒《さけ》を飲《の》みながら、出張《しゅっちょう》の時《とき》のホテルでのことを話《はな》した。いずれにせよ、だれかに話《はな》したくてならないのだ。また、専務《せんむ》のほうも、話《はなし》の引《ひ》き出《だ》しかたがうまかった。男《おとこ》はなにもかもしゃべってしまった。専務《せんむ》はうなずいて言《い》う。

「さぞ＊、妙《みょう》な気分《きぶん》だったろうな」

「はい。どうにも、うまく形容《けいよう》できません。いくら説明《せつめい》しても、あの感《かん》じは、他人《たにん》にはわかってもらえないでしょう」

「となると、ホテルに文句《もんく》を言《い》ってみたくなったろうな」

さぞ　さぞかし。

「いちおう、言《い》ってはみました。しかし、ことを荒《あら》だてて、*脅迫《きょうはく》めいたふうに思《おも》われては会社《かいしゃ》の名《な》にかかわると、*ほどほどにしておきました」

「ホテルの人《ひと》は、なんと言《い》っていた」

「やはり出《で》ましたかと言《い》うかと思《おも》っていたのですが、ぜんぜん心当《こころあた》りがないというようすでした。やはり、悪夢《あくむ》だったのかもしれません」

「まあ、元気《げんき》を出《だ》すんだな」

「はい。そう自分《じぶん》にも言《い》いきかせているんですが、正直《しょうじき》なところ、当分《とうぶん》のあいだ忘《わす》られそうにありません」

「そう気《き》にしないことだよ」

専務《せんむ》はおざなりの*口調《くちょう》でなく、力《ちから》をこめて肩《かた》をたたき、はげましてくれた。

一カ月《いっげつ》ほどたち、男《おとこ》は昇進《しょうしん》した。部長《ぶちょう》の辞令《じれい》を、*もらったのだ。期待《きたい》していなかっただけに、一段《いちだん》とうれしかった。

はたして自分《じぶん》に部長《ぶちょう》がつとまるかどうか不安《ふあん》だったが、いざやってみると、なんとか処理《しょり》できた。最初《さいしょ》のうちは小《ちい》さな失敗《しっぱい》もあったが、なれるにつれそれもなくなり、貫録《かんろく》*もついてきた。

部長会議《ぶちょうかいぎ》にも出席《しゅっせき》でき、社《しゃ》の運営《うんえい》について、自分《じぶん》の意見《いけん》をのべることができる。それには、満足感《まんぞくかん》もともなっている。

ある日《ひ》、帰《かえ》りがけ*に総務部長《そうむぶちょう》*といっしょになった。男《おとこ》はさそってみた。

「どうです。たまには、いっしょに飲《の》みませんか」

「いいですね」

ことを荒《あら》だてて　面倒《めんどう》なことにする。トラブルを起《お》こす。

会社《かいしゃ》の名《な》にかかわる　会社《かいしゃ》の評判《ひょうばん》に傷《きず》がつく。不名誉《ふめいよ》なことになる。

おざなり　「御座《おざ》なり」と表記《ひょうき》。その場《ば》しのぎの適当《てきとう》な言動《げんどう》。

辞令《じれい》　役職《やくしょく》の任免《にんめん》に際《さい》して、本人《ほんにん》に通知《つうち》される文書《ぶんしょ》。

貫録《かんろく》　威厳《いげん》がそなわること。

帰《かえ》りがけ　帰《かえ》ろうとした時《とき》。

総務部長《そうむぶちょう》　会社《かいしゃ》などの組織内《そしきない》で、全体《ぜんたい》の事務《じむ》を統括《とうかつ》する部署《ぶしょ》の責任者《せきにんしゃ》。

そばのバー*にはいる。男《おとこ》はこのさいと思《おも》って、聞《き》いてみた。

「わたしも、やっと部長《ぶちょう》になれました」

「そうでしたね。おめでとう。では、それに乾杯《かんぱい》といきましょう」

「入社《にゅうしゃ》してから、かなりになります。しかし、わたしよりもっと長《なが》い人《ひと》もいる。それなのに、なぜ、わたしが先《さき》に部長《ぶちょう》になれたのでしょう。とくに手腕《しゅわん》を発揮《はっき》したおぼえもない」

「まあまあ、そんなことを考《かんが》えてはいけません。あなたは実力《じつりょく》をみとめられたというわけですよ。いや、こう言《い》うべきかな。これからの会社《かいしゃ》が、あなたの才能《さいのう》を必要《ひつよう》としている。大《おお》いにがんばって下《くだ》さい」

「しかし、どうもなにか、すっきりしませんなあ。部長《ぶちょう》になれたのは、うれしいけど」

「気《き》にしないことですよ」

「そう言《い》われたって、気《き》になりますよ。普通《ふつう》だったら、近《ちか》く昇進《しょうしん》するよと、内々《ないない》で知《し》*らされるのではないのですか。わたしの場合《ばあい》は、あまりに突然《とつぜん》だ。それを考《かんが》えると、仕事《しごと》にうちこめない気分《きぶん》になることもあります」

首《くび》をかしげる男《おとこ》に、総務部長《そうむぶちょう》は言《い》った。

「仕事《しごと》の能率《のうりつ》が落《お》ちては困《こま》りますな。話《はな》してしまいますか。あなたは部長《ぶちょう》になったのだし、極秘《ごくひ》にしておくこともない」

「ぜひ聞《き》かせて下《くだ》さい」

「つまり、あなたは、あれを見《み》たのでみとめられたんですよ」

「あれって、なんです」

「出張先《しゅっちょうさき》でのことですよ」

「すると、あの、妙《みょう》な出現《しゅつげん》*……」

「ええ、そういうことです」

「いったい、どういうことなんです」

バー (bar) カウンターのある洋風酒場《ようふうさかば》。料理《りょうり》よりも酒類《しゅるい》が主《しゅ》体《たい》で、特《とく》にバーテンダーが供《きょう》するカクテルや、ブランデーなどの洋酒《ようしゅ》が中心《ちゅうしん》。

内々《ないない》で 内密《ないみつ》に。
妙《みょう》な出現《しゅつげん》 英語《えいご》の apparition (出現《しゅつげん》) には、幽霊《ゆうれい》など超自然的《ちょうしぜんてき》な存在《そんざい》を指《さ》す意味《いみ》がある。

「わが社《しゃ》では、あれを見《み》た者《もの》が昇進《しょうしん》できる。そういうことに、なっているのです」

それを聞《き》き、男《おとこ》は小声《こごえ》で質問《しつもん》した。

「というと、あなたも見《み》た……」

「ああ、ご同様《どうよう》にね。＊まったく、あの時《とき》はぞっとしたよ。心《こころ》にしまっておくことができず、何人《なんにん》かに話《はな》したものだよ。すると、しばらくして総務部長《そうむぶちょう》の辞令《じれい》をもらった。つまり、それが慣習《かんしゅう》になっているんだ」

「なぜ、そんなことに……」

「それはわからない。わたしも知《し》りたいと思《おも》って、年長《ねんちょう》の人《ひと》に聞《き》いてもみたし、古《ふる》い書類《しょるい》も調《しら》べてみた。しかし、事情《じじょう》を知《し》ることはできなかった。なにしろ、わが社《しゃ》の創業《そうぎょう》＊はとてつもなく古《ふる》＊いからな。最初《さいしょ》に商売《しょうばい》をはじめた人《ひと》は、もちろん知《し》っていただろう。二代目《にだいめ》か三代目《さんだいめ》ぐらいまでは、話《はな》し伝《つた》えられたかもしれない。しかし、養子《ようし》があとをついだりした時《とき》にでも、それが中断《ちゅうだん》し、慣習《かんしゅう》だけが残《のこ》ったというのじゃないかな」

「となると、部長《ぶちょう》はみんな、あれを見《み》たことがあるってわけか」

「ああ、その上《うえ》の重役《じゅうやく》から社長《しゃちょう》まで、みんなだ」

「ううん……」

男《おとこ》は部長会議《ぶちょうかいぎ》に出席《しゅっせき》する者《もの》たちの顔《かお》を思《おも》い浮《う》かべ、うなった。それから、さらに声《こえ》をひそめて聞《き》いた。

「……いったい、なんなのだろう、あれは。創業者《そうぎょうしゃ》の霊魂《れいこん》かな」

「まるでわからない。しかし、この企業《きぎょう》を守護《しゅご》*してくれていることだけは、たしかだ。その証拠《しょうこ》に、この長《なが》い長《なが》い年月《ねんげつ》、わが社《しゃ》はずっと、うまくやってきている。どんな時代《じだい》の混《こん》乱《らん》も、なんとか乗《の》り越《こ》えてきた。着実《ちゃくじつ》に、利益《りえき》をあげている。それでいいじゃないか」

「そうだったのか。ぜんぜん知《し》らなかった。この現代《げんだい》にね。で、よその社《しゃ》は、どうなんだろうか」

ご同様《どうよう》にね　同《おな》じようにね。
創業《そうぎょう》　新規《しんき》に商店《しょうてん》や会社経営《かいしゃけいえい》などの事業《じぎょう》を始《はじ》めること。
とてつもなく　度《ど》を越《こ》して。途方《とほう》もない。

この企業《きぎょう》を守護《しゅご》……　『呪《のろい》』所収《しょしゅう》の柳田國男《やなぎたくにお》「遠野物語《とおのものがたり》（抄《しょう》）」に登場《とうじょう》するザシキワラシの物語《ものがたり》を参照《さんしょう》。

「そこまでは、知《し》らないよ。とにかく、わが社《しゃ》においては、そうなっているんだ。われわれ、おたがいに運《うん》よく、あれを見《み》た。おかげでいま、部長《ぶちょう》でいられる。それをありがたく思《おも》っていれば、いいわけだよ。さあ、乾杯《かんぱい》しよう」

「ああ」

それから二年《にねん》ほどたった。部長会議《ぶちょうかいぎ》の時《とき》、専務《せんむ》がある社員《しゃいん》を部長《ぶちょう》に昇進《しょうしん》させる件《けん》を提案《ていあん》した。だれも反対《はんたい》せず、それは承認《しょうにん》された。

男《おとこ》はうなずく。そいつは、あれを見《み》たのだな。専務《せんむ》が聞《き》きただし、確認《かくにん》した。となると、問題《もんだい》はなにもないのだ。

会議《かいぎ》が終《お》ったあと、男《おとこ》はひとりになってからつぶやく。

「しかし、あいつが部長《ぶちょう》になるぐらいなら、もっと適任者《てきにんしゃ》がいるのに……」

男《おとこ》の同僚《どうりょう》に、より早《はや》く入社《にゅうしゃ》しているのに、まだ部長《ぶちょう》になれないでいるのがいる。仕事《しごと》もでき、人望《じんぼう》*もあるのだ。社内《しゃない》にも、なぜあの人《ひと》が昇進《しょうしん》できないでいるのか、ふしぎがる声《こえ》もある。そのことを考《かんが》えたのだ。

二人《ふたり》だけになった時《とき》、男《おとこ》はその同僚《どうりょう》に言《い》った。

「信《しん》じられないことだろうが、ひと芝居《しばい》うってみる*気《き》はないか。きみの昇進《しょうしん》できないでいるのを、みかねて*すすめるんだが」

「その好意《こうい》はありがたいな。で、どういうふうにすればいいんだ。社長《しゃちょう》か専務《せんむ》の、ごきげんをとるのか」

「そんなたぐいじゃない。じつは……」

男《おとこ》は出張《しゅっちょう》の時《とき》の体験《たいけん》を、くわしく話《はな》した。あれについてだけは、いまでもはっきり思《おも》い出《だ》せる。これをすっかりおぼえて、他人《たにん》に話《はな》してまわれとすすめたのだ。

「まさか、そんなばかげた……」

「いや、わが社《しゃ》は、そういうしかけになっているんだ。じっさい、ばかげたことだよ、こ

人望《じんぼう》 多《おお》くの人《ひと》から敬意《けいい》や期待《きたい》、信頼《しんらい》などを寄《よ》せられること。
ひと芝居《しばい》うってみる 何《なに》かの目的《もくてき》のために見《み》せかけの行動《こうどう》をとること。
みかねて 「見兼《みか》ねて」と表記《ひょうき》。見《み》ていられなくて。

の現代《げんだい》に。それを打破《だは》＊したい気持《きも》ちもあるんだよ。たしかにわが社《しゃ》は、その慣習《かんしゅう》のおかげか、業績《ぎょうせき》をあげている。しかし、適材適所《てきざいてきしょ》＊を実行《じっこう》すれば、もっと会社《かいしゃ》はよくなるはずだ。ぜひ、ぼくの言《い》う通《とお》りにやってみてくれ」

「だまされたと思《おも》って、やってみるかな。信《しん》じられない気分《きぶん》だが、きみがうそをついているとは考《かんが》えられない」

その同僚《どうりょう》は、教《おし》えられた通《とお》りにやり、まもなく部長《ぶちょう》に昇進《しょうしん》できた。男《おとこ》はお祝《いわ》いを言《い》う。

「おめでとう。よかったね」

「おかげさまでと言《い》うべきなんだろうな。待《ま》ちに待《ま》った地位《ちい》につけたのだから」

「大《おお》いに手腕《しゅわん》を発揮《はっき》してもらいたいね。これで、会社《かいしゃ》の体質《たいしつ》も改善《かいぜん》されるだろう」

しかし、ことは好《この》ましい形《かたち》に進展《しんてん》しなかった。その同僚《どうりょう》の顔色《かおいろ》は、日《ひ》ましに悪《わる》くなってゆくようだった。それに気《き》づき、男《おとこ》は聞《き》いた。

「どうしたんだ。元気《げんき》がないな。からだでも悪《わる》いのか」

「からだは健康《けんこう》なんだがね」

「原因《げんいん》はほかにあるのか」

「ああ、いろいろ考《かんが》えてみたんだけど、じつは、ここをやめて、べつな職《しょく》をさがそうかと……」

「なぜだい。せっかく部長《ぶちょう》になれたというのに」

「だれもわかってくれないだろうな」

「まあ、話《はな》してみろよ」

「そのうちにね……」

しかし、その同僚《どうりょう》はてばやく辞表《じひょう》＊を出《だ》し、つぎの日《ひ》から社《しゃ》に来《こ》なくなった。こんな会社《かいしゃ》にはもう一日《いちにち》もいたくないというような感《かん》じだった。

男《おとこ》はひまをみて、その住所《じゅうしょ》をたずねた。事情《じじょう》を知《し》りたかったのだ。しかし、もうそこに

打破《だは》　打《う》ち破《やぶ》ること。打開《だかい》。
適材適所《てきざいてきしょ》　その才能《さいのう》に適《てき》した場所《ばしょ》・地位《ちい》で仕事《しごと》をさせること。
辞表《じひょう》　仕事《しごと》をやめる際《さい》に理由《りゆう》などを書《か》いて上司《じょうし》に提出《ていしゅつ》する文書《ぶんしょ》。辞職願《じしょくねが》い。

は住《す》んでいず、行《ゆ》く先《さき》も告《つ》げずに＊引《ひ》っ越《こ》していったと、となりの家《いえ》の人《ひと》に聞《き》かされた。

部長会議《ぶちょうかいぎ》で専務《せんむ》がある社員《しゃいん》を推薦《すいせん》し、その後任《こうにん》＊の部長《ぶちょう》がきまった。あれを見《み》たやつなのだろう。とくにみどころがある人物《じんぶつ》とは思《おも》えなかったが、その地位《ちい》についてみると、仕事《しごと》ぶりは悪《わる》くなかった。そして、会社《かいしゃ》はあいかわらず業績《ぎょうせき》をあげつづけている。

（「別冊問題小説《べっさつもんだいしょうせつ》」一九七五年春号掲載《ねんはるごうけいさい》）

©The Hoshi Library

行《ゆ》く先《さき》も告《つ》げずに…… 徹底《てってい》して行方《ゆくえ》までくらまさねばならないほど、怖《おそ》ろしい出来事《できごと》に見舞《みま》われたことを暗示《あんじ》しているのだろうか。「あれ」の本体《ほんたい》については、最後《さいご》までなにひとつ、具体的《ぐたいてき》に語《かた》られないことが、読者《どくしゃ》の心《こころ》に、はかり知《し》れない不《ふ》安《あん》と畏《おそ》れを掻《か》きたてる。

後任《こうにん》 任務《にんむ》を引《ひ》き継《つ》ぐ者《もの》。

倉《くら》橋《はし》由《ゆ》美《み》子《こ》

霊《れい》魂《こん》

Mは、死病《しびょう》＊の床《とこ》に就《つ》いているとき、婚約者《こんやくしゃ》のKに、

「わたしが死《し》んだら、わたしの霊魂《れいこん》をおそばにまいらせますわ」といった。それからちょっと考《かんが》えこむようすがあって、「霊魂《れいこん》がおそばにまいりますわ」といいなおした。

そのときMの頬《ほお》に血《ち》の気《け》がさしたのは、白《しろ》い陶器《とうき》の奥《おく》で埋《うも》れ火《び》＊が燃《も》えあがるのに似《に》ていた。病室《びょうしつ》は明《あか》るくて、窓《まど》の外《そと》はもっと明《あか》るい秋《あき》の終《おわ》りだった。遠《とお》い山《やま》に眼《め》を放《はな》つと＊、澄《す》みわたった秋気《しゅうき》＊に眼《め》のなかまで洗《あら》われる思《おも》いがした。

Mは大《おお》きな洋枕《ようまくら》＊にかいがらぼね＊をもたせた姿勢《しせい》で窓《まど》の外《そと》をみていたが、

「今年《ことし》は木犀《もくせい》＊の散《ち》るのが早《はや》かったようですわね」といった。病院《びょういん》の中庭《なかにわ》には金木犀《きんもくせい》と銀木《ぎんもく》犀《せい》とがあって、そういえばMが入院《にゅういん》したころは見舞《みまい》にくるたびにKは濃厚《のうこう》な芳香《ほうこう》の塊《かたまり》のなかを通《とお》りぬけたようだった。そのころは窓《まど》をあけると病人《びょうにん》はその強《つよ》い香《かお》りを息苦《いきくる》しがった

ことも思《おも》いだされた。

Mの病気《びょうき》は心臓《しんぞう》の奇病《きびょう》＊で、むずかしい名前《なまえ》がついていた。よくはわからないが、医師《いし》の話《はなし》によれば、Mの心臓《しんぞう》はそのうちに突然止《とつぜんとま》るという。それがいつであるかはだれにもわからなくて、いつまでに止《とま》るかということだけがわかっており、冬《ふゆ》が来《く》るまでには止《とま》るということになっていた。それを信《しん》じてよいものかどうか、Kにはきめかねた。しかし病人《びょうにん》自身《じしん》が近《ちか》づいてくる冬《ふゆ》を疑《うたが》わないのと同《おな》じ自然《しぜん》さでそれを信《しん》じているので、Kも病人《びょうにん》のまえではその近《ちか》くに来《き》ているらしい死《し》というものに厳粛《げんしゅく》な＊態度《たいど》でのぞむほかなかった。と

死病《しびょう》　快癒《かいゆ》の望《のぞ》めない病気《びょうき》。必《かなら》ず死《し》ぬ病気《びょうき》。
埋《うも》れ火《び》　灰《はい》の中《なか》に埋《う》めた炭火《すみび》。「埋《うず》み火《び》」「いけび」とも。
眼《め》を放《はな》つ　遠方《えんぽう》をじっと見《み》つめるさま。
秋気《しゅうき》　秋《あき》の気配《けはい》。秋《あき》の景色《けしき》。
洋枕《ようまくら》　「西洋枕《せいようまくら》」の略《りゃく》。日本古来《にほんこらい》の箱枕《はこまくら》や括《くく》り枕《まくら》に対《たい》して、明《めい》治以後《じいご》に普及《ふきゅう》した西洋式《せいようしき》の枕《まくら》。羽毛《うもう》やパンヤなどを芯《しん》に入《い》れたもの。現在使用《げんざいしよう》されている枕《まくら》のほとんどは洋枕《ようまくら》である。
かいがらぼね　「貝殻骨《かいがらぼね》」と表記《ひょうき》。肩甲骨《けんこうこつ》（背中側《せなかがわ》の上部《じょうぶ》に左《さ》右対称《ゆうたいしょう》で位置《いち》する逆三角形《ぎゃくさんかくけい》の骨《ほね》）の俗称《ぞくしょう》。
木犀《もくせい》　モクセイ科《か》の常緑小高木《じょうりょくしょうこうぼく》の総称《そうしょう》で、特《とく》に銀木犀《ぎんもくせい》を指《さ》す場合《ばあい》が多《おお》い。中国原産《ちゅうごくげんさん》の雌雄異株植物《しゆういしゅしょくぶつ》で、日本《にほん》のものはほとんどが雄株《おかぶ》なので結実《けつじつ》しない。白《しろ》い小花《こばな》をつけるのが銀木《ぎんもく》犀《せい》で、橙黄色《とうこうしょく》の小花《こばな》をつけるのが金木犀《きんもくせい》。共《とも》に秋《あき》に咲《さ》き、強《つよ》い芳香《ほうこう》を放《はな》つ。
奇病《きびょう》　罹患者《りかんしゃ》が稀《まれ》な珍《めずら》しい病気《びょうき》。
厳粛《げんしゅく》な　厳《げん》として動《うご》かしがたいさま。おごそかにかしこまったさま。

きどき、Mは心臓《しんぞう》が苦《くる》しくなって、そんなときは色《いろ》を失《うしな》った花《はな》のようになるのだった。急《きゅう》にことばがとぎれたりすると、そのまま花《はな》の首《くび》が折《お》れるのではないかと*思《おも》うこともあった。

病人《びょうにん》がしばらく黙《だま》ったままいるので、Kは心配《しんぱい》になってその手《て》をとった。弱《よわ》い植物《しょくぶつ》のような手《て》だった。細《ほそ》い指《ゆび》を束《たば》ねて握《にぎ》りしめると、爪《つめ》は色《いろ》を失《うしな》ったまま、血《ち》の色《いろ》がかえらない。病人《びょうにん》はかすかに笑《わら》ってその手《て》を引《ひ》きぬいた。

「さっき、きみの霊魂《れいこん》がぼくのところへやってくるといいましたね」

「気違《きちが》いじみている*とおっしゃりたいの?」

「そうは思《おも》わない。でもそんなことが実際《じっさい》にできるのですか。霊魂《れいこん》がもし存在《そんざい》するとしても……」

「存在《そんざい》しますわ」とMは明《あか》るい確信《かくしん》にみちた声《こえ》でいった。「存在《そんざい》していることがわたしにはわかります。だってわたしの霊魂《れいこん》ですもの。いまはこの霊魂《れいこん》がからだをもっています。このからだのなかにいるんですわ。死《し》ぬと、からだから脱《ぬ》けだします」

「昔《むかし》からひとはよくそんなふうに考《かんが》えてきたようですね」

Kはそういいながらふと人形《にんぎょう》の形《かたち》をした棺《ひつぎ》を思《おも》いだした。どういうわけかその顔《かお》は以前《いぜん》カイロの美術館《びじゅつかん》＊でみたノフレト＊という女《おんな》の彫像《ちょうぞう》の顔《かお》にそっくりである。その棺《ひつぎ》をあけると、ちょうど断《た》ち割《わ》った果肉《かにく》＊のなかに紡錘形《ぼうすいけい》＊の堅《かた》い種《たね》があらわれるのと同《おな》じで、それがからだの容器《ようき》にはいっている霊魂《れいこん》なのだった。

この想像《そうぞう》はKに味気《あじけ》ない＊思《おも》いをさせた。そして病臥《びょうが》＊している自分《じぶん》の婚約者《こんやくしゃ》をみると、これはやわらかい果肉《かにく》だけでできていて、あのカラカラと音《おと》のする堅《かた》い種子《しゅし》のような霊魂《れいこん》を

花《はな》の首《くび》が折《お》れるのではないかと……　この前後《ぜんご》のくだりでは、死《し》にゆく恋人《こいびと》が花《はな》の姿《すがた》にたとえられている。夏目漱石《なつめそうせき》「夢十夜《ゆめじゅうや》」（『夢《ゆめ》』所収《しょしゅう》）の第《だい》一夜《や》と読《よ》み較《くら》べてみたい。

気違《きちが》いじみている　狂人《きょうじん》のような。

カイロの美術館《びじゅつかん》　エジプト考古学博物館《こうこがくはくぶつかん》、通称《つうしょう》「カイロ博物《はくぶつ》館《かん》」。一八五一年創設《ねんそうせつ》され、首都《しゅと》カイロに一九〇二年《ねん》に移転《いてん》した国立《こくりつ》の博物館《はくぶつかん》。二十万点《てん》にのぼる古代《こだい》エジプト文明《ぶんめい》の遺《い》産《さん》を収蔵《しゅうぞう》する。老朽化《ろうきゅうか》のため、ギーザに建設中《けんせつちゅう》の大《だい》エジプト博物館《はくぶつかん》に展示物《てんじぶつ》が引《ひ》き継《つ》がれる予定《よてい》とされる。

ノフレト　ネフェルトとも。エジプト古王国《こおうこく》の第《だい》四王朝《おうちょう》（紀元《きげん》前《ぜん》二六〇〇年頃《ねんごろ》）スネフェル王《おう》の息子《むすこ》ラーヘテプ王子《おうじ》の妻《つま》。夫婦《ふうふ》一対《いっつい》の彩色座像《さいしょくざぞう》が、一八七一年《ねん》にメイドゥムで発掘《はっくつ》され、エジプト考古学博物館《こうこがくはくぶつかん》に収蔵《しゅうぞう》された。発見《はっけん》された際《さい》、現《げん》地人《ちじん》の作業員《さぎょういん》たちは夫婦像《ふうふぞう》が生《い》きていると思《おも》いこみ、恐怖《きょうふ》のあまり逃《に》げ去《さ》ったという逸話《いつわ》が伝《つた》えられている。

果肉《かにく》　果実《かじつ》の肉《にく》の部分《ぶぶん》。

紡錘形《ぼうすいけい》　錘《つむ》（糸巻《いとまき》などの心棒《しんぼう》）に似《に》た、円柱形《えんちゅうけい》で両端《りょうたん》のとがった形《かたち》。

味気《あじけ》ない　つまらない。面白味《おもしろみ》に欠《か》ける。

病臥《びょうが》　病気《びょうき》で床《とこ》に就《つ》いている。

どこかにもっているとは思《おも》われず、霊魂《れいこん》がそのからだのなかに宿《やど》っているとすれば、肉《にく》のなか全体《ぜんたい》に水《みず》のように遍在《へんざい》*しているにちがいないという気《き》がした。原始人《げんしじん》のように、からだのなかに棲《す》んでいてこれを動《うご》かしている、姿形《すがたかたち》もそっくりの小《ち》さい自分《じぶん》を考《かん》えるのは滑《こっ》稽《けい》である。

「あるインディアン*などは、眠《ねむ》っているあいだは霊魂《れいこん》がからだを離《はな》れてどこかへ行《い》っていて、それが失踪《しっそう》*してかえってこなければひとは死《し》んでしまうと考《かんが》えているそうですね。しかしからだを脱《ぬ》けだしたまま かえらない霊魂《れいこん》は、一体《いったい》どこへ行《い》くのでしょうか」

「多分高《たぶんたか》い山《やま》のうえや雲《くも》のうえ、空林《くうりん》*のなか、といったところだと思《おも》います。海《うみ》は潮風《しおかぜ》が吹《ふ》いて、霊魂《れいこん》は塩気《しおけ》を好《この》まない*ので、どちらかといえば山《やま》のほうでしょうね。でもわたしの霊魂《れいこん》はあなたのおそばで暮《くら》したいと思《おも》っていますわ。よろしいかしら」

「もちろん結構《けっこう》ですとも」とKはうけあったが*、そんな答《こた》えかたをしてよいものかどうか、自信《じしん》はなかった。Mと二人《ふたり》だけのあいだでよからぬ密約《みつやく》*を交《かわ》しているようでもあり、ことに自分《じぶん》のところへやってくるのが、そのときはMが死《し》んでいる以上《いじょう》は死霊《しりょう》であるとすれば、一私人《いっしじん》*がそうやって死者《ししゃ》の世界《せかい》と関係《かんけい》をもつことについては、重大《じゅうだい》な疑義《ぎぎ》*が生《しょう》じるのではないかとも思《おも》われた。

MはKの答《こたえ》に安心《あんしん》したのか、午後《ごご》の光《ひかり》のなかで眼《め》を細《ほそ》め、頰《ほお》に血《ち》の色《いろ》ものぼってきたようだった。

「しかし霊魂《れいこん》にはそんなふうに自在《じざい》に*どこかへあらわれたりする力《ちから》があるのですか。あるいは、そんなことができるのはきみだけに特異《とくい》な能力《のうりょく》がそなわっているからなのか……」

「どうかしら。ひとの場合《ばあい》はよくわかりませんけれど、わたしにはそれができることがわかっていますわ」

遍在《へんざい》 広《ひろ》く満《み》ちわたっていること。

インディアン (Indian) アメリカ大陸《たいりく》の先住民《せんじゅうみん》で、特《とく》に北米《ほくべい》のそれを指《さ》す。アメリカ・インディアンとも。現在《げんざい》はネイティヴ・アメリカン、北米先住民《ほくべいせんじゅうみん》と呼《よ》ばれることが多《おお》い。

失踪《しっそう》 行方不明《ゆくえふめい》になること。

空林《くうりん》 ひとけのない寂《さび》しい林《はやし》。王維《おうい》の詩《し》「積雨輞川荘作《せきうこうせんそうさく》」に「積雨空林烟火遅《せきうくうりんえんかおそし》」（雨《あめ》は降《ふ》りつづき、林《はやし》に人影《ひとかげ》はない。煙《けむり》は緩《ゆる》やかに流《なが》れる）とある。

霊魂《れいこん》は塩気《しおけ》を好《この》まない 葬儀《そうぎ》から戻《もど》る際《さい》に用《もち》いるお清《きよ》めの塩《しお》や盛《も》り塩《じお》などからの連想《れんそう》か。

うけあった 約束《やくそく》する。引《ひ》き受《う》ける。

密約《みつやく》 秘密《ひみつ》の約束事《やくそくごと》。

一私人《いっしじん》 おおやけの立場《たちば》にない個人《こじん》。

疑義《ぎぎ》 疑《うたが》わしいこと。不可解《ふかかい》なこと。

自在《じざい》に 思《おも》いのままに。

「それで、きみの霊魂《れいこん》はいつまでもぼくのところへいられるわけですね」

「そうしたいと思《おも》います。でも、いつまでかはわかりませんわ。霊魂《れいこん》も、いずれはガスか薄《うす》い星間物質《せいかんぶっしつ》＊みたいに拡散《かくさん》して無《む》に帰《き》して＊しまうようですわ」

それをきいてKは多少気《たしょうき》が軽《かる》くなるようだった。

別《べつ》の小春日和《こはるびより》＊の午後《ごご》、Kが病室《びょうしつ》に来《き》てみると、Mは眠《ねむ》っていた。寝息《ねいき》もほとんどきこえない死《し》のような眠《ねむ》りで、こんなときは、どこかのインディアンによればMと同《おな》じ姿《すがた》をした小《ちい》さな人形《にんぎょう》のようなMの霊魂《れいこん》がそのあたりを飛《と》びまわっているはずだった。そんなことは信《しん》じられなかったが、Kは霊魂《れいこん》が部屋《へや》の外《そと》へ逃《に》げださないように、窓《まど》がぴったりとしまっているかどうかをたしかめた。もしも霊魂《れいこん》がそんな小《ちい》さな人形《にんぎょう》のようなものではなくて、たとえばガス状《じょう》のものならば、この深《ふか》い眠《ねむ》りのあいだにからだの表面《ひょうめん》ににじみでていることはありうると思《おも》われた。その場合《ばあい》も、パジャマや毛布《もうふ》に妨《さまた》げられるだろうから、霊魂《れいこん》がどんどん拡散《かくさん》していくようなことはないだろう。

ベッドの縁《ふち》からMの足《あし》がのぞいていた。足《あし》の甲《こう》や指《ゆび》は洋陶器《ようとうき》＊の、骨《ほね》の色《いろ》の白《しろ》さで＊、指《ゆび》のあいだや土踏《つちふ》まず*はもっと白《しろ》かった。これがMの足《あし》だろうかとKはふしぎな気《き》がした。精《せい》巧《こう》にできた人形《にんぎょう》の足《あし》のようで、さわってみたが生《い》きているけはいもないほど冷《つめ》たい。しかししばらく握《にぎ》りしめていると、かすかなあたたかみが掌《てのひら》に感《かん》じられるようだった。

足《あし》を握《にぎ》られて目《め》をさましたMは、その足《あし》を蒲団《ふとん》のなかに引《ひ》っこめながら、

「わたしのからだであなたの手《て》が知《し》っているのは、*わたしの手《て》と、この足《あし》だけなのですね。からだの全部《ぜんぶ》を知《し》っていただきたいけれど、もう遅《おそ》すぎますわ。いまのわたしのからだはひびのはいった陶製《とうせい》の人形《にんぎょう》で、あなたに抱《だ》かれて歓《よろこ》びにふるえただけでこわれてしまいますわ。死《し》んでしまったあとのからだは、さしあげてもすぐ腐《くさ》ってしまいますし……」

Kは、それでもいいといおうとしたが、黙《だま》っていた。

星間物質《せいかんぶっしつ》　恒星《こうせい》と恒星《こうせい》の間《あいだ》の宇宙空間《うちゅうくうかん》に存在《そんざい》している物質《ぶっしつ》。稀薄《きはく》なガスに少量《しょうりょう》の微粒子《びりゅうし》が混入《こんにゅう》したものとされる。

無《む》に帰《き》して　無《む》になって。消失《しょうしつ》して。

小春日和《こはるびより》　陰暦《いんれき》十月《がつ》ごろの暖《あたた》かい天候《てんこう》。

洋陶器《ようとうき》　西洋陶器《せいようとうき》の略《りゃく》。西洋《せいよう》の陶磁器《とうじき》、焼物《やきもの》。

骨《ほね》の色《いろ》の白《しろ》さ　英国産《えいこくさん》のボーン・チャイナ（bone china）と呼《よ》ばれる、骨灰《こっぱい》と磁土《じど》を混《ま》ぜて焼成《しょうせい》した乳白色《にゅうはくしょく》の軟磁器《なんじき》を指《さ》すか。骨灰磁器《こっぱいじき》。

土踏《つちふ》まず　足《あし》の裏《うら》のくぼんだ部分《ぶぶん》。

あなたの手《て》が知《し》っているのは……　川端康成《かわばたやすなり》「片腕《かたうで》」（『恋《こい》』所収《しょしゅう》）を想起《そうき》させるくだりである。

「いっそ、こんなからだなんか早《はや》く棄《す》てて、霊魂《れいこん》だけになって身《み》をまかせたいと思《おも》いますわ」とMは少《すこ》しはげしい調子《ちょうし》になっていった。

「身《み》をまかせるといったって、そのまかせるべき身体《からだ》がなくなってしまうではありませんか」

「死《し》ねば、でしょう。からだはたしかになくなります。でもからだはなくてもいいわ。霊《れい》魂《こん》だって、撫《な》でたり抱《だ》きしめたりして可愛《かわい》がってくだされぱうれしがりますわ」

「まるで霊魂《れいこん》にも物質性《ぶっしつせい》があって、感覚《かんかく》までそなえているようなお話《はなし》ですね」

「感覚《かんかく》といえるかどうかわかりませんけれど、感《かん》じたり理解《りかい》したりする力《ちから》はあるわ。むしろその力《ちから》が霊魂《れいこん》の本性《ほんしょう》＊なんですもの」

Mは話《はな》しているうちに興奮《こうふん》したのか、熱《ねつ》っぽい顔《かお》になって息遣《いきづか》いも苦《くる》しそうだった。話《はな》すのをやめて眠《ねむ》ったほうがいいとKがいうと、Mはすなおにうなずいて毛布《もうふ》を口《くち》のうえまで引《ひ》きあげた。しばらく黙《だま》っていたが、病人《びょうにん》は大《おお》きな眼《め》をみひらいたままだった。このごろ一層青《いっそうあお》みを帯《お》びてきた眼《め》のなかで、世界中《せかいじゅう》のあらゆるものを映《うつ》しているかと思《おも》われるような黒《くろ》い玉《たま》が泳《およ》いでいる＊のをみると、これがMの霊魂《れいこん》なのかもしれないという気《き》が起《おこ》った＊。あれを生《い》きた二匹《にひき》の魚《さかな》のようにすくいとって食《た》べることが許《ゆる》されるなら、とKはあやしい欲望《よくぼう》に襲《おそ》われた。

「苦《くる》しくない？」とKはその眼《め》にむかっていった。眼《め》は黒々《くろぐろ》と澄《す》んだまま否定《ひてい》の色《いろ》を浮《うか》べた。

「大丈夫《だいじょうぶ》ですわ」

Mはまた毛布《もうふ》を顎《あご》の下《した》まで押《お》しさげると、両手《りょうて》は毛布《もうふ》のうえに出《だ》して平行《へいこう》においた。毛《もう》布《ふ》をめくられないように、からだをみられないように、用心《ようじん》して毛布《もうふ》をおさえているともとれる姿勢《しせい》だった。

「さっきは霊魂《れいこん》がからだから出《で》たがって少《すこ》し騒《さわ》ぎましたの。夏《なつ》の寝苦《ねぐる》しい晩《ばん》などに、夜具《やぐ》＊

本性《ほんしょう》　本来《ほんらい》の性質《せいしつ》。
黒《くろ》い玉《たま》が泳《およ》いでいる　眼球《がんきゅう》の虹彩部分《こうさいぶぶん》を魚《さかな》にたとえ、それを霊《れい》魂《こん》になぞらえ、次行《じぎょう》では「すくいとって食《た》べる」衝動《しょうどう》に駆《か》られる……超現実的《ちょうげんじつてき》で官能的《かんのうてき》な描写《びょうしゃ》。
気《き》が起《おこ》った　気《き》がした。
夜具《やぐ》　蒲団《ふとん》などの寝具《しんぐ》。

をはねのけようとしたり、パジャマの胸《むね》を無理《むり》にはだけ*ようとしたりしますわね。ちょうどそんなふうでしたわ。ほんとうは、このからだが邪魔《じゃま》になりはじめているの。わたしは、というのは霊魂《れいこん》のことですけど、できるならいますぐにでもからだを脱《ぬ》けだしたいの。でもそれには抵抗《ていこう》があって、脱《ぬ》けだそうとするとさっきのように苦《くる》しいめをするのね*。のどを掻《か》き切《き》ってくださってもいいわ。そのほうが出口《でぐち》ができて楽《らく》なんですもの。一等《いっとう》いいのは、*首《くび》を切《き》りおとして、*大《おお》きな穴《あな》をあけていただくことだわ」

　Mはおそろしいことをしゃべりつづけたが、眼《め》の色《いろ》はしずかで声《こえ》も熱《あつ》くなってはいなかった。これはMの声《こえ》だろうか。それともMの霊魂《れいこん》の声《こえ》で、Mとその霊魂《れいこん》とはその場合《ばあい》別個《べっこ》のものなのだろうか、とKは不安《ふあん》になったが、霊魂《れいこん》のほうのいうことをきいて、からだのどこかに大《おお》きな出口《でぐち》をつくってやってもよいような気《き》になってきた。しかし肉《にく》を切《き》れば血《ち》が噴《ふ》きだして、霊魂《れいこん》も血《ち》まみれになってしまうのではないか。その点《てん》はもっと慎重《しんちょう》に、Mか、あるいは直接《ちょくせつ》Mの霊魂《れいこん》と相談《そうだん》してみなければならない。KはまだMのからだのなかにいるにちがいない霊魂《れいこん》をつかまえようとして、思《おも》わずMの手首《てくび》を握《にぎ》った。

そのときMの母《はは》がはいってきた。KはあわててMの脈《みゃく》をみているようなふりをして手首《てくび》を握《にぎ》りなおした。Mの母《はは》は夜《よる》はもうひとつのベッドに寝《ね》て泊《とま》りこんでいたが、この日《ひ》は午後《ご》から用足《ようた》し*に外出《がいしゅつ》していたのだった。Kがたびたび見舞《みまい》に来《き》てくれることに礼《れい》をいってから、老婦人《ろうふじん》は果物《くだもの》を洗《あら》った。Mは身《み》を起《おこ》して、母《はは》がむいた林檎《りんご》やグレープ・フルーツ、巨峰《きょほう》*、バナナ、それに輪切《わぎ》りにしたレモン一個分《いっこぶん》を食《た》べた。

「今日《きょう》は食欲《しょくよく》も旺盛《おうせい》*で元気《げんき》そうですね」とKがいうと、

「果物《くだもの》と生野菜《なまやさい》だけはいくらでも食《た》べる子《こ》ですわ」とMの母《はは》がいった。

「動物性《どうぶつせい》の食《た》べものはからだに合《あ》わないの。それに、果物《くだもの》はからだもあれも清浄《せいじょう》にします

はだけ　「開《はだ》け」と表記《ひょうき》。着衣《ちゃくい》の合《あ》わせ目《め》を広《ひろ》げること。
苦《くる》しいめをする　苦痛《くつう》を覚《おぼ》える。
一等《いっとう》いいのは　一番《いちばん》よいのは。
首《くび》を切《き》りおとして……　切断《せつだん》された首《くび》や頭部《とうぶ》のイメージは、倉《くら》橋作品《はしさくひん》にしばしば登場《とうじょう》するモチーフである。『倉橋由美子《くらはしゆみこ》の怪奇掌篇《かいきしょうへん》』（一九八五）所収《しょしゅう》の「アポロンの首《くび》」「首《くび》の飛《と》ぶ女《おんな》」、『大人《おとな》のための残酷童話《ざんこくどうわ》』（一九八四）所収《しょしゅう》の「ゴルゴーンの首《くび》」など参照《さんしょう》。
用足《ようた》し　用事《ようじ》をすますこと。
巨峰《きょほう》　葡萄《ぶどう》の品種《ひんしゅ》。大粒《おおつぶ》で甘《あま》みが濃厚《のうこう》。
旺盛《おうせい》　盛《さか》んなこと。勢《いきお》いがあること。

わ」とMはいって、Kにすばやく目《め》くばせ*をした。「あれ」というのは「霊魂《れいこん》」のこと*だとわかったが、老婦人《ろうふじん》のほうは気《き》がつかず、気《き》にもとめないようすだった。Mにそういわれてみると、果物《くだもの》や生野菜《なまやさい》ばかり食《た》べているMの霊魂《れいこん》は植物的《しょくぶつてき》で花《はな》や果汁《かじゅう》の香《かお》りがするかもしれないし、肉食《にくしょく》をするひとの霊魂《れいこん》は動物的《どうぶつてき》で脂《あぶら》の匂《にお》いがするかもしれないという気《き》がしてきた。

帰《かえ》りにMの母《はは》が病院《びょういん》の正門《せいもん》まで送《おく》ってきたので、Kは一緒《いっしょ》に歩《ある》きながら、

「Mさんは最近《さいきん》しきりに霊魂《れいこん》の話《はなし》をなさるのですよ」といってみた。

「いよいよ死期《しき》*が近《ちか》づいたからでしょう」

そのことばでKは一瞬《いっしゅん》のうちに血《ち》を抜《ぬ》きとられるような思《おも》いをした。霊魂《れいこん》のことに気《き》を奪《うば》われて死《し》のことを忘《わす》れていたが、霊魂《れいこん》とのつきあいが始《はじ》まるとしても、それはMが死《し》んでからのことで、死《し》なければ霊魂《れいこん》はからだに縛《しば》られてKの自由《じゆう》にはならないのだった。しかし一方《いっぽう》では、霊魂《れいこん》がたしかに存在《そんざい》して、そのことが死《し》によってはっきりするのならば、死《し》とはそんなに重大《じゅうだい》な、悲《かな》しむべき事件《じけん》ではなくて、むしろ霊魂《れいこん》を身体《からだ》から解放《かいほう》する刃《やいば》の

ようなものにすぎないのではないか、という気《き》もした。

「Mさんは、霊魂《れいこん》のほうは生《い》き残《のこ》って私《わたし》のところへやってきたりすることもできる、とおっしゃるのです。私《わたし》たちを悲《かな》しませないためにそんなことまで考《かんが》えだしたのかもしれません」

「それは少《すこ》しお考《かんが》えすぎではございませんかしら。あれは末《すえ》っ子《こ》で、それも忘《わす》れたころひとりぽつんとはなれて授《さず》かった*ものですから、実際《じっさい》はひとりっ子同然《こどうぜん》に育《そだ》ったせいもあって、ずいぶん気《き》ままな子《こ》でございますわ。ひとさまにやさしく気《き》を配《くば》るようなことができますかどうか、Kさんにもほんとに申訳《もうしわけ》なく存《ぞん》じております」

「やさしいかたですよ」とKは力《ちから》をこめていった。そしてほとんど葉《は》の落《お》ちた欅《けやき》*の大樹《たいじゅ》が

目《め》くばせ　目《め》つきで暗《あん》に知《し》らせること。

「あれ」というのは「霊魂《れいこん》」のこと　偶然《ぐうぜん》とはいえ、星新一《ほししんいち》「あれ」と同《おな》じ呼《よ》び方《かた》がなされているのは面白《おもしろ》い。

死期《しき》　死《し》ぬ時期《じき》。臨終《りんじゅう》。

授《さず》かった　生《う》まれた。出産《しゅっさん》した。

欅《けやき》　ニレ科《か》の落葉高木《らくようこうぼく》。雌雄同株《しゆうどうしゅ》。淡黄緑色《たんおうりょくしょく》の花《はな》を早春《そうしゅん》につける。建築用《けんちくよう》の装飾材《そうしょくざい》や器具材《きぐざい》として用《もち》いられる。

両側《りょうがわ》から枝《えだ》をさしかわしてアーチ*をつくっている下《した》を歩《ある》いていくと、足《あし》もとで茶色《ちゃいろ》の落《おち》葉《ば》が風《かぜ》に巻《ま》かれて音《おと》をたてていた。それは近《ちか》づいてきた冬《ふゆ》が吐《は》く息《いき》を感《かん》じさせた。同時《どうじ》にそれは死《し》の息《いき》*でもあった。いまこうしているうちにもそれが窓《まど》のすきまからはいりこんで、Mの心臓《しんぞう》を止《と》め、からだを冷《つめ》たくしているのではないかという悪《わる》い予感《よかん》がKの胸《むね》を騒《さわ》がせた。

Mの母《はは》はそんな不安《ふあん》とは縁《えん》の遠《とお》いゆったりとした歩《ある》きかたで落葉《おちば》の並木道《なみきみち》を正門《せいもん》に近《ちか》づきながら、

「そういえばあの子《こ》には小《ちい》さいときから妙《みょう》なところがありましたわ。あの子《こ》はなみはずれて眠《ねむ》りが深《ふか》いようですのよ。霊魂《れいこん》というものがもしもあるとしますと、その霊魂《れいこん》が一時《いっとき》からだを脱《ぬ》けだしてしまったとしか思《おも》えない眠《ねむ》りかたをよくいたしまして、そんなときは揺《ゆ》り起《おこ》そうとしても、まったく正体《しょうたい》がありません*でしたわ。わが子《こ》ながら、泥人形《どろにんぎょう》*か死体《したい》のようで、気味《きみ》が悪《わる》うございました。いまにして思《おも》いますと、そのころから心臓《しんぞう》がひどく悪《わる》くて、眠《ねむ》っているあいだにときどき鼓動《こどう》が止《とま》って仮死状態《かしじょうたい》*に陥《おちい》っていたのかもしれませんわ」

それから老婦人《ろうふじん》は声《こえ》が乱《みだ》れて、そんな業病《ごうびょう》もち＊の娘《むすめ》を、それとも知《し》らずにあなたさまのような立派《りっぱ》なかたの嫁《よめ》にもらっていただくお約束《やくそく》までしていただいて、とKに詫《わ》びたが、そのあとはいつもの繰《く》りごと＊になって、このままMが女《おんな》の仕合《しあわ》せ＊も知《し》らず、自分《じぶん》たちに孫《まご》の顔《かお》もみせずに先立《さきだ》っていくことを嘆《なげ》くのだった。

「でも、あの子《こ》の命《いのち》はもう諦《あきら》めております。ふつつかな＊娘《むすめ》ではございましたが、なくなり

アーチ　（arch）窓《まど》や門《もん》、橋《はし》などの上側《うえがわ》の部分《ぶぶん》を曲線状《きょくせんじょう》に構築《こうちく》したもの。また庭園《ていえん》などで上部《じょうぶ》を弓形《ゆみがた》にし、植物《しょくぶつ》の葉《は》でおおった門《もん》。
死《し》の息《いき》　冬《ふゆ》の訪《おとず》れとともに草木《くさき》が枯《か》れたり虫《むし》が死《し》ぬことを指《さ》す。
正体《しょうたい》がありません　意識《いしき》が戻《もど》らない。覚醒《かくせい》しない。
泥人形《どろにんぎょう》　カバラ（カッバーラーとも）の呪文《じゅもん》で泥人形《どろにんぎょう》が動《うご》きだす、ユダヤのゴーレム（golem）伝説《でんせつ》を思《おも》わせる。本篇《ほんぺん》には随処《ずいしょ》に妖《あや》しい「人形《にんぎょう》」のイメージがつきまとっていることに留意《りゅうい》。
仮死状態《かしじょうたい》　意識《いしき》も呼吸《こきゅう》も途絶《とだ》えた、死《し》と同様《どうよう》の状態《じょうたい》。
業病《ごうびょう》もち　前世《ぜんせ》の悪業《あくごう》の報《むく》いでかかると迷信的《めいしんてき》に考《かんが》えられた難病《なんびょう》の患者《かんじゃ》。
繰《く》りごと　愚痴《ぐち》。
女《おんな》の仕合《しあわ》せ　良《よ》き配偶者《はいぐうしゃ》を得《え》て子宝《こだから》に恵《めぐ》まれ幸福《こうふく》な家庭《かてい》を築《きず》くなど。
ふつつかな　つたなく、ゆきとどかないこと。

ましたら、ときどき思《おも》いだして冥福《めいふく》*を祈《いの》ってやってくださいまし」

Kは慰《なぐさ》めのことばもなくて、頭《あたま》を下《さ》げた。母親《ははおや》にもまして悲嘆《ひたん》にくれるの*は自分《じぶん》のほうだというべきだったかもしれない。だが死後《しご》は霊魂《れいこん》と会《あ》うことができるのだというMのことばが耳《みみ》に残《のこ》っているかぎりは、Kのほうには愉《たの》しみに似《に》た期待《きたい》があった。そのことはMの母《はは》にも父《ちち》にもいうべきではないような気《き》がして、Kはもう一度頭《いちどあたま》を下《さ》げると病院《びょういん》の門《もん》を出《で》た。

その数日後《すうじつご》、Kが一時《いちじ》からの会議《かいぎ》に出《で》るために書類《しょるい》を準備《じゅんび》しているとき、Mから電話《でんわ》がかかってきた。まえにも二《に》、三度《さんど》、昼休《ひるやす》みに電話《でんわ》をかけてきたことがあった。何《なに》も特別《とくべつ》の用事《ようじ》はなくて、そういうとりとめのない*Mの電話《でんわ》の目的《もくてき》は、まだ生《い》きていることを知《し》らせるためだったのかと、あとになって思《おも》いあたるのだった。その日《ひ》もMの声《こえ》は風《かぜ》のようにとりとめがなくて、ただ、命《いのち》がある証拠《しょうこ》に受話器《じゅわき》の穴《あな》から洩《も》れてくるMの息《いき》には熱《ねつ》があるよ

冥福《めいふく》 死後《しご》の幸福《こうふく》。おもに仏教《ぶっきょう》(浄土真宗《じょうどしんしゅう》を除《のぞ》く)で用《もち》いられ、神道《しんとう》やキリスト教《きょう》では不適切《ふてきせつ》とされる。
悲嘆《ひたん》にくれる 理性《りせい》を失《うしな》うほど悲《かな》しみ嘆《なげ》くこと。
とりとめのない まとまりのない。特《とく》に目的《もくてき》のない。

うな気《き》がした。それも、いつもより燃《も》えているのだった。

「どうかしましたか。苦《くる》しいの？」とKがたずねると、

「いいえ」とMは答《こた》えた。「いまはとても楽《らく》なの。ひとりで起《お》きあがって、ベッドから足《あし》を垂《た》らして受話器《じゅわき》をにぎっていますわ」

Mの心臓《しんぞう》が止《と》ったのはそれから三十分《さんじゅっぷん》もたっていなかった。

Mの母《はは》が電話《でんわ》でそのことを知《し》らせてきたとき、Kは会議《かいぎ》に出《で》ていたが、会議室《かいぎしつ》にまわされてきた電話《でんわ》から、弱々《よわよわ》しい女《おんな》の声《こえ》がMの姓《せい》を名乗《なの》ったのを、Kは一瞬《いっしゅん》娘《むすめ》のほうのMの声《こえ》かと思《おも》いちがいした。いままで気《き》がつかなかったが、母《はは》と娘《むすめ》の声《こえ》はひどく似《に》ているのだった。

「さっき、心臓《しんぞう》が止《と》りました」

それをきいても、まだ錯覚《さっかく》のつづきでKはそのことをM本人《ほんにん》が、あるいはMの霊魂《れいこん》が電《でん》話《わ》で知《し》らせてきたような気《き》になっていた。だがもちろんそんなことがあるはずはなかった。電話《でんわ》の声《こえ》はMのよりもしわがれていて、年配《ねんぱい》の婦人《ふじん》のしゃべりかただった。Kは悔《くや》み＊を述《の》

べ、通夜《つや》*に出《で》ることをいって電話《でんわ》を切《き》った。

通夜《つや》にはMの両親《りょうしん》、兄《あに》、嫁《とつ》いでいる姉《あね》たちのほかに、Kの知《し》らない親類縁者《しんるいえんじゃ》も大勢《おおぜい》来《き》ていて、Kが悔《くや》みをいうと、相手《あいて》もKに哀悼《あいとう》の意《い》を表《ひょう》した。それはKがMの婚約者《こんやくしゃ》だったかららしいが、Kのほうでは鄭重《ていちょう》*すぎる挨拶《あいさつ》をかえされたりするとかえって居心地《いごこち》の悪《わる》い思《おも》いをした。Mと結納《ゆいのう》*を交《かわ》したのは一年《いちねん》まえのことで、Mの病気《びょうき》があらわれなかったならばこの春《はる》に挙式《きょしき》の予定《よてい》だった。それが不可能《ふかのう》になった以上《いじょう》、この婚約《こんやく》は解消《かいしょう》されてしかるべき*だったともいえるが、Mの家《いえ》からその旨《むね》を申入《もうしい》れてきたときも、Kのほうはその気《き》にはなれず、かりにMが死病《しびょう》ならば、Mの死《し》で自然《しぜん》に婚約《こんやく》が解消《かいしょう》するのを待《ま》つ以外《いがい》にないと思《おも》った。しかし表面《ひょうめん》は無論《むろん》、婚約者《こんやくしゃ》の死《し》を待《ま》って、とはいえないので、Kのほうに婚約解《こんやくかい》消《しょう》の意思《いし》がないのは、Mの恢復《かいふく》の可能性《かのうせい》をあくまでも信《しん》じていたからだというほかなかっ

悔み《くや》　人《ひと》の死《し》を弔《とむら》う言葉《ことば》。お悔《く》やみ。
通夜《つや》　臨終《りんじゅう》の後《のち》、家族《かぞく》や近親《きんしん》の者《もの》が集《つど》い、夜《よ》を徹《てっ》して遺体《いたい》を守《まも》ること。
鄭重《ていちょう》　礼儀《れいぎ》正《ただ》しく、ねんごろなさま。
結納《ゆいのう》　婚約《こんやく》をした証《あかし》に、婿側《むこがわ》と嫁側《よめがわ》の双方《そうほう》から金品《きんぴん》を取《と》り交《か》わすこと。
しかるべき　そうするのが当然《とうぜん》なこと。

た。Mの家《いえ》ではこのKの態度《たいど》をMに対《たい》する愛《あい》の強《つよ》さから来《き》たものととって、感激《かんげき》すると同《どう》時《じ》にそのことに幾分《いくぶん》負《お》い目《め》*さえ感《かん》じているようすだった。Mもそのことで母《はは》からいいきかされたとみえて、「どうして婚約《こんやく》を解消《かいしょう》してくださらないの」とKにたずねたことがあった。Kは答《こたえ》に困《こま》ったが、「これはぼくの気持《きもち》がそれを許《ゆる》さないからで、きみのほうで迷惑《めいわく》だというのでなければ、今後《こんご》そういうことは気《き》にしないでください」とだけいっておいた。Mは別《べつ》に感激《かんげき》したり涙《なみだ》ぐんだりすることもなく、黙《だま》ってうなずいた。それ以後《いご》、MのKに対《たい》する態度《たいど》はいくらか変《かわ》ったように思《おも》われた。それは、いままでは抱《だ》きあげてやらなければ膝《ひざ》にあがらなかった猫《ねこ》が、いつのまにか自分《じぶん》のほうからあがっているようになる、といった変化《へんか》に似《に》ていた。そしてKとMの場合《ばあい》は、どちらが猫《ねこ》であるか*はさだまらないようだった。どちらも愛《あい》ということばを口《くち》にしたこともなかったし、Kにしても自分《じぶん》が恋《こい》をしているとは思《おも》えなかった。ただ、Mが自分《じぶん》にとって貴重《きちょう》なものであることはわかっていて、また一方《いっぽう》では貴重《きちょう》なものがいつかは失《うしな》われるのも当然《とうぜん》のことと考《かんが》えていた。いま、掌中《しょうちゅう》の珠《たま》*を奪《うば》われたという悲嘆《ひたん》は、KよりもやはりMの両親《りょうしん》のほうが大《おお》きいのではないか。そう思《おも》うと、Kは婚約者《こんやくしゃ》の自分《じぶん》が悔《くや》みをいわれるのにもう一度《いちど》こだわりをおぼえた。Mの父《ちち》は疲《つか》れた沈痛《ちんつう》*な顔《かお》をしていた。母《はは》も平静《へいせい》で、顔《かお》に泣《な》きくずれた跡《あと》などみえなかった。泣《な》いているのはMの姉《あね》たちだけだった。二人《ふたり》の姉《あね》は泣《な》きはらした顔《かお》でKに会釈《えしゃく》*すると、自分《じぶん》たちの場所《ばしょ》をKに譲《ゆず》った。KはMの母《はは》の目《め》くばせに従《したが》って死者《ししゃ》の枕《まくら》もとに座《すわ》ると、小《ちい》さい筆《ふで》に水《みず》を*ふくませて唇《くちびる》を湿《しめ》してやった。薄化粧《うすげしょう》をほどこされた顔《かお》には永遠《えいえん》の微笑《びしょう》が凍《こお》りついていたが、古代《こだい》エジプトの彫像《ちょうぞう》*を思《おも》わせるこの堅《かた》い微笑《びしょう》が、もともとあどけない童女《どうじょ》のおもむき*を遺《のこ》していたMの顔《かお》をおおっているのは、奇妙《きみょう》に謎《なぞ》めいて厳粛《げんしゅく》な印象《いんしょう》をあたえた。死者《ししゃ》はみなこんな顔《かお》になるのだろうか。筆《ふで》を動《うご》かしても、歯《は》が抵抗《ていこう》を示《しめ》したり、いたずらっぽい舌《した》と唇《くちびる》が筆《ふで》をくわえたりすることはなかった。筆《ふで》を通《とお》して、木彫《もくちょう》の人形《にんぎょう》の

負《お》い目《め》　恩義《おんぎ》や罪悪感《ざいあくかん》から生《しょう》ずる心理的負担《しんりてきふたん》。

どちらが猫《ねこ》であるか　作者《さくしゃ》は、黒《くろ》い雌猫《めすねこ》ミカと人間《にんげん》の男性《だんせい》K、白《しろ》い雄猫《おすねこ》ヤンニと人間《にんげん》の女性《じょせい》Lという、猫《ねこ》と人間《にんげん》それぞれのカップルの交錯《こうさく》を描《えが》いた短篇《たんぺん》「恋人同士《こいびとどうし》」（一九六三）も手《て》がけている。

掌中《しょうちゅう》の珠《たま》　最《もっと》も大切《たいせつ》にしているもの、とりわけ最愛《さいあい》の子《こ》など。

沈痛《ちんつう》　悲《かな》しみに沈《しず》み、心《こころ》を痛《いた》めるさま。

会釈《えしゃく》　軽《かる》く頭《あたま》を下《さ》げて一礼《いちれい》すること。

小《ちい》さい筆《ふで》に水《みず》を……　死者《ししゃ》の口《くち》に末期《まつご》の水《みず》をそそぐ「死《し》に水《みず》」の儀礼《ぎれい》を示《しめ》す。

古代《こだい》エジプトの彫像《ちょうぞう》　33頁《ページ》の「ノフレト」を参照《さんしょう》。

おもむき　様子《ようす》。面影《おもかげ》。

口《くち》にさわっているような手《て》ごたえしかないのが、まぎれもない死《し》を感《かん》じさせた。

死《し》ぬということはやはりただこれだけのことで、厳然《げんぜん》*として死体《したい》だけが残《のこ》り、意識《いしき》や霊《れい》魂《こん》のたぐいも消《き》えた炎《ほのお》のように無《む》に帰《き》したのだろうか、とKは思《おも》ったが、一方《いっぽう》では、Mがした特別《とくべつ》の約束《やくそく》が果《はた》されるかどうかは、もうしばらくたたなければいずれともきめかねることだとも考《かんが》えていた。Mの霊魂《れいこん》はまだからだのなかにいて、脱《ぬ》けだすのに案外手間《あんがいてま》どっているのかもしれない。あるいは、心臓《しんぞう》の停止《ていし》につづいて脳細胞《のうさいぼう》の死《し》が起《おこ》れば少《すく》なくとも意《い》識《しき》は消滅《しょうめつ》したはずであるから、霊魂《れいこん》もそのころに、不用《ふよう》になった物質《ぶっしつ》の棲《す》みか*を去《さ》ったとも考《かんが》えられる。霊魂《れいこん》が意識《いしき》と同《おな》じようなものならばこの可能性《かのうせい》のほうが強《つよ》い。

「火葬《かそう》の予定《よてい》はいつになさいましたか」とKがたずねると、Mの母《はは》は明後日《みょうごにち》の午前《ごぜん》だと答《こた》えた。

「告別式《こくべつしき》は明日《あす》の午後二時《ごごにじ》からにいたしました」

「お役《やく》に立《た》つことがあればなんでもいたしますから、どうか御遠慮《ごえんりょ》なくおっしゃってください」

「有難《ありがと》うございます。急《きゅう》のことでございましたが、葬儀社《そうぎしゃ》＊のほうで万事《ばんじ》よろしく＊運《はこ》んでくれるそうですし、親戚《しんせき》の者《もの》も大勢《おおぜい》おりますから、遺族《いぞく》のすることは何《なに》もなくなって、悲《かな》しむのまでわたしどもの仕事《しごと》ではなくなったみたいですわ。雑用《ざつよう》のほうはご心配《しんぱい》なさらずに、どうぞMのそばにいらして、淋《さび》しがらせないように伽《とぎ》＊をしてやってくださいまし」

Mの母《はは》も悲《かな》しみにやつれたというより疲《つか》れはてた虚脱《きょだつ》＊したひとの顔《かお》をしていた。

Kはその晩《ばん》は九時《くじ》すぎにMの家《いえ》を辞去《じきょ》＊した。K自身《じしん》は夜《よ》を徹《てっ》してMの伽《とぎ》をしてもいいと思《おも》ったが、婚約者《こんやくしゃ》だったというだけの人間《にんげん》がいつまでも居残《いのこ》るのはかえって迷惑《めいわく》かと思《おも》われた。車《くるま》を呼《よ》ぶというのを断《ことわ》って、大樹《たいじゅ》の多《おお》い公園《こうえん》を抜《ぬ》けて駅《えき》まで歩《ある》く途中《とちゅう》、池《いけ》の面《おもて》にさざ波《なみ》を立《た》てながら追《お》ってくる風《かぜ》は、たしかに冬《ふゆ》の風《かぜ》だった。その音《ね》も、虎落笛《もがりぶえ》＊というほど

厳然《げんぜん》　いかめしく、おごそかに。厳《げん》として。
棲《す》みか　居所《いどころ》。棲《す》み処《か》。
葬儀社《そうぎしゃ》　葬儀会社《そうぎがいしゃ》。
万事《ばんじ》よろしく　総《すべ》てをうまく。
伽《とぎ》　夜伽《よとぎ》。夜《よ》どおし、そばにいること。通夜《つや》。

虚脱《きょだつ》　気力《きりょく》や張《は》り合《あ》いが脱《ぬ》けて、ぼんやりした状態《じょうたい》。
辞去《じきょ》　別《わか》れを告《つ》げて、その場《ば》を去《さ》ること。
虎落笛《もがりぶえ》　虎落《もがり》とは竹《たけ》で出来《でき》た柵《さく》のこと。冬《ふゆ》の風《かぜ》が柵《さく》や竹垣《たけがき》に烈《はげ》しく吹《ふ》きつけ、笛《ふえ》の音《ね》に似《に》た音響《おんきょう》を発《はっ》することをいう。冬《ふゆ》の季語《きご》。

ではないにしても秋《あき》にはきかれなかったもので、それはどこか高《たか》いところで絶《た》え絶《だ》えにきこえる悲鳴《ひめい》に似《に》ていた。池《いけ》にかかった橋《はし》を渡《わた》るとき、広《ひろ》い池《いけ》のうえには風《かぜ》に泣《な》くもの*はなにもないのに、その悲鳴《ひめい》のような風《かぜ》の音《ね》が身《み》の近《ちか》くに迫《せま》ってくるけはいだった。なにかが自分《じぶん》を呼《よ》びながらつきまとっているように思《おも》われた。Mの霊魂《れいこん》だろうか。Kは振《ふ》りかえって池《いけ》の面《おもて》に眼《め》をこらしたが、*あやしいものはみえなかった。人魂《ひとだま》*の絵《え》によく描《えが》かれる、青《あお》白《じろ》い燐火《りんか》*のようなものもみあたらなかった。黒《くろ》い森《もり》のうえに寒月《かんげつ》*が凍《こお》りついているだけだった。細《ほそ》い、一枚《いちまい》の歯《は》のような白《しろ》い月《つき》*で、風《かぜ》に泣《な》くような声《こえ》を出《だ》したのはそれかとも思《おも》われた。

池《いけ》を渡《わた》りきって竹藪《たけやぶ》にはいると、ふしぎに風《かぜ》の音《ね》はしずまった。木枯《こがら》し*も竹《たけ》のあいだにまぎれて息《いき》をひそめてしまったようだった。しずかな竹《たけ》は絵《え》に描《えが》かれた竹《たけ》のようで、月《つき》を浴《あ》びて青《あお》く光《ひか》っていた。

Kのところに霊魂《れいこん》がやってきたのは、葬儀《そうぎ》が終《おわ》り、さらにその翌日《よくじつ》の骨揚《こつあ》げ*も終《おわ》った夜《よる》のことだった。

Kは父《ちち》の死後《しご》自分《じぶん》が使《つか》っている書斎《しょさい》で外国《がいこく》の文献《ぶんけん》を読《よ》むともなしに眺《なが》めていた。そのとき、「お待《ま》たせしましたわ」という声《こえ》がして、霊魂《れいこん》が膝《ひざ》にあがってきた。

それは半透明《はんとうめい》の塊《かたまり》で、さだまった形《かたち》がないようで、二《に》、三歳《さんさい》の子《こ》どもほどの大《おお》きさのものだった。重《おも》さはあるともないともわからなかった。膝《ひざ》にそれが乗《の》っている感《かん》じはたしかにあるのだが、物体《ぶったい》にある重《おも》みはないようである。しかし風船《ふうせん》のように宙《ちゅう》にただようけはいもなくて、それはKの膝《ひざ》のうえに落《お》ちついているのだった。

「やっぱり来《き》てくれましたね」といいながら、腕《うで》をまわして霊魂《れいこん》を抱《だ》きしめると、手《て》ごた

風《かぜ》に泣《な》くもの　風《かぜ》で音《おと》を立《た》てるような障害物《しょうがいぶつ》。

なにかが自分《じぶん》を呼《よ》びながら……　この前後《ぜんご》の水際《みずぎわ》だった情景《じょうけい》描写《びょうしゃ》は、霊《れい》の接近《せっきん》を描《えが》いて上田秋成《うえだあきなり》「菊花《きっか》の約《ちぎり》」(『恋《こい》』所収《しょしゅう》)の名場面《めいばめん》(『恋《こい》』266頁参照《ぺーじさんしょう》)を髣髴《ほうふつ》せしめるだろう。

眼《め》をこらしたが　じっと見《み》つめたが。

人魂《ひとだま》　夜間《やかん》に青白《あおじろ》い尾《お》をひいて空中《くうちゅう》に浮遊《ふゆう》するという火《ひ》の玉《たま》。古来《こらい》、死者《ししゃ》の体《からだ》を遊離《ゆうり》した魂《たましい》とされる。

燐火《りんか》　墓地《ぼち》や沼《ぬま》などの湿地《しっち》に自然発生《しぜんはっせい》する青白《あおじろ》い火《ひ》。鬼火《おにび》、狐火《きつねび》とも。

寒月《かんげつ》　冷《つめ》たく冴《さ》えた光《ひかり》を放《はな》つ冬《ふゆ》の月《つき》。

一枚《まい》の歯《は》のような白《しろ》い月《つき》　郡虎彦《こおりとらひこ》「鐵輪《かなわ》」(『呪《のろい》』所収《しょしゅう》)冒頭《ぼうとう》の月《つき》＝女性《じょせい》の描写《びょうしゃ》を参照《さんしょう》。

木枯《こが》らし　秋《あき》から初冬《しょとう》にかけて強《つよ》く吹《ふ》く、寒冷《かんれい》な風《かぜ》。冬《ふゆ》の季語《きご》。

骨揚《こつあ》げ　火葬《かそう》した遺体《いたい》の骨《ほね》を参会者《さんかいしゃ》が箸《はし》で拾《ひろ》いあげること。骨《こつ》拾《ひろ》い、灰《はい》よせとも。

えとともに抱《だ》きしめることができた。女《おんな》のやわらかさがあって、かすかに腕《うで》を押《お》しかえす弾力《だんりょく》もあるようだった。幻《まぼろし》か空気《くうき》を抱《だ》いているのではないその手《て》ごたえがKにはうれしかった。撫《な》でてみると、やわらかなままに玉《たま》のようになめらかで人肌《ひとはだ》*のあたたかさである。あまり撫《な》でまわしてくすぐったがるといけないと思《おも》い、手《て》を休《やす》めると、霊魂《れいこん》はKの気持《きもち》を察《さっ》したのか、

「撫《な》でていいの。くすぐったくはありませんわ」*といった。その声《こえ》は膝《ひざ》のうえの霊魂《れいこん》の塊《かたまり》のなかからきこえるというよりも、直接《ちょくせつ》Kの頭《あたま》のなかで響《ひび》くように思《おも》われた。Mの声《こえ》らしくはあったが、もともとそれほど癖《くせ》のない、ただきれいな声《こえ》だったMの声《こえ》をもっときれいにした、若《わか》い女《おんな》の声《こえ》だった。

「きみはたしかにMだね」

Kは霊魂《れいこん》を抱《だ》きあげて顔《かお》のまえにもってくると、相手《あいて》の顔《かお》をたしかめようとするかのように霊魂《れいこん》をみつめた。もちろんそこにMのおもかげ*が浮《う》かんでいるわけはなかった。

「Mの霊魂《れいこん》ですわ」と霊魂《れいこん》は答《こた》えて、そのことばを強《つよ》めるためか、少《すこ》し色《いろ》を濃《こ》くしたよう

だった。

「ぼくが待《ま》っていたのは、ただの霊魂《れいこん》ではなくて、Mの、つまり固有名詞《こゆうめいし》つきの霊魂《れいこん》なのだ。でもここまで来《く》るのにずいぶん時間《じかん》がかかりましたね」

「お待《ま》たせして悪《わる》うございました」と霊魂《れいこん》は叱《しか》られた子《こ》どものような声《こえ》になってあやまった。

「からだから脱《ぬ》けだすのに手間《てま》どったの？」

「そうではないの。じつは最後《さいご》にお電話《でんわ》さしあげたときにはもうからだの外《そと》に出《で》ていました。電話《でんわ》をかけているうちについふらふらとそうなってしまったんだわ。それで、あのときお話《はなし》したのもわたしのからだのほうではなくて、霊魂《れいこん》のほうでしたの」

「霊魂《れいこん》にも電話《でんわ》がかけられるの？」

人肌《ひとはだ》　人間《にんげん》の皮膚《ひふ》の温《ぬく》み。体温《たいおん》。
「撫《な》でていいの。くすぐったくはありませんわ」　川端康成《かわばたやすなり》「片《かた》腕《うで》」（『恋《こい》』所収《しょしゅう》）における、娘《むすめ》の片腕《かたうで》と男《おとこ》の会話《かいわ》（『恋《こい》』68頁《ぺーじ》あたりを参照《さんしょう》）と絶妙《ぜつみょう》に響《ひび》き交《か》わすくだりである。
おもかげ　顔《かお》かたち。おもざし。

「ええ。意思《いし》を伝《つた》える力《ちから》はありますわ。霊魂《れいこん》ですから、あのまま、あなたの握《にぎ》っていらっしゃる受話器《じゅわき》の穴《あな》からお耳《みみ》のなかにはいっていくこともできたんですわ。笑《わら》いのガス＊みたいになって。でもそのときはやめました。会社《かいしゃ》にいらっしゃるあなたを驚《おどろ》かしてはご迷惑《めいわく》でしょうし、それに、ほんとうはからだのほうがどうなっていくかも気《き》がかりだったのです。電話《でんわ》をかけおえてみると、からだは人事不省《じんじふせい》＊の状態《じょうたい》に陥《おちい》っていて、それから三十分《さんじゅっぷん》後《ご》には心臓《しんぞう》も止《とま》ってしまいましたわ」

「それをどんな気持《きもち》でみていたのですか」

「からだをみすてていくのが惜《お》しい気持《きもち》になりましたわ。裸《はだか》にされて全身《ぜんしん》を浄《きよ》められたりお化粧《けしょう》をされたりするのをみていると、人間《にんげん》のからだって、こんなにもきれいなものかしらと涙《なみだ》が出《で》そうになりました」

霊魂《れいこん》は身《み》をふるわせて、少《すこ》し湿《しめ》っぽくなったようだった。霊魂《れいこん》が予想以上《よそういじょう》に感《かん》じやすい生《い》きもの（といえるならば）であることにKは感心《かんしん》したが、それというのも霊魂《れいこん》が物質《ぶっしつ》とはちがったものでできているからだろうか。ただ、肉体《にくたい》のあったときのMにくらべると、この霊魂《れいこん》だけのほうはよくしゃべるようだった。精神《せいしん》の自由奔放《じゆうほんぽう》さや軽快《けいかい》さが霊魂《れいこん》の属性《ぞくせい》*になっているのかもしれないとKは思《おも》った。

「それで、お通夜《つや》のときもきみはいたんだね」とKは霊魂《れいこん》にむかっていった。Mの霊魂《れいこん》を「きみ」ということばで呼《よ》んだのだが、霊魂《れいこん》のほうもはっきりと自分《じぶん》のことを「わたし」といって（それとも「わたし」は別《べつ》にいて、「わたしの霊魂《れいこん》」というべきだったであろうか）、

「もちろんわたしもMの枕《まくら》もとにいましたわ」

「それは気《き》がつきませんでしたね」

「そのようでしたわ。しかもあの晩《ばん》、あなたがお帰《かえ》りになるのを追《お》って池《いけ》のうえで声《こえ》をかけたのに、それもお気《き》づきになりませんでしたのね」

「風《かぜ》の声《こえ》かと思《おも》いました。あのときはどこにいましたか」

笑《わら》いのガス　亜酸化窒素《あさんかちっそ》の別名《べつめい》である笑気《しょうき》ガス（laughing gas）のこと。吸入《きゅうにゅう》すると陶酔効果《とうすいこうか》や多幸感《たこうかん》が生《しょう》ずることによる命名《めいめい》。医薬品《いやくひん》として笑気麻酔《しょうきますい》に使用《しよう》される。

人事不省《じんじふせい》　意識不明《いしきふめい》になること。

湿《しめ》っぽくなった　感傷的《かんしょうてき》になったという意味《いみ》と、実際《じっさい》に霊魂《れいこん》が湿《しめ》り気《け》を帯《お》びたの両様《りょうよう》にとれるユーモラスな表現《ひょうげん》。

属性《ぞくせい》　事物《じぶつ》の有《ゆう》する特徴《とくちょう》や性質《せいしつ》。

「あなたの背中《せなか》にこうして」といいながら霊魂《れいこん》は身軽《みがる》に宙《ちゅう》を動《うご》いてKの背《せ》におぶさった。*

「それからこうやって首《くび》にも巻《ま》きついたりしたわ」

するとと霊魂《れいこん》は少《すこ》しあたたかみを増《ま》したようで、どんな女神《めがみ》の腕《うで》で首《くび》を巻《ま》かれたよりも快《こころよ》く感《かん》じられた。

「こうしていてもお邪魔《じゃま》にならないかしら」

今度《こんど》ははっきりと耳《みみ》もとで霊魂《れいこん》の声《こえ》がきこえた。

「お葬式《そうしき》のときはおとなしく棺《ひつぎ》のなかにはいっていたわ。読経《どきょう》*のあいだは少《すこ》し退屈《たいくつ》だったけれど、そのあとはいろんなひとがお焼香《しょうこう》*に来《き》てくださって、それを眺《なが》めているのは楽《たの》しかったわ」

「火葬場《かそうば》には行《い》ったの？　ぼくも出棺《しゅっかん》*のあともちろん火葬場《かそうば》まで行《い》ったけれど、今朝《けさ》の骨《こつ》揚《あ》げには、申訳《もうしわけ》ないが行《い》けなかった。そうつづけて休《やす》みをとることもできないものだから」

「わかってるわ」と霊魂《れいこん》はいった。「そんなことは気《き》になさらなくてもいいの。わたしは死体《したい》といっしょに竈《かまど》*のなかにはいって、死体《したい》が焼《や》かれるまでみとどけましたから」

そんなことをしてよく焼死《しょうし》しなかったものだとKは思《おも》ったが、霊魂《れいこん》のいいぶん*によると、霊魂《れいこん》というものは火《ひ》には強《つよ》くて、というのもその本性《ほんしょう》が火《ひ》や風《かぜ》に似《に》ているからだった。

「そのかわり寒《さむ》さには弱《よわ》いの。いまも寒《さむ》さで収縮《しゅうしゅく》して、色《いろ》は濃《こ》くなるし、鳥肌《とりはだ》*でも立《た》っている感《かん》じだわ。もっとあたたかければ、透明《とうめい》になって色《いろ》も薔薇色《ばらいろ》がかってきれいになるのに」

「寒《さむ》ければ懐《ふところ》にいれてあげてもいいよ」とKがいうと、霊魂《れいこん》はややためらうようすがあって、「それより、失礼《しつれい》してストーヴのまえで寝《ね》そべらせていただくわ」

まるで猫《ねこ》みたいだ、と思《おも》ったが、実際《じっさい》霊魂《れいこん》は絨毯《じゅうたん》のうえで丸《まる》くなった猫《ねこ》のような姿《すがた》をと

Kの背《せ》におぶさった　本巻所収《ほんかんしょしゅう》の岡本綺堂《おかもときどう》「木曾《きそ》の旅人《たびびと》」参《さん》照《しょう》。

読経《どきょう》　葬儀《そうぎ》に際《さい》して、僧侶《そうりょ》が棺前《かんぜん》で経文《きょうもん》を唱《とな》えること。

お焼香《しょうこう》　霊前《れいぜん》で香《こう》を焚《た》いて、死者《ししゃ》に手向《たむ》けること。

出棺《しゅっかん》　葬儀《そうぎ》に際《さい》して、遺体《いたい》を納《おさ》めた棺《ひつぎ》を斎場《さいじょう》（葬儀場《そうぎじょう》）から運《はこ》び出《だ》すこと。

竈《かまど》　ここでは、火葬場《かそうば》で遺体《いたい》を焼《や》く装置《そうち》のこと。

いいぶん　「言《い》い分《ぶん》」と表記《ひょうき》。言《い》いたいこと。主張《しゅちょう》。

鳥肌《とりはだ》　食用《しょくよう》などに鳥《とり》の体毛《たいもう》をむしった後《あと》の肌《はだ》のように、皮膚《ひふ》がぶつぶつになる現象《げんしょう》。寒《さむ》さや恐怖《きょうふ》で立毛筋《りつもうきん》が収縮《しゅうしゅく》することで起《お》こる。怪談文芸《かいだんぶんげい》ではおなじみの表現《ひょうげん》である「総毛立《そうけだ》つ」や「肌《はだ》に粟《あわ》を生《しょう》ずる」も、同《おな》じ現象《げんしょう》を指《さ》す。

った。しかし猫《ねこ》よりは大《おお》きくて、そのうちに熱《ねつ》で膨脹《ぼうちょう》してくると、膝《ひざ》を抱《だ》いて眠《ねむ》っている女《おんな》ほどの大《おお》きさになり、色《いろ》も薔薇色《ばらいろ》からやがて火《ひ》の色《いろ》に変《かわ》って、内部《ないぶ》から発光《はっこう》する透明《とうめい》な物質《ぶっしつ》（そんなものをKはみたことがなかったが）でできた生物《せいぶつ》をみるようだった。Kが手《て》をのばしてさわろうとすると、霊魂《れいこん》はいきなりストーヴの火《ひ》のなかに飛《と》びこんだ。たちまち炎《ほのお》のようなものが天井《てんじょう》まで燃《も》えあがり、そのあとは、部屋《へや》にころげこんできた小型《こがた》の太《たい》陽《よう》がストーヴのうえで歓喜《かんき》に踊《おど》りはねているといったありさまで、Kは思《おも》わず悲鳴《ひめい》をあげて部屋《へや》の隅《すみ》まで逃《に》げたが、いたずらに夢中《むちゅう》になっている子《こ》どものような笑《わら》い声《ごえ》が部屋中《へやじゅう》に響《ひび》きわたった。

笑《わら》いがおさまるにつれて、霊魂《れいこん》は冷《ひ》えて凝縮《ぎょうしゅく》して最初《さいしょ》の状態《じょうたい》にかえり、またKの膝《ひざ》にあがってきた。

「びっくりさせてごめんなさい」と霊魂《れいこん》はいった。「火《ひ》を浴《あ》びるとつい夢中《むちゅう》になってはしゃいでしまうの。燃《も》える魂《たましい》というわけなのね。よく燃《も》えたでしょう」

「あんなことをしてよく死《し》なないね」

「霊魂《れいこん》が死《し》ぬだなんて」といって霊魂《れいこん》は笑《わら》いだした。

「すると霊魂《れいこん》は不滅《ふめつ》*だというわけか」

「厳密《げんみつ》には、不滅《ふめつ》でないといったほうがいいのかしら。よくはわからないわ。霊魂《れいこん》の存在《そんざい》は不滅《ふめつ》でも、時間《じかん》とともに変化《へんか》することは免《まぬが》れないと思《おも》うの。つまりわたしは空間《くうかん》のなかでは自由《じゆう》だけれど、時間《じかん》には縛《しば》られているということになるのね」

「きみはむずかしいことをいうね」とKは冷《ひ》やかし気味《ぎみ》にいった。「可愛《かわい》い女哲学者《おんなてつがくしゃ》みたいだ」

「霊魂《れいこん》は理性的《りせいてき》なんですわ。何《なん》でも、わからないことはないの」

「ところで、きみはこれからどうするの」とKがいった。

「もちろん、お約束通《やくそくどお》りおそばにおいていただきますわ」

Kは、女《おんな》に押《お》しかけられて居座《いすわ》られたような煩《わずら》わしさをかすかに感《かん》じたが、せっかく来《き》てくれた霊魂《れいこん》に対《たい》してそんなことを考《かんが》えるべきではないとすぐ思《おも》いかえした。

不滅《ふめつ》　滅《ほろ》びないこと。無《な》くならないこと。

「ぼくもきみがそばにいてくれるとうれしい。ところで、さしあたり*今夜《こんや》はどこで寝《ね》ますか。いずれきみの専用《せんよう》の部屋《へや》を用意《ようい》してあげてもいいが、今夜《こんや》はぼくの部屋《へや》で休《やす》んでください」

「あなたのベッドでいっしょに眠《ねむ》りたいわ」と霊魂《れいこん》は恥《はず》かしそうな声《こえ》で思《おも》いきったことをいい、ほてった*ように少《すこ》し熱《あつ》くなった。

「それもいいでしょう、あなたのほうさえよければ」とKはことさら*事務的《じむてき》*にいった。「きみはあまり大《おお》きくないし、あたたかくて抱《だ》き心地《ごこち》もいいから。ただ、ぼくはひどい鼾《いびき》をかくかもしれませんよ」

「気《き》にしませんわ。ほんとうは、わたしは眠《ねむ》る必要《ひつよう》がないのです。霊魂《れいこん》はいつもらんらんと*輝《かがや》く眼《め》のようにめざめているのですから。だってそうでしょう、眠《ねむ》るのはからだのほうで、霊魂《れいこん》はそのあいだからだを離《はな》れて散歩《さんぽ》に出《で》かけているんですもの。お邪魔《じゃま》ならベッドのうえの、足《あし》もとかどこかでもいいんですわ。あなたのおそばにいないと不安《ふあん》なの。ふわふわとどこかへ行《い》ってしまいそうな気《き》がするの。からだを失《うしな》ったばかりで、そのことに慣《な》れてないせいでしょうか」

「それでぼくにとりついて、*あわよくば*このからだを新《あたら》しい棲《す》みかに奪《うば》おうなどと狙《ねら》っているわけではないでしょうね」とKは冗談《じょうだん》のようにいった。霊魂《れいこん》はそれをまじめにとって、怒《おこ》ったようだった。Kの腕《うで》のなかで堅《かた》くなっていた。

「そんなことをいわれると悲《かな》しいわ」

「冗談《じょうだん》ですよ」とKはむきになって*いったが、霊魂《れいこん》はやや沈《しず》んだ声《こえ》で、

「あなたがかならずしもよろこんでわたしを迎《むか》えてくださるとはかぎらないことは、まえから感《かん》じていました。わたしのからだがあるあいだも、わたしをほんとに大切《たいせつ》にはしてく

さしあたり　当面《とうめん》。今《いま》のところ。
ほてった　「火照《ほて》った」と表記《ひょうき》。熱《あつ》くなった。熱《ねつ》を帯《お》びた。
ことさら　わざと。故意《こい》に。
事務的《じむてき》　感情《かんじょう》などをまじえず、事務仕事《じむしごと》を処理《しょり》するように対応《たいおう》するさま。ビジネスライク。
らんらんと　きらきらと。眼光《がんこう》の輝《かがや》くさま。
とりついて　憑依《ひょうい》して。
あわよくば　うまくいけば。
むきになって　15頁《ページ》参照《さんしょう》。

ださいましたけれど、実際《じっさい》はあなた独特《どくとく》の巧《たく》みなやりかたでご自分《じぶん》だけの軌道《きどう》を回《まわ》っていらしたのですわ。＊彗星《すいせい》＊にでもならないかぎり、あなたをつかまえることはできませんでした。わたしは病気《びょうき》になって、最後《さいご》はからだを棄《す》てて、それでようやくあなたの軌道《きどう》に飛《と》びうつることができたのです。もし振《ふ》りおとされたとしたら、わたしにはもう行《い》くところはありませんわ。どこともわからないくらやみの果《はて》へひとりで墜《お》ちていくだけ……それを思《おも》うと、いっそ死《し》にたくなりますわ。死《し》ねばいいとあなたはおっしゃりたいようですけれど、霊魂《れいこん》になってしまうと死《し》ぬこともできないのです」

「きみにはぼくの考《かんが》えていることを読《よ》みとる力《ちから》がそなわっているようだ」

「ことばを使《つか》ってお考《かんが》えになっているかぎり、口《くち》に出《だ》さないお考《かんが》えもわたしには全部《ぜんぶ》わかりますわ」

「それでぼくのほうは四六時中《しろくじちゅう》＊きみに監視《かんし》されっぱなしで、こうなっては眠《ねむ》る以外《いがい》に自《じ》由《ゆう》になる方法《ほうほう》はないわけだ。ともかく今夜《こんや》は寝《ね》ましょう。いっしょに寝《ね》ますか」＊

「そうしてくださるとうれしいわ」と霊魂《れいこん》は機嫌《きげん》をなおしてうきうきとKの肩《かた》にとまった。

「じつはあなたが眠《ねむ》っていらっしゃるあいだ、あなたの霊魂《れいこん》をお借《か》りして遊《あそ》びたいの」
「そうですか」とKは軽《かる》い不安《ふあん》をおぼえながらいった。「そういうことができるのなら、それも結構《けっこう》ですが、ただ、ぼくの霊魂《れいこん》をそのままどこかへ誘《さそ》いだして永久《えいきゅう》にかえさないというようなことだけはしないでもらいたいですね」
ベッドにはいった霊魂《れいこん》は、それまでの球形《きゅうけい》に近《ちか》い形《かたち》をやめて、長《なが》い円筒状《えんとうじょう》の、女《おんな》の胴《どう》のような形《かたち》をとった。腰《こし》にあたるところに両手《りょうて》をかけて引《ひ》きよせると、手《て》の力《ちから》のままにそこはくびれて本物《ほんもの》の女《おんな》の腰《こし》になるようだった。胸《むね》のあたりを掌《てのひら》で揉《も》めば乳房《ちぶさ》の形《かたち》にふくらんで女《おんな》の胸《むね》になるだろうか。それに類《るい》した多《おお》くのことも考《かんが》えられたが、しかしそんなふうにして妄想《もうそう》*のままに手《て》を動《うご》かして霊魂《れいこん》の形《かたち》をつくるのはなんとなくはばかられた。*というよ

ご自分《じぶん》だけの軌道《きどう》を回《まわ》っていらした　Kの冷静沈着《れいせいちんちゃく》でマイペースな人柄《ひとがら》を、惑星《わくせい》の公転《こうてん》（星《ほし》が他《ほか》の大《おお》きな星《ほし》のまわりを周期《しゅうき》的《てき》に回転《かいてん》する運動《うんどう》）にたとえているのである。

彗星《すいせい》　ほぼ気体《きたい》から成《な》る太陽系《たいようけい》の小天体《しょうてんたい》。細長《ほそなが》い楕円《だえん》軌道《きどう》を描《えが》いて太陽《たいよう》の周囲《しゅうい》を回《まわ》る。ほうき星《ぼし》。コメット。

四六時中《じちゅう》　一日中《にちじゅう》。いつも。「二六時中《じちゅう》」とも。

うきうきと　心《こころ》がはずむさま。

妄想《もうそう》　根拠《こんきょ》なくあれこれと勝手《かって》気《き》ままに想像《そうぞう》すること。

はばかられた　遠慮《えんりょ》する。つつしむ。

りKは自分《じぶん》にそれを禁《きん》じたのだった。

「お休《やす》みなさい」と寝返《ねがえ》りを打《う》ちながら霊魂《れいこん》が甘《あま》い声《こえ》でいった。

朝《あさ》のめざめはいつになくさわやかだった。夜《よる》のうちに内臓《ないぞう》が抜《ぬ》きとられて、洗滌《せんじょう》*された新《あたら》しいのと詰《つ》めかえられたような感《かん》じがした。夢《ゆめ》を全然《ぜんぜん》みなかったせいで、すっかり疲《つか》れがとれたのかもしれない。それとも、とKは霊魂《れいこん》のことを思《おも》いだしたが、あのMの霊魂《れいこん》が夜中《よなか》にKの霊魂《れいこん》をからだから誘《さそ》いだしてなにかをしたのだろうか。

霊魂《れいこん》は朝日《あさひ》のあたる窓《まど》ぎわの机《つくえ》のうえで丸《まる》くなって日向《ひなた》ぼっこ*をしていた。Kがベッドからおりると、霊魂《れいこん》は朝《あさ》のくちづけを求《もと》めるかのように顔《かお》のあたりにじゃれついてきた。柑橘類《かんきつるい》の皮《かわ》をむくときのような香《かお》りがした。Kは、そういう果汁《かじゅう》を使《つか》って化粧《けしょう》をした娘《むすめ》に顔《かお》を寄《よ》せられたような気分《きぶん》になって、一瞬《いっしゅん》自分《じぶん》が若《わか》い妻《つま》を得《え》たかのような錯覚《さっかく》に陥《おちい》った。しかし霊魂《れいこん》がKの肩《かた》や顔《かお》のあたりで歌《うた》にならない歌《うた》を歌《うた》ってはしゃいでいるのに気《き》がつく

洗滌《せんじょう》　洗浄《せんじょう》に同《おな》じ。洗《あら》いすすぐこと。
日向《ひなた》ぼっこ　陽《ひ》の当《あ》たる所《ところ》に身《み》を置《お》いて暖《あたた》まること。「ひなたぼっこう」「ひなたぼこり」とも。

と、その気分《きぶん》もたちまち消《き》えてしまった。なにか手《て》に負《お》えない*動物《どうぶつ》でも飼《か》いはじめたような気持《きもち》がそれにとってかわった。

　朝食《ちょうしょく》は家族《かぞく》といっしょに食《た》べるので、霊魂《れいこん》を連《つ》れていくわけにはいかないとKは思《おも》ったが、霊魂《れいこん》のほうはその考《かんが》えをすぐ読《よ》んで、

「ご迷惑《めいわく》はかけませんから、連《つ》れてって」とねだった。*

「しかしきみのことを家《いえ》の者《もの》になんといって紹介《しょうかい》すればいいんですか。Mの霊魂《れいこん》だなんて、そんなことはだれも信用《しんよう》しませんよ。第一《だいいち》、きみの姿《すがた》をみればみんな気味悪《きみわる》がって食欲《しょくよく》もなくなってしまう」

「わたしって、そんなに醜《みにく》いかしら」

　霊魂《れいこん》は急《きゅう》に自信《じしん》を失《うしな》ったような声《こえ》になった。

「きみはきれいだよ。とくに薔薇色《ばらいろ》に輝《かがや》いているときは」とKはいった。「ただ、ぼく以《い》外《がい》の人間《にんげん》はきみの姿《すがた》にはなかなかなじめないのではないかという気《き》がするだけです。それに、みんなのいるところでぼくに話《はな》しかけたりおしゃべりの花《はな》を咲《さ》かせたりされても困《こま》る。

きみの存在《そんざい》も正体《しょうたい》も、いまのところ秘密《ひみつ》にしておかなければね」

「そういうことならわかりますわ」と霊魂《れいこん》はききわけ*のよい子《こ》どものようにいった。「わたしだって、あなた以外《いがい》の人間《にんげん》と関係《かんけい》をもつつもりは毛頭《もうとう》*ないの。それなら、わたしはひとまえではいつも透明《とうめい》になっていることにするわ。それにおしゃべりもしません。もっとも、わたしの声《こえ》はあなただけにしかきこえないのよ。ですからあなたさえ声《こえ》に出《だ》してしゃべらなければ、ひとまえでも二人《ふたり》だけでお話《はなし》することはできますわ」

そういう約束《やくそく》で、霊魂《れいこん》は食事《しょくじ》のあいだはおとなしくKの頭《あたま》のうえに乗《の》っていた。重《おも》さはないが、そこに霊魂《れいこん》が鳥《とり》のようにとまっていることはたしかに感《かん》じられた。食事中《しょくじちゅう》にKは一度《いちど》だけ声《こえ》を出《だ》さずに霊魂《れいこん》に話《はな》しかけた。

「退屈《たいくつ》しませんか」

手《て》に負《お》えない 自分《じぶん》の力《ちから》では対応《たいおう》できない。手《て》にあまる。
ねだった 甘《あま》えて要求《ようきゅう》する。せがむ。

ききわけ 子供《こども》が目上《めうえ》の人《ひと》の話《はなし》をよく聞《き》き、従《したが》うこと。
毛頭《もうとう》 少《すこ》しも。毛先《けさき》ほども。

「しませんわ。霊魂《れいこん》は好奇心《こうきしん》の塊《かたまり》*みたいなものですもの」と、霊魂《れいこん》のほうはことさらさやくような声《こえ》をじかにKの頭《あたま》に送《おく》ってきた。

食事《しょくじ》のあいだ、Kは、若《わか》いが一家《いっか》の責任者《せきにんしゃ》である長男《ちょうなん》として、母《はは》や弟《おとうと》、妹《いもうと》たち、それに女中《じょちゅう》*からももちだされる家《いえ》のなかの各種《かくしゅ》の問題《もんだい》に対《たい》して答《こた》えたり決定《けってい》を下《くだ》したりしなければならなかった。食事《しょくじ》がすんで、母《はは》と息子《むすこ》と霊魂《れいこん》だけになったとき、母《はは》が、霊魂《れいこん》のことは知《し》らずにこう話《はな》しはじめた。

「あなたにはずいぶん苦労《くろう》をかけますね。お父《とう》さまがなくなったあとはあなたがこの家《いえ》の主人《しゅじん》だから、しかたがないといえばいえるけれど。でも、お嫁《よめ》さんでもいれば、名実《めいじつ》ともに主人《しゅじん》*の重《おも》みがつくだけでなくて、いろんな面《めん》であなたも楽《らく》になりますよ。Mさんはほんとにお気《き》の毒《どく》なことになって、そのお葬式《そうしき》がすんだばかりでもうこういうことをいいだすと、あなたに叱《しか》られそうだけど、逝《い》ってしまったひとのことをいつまでも悲《かな》しんでいてもしかたがないから、早《はや》く気持《きもち》を切《き》りかえて新《あたら》しいお嫁《よめ》さんを探《さが》す気《き》になったらどうかしら。じつはわたしの手《て》もとにおさえてあるお話《はなし》*もいくつかありますから、あなたがその気《き》になればいつでも相談《そうだん》に乗《の》りますよ」

「有難《ありがと》う。しかしせっかくですが、そんな話《はなし》はせめてMの四十九日《しじゅうくにち》＊がすんでからのことにしてください。かりに死《し》んだひとの霊魂《れいこん》というものがあるとしたら、それがもう少《すこ》し遠《とお》くへ行《い》ってしまうまではそんな話《はなし》はつつしむのが思《おも》いやりというものですよ」とKはいったが、急《きゅう》に頭《あたま》がしめつけられるように痛《いた》くなって、顔《かお》をしかめた。

「まあそれはそうでしょうけど」と母《はは》は納得《なっとく》がいかないようすでいった。「霊魂《れいこん》だなんて、あなたらしくもない古風《こふう》＊なものをもちだしますね。そんなものがあるのかしら。でも、あなたはMさんがなくなるまであんなにも誠意《せいい》をつくしてやさしくしてあげたのだから、Mさんの霊《れい》もきっと成仏《じょうぶつ》＊できますよ」

好奇心《こうきしん》の塊《かたまり》　珍奇《ちんき》なことや未知《みち》のことに強《つよ》い興味《きょうみ》を寄《よ》せるさま。
女中《じょちゅう》　家政婦《かせいふ》。お手伝《てつだ》いさん。
名実《めいじつ》ともに　名称《めいしょう》と実態《じったい》の両方《りょうほう》。
手《て》もとにおさえてあるお話《はなし》　縁談《えんだん》のこと。
四十九日《にち》　人《ひと》が死《し》んでから次《つぎ》に生《う》まれかわるまでの四十九日間《にちかん》のこと。中陰《ちゅういん》、中有《ちゅうう》とも。俗《ぞく》に、この期間《きかん》は死者《ししゃ》の魂《たましい》が迷《まよ》っているとされる。
古風《こふう》　昔《むかし》の風習《ふうしゅう》。ふるめかしいこと。Kの理性的《りせいてき》・合理的《ごうりてき》な性《せい》格《かく》を暗示《あんじ》するくだり。
成仏《じょうぶつ》　仏教《ぶっきょう》で、煩悩《ぼんのう》を断《だん》じ悟《さと》りをひらくこと。仏《ほとけ》になること。得仏《とくぶつ》。

「なにをするのだ。よしなさい」とKは頭《あたま》のなかで霊魂《れいこん》にむかって叫《さけ》んだ。「そんなにしめつけたら頭《あたま》が割《わ》れてしまうじゃないか」

「ごめんなさい。でもくやしいわ。あなたのお母《かあ》さまって、あんなかただったのね。くやしくて、思《おも》わず火《ひ》の色《いろ》に変《かわ》りそうだったので、こらえるため*にあなたの頭《あたま》にしがみついたの。この際《さい》、お母《かあ》さまのほうに痛《いた》い思《おも》いをさせてあげたほうがいいのね」

「妙《みょう》な真似《まね》はしないでください」

Kは思《おも》わず声《こえ》に出《だ》してそういうと立《た》ちあがった。母《はは》はKの剣幕《けんまく》*に驚《おどろ》いておろおろ*したが、母《はは》ではなく霊魂《れいこん》にどなりつけたのだと説明《せつめい》するわけにもいかないので、Kはそのまま自分《じぶん》の部屋《へや》にもどった。

「悪《わる》かったわ」と霊魂《れいこん》はしおれて、*湿《しめ》っぽくなっているようだった。Kは、気《き》にすることはないといって慰《なぐさ》めたが、霊魂《れいこん》が悄然《しょうぜん》と*身《み》をちぢめて、いつもより堅《かた》くなり、女《おんな》の腕《うで》か脚《あし》のような形《かたち》をとっているのはひどくいじらしかった。Kはその霊魂《れいこん》の手首《てくび》か足首《あしくび》かにあたるところをつかまえて、やわらかくあたたかくなるまで全体《ぜんたい》をやさしく撫《な》でてやった。それ以上《いじょう》のこともしたかったが、出勤《しゅっきん》までにもうあまり時間《じかん》がなかった。

「今日《きょう》は七時《しちじ》までには帰《かえ》るから、それまでこの部屋《へや》で待《ま》っておいで」

「連《つ》れていってくださらないの」と霊魂《れいこん》は甘《あま》えた声《こえ》でいった。「鞄《かばん》に入《い》れて連《つ》れてって」

「ききわけのない子《こ》どものようなことをいうんじゃないよ」

「おとなしくして透明《とうめい》になっていればだれにもわからないじゃありませんか」

「ひとにわかるかわからないかの問題《もんだい》ではないのだ。自分《じぶん》の女房《にょうぼう》を、あるいは女房《にょうぼう》でなくてもきみのような霊魂《れいこん》を連《つ》れて会社《かいしゃ》に出勤《しゅっきん》するなんて正気《しょうき》の沙汰《さた》ではない。*絶対《ぜったい》にだめだ」

Kはことさらに平静《へいせい》な声《こえ》で、しかし断乎《だんこ》たる*調子《ちょうし》でそういうと、あともみずに家《いえ》を出《で》た。

仕事《しごと》をしているあいだ、Kは霊魂《れいこん》のことを忘《わす》れていた。手《て》を洗《あら》いに立《た》ってひとりになっ

こらえる　がまんする。耐《た》える。
剣幕《けんまく》　怒《いか》りをふくんだ険《けわ》しい顔《かお》つきや態度《たいど》。
おろおろ　急《きゅう》な出来事《できごと》に対応《たいおう》できず取《と》り乱《みだ》すさま。
しおれて　しょんぼりして。
悄然《しょうぜん》　元気《げんき》がなく、しょんぼりとしているさま。
正気《しょうき》の沙汰《さた》ではない　まともではない、異常《いじょう》なことだ。
断乎《だんこ》たる　確固《かっこ》として意志《いし》や決意《けつい》を変《か》えないさま。

たりすると家《いえ》で待《ま》っている霊魂《れいこん》のことを考《かんが》えたが、そんなときは霊魂《れいこん》と同棲《どうせい》＊していることが別《べつ》に煩《わずら》わしくもなく、厄介《やっかい》な悩《なや》＊みの種《たね》ができたとも思《おも》わなかった。むしろ霊魂《れいこん》が＊待《ま》っていてくれることが、なにかを、たとえばペルシャ猫《ねこ》＊であれ妻《つま》であれ、所有《しょゆう》しているのに似《に》た豊《ゆた》かな気持《きもち》にKをさせて、Kがそれを貴重《きちょう》なものと考《かんが》えていることはたしかだった。それが妻《つま》ではなくて霊魂《れいこん》であり（霊魂《れいこん》を妻《つま》とすることはできないものだろうか、とKはそのときふと思《おも》った）、特別《とくべつ》な能力《のうりょく》をそなえているのだから、会社《かいしゃ》に連《つ》れてきて、退社時刻《たいしゃじこく》まで鞄《かばん》のなかかロッカー＊のなかでおとなしく待《ま》っていてもらうことも、できなくはあるまいとも思《おも》ったりした。おとなしく、というのに目《め》に立《た》つ色《いろ》や形《かたち》をみせたり声《こえ》を発《はっ》したりしないことのほかに、Kの気持《きもち》を読《よ》んでうるさく交信《こうしん》＊するようなことをせず、Kが呼《よ》ぶまでは非活動的《ひかつどうてき》な物質《＊ぶっしつ》のようにじっとしていることがふくまれている。

Kが家《いえ》に帰《かえ》ると玄関《げんかん》わきの山茶花《さざんか》＊のかげから、待《ま》ち伏《ぶ》せしていたように霊魂《れいこん》があらわれて、うすくらがりのなかでかすかに金色《こんじき》に輝《かがや》きながらKの顔《かお》に飛《と》びついてきた。

「お帰《かえ》りなさい」

「ただいま」とKもいって、両手《りょうて》に球状《きゅうじょう》の霊魂《れいこん》をかかえて、ちょうど風船《ふうせん》をふくらます格好《かっこう》で霊魂《れいこん》に接吻《せっぷん》*してやった。そしてそのまま玄関《げんかん》の柱《はしら》に押《お》しつけるようにして長《なが》い接吻《せっぷん》をつづけた。

「発光《はっこう》するようにみえるのはうれしいしるしかい」とKはいったが、これでは蜜月《みつげつ》*中《ちゅう》の若《わか》い夫婦《ふうふ》のようだと思《おも》い、自分《じぶん》も頬《ほお》を染《そ》めた。霊魂《れいこん》は輪《わ》のようになってKの首《くび》に巻《ま》きついた。

部屋《へや》にはいると、霊魂《れいこん》はソファのうえに寝《ね》そべった形《かたち》をとって、

同棲《どうせい》　一緒《いっしょ》に暮《く》らすこと。生活《せいかつ》を共《とも》にすること。

厄介《やっかい》な　面倒《めんどう》なこと。迷惑《めいわく》なこと。

むしろ霊魂《れいこん》が……　この一節《いっせつ》は、わざと直訳調《ちょくやくちょう》の不自然《ふしぜん》な語順《ごじゅん》をとることで、Kの霊魂《れいこん》に対《たい》する複雑《ふくざつ》な思考《しこう》を跡《あと》づける効果《こうか》をあげている。

ペルシャ猫《ねこ》　猫《ねこ》の一品種《いちひんしゅ》で体毛《たいもう》が長《なが》く、愛玩用《あいがんよう》に飼育《しいく》される。十字軍《じゅうじぐん》の遠征《えんせい》に際《さい》して、中近東《ちゅうきんとう》からヨーロッパへ持《も》ち帰《かえ》られたとされるが、ペルシャ原産《げんさん》なのかは不明《ふめい》だという。

ロッカー　(locker)　個別《こべつ》に鍵《かぎ》のかかる戸棚《とだな》。勤務中《きんむちゅう》などに衣《い》服《ふく》や身《み》の回《まわ》りの品《しな》を入《い》れておくのに使《つか》う。

交信《こうしん》　電話《でんわ》やインターネットなどで通信《つうしん》すること。この場合《ばあい》はテレパシー（精神感応《せいしんかんのう》）で会話《かいわ》することを指《さ》す。

非活動的《ひかつどうてき》な　動《うご》かないこと。

山茶花《さざんか》　ツバキ科《か》の常緑《じょうりょく》小高木《しょうこうぼく》。秋《あき》から冬《ふゆ》にかけて白《しろ》い花《はな》をつける。園芸品種《えんげいひんしゅ》が多《おお》く庭《にわ》や生垣《いけがき》などに植栽《しょくさい》。冬《ふゆ》の季語《きご》。

接吻《せっぷん》　キス。くちづけ。

蜜月《みつげつ》　ハネムーン（honeymoon）の訳語《やくご》。結婚《けっこん》した当月《とうげつ》。新《しん》婚期間《こんきかん》。蜂蜜《はちみつ》のように甘《あま》い生活《せいかつ》と、月《つき》の満《み》ち欠《か》けのように愛《あい》情《じょう》の変《か》わりやすいことを暗示《あんじ》。

「今日《きょう》はひとりでいろんなことをしたの」としゃべりはじめた。「本《ほん》を読《よ》んだり、画集《がしゅう》をみたり、レコードをきいたり踊《おど》ったり、それからお庭《にわ》の花壇《かだん》の花《はな》のあいだをころげまわったり、お隣《となり》の犬《いぬ》と鸚鵡《おうむ》をからかったりしたわ」

「そういうことをしてもらっては困《こま》るよ」とKがあわてていうと、

「わかってます」と霊魂《れいこん》はすばやくKの話《はなし》を引《ひ》きとっていった。「ほかのひとがお化《ば》けか幽霊《ゆうれい》のしわざだと思《おも》うようなことをしてはいけないとおっしゃるのでしょう？　それは心《こころ》得《え》ていますわ。わたしにその気《き》がなければ、あなた以外《いがい》のかたにわたしの姿《すがた》はみえないはずですし」

「しかしこういうのが困《こま》るのだ」と、Kはきびしい顔《かお》をして、机《つくえ》やソファのうえにひらかれたままちらばっている本《ほん》や画集《がしゅう》を指《ゆび》さした。「母《はは》か女中《じょちゅう》がみたらなんと思《おも》うか、わかるだろう。それにきみはからだのない霊魂《れいこん》のくせに、ものを動《うご》かす力《ちから》があるんだね。これも困《こま》ったことだな。姿《すがた》のみえないきみが、うっかり物体《ぶったい》を動《うご》かして、それをひとにみられたらどうなるか、魔術《まじゅつ》＊やいんちき心霊術《しんれいじゅつ》＊ではあるまいし、困《こま》ったことだ」

「じつはお部屋《へや》の掃除《そうじ》をしてさしあげようと思《おも》ったの。そのうちに本《ほん》を読《よ》むのに夢中《むちゅう》になってしまって、ごめんなさい」

「とにかく、みだりに*ものを動《うご》かしたり人間《にんげん》と交渉《こうしょう》をもったりしないこと。きみは別《べつ》の世《せ》界《かい》の人間《にんげん》、いや霊魂《れいこん》だからね」

霊魂《れいこん》はすなおにきいていたが、突然《とつぜん》淡《あわ》いかげろう*のようになって書架《しょか》*のほうへ動《うご》いていくと、本《ほん》のあいだにしみこんでしまったようだった。

「ほら、こうして本《ほん》を読《よ》めばいいでしょう。少《すこ》し読《よ》みづらいけれど、強《し》いて*本《ほん》をひらく必《ひつ》要《よう》はないの。空気《くうき》みたいになって本《ほん》を包《つつ》んで、ページのあいだにも滲透《しんとう》*してしまうの」

引《ひ》きとって　他人《たにん》の言葉《ことば》を引《ひ》き継《つ》いで話《はな》すこと。

心得《こころえ》て　承知《しょうち》して。わきまえて。

魔術《まじゅつ》　ここではショーとして演《えん》じられるマジックのこと。

いんちき心霊術《しんれいじゅつ》　心霊術《しんれいじゅつ》の降霊実験《こうれいじっけん》で、しばしば霊媒《れいばい》が物理的《ぶつりてき》な詐術《さじゅつ》を用《もち》いて人《ひと》をだましたことを指《さ》す。

みだりに　むやみに。考《かんが》えなしに。

かげろう　「陽炎《かげろう》」と表記《ひょうき》。春陽《しゅんよう》に熱《ねっ》せられた地面《じめん》などの向《む》こうの景色《けしき》が、ちらちらと揺《ゆ》らめいて見《み》える現象《げんしょう》。はかないものの形容《けいよう》にも用《もち》いられる。「糸遊《いとゆう》」とも。

書架《しょか》　書棚《しょだな》。本棚《ほんだな》。

強《し》いて　あえて。わざわざ。

滲透《しんとう》　浸透《しんとう》とも。しみこむこと。

そんなとき霊魂《れいこん》は稀薄《きはく》な気体《きたい》、つまり活潑《かっぱつ》＊に飛《と》びまわる分子《ぶんし》＊の集合《しゅうごう》になっているのだろうか。その疑問《ぎもん》がさらに次《つぎ》の疑問《ぎもん》をKに起《おこ》させた。

「するともともときみは分子《ぶんし》かなにか、微細《びさい》な粒子《りゅうし》のようなものでできているわけだね。ということは、霊魂《れいこん》そのものは分割可能《ぶんかつかのう》だということになる」

「わたしは微粒子《びりゅうし》＊なんかでできているわけではないわ」と霊魂《れいこん》はやや心外《しんがい》＊だという調子《ちょうし》でいった。「濃《こ》くなったり薄《うす》くなったりはするけれど、ひとつながりの、まとまった存在《そんざい》ですわ」

「きみ自身《じしん》が分割不可能《ぶんかつふかのう》なアトム＊だというわけだね」

「ひきちぎればいくつにもなるけれど、すぐひとつになってしまうわ」

「きみのいうことはどうもよくわからないな」とKは考《かんが》えこみながらいった。

「そんなことより、お風呂《ふろ》にはいってお食事《しょくじ》でもなさったら？」と霊魂《れいこん》は妻《つま》がいうようなことをいい、うしろにまわってKの上衣《うわぎ》をぬがそうとした。

「きみにはあんまりそういうことをしてもらいたくないね」とKはいったが、霊魂《れいこん》は、

「どうしてつまらない遠慮《えんりょ》をなさるの」といってKのからだを自由《じゆう》に動《うご》かして着《き》ているものをぬがせた。

Kが浴室《よくしつ》にはいると霊魂《れいこん》もついてはいった。Kは、霊魂《れいこん》に、それも女《おんな》の霊魂《れいこん》に自分《じぶん》の裸《はだか》をみられることに少《すく》なからずこだわったが、霊魂《れいこん》のほうは水遊《みずあそ》びをする子《こ》どものように嬉々《きき》として*シャワーを浴《あ》びたり、Kといっしょに浴槽《よくそう》にはいったり、石鹸《せっけん》の泡《あわ》にまみれた自分《じぶん》をKの背中《せなか》にすりつけたりした。こういうことはすべて、Kにはひどく気違《きちが》いじみたことに思《おも》われた。この狂態《きょうたい》*を母《はは》がみたらなんというだろうか。そう思《おも》っているあいだにも、霊魂《れいこん》は湯《ゆ》のなかに潜《もぐ》って、どうしてそんなことができるのかわからないがさかんに泡《あわ》を発《はっ》生《せい》させ、それから自分自身《じぶんじしん》も大《おお》きな泡《あわ》のように勢《いきお》いよく湯《ゆ》のなかから跳《と》びあがった。

活潑《かっぱつ》　活発《かっぱつ》とも。動作《どうさ》が元気《げんき》で勢《いきお》いのよいこと。
分子《ぶんし》　物質《ぶっしつ》が化学的性質《かがくてきせいしつ》を保《たも》って存在《そんざい》できる最小《さいしょう》の構成単位《こうせいたんい》である、原子《げんし》の結合体《けつごうたい》。
微粒子《びりゅうし》　微小《びしょう》な粒状《つぶじょう》のもの。
心外《しんがい》　意外《いがい》なこと。遺憾《いかん》なこと。

アトム　(atom) ギリシャ哲学《てつがく》で、これ以上《いじょう》は分割《ぶんかつ》できないとされる事物《じぶつ》を構成《こうせい》する微小《びしょう》の存在《そんざい》。原子《げんし》。
嬉々として《きき》　嬉《うれ》しそうに。たのしげに。
狂態《きょうたい》　正気《しょうき》とは思《おも》われない態度《たいど》や言動《げんどう》。

「しずかにしなさい」といってKがつかまえると、濡《ぬ》れた霊魂《れいこん》は膝《ひざ》のうえでおとなしくなった。膝《ひざ》にさわる霊魂《れいこん》の感触《かんしょく》は女《おんな》のお臀《しり》にそっくりだった。Kのからだの一部《いちぶ》が硬《かた》くなったのを霊魂《れいこん》も感《かん》じたらしく、かすれた声《こえ》で、

「痛《いた》いわ」といった。

その声《こえ》でKは兇暴《きょうぼう》*な衝動《しょうどう》をおぼえた。身《み》をもがいて、逃《に》げようとするのかKを誘《さそ》っているのかわからない霊魂《れいこん》をおさえつけると、Kは悪《わる》い夢《ゆめ》のなかでのことのように感《かん》じながら霊魂《れいこん》を瀆《けが》した。*

「ひどいことをするのね」

霊魂《れいこん》はなかば媚《こ》びながら*怨《えん》じる*ようにいった。Kは自分自身《じぶんじしん》に対《たい》する嫌悪《けんお》を洗《あら》い流《なが》すかのように、霊魂《れいこん》を入念《にゅうねん》に*洗《あら》ってやった。そのあいだ中霊魂《じゅうれいこん》はいつになくぐったりしているようだった。

このまま霊魂《れいこん》と同衾《どうきん》*して、夫婦同然《ふうふどうぜん》の生活《せいかつ》をつづけるのは好《この》ましからざる*ことで、破滅《はめつ》の穴《あな》のなかへみずから落《お》ちこむようなものだとKは思《おも》ったが、その破滅《はめつ》に至《いた》るみちをどこ

までも歩《ある》いてみたい気《き》もして、Kはベッドのなかで円筒状《えんとうじょう》になった霊魂《れいこん》を愛撫《あいぶ》*していた。霊魂《れいこん》はKの手《て》の欲《ほっ》するままに女《おんな》のからだの形《かたち》をとるようだった。

「きみは思《おも》う通《とお》りの形《かたち》がとれるだろう。女《おんな》のからだになってごらん」

「どんな女《おんな》の……」と霊魂《れいこん》は霊魂《れいこん》らしからぬぼんやりした声《こえ》でいった。霊魂《れいこん》でも惑乱《わくらん》*したり痺《しび》れるような快楽《かいらく》をおぼえたりすることができるのだろうか。

「Mのからだのように……」とKがいうと、

「もう忘《わす》れたわ。どんなからだだったのか」

「きみのからだだったじゃないか」

「そんなにMのからだが好《す》きだったの」

兇暴《きょうぼう》 凶暴《きょうぼう》とも。凶悪《きょうあく》で荒々《あらあら》しいこと。
潰《けが》した 犯《おか》した。
媚《こ》びながら なまめかしい態度《たいど》をとりながら。
怨《えん》じる うらむ。
入念《にゅうねん》に 念入《ねんい》りに。ていねいに。

同衾《どうきん》 同《おな》じ夜具《やぐ》の中《なか》で寝《ね》ること。
好《この》ましからざる 好《この》ましくない。
愛撫《あいぶ》 かわいがって撫《な》でさすること。
惑乱《わくらん》 心《こころ》がとまどい、乱《みだ》されること。

　霊魂《れいこん》はKがほかの女《おんな》のことをほめでもしたように不機嫌《ふきげん》になった。

「それならMでなくていい。女《おんな》のからだになればいいのだ」

「霊魂《れいこん》のわたしではなくて、女《おんな》のからだが欲《ほ》しいのね」

「からだといえるかどうかわからない。あの蛋白質《たんぱくしつ》*でできた肉《にく》でなくていいのだ。きみの、その物質《ぶっしつ》だか何《なん》だかわからないからだで、女《おんな》になってもらいたいのだ」

　そういいながらKは手《て》に力《ちから》をこめて霊魂《れいこん》を自由《じゆう》にしようとした。霊魂《れいこん》は身《み》をくねらせて抵抗《ていこう》したが、それは物質《ぶっしつ》が示《しめ》す抵抗《ていこう》というよりも、観念《かんねん》のようなものを手《て》ごめ*にして形《かたち》をあたえようと格闘《かくとう》しているときに受《う》ける抵抗《ていこう》に似《に》ていた。必要《ひつよう》なのは腕力《わんりょく》ではなくて精神《せいしん》の力《ちから》のようだった。

「わたしをどうなさるおつもりなの」と霊魂《れいこん》は乱《みだ》れた声《こえ》でいい、なおも抵抗《ていこう》をやめなかったが、

「きみを世《よ》にも猥褻《わいせつ》*なものの形《かたち》にしてやるのだ」といってKは力《ちから》ずくで霊魂《れいこん》を屈服《くっぷく》*させにかかるのだった。そして霊魂《れいこん》もほんとうはそれを望《のぞ》んでいるかのように、次第《しだい》に弱《よわ》ってK

の望《のぞ》む通《とお》りのものになっていくのだった。

霊魂《れいこん》はそのあと長《なが》くなったまま、Kの胸《むね》に伏《ふ》して*じっとしていた。Kは霊魂《れいこん》の背中《せなか》にあたるところを撫《な》でてやりながら、

「長《なが》くのびているのは疲《つか》れたからかい」とたずねた。

「少《すこ》し疲《つか》れたわ」と霊魂《れいこん》は夢心地《ゆめごこち》*のような声《こえ》で答《こた》えた。「あなたは残酷《ざんこく》で、わたしのような霊魂《れいこん》にずいぶん無理《むり》なことをさせるわ。あなたのおっしゃるままの形《かたち》になることは、その気《き》になればもちろんできるけれど、大変《たいへん》な力《ちから》がいるの。それにこんなことは霊魂《れいこん》の本性《ほんしょう》*からひどくはずれたことなんだわ。人間《にんげん》のからだと交《まじ》わるなんて、人間《にんげん》が獣《けもの》と交《まじ》わる*よりもおかしなことですわ。気《き》が狂《くる》いそうになるわ」それはそうかもしれない、とKも思《おも》

蛋白質《たんぱくしつ》　生物《せいぶつ》の体《からだ》を構成《こうせい》する成分《せいぶん》のひとつである含窒素有機化《がんちっそゆうきか》合物《ごうぶつ》。アミノ酸《さん》から成《な》る。動物《どうぶつ》にとって重要《じゅうよう》な栄養素《えいようそ》のひとつ。
手《て》**ごめ**　力《ちから》ずくで身体《しんたい》の自由《じゆう》を奪《うば》うこと。
猥褻《わいせつ》　性的《せいてき》にいやらしく、みだらなこと。特《とく》に公序良俗《こうじょりょうぞく》に反《はん》するとされる場合《ばあい》に用《もち》いられる。

屈服《くっぷく》　服従《ふくじゅう》させること。
伏《ふ》**して**　うつぶせになって。横《よこ》になって。
夢心地《ゆめごこち》　夢《ゆめ》を見《み》ているような恍惚《こうこつ》とした気持《きも》ち。夢見心地《ゆめみごこち》。
本性《ほんしょう》　本来《ほんらい》の性格《せいかく》。
人間《にんげん》**が獣**《けもの》**と交**《まじ》**わる**　『恋《こい》』の巻《かん》の解説《かいせつ》（２９４頁《ぺーじ》あたり）を参照《さんしょう》。

った。

「ぼくたちは悪《わる》いことをしているのだ。こんなことをつづけていると、ぼくのほうは人間《にんげん》ではなくなるし、きみのほうも堕落《だらく》して霊魂《れいこん》でなくなってしまいそうだね」

「星《ほし》が墜《お》ちてひとで*になるように、あたしは堕落《だらく》して泥《どろ》の亀《かめ》*になるかもしれないわ」

それにもかかわらず、そういうことは一度《いちど》あると繰《く》りかえされないわけにはいかなくて、度重《たびかさ》なるうちにKのほうではそれがひとつの習慣《しゅうかん》のようになってしまった。そして霊魂《れいこん》としては意《い》に反《はん》する*ことを、というより不自然《ふしぜん》なことを強《し》いられている*せいか、目《め》にみえて*憔悴《しょうすい》*してくるようだった。薄《うす》くなり、手《て》ごたえが弱《よわ》くなって、憂鬱《ゆううつ》そうにしていることが多《おお》くなった。

「からだの具合《ぐあい》でも悪《わる》いの？」とKはきいてみたが、これはからだのない霊魂《れいこん》にはおかしな質問《しつもん》だった。「まさか妊娠《にんしん》するわけはないしね」

冗談《じょうだん》のつもりでそういったが、霊魂《れいこん》は笑《わら》わずに、沈《しず》んだまじめな声《こえ》でいった。

「あなたのせいじゃないの。またわたしたちが悪《わる》いことをしてきたせいでもないの。ただ霊魂《れいこん》としては、いつまでもあなたのおそばにいて水《みず》いらず*の生活《せいかつ》をつづけるわけにはいかないような気《き》がしているの」

「ぼくをみすててどこかへ行《い》ってしまうのか」

「ちがいますわ。むしろ、わたしのほうが変《かわ》りはじめているようなの」

「霊魂《れいこん》でも、生《い》きた女《おんな》なみに*心変《こころがわ》りということがあるんだね」

「それもちがいます。わたしはあなたにしがみついていたくて、気《き》が狂《くる》いそうですわ。気《き》が狂《くる》うといったことが霊魂《れいこん》にとってどんなに異常《いじょう》で、というよりむしろ考《かんが》えられないようなことだということは、おわかりになるでしょう。もともと霊魂《れいこん》は理性的《りせいてき》なんですもの。そしてその本性《ほんしょう》が結局《けっきょく》わたしを支配《しはい》するようになるのは避《さ》けがたい運命《うんめい》ですわ」

ひとで　ヒトデ綱《こう》の棘皮動物《きょくひどうぶつ》の総称《そうしょう》。扁平《へんぺい》な体《からだ》に五本《ほん》の腕《うで》が放《ほう》射状《しゃじょう》に突出《とっしゅつ》する星形《ほしがた》または五角形《かっけい》で、腹面《ふくめん》の中央《ちゅうおう》に口《くち》がある。「海星《ひとで》」とも表記《ひょうき》するように、その形状《けいじょう》から星《ほし》になぞらえられる。

泥《どろ》の亀《かめ》　泥亀《どろがめ》はスッポンの異称《いしょう》。

意《い》に反《はん》する　本意《ほんい》ではない。

強《し》いられて　強制《きょうせい》されて。無理強《むりじ》いされて。

目《め》にみえて　顕著《けんちょ》に。明《あき》らかに。

憔悴《しょうすい》　やつれて衰《おとろ》えること。

水《みず》いらず　他人《たにん》をまじえない親《した》しい者《もの》だけの状態《じょうたい》。

女《おんな》なみに　女性《じょせい》と同様《どうよう》に。

霊魂《れいこん》はそう話《はな》しながら悲《かな》しみの色《いろ》をみせた。Kは不吉《ふきつ》な予感《よかん》をおぼえたが、霊魂《れいこん》のいうことを黙《だま》ってきいていた。

「わたしはだんだんMの霊魂《れいこん》ではなくなってくるみたいなの。Mのからだを失《うしな》ってからは、Mのことに関《かん》する記憶《きおく》もみるみる薄《うす》れていきましたわ。記憶《きおく》はやはり霊魂《れいこん》ではなくてからだがもっているのですね。からだがなくなると、わたしがいつまでもMの霊魂《れいこん》でいることはむずかしいのです。そのうちにだれの霊魂《れいこん》でもなくなりますわ。ちょうど風《かぜ》に吹《ふ》きさらされて*色《いろ》も匂《にお》いもぬけてしまうみたいに、時《とき》の風《かぜ》に吹《ふ》きさらされて霊魂《れいこん》の個人性《こじんせい》がぬけてしまうようですわ」

「それで、きみは結局《けっきょく》どうなるのだ」とKは目《め》のまえが暗《くら》くなる思《おも》いでいった。

「別《べつ》になくなりはしませんわ。でも、あなたという杭《くい》*に縛《しば》りつけられて、形《かたち》をたもっていくことはできなくなりそうですの。拡散《かくさん》して、稀薄《きはく》になって、個人的霊魂《こじんてきれいこん》から本来《ほんらい》の、空間《くうかん》に縛《しば》られない霊魂《れいこん》に近《ちか》づいていくと思《おも》いますわ」

「それはよろこばしいことだ」とKは毒《どく》をふくんだ*調子《ちょうし》でいった。

「そんなふうにおっしゃられると、悲《かな》しくなるわ。ほんとによろこんでくださるならうれしいのに」

「とてもそんな気持《きもち》にはなれないね。ぼくのほうも霊魂《れいこん》なら、少《すこ》しはきみの立場《たちば》がわかるかもしれないが」

「霊魂《れいこん》におなりになればいいわ」

そのことばがKにはひとつの啓示《けいじ》*のように思《おも》われた。

「つまり、ぼくもこのからだを棄《す》てればいいわけだね」

「そうなされば、わたしもあなたの霊魂《れいこん》とじかに交《まじ》わって、ひとつに融《と》けることもできますわ。霊魂《れいこん》としてはわたしのほうが多少《たしょう》進化《しんか》していますけれど、あなたはわたしみたいに妄執《もうしゅう》*の塊《かたまり》になってだれかにとりつく*必要《ひつよう》もありませんから、すぐに進化《しんか》してわたしに

吹《ふ》きさらされて　露天《ろてん》にさらして風《かぜ》が吹《ふ》きつけるままにすること。

杭《くい》　地中《ちちゅう》に打《う》ちこんで目印《めじるし》や支柱《しちゅう》などにする長《なが》い棒《ぼう》。

毒《どく》をふくんだ　悪意《あくい》や皮肉《ひにく》を帯《お》びた。

啓示《けいじ》　あらわして示《しめ》すこと。天啓《てんけい》。神《かみ》のお告《つ》げ。

妄執《もうしゅう》　心《こころ》の迷《まよ》いから何《なに》かに執着《しゅうちゃく》すること。

だれかにとりつく　やはり霊《れい》となって取《と》り憑《つ》いていたのである！

追《お》いつくでしょう。そのためのお手伝《てつだ》いなら何《なん》でもいたしますわ」
「ぼくは死《し》ねばいいわけだ」
「殺《ころ》してあげるわ」と霊魂《れいこん》はうれしそうにいった。「とても簡単《かんたん》なことですわ。たとえば、わたしが薄《うす》い膜《まく》になってあなたの全身《ぜんしん》をおおえば、窒息《ちっそく》*してすぐに死《し》ねます。やってみましょうか」

Kはうなずいたが、そのときあの半透明《はんとうめい》の塊《かたまり》をしていたいつもの霊魂《れいこん》はもうどこにもみえなかった。霊魂《れいこん》が呼《よ》びかけていることばは声《こえ》とならずに直接《ちょくせつ》Kの頭《あたま》に響《ひび》き、頭蓋《ずがい》のドーム*の音楽堂《おんがくどう》のなかで（それは半円形《はんえんけい》のステージのある野外音楽堂《やがいおんがくどう》のようでもあった）銀色《ぎんいろ》の枯葉《かれは》が舞《ま》い落《お》ちる音《おと》のようにもきこえ、またまだ燃《も》えている紅葉《こうよう》のざわめきはシンバル*を打《う》ち鳴《な》らすようでもあった。ここはどこだろうかと考《かんが》えたがわからなかった。そのとき、Kは薔薇色《ばらいろ》の霊魂《れいこん》に包《つつ》まれるのを感《かん》じた。息苦《いきぐる》しくなり、やがて自分《じぶん》の霊魂《れいこん》がからだから吸《す》いだされていくのがわかった。

（「新潮《しんちょう》」一九七〇年《ねん》一月号掲載《がつごうけいさい》）

窒息《ちっそく》　息《いき》が詰《つ》まって呼吸《こきゅう》できなくなること。

頭蓋《ずがい》**のドーム**　頭《あたま》の骨《ほね》の形状《けいじょう》をドーム（円屋根《まるやね》）にたとえている。

シンバル　(cymbal)　打楽器《だがっき》の一種《いっしゅ》。二枚《まい》一組《くみ》の金属円盤《きんぞくえんばん》を打《う》ち合《あ》わせたり、スティックで叩《たた》いて音《おと》を出《だ》す。

なお、倉橋由美子《くらはしゆみこ》は新潮社版《しんちょうしゃばん》『倉橋由美子全作品《くらはしゆみこぜんさくひん》7』所収《しょしゅう》の「作品《さくひん》ノート」で、本篇《ほんぺん》について次《つぎ》のように記《しる》している。「自分《じぶん》では好《す》きな小説《しょうせつ》の一《ひと》つである。これもある仮説《かせつ》から出発《しゅっぱつ》していて、霊魂《れいこん》という言葉《ことば》から作者《さくしゃ》が想像《そうぞう》するところによれば、それは死後《しご》に身体《からだ》を離《はな》れてどこかへ行《い》ってしまう半《なか》ば物質《ぶっしつ》でもあるような何《なに》かである。KのところにやってきたMの霊魂《れいこん》はまず猫《ねこ》のように膝《ひざ》にあがるが、『それは半透明《はんとうめい》の塊《かたまり》で、さだまった形《かたち》はないようで、二《に》、三歳《さんさい》の子《こ》どもほどの大《おお》きさ』で、『重《おも》さはあるともないともわからな』い。『撫《な》でてみると、やわらかなままに玉《たま》のようになめらかで人肌《ひとはだ》のあたたかさ』である。霊魂《れいこん》があるとすればそういうものでなければならないというのが作者《さくしゃ》の勝手《かって》な仮説《かせつ》で、あとはこの霊魂《れいこん》の属性《ぞくせい》を分析《ぶんせき》して、その行動《こうどう》やKと結《むす》ぶ関係《かんけい》がいかなるものになるかを想像《そうぞう》すると言《い》うより推論《すいろん》することによってこの小説《しょうせつ》ができあがった。この論理的想像《ろんりてきそうぞう》が作者《さくしゃ》には一番楽《いちばんらく》で楽《たの》しい方法《ほうほう》である。想像力《そうぞうりょく》がそれだけ非力《ひりき》だということであろう。バルザックのように、容貌《ようぼう》、性格《せいかく》、係累《けいるい》、財産《ざいさん》、住《す》んでいる家《いえ》に家具《かぐ》に召使《めしつかい》にまわりの街《まち》まで、一式揃《いっしきそろ》えて何人《なんにん》かの人物《じんぶつ》を作《つく》り、これを引《ひ》きずりまわして行動《こうどう》させていく想像力《そうぞうりょく》というものは想像《そうぞう》を絶《ぜっ》する。気《き》の遠《とお》くなるような腕力《わんりょく》が必要《ひつよう》であろう。こちらは貧弱《ひんじゃく》な腕力《わんりょく》、体力《たいりょく》しか持《も》ち合《あ》わせていないので、誰《だれ》かのようにボディービルでもやらない限《かぎ》り具象派《ぐしょうは》の人《にん》間《げん》喜劇《きげき》は書《か》けそうにない」ちなみにボディービルをやる誰《だれ》かとは、三島由紀夫《みしまゆきお》（『呪《のろい》』に「復讐《ふくしゅう》」を収録《しゅうろく》）のことだろう。

木《き》曾《そ》の旅《たび》人《びと》

岡《おか》本《もと》綺《き》堂《どう》

（一）

T君《テーくん》は語《かた》る。*

その頃《ころ》の軽井沢《かるいざわ》は*寂《さび》れきっていましたよ。それは明治二十四年《めいじにじゅうよねん》*の秋《あき》で、あの辺《へん》も衰微《すいび》の絶頂《ぜっちょう》*であったらしい。なにしろ昔《むかし》の中仙道《なかせんどう》*の宿場《しゅくば》がすっかり寂《さび》れてしまって、土地《とち》にはなんにも産物《さんぶつ》*はないし、ほとんどもう立《た》ちゆかないことになって、ほか土地《とち》*へ立退《たちの》く者《もの》もある。わたしも親父《おやじ》と一緒《いっしょ》に横川《よこかわ》*で汽車《きしゃ》を下《お》りて、碓氷峠《うすいとうげ》*の旧道《きゅうどう》をがた馬車《ばしゃ》*にゆられながら登《のぼ》って下《お》りて、荒涼《こうりょう》たる軽井沢《かるいざわ》の宿《しゅく》に着《つ》いたときには、実《じつ》に心細《こころぼそ》いくらい寂《さび》しかったものです。それが今日《こんにち》ではどうでしょう。まるで世界《せかい》が変《かわ》ったように開《ひら》けてしまいました。その当時《とうじ》わたし達《たち》が泊《と》まった宿屋《やどや》はなにしろ一泊三十五銭《いっぱくさんじゅうごせん》*というのだから、たいてい想像《そう ぞう》がつきましょう。その宿屋《やどや》も今《いま》では何《なん》とかホテルという素晴《すば》らしい大建物《おおだてもの》*になっていま

す。一体《いったい》そんなところへ何《なに》しに行《い》ったのかというと、つまり妙義《みょうぎ》*から碓氷《うすい》の紅葉《もみじ》を見物《けんぶつ》し

T君《くん》は語《かた》る　本篇《ほんぺん》が収録《しゅうろく》された『近代異妖篇《きんだいいようへん》』（一九二六）の巻頭作《かんとうさく》「こま犬《いぬ》」冒頭《ぼうとう》より引用《いんよう》する。「春《はる》の雪《ゆき》ふる宵《よい》に、わたしが小石川《こいしかわ》の青蛙堂《せいあどう》に誘《さそ》い出《だ》されて、もろもろの怪談《かいだん》を聴《き》かされたことは、曩《さき》に発表《はっぴょう》した『青蛙堂鬼談《せいあどうきだん》』に詳《くわ》しく書《か》いた。しかしその夜《よ》の物語《ものがたり》はあれだけで尽《つ》きているのではない。その席上《せきじょう》でわたしが窃《ひそ》かに筆記《ひっき》したもの、あるいは記憶《きおく》にとどめておいたもの、数《かぞ》うればまだまだ沢山《たくさん》あるので、その拾《しゅう》遺《い》というような意味《いみ》で更《さら》にこの『近代異妖篇《きんだいいようへん》』を草《そう》することにした」『青蛙堂鬼談《せいあどうきだん》』では「第《だい》十一の男《おとこ》は語《かた》る」（『呪《のろい》』所収《しょしゅう》の「笛《ふえ》塚《づか》」参照《さんしょう》）などという語《かた》りだしだったのに対《たい》して、続篇《ぞくへん》の『近代異妖篇《きんだいいようへん》』では「S君《くん》」「E君《くん》」など、語《かた》り手《て》がイニシャルで表記《ひょうき》されている。

軽井沢《かるいざわ》　長野県東部《ながのけんとうぶ》の北佐久郡《きたさくぐん》にある避暑地《ひしょち》で、現在《げんざい》も観光地《かんこうち》や別荘地《べっそうち》としてにぎわう。浅間山《あさまやま》の南東麓《なんとうろく》に位置《いち》する。

明治《めいじ》二十四年《ねん》　一八九一年《ねん》。綺堂《きどう》は前年《ぜんねん》の九〇年《ねん》に父《ちち》の紹介《しょうかい》で東京日日新聞社《とうきょうにちにちしんぶんしゃ》に入社《にゅうしゃ》、新聞記者《しんぶんきしゃ》として働《はたら》くかたわら劇評《げきひょう》などの執筆《しっぴつ》を開始《かいし》。翌《よく》九一年《ねん》には初《はつ》の小説《しょうせつ》「高松城《たかまつじょう》」を同紙《どうし》に発表《はっぴょう》している。

衰微《すいび》の絶頂《ぜっちょう》　衰退《すいたい》の極《きわ》み。

中仙道《なかせんどう》　「中山道《なかせんどう》」とも。五街道《ごかいどう》のひとつで、江戸《えど》・日本橋《にほんばし》から板橋《いたばし》をふりだしに、上野《こうずけ》・信濃《しなの》・美濃《みの》・近江《おうみ》を経《へ》て、草津《くさつ》で東海道《とうかいどう》に合流《ごうりゅう》し京都《きょうと》に至《いた》る。六十九宿《しゅく》。

産物《さんぶつ》　その土地《とち》の特産品《とくさんひん》。

立《た》ちゆかない　事業《じぎょう》や生活《せいかつ》が維持《いじ》できない。

ほか土地《とち》　よその土地《とち》。

横川《よこかわ》　群馬県安中市《ぐんまけんあんなかし》にあるJR信越本線《しんえつほんせん》の駅《えき》。駅弁《えきべん》「峠《とうげ》の釜《かま》めし」で有名《ゆうめい》。ちなみに、横川駅《よこかわえき》〜軽井沢駅間《かるいざわえきかん》が開通《かいつう》するのは、この物語《ものがたり》から二年後《ねんご》の明治《めいじ》二十六年《ねん》（一八九三）のことだった（長野新幹線開通《ながのしんかんせんかいつう》に伴《ともな》い廃線《はいせん》となり、現在《げんざい》はバスが運行《うんこう》）。

碓氷峠《うすいとうげ》　群馬県安中市《ぐんまけんあんなかし》と長野県軽井沢町《ながのけんかるいざわまち》の境《さかい》にある峠《とうげ》。旧道《きゅうどう》の峠《とうげ》は中山道第一《なかせんどうだいいち》の難所《なんしょ》として知《し》られた。

がた馬車《ばしゃ》　がたがたと鉄輪《てつりん》が音《おと》をたてて運行《うんこう》される粗末《そまつ》な乗合《のりあい》馬車《ばしゃ》。がたくり馬車《ばしゃ》とも。

一泊《ぱく》三十五銭《せん》　現在《げんざい》の貨幣価値《かへいかち》に直《なお》すと、概算《がいさん》で六〇〇〇〜七〇〇〇円《えん》ほどか。

大建物《おおだてもの》　立派《りっぱ》で宏壮《こうそう》な建物《たてもの》。

妙義《みょうぎ》　妙義山《みょうぎさん》の略《りゃく》。群馬県南西部《ぐんまけんなんせいぶ》の甘楽郡下仁田町《かんらぐんしもにたまち》・富岡市《とみおかし》・安中市《あんなかし》の境界《きょうかい》に位置《いち》する山《やま》で、赤城山《あかぎさん》、榛名山《はるなさん》と並《なら》ぶ上毛三山《じょうもうさんざん》のひとつ。奇岩怪石《きがんかいせき》で知《し》られる。

ようという親父《おやじ》の風流心《ふうりゅうしん》*から出発《しゅっぱつ》したのですが、妙義《みょうぎ》でいい加減《かげん》*に疲《つか》れてしまったので、碓氷《うすい》の方《ほう》はがたがた馬車《ばしゃ》に乗《の》りましたが、山路《やまみち》で二三度《にさんど》あぶなく引《ひ》っくり返《かえ》されそうになったのには驚《おどろ》きましたよ。

　わたしは一向《いっこう》*面白《おもしろ》くなかったが、親父《おやじ》は閑寂《しずか》*で好《い》いとかいうので、その軽井沢《かるいざわ》の大《おお》きい薄暗《うすぐら》い宿屋《やどや》に四日《よっか》ばかり逗留《とうりゅう》*していました。考《かんが》えてみると随分物好《ずいぶんものず》きです。すると、その三日目《みっかめ》は朝《あさ》から雨《あめ》がびしょびしょ降《ふ》る。十月《じゅうがつ》の末《すえ》だから信州《しんしゅう》のここらは急《きゅう》に寒《さむ》くなる。おやじと私《わたし》とは宿屋《やどや》の店《みせ》に切《き》ってある*大《おお》きい炉《ろ》の前《まえ》に坐《すわ》って、宿《やど》の亭主《ていしゅ》を相手《あいて》に土地《とち》の話《はなし》などを聴《き》いていると、やがて日《ひ》の暮《く》れかかるころに、もう五十近《ごじゅうちか》い大男《おおおとこ》がずっと*這入《はい》ってきました。その男《おとこ》の商売《しょうばい》は杣《そま》*で、五年《ごねん》ばかり木曾《きそ》*の方《ほう》へ行《い》っていたが、さびれた故郷《こきょう》でもやはり懐《なつ》かしいとみえて、この夏《なつ》の初《はじ》めからここへ帰《かえ》ってきたのだそうです。われわれも退屈《たいくつ》しているところだから、その男《おとこ》を炉《ろ》のそばへ呼《よ》びあげて、いろいろの話《はなし》を聴《き》いたりしているうちに、杣《そま》の男《おとこ》が木曾《きそ》の山奥《やまおく》にいたときの話《はなし》をはじめました。

「あんな山奥《やまおく》にいたら、時々《ときどき》には怖《おそ》ろしいことがありましたろうね。」と、年《とし》の若《わか》い私《わたし》は一種《いっしゅ》の好奇心《こうきしん》にそそられて訊《き》きました。

「さあ。山奥《やまおく》だって格別《かくべつ》*に変《かわ》りはありませんよ。」と、かれは案外《あんがい》*平気《へいき》で答《こた》えました。

「怖《おそ》ろしいのは大風雨《おおあらし》ぐらいのものですよ。猟師《りょうし》はときどきに怪物《えてもの》*にからかわれると云《い》い

親父《おやじ》の風流心《ふうりゅうしん》　「風流心《ふうりゅうしん》」は風雅《ふうが》を愛《め》でる心《こころ》。ちなみに本篇《ほんぺん》は「T君《くん》」の話《はなし》とされているが、綺堂自身《きどうじしん》の実見聞《じつけんぶん》を踏《ふ》まえていることが、作者《さくしゃ》による怪談実話《かいだんじつわ》「木曾《きそ》の怪物《えてもの》」（一九〇二）の次《つぎ》の一節《せつ》で確認《かくにん》できる。「これは亡父《ぼうふ》の物語《ものがたり》。頃《ころ》は去《さ》る明《めい》治《じ》二十三年《ねん》の春《はる》三月《がつ》、父《ちち》はよんどころなき所用《しょよう》あって信州《しんしゅう》軽井沢《かるいざわ》へ赴《おもむ》いて、およそ半月《はんつき》ばかりもこの駅《しゅく》に逗留《とうりゅう》していた。（略《りゃく》）日々《ひび》炉《ろ》を囲《かこ》んで春《はる》の寒《さむ》さに顫《ふる》えていると、ある日《ひ》の夕《ゆう》ぐれ、山《やま》の猟師《りょうし》が一匹《いっぴき》、鹿《しか》の鮮血滴《なまちしただ》るのを担《かつ》いで来《き》て、どうか買《か》ってくれという」。綺堂《きどう》の父《ちち》・敬之助《けいのすけ》（維新後《いしんご》に純《きよし》と改《かい》名《めい》）は、元幕府御家人《もとばくふごけにん》で維新後《いしんご》は英国公使館《えいこくこうしかん》に書記《しょき》として勤《きん》務《む》。英語《えいご》に堪能《たんのう》な一方《いっぽう》で大《だい》の芝居好《しばいず》きでもあり、通人《つうじん》として知《し》られた人物《じんぶつ》であった。

いい加減《かげん》に　かなり。相当《そうとう》に。

一向《いっこう》　少《すこ》しも。まったく。

閑寂《しずか》　ひっそりして寂《さび》しげなこと。

逗留《とうりゅう》　旅館《りょかん》などにしばらく滞在《たいざい》すること。

切《き》ってある　炉《ろ》は、床《ゆか》の一部《いちぶ》を箱形《はこがた》に切《き》りあけて設置《せっち》されるので、「切《き》る」という。

ずっと　ためらいなく前《まえ》に進《すす》むさま。

杣《そま》　杣山《そまやま》（材木用《ざいもくよう》の樹木《じゅもく》が繁《しげ》る山《やま》）で木《き》を伐採《ばっさい》する職業《しょくぎょう》の人《ひと》。きこり。杣人《そまびと》とも。

木曾《きそ》　長野県南西部《ながのけんなんせいぶ》、木曾川上流《きそがわじょうりゅう》の一帯《いったい》。中山道《なかせんどう》が通《つう》じているため、古《ふる》くから交通《こうつう》の要衝《ようしょう》として知《し》られる。檜《ひのき》など良材《りょうざい》の産地《さんち》。

格別《かくべつ》に　特《とく》には。

案外《あんがい》　思《おも》いのほか。意外《いがい》にも。

怪物《えてもの》　後《のち》に「猿《さる》の甲羅経《こうらへ》たもの」とあるように、「えて」は猿《さる》の異称《いしょう》か。猿《さる》を擬人化《ぎじんか》して、あるいは忌詞《いみことば》として（猿《さる》は「去《さ》る」に通《つう》ずる）、「えてこう（得手公《えてこう》）」と呼《よ》ぶ例《れい》は各地《かくち》にある。前出《ぜんしゅつ》「木曾《きそ》の怪物《えてもの》」に「猿《さる》の所為《しわざ》とも云《い》い、木霊《こだま》とも云《い》い、魔《ま》とも云《い》い、その正体《しょうたい》は何《なん》だか解《わか》りませんが、とにかく怪《あや》しい魔物《まもの》が住《す》んでいる」とある。

ますがね。」

「えてものとは何《なん》です。」

「なんだか判《わか》りません。まあ、猿《さる》の甲羅《こうら》経《へ》た*ものだとか云《い》いますが、誰《だれ》も正体《しょうたい》をみた者《もの》はありません。まあ、早《はや》くいうと、そこに一羽《いちわ》の鴨《かも》があるいている。はて珍《めず》らしいというのでそれを捕《と》ろうとすると、鴨《かも》めは人《ひと》を焦《じ》らす*ようについと*逃《に》げる。こっちは焦《あせ》ってまた追《お》ってゆく。それが他《ほか》のものには何《なん》にもみえないで、猟師《りょうし》は空《くう》を追《お》っていく*んです。その時《とき》にほかの者《もの》が大《おお》きい声《こえ》で、そらえてものだぞ、気《き》をつけろと怒鳴《どな》ってやると、猟師《りょうし》もはじめて気《き》がつくんです。なに、最初《さいしょ》から何《なん》にもいるのじゃないので、その猟師《りょうし》の眼《め》にだけそんなものが見《み》えるんです。それですから木曾《きそ》の山奥《やまおく》へ這入《はい》る猟師《りょうし》は決《けっ》して一人《ひとり》で行《い》きません。きっとふたりか三人連《さんにんづ》れで行《い》くことにしています。ある時《とき》にはこんなこともあったそうです。山奥《やまおく》へ這入《はい》った三人《さんにん》の猟師《りょうし》が、谷川《たにかわ》の水《みず》を汲《く》んで飯《めし》をたいて、もう蒸《む》れた*時分《じぶん》だろうと思《おも》って、そのひとりが釜《かま》の蓋《ふた》をあけると、釜《かま》のなかから女《おんな》の大《おお》きい首《くび》がぬっと出《で》たんです。その猟師《りょうし》はあわてて釜《かま》の蓋《ふた》をして、上《うえ》からしっかり押《お》さえながら、えてものだ、

えてものだ、早《はや》くぶっぱらえ＊と怒鳴《どな》りますと、連《つ》れの猟師《りょうし》はすぐに鉄砲《てっぽう》を取《と》ってどこを的《まと》ともなしに＊二三発《にさんぱつ》つづけ撃《う》ちに撃《う》ちました。それから釜《かま》の蓋《ふた》をあけると、女《おんな》の首《くび》はもう見《み》えませんでした。まあ、こういうたぐいのことをえてものの仕業《しわざ》だと云《い》うんですが、そのえてものに出逢《であ》うものは猟師仲間《りょうしなかま》に限《かぎ》っていて、杣小屋《そまごや》＊などでは一度《いちど》もそんな目《め》に逢《あ》ったことはありませんよ。」

彼《かれ》は太《ふと》い煙管《きせる》＊で煙草《たばこ》をすぱすぱと燻《くゆ》らしながら＊澄《す》ましこんで＊いるので、わたしは失望《しつぼう》しました。さびしく衰《おとろ》えた古《ふる》い宿場《しゅくば》で、暮秋《ぼしゅう》＊の寒《さむ》い雨《あめ》が小歇《おや》みなしに＊降《ふ》っている夕《ゆうべ》、深山《みやま》の奥《おく》に久《ひさ》しく住《す》んでいた男《おとこ》から何《なに》かの怪《あや》しい物《もの》がたりを聞《き》きだそうとした、その期待《きたい》は見《み》

甲羅経《こうらへ》た　年功《ねんこう》を積《つ》んだ、すなわち異様《いよう》に長命《ちょうめい》であるもの。
焦《じ》らす　からかうようにして、気持《きも》ちをいらだたせる。
ついと　すばやく。敏捷《びんしょう》に。
空《くう》を追《お》っていく　そこに無《な》いものを追《お》いかけるさま。
蒸《む》れた　焚《た》いた米《こめ》に蒸気《じょうき》がゆきわたること。
ぶっぱらえ　（銃《じゅう》を）ぶっぱなせ。発砲《はっぽう》しろ。
的《まと》ともなしに　目《め》がけるでもなく。

杣小屋《そまごや》　きこりが山作業《やまさぎょう》で使《つか》う小屋《こや》。
煙管《きせる》　刻《きざ》み煙草《たばこ》を先端《せんたん》につめて火《ひ》を点《てん》じ、その煙《けむり》を吸《す》う金属製《きんぞくせい》の喫煙具《きつえんぐ》。
燻《くゆ》らしながら　煙《けむり》をたたせながら。
澄《す》ましこんで　落《お》ち着《つ》きはらった様子《ようす》で澄《す》まして。
暮秋《ぼしゅう》　秋《あき》の末《すえ》。陰暦《いんれき》九月《がつ》の異称《いしょう》。
小歇《おや》みなしに　少《すこ》しも止《や》むことなしに。

事《ごと》に裏切《うらぎ》られてしまったのです。それでも私《わたし》は強請《ねだ》る＊ように執拗《しつこ》く訊《き》きました。

「しかし五年《ごねん》もそんな山奥《やまおく》にいては、一度《いちど》や二度《にど》はなにか変《かわ》ったこともあったでしょう。いや、お前《まえ》さん方《がた》＊は馴《な》れているから何《なん》とも思《おも》わなくっても、ほかの者《もの》が聞《き》いたら＊珍《めず》らしいことや、不思議《ふしぎ》なことが……。」

「さあ。」と、かれは粗朶《そだ》＊の煙《けむり》が眼《め》にしみたように眉《まゆ》を皺《しわ》めました。＊「なるほど考《かんが》えてみると、長《なが》いあいだに一度《いちど》や二度《にど》は変《かわ》ったこともありましたよ。そのなかでもたった一度《いちど》、なんだか判《わか》らずに薄気味《うすきみ》の悪《わる》かったことがありました。なに、その時《とき》は別《べつ》になんとも思《おも》わなかったのですが、あとで考《かんが》えるとなんだか気味《きみ》が好《よ》くありませんでした。＊あれはどういうわけですかね。」

かれは重兵衛《じゅうべえ》という男《おとこ》で、そのころ六《むっ》つの太吉《たきち》という男《おとこ》の児《こ》と二人《ふたり》きりで、木曾《きそ》の山奥《やまおく》の杣小屋《そまごや》にさびしく暮《くら》していました。そこは御嶽山《おんたけさん》＊にのぼる黒沢口《くろさわぐち》＊から更《さら》に一里《いちり》＊ほどの奥《おく》に引込《ひっこ》んでいるので、登山者《とざんしゃ》も強力《ごうりき》＊もめったに姿《すがた》をみせなかったそうです。さてこれからがお話《はなし》の本文《ほんもん》＊と思《おも》ってください。

「お父《とっ》さん、*怖《こわ》いよう。」

今《いま》までおとなしく遊《あそ》んでいた太吉《たきち》が急《きゅう》に顔《かお》の色《いろ》を変《か》えて、父《ちち》の膝《ひざ》に取《と》りついた。親《おや》ひと

強請《ねだ》る　あの手《て》この手《て》で要求《ようきゅう》する。
お前《まえ》さん方《がた》　あなたたち。
ほかの者《もの》が聞《き》いたら……　今《いま》も昔《むかし》も、怪談実話《かいだんじつわ》の取材《しゅざい》や蒐集《しゅうしゅう》をこころざす人《ひと》たちが、決《き》まり文句《もんく》のように繰《く》りだす台詞《せりふ》。こうした問《と》いかけから、凄《すご》い怪談《かいだん》が引《ひ》き出《だ》される例《れい》は少《すく》なくない。ちなみに綺堂《きどう》は少年時代《しょうねんじだい》から、父《ちち》や叔父《おじ》など身近《みぢか》な人々《ひとびと》から怪談話《かいだんばなし》を聴《き》かされることを、ことのほか好《この》んだという。『近代異妖篇《きんだいいようへん》』所収《しょしゅう》の「父《ちち》の怪談《かいだん》」（一九二四）など参照《さんしょう》。
粗朶《そだ》　伐《き》り取《と》って薪《まき》にする樹木《じゅもく》の枝《えだ》。
眉《まゆ》を皺《しわ》めました　眉間《みけん》に皺《しわ》を寄《よ》せました。
気味《きみ》が好《よ》くありませんでした　気味《きみ》が悪《わる》かった。わざと「悪《わる》い」という不吉《ふきつ》な言葉《ことば》を避《さ》けたのである。忌詞《いみことば》に敏感《びんかん》な山男《やまおとこ》らしい語《かた》り口《くち》。
御嶽山《おんたけさん》　木曾御嶽《きそおんたけ》とも。長野県《ながのけん》と岐阜県《ぎふけん》の境《さかい》、乗鞍火山帯《のりくらかざんたい》の南端《なんたん》に聳《そび》える複式火山《ふくしきかざん》。二〇一四年《ねん》九月《がつ》の噴火《ふんか》で多《おお》くの犠牲者《ぎせいしゃ》を出《だ》したことは記憶《きおく》に新《あたら》しい。古《ふる》くから山岳信仰《さんがくしんこう》の対象《たいしょう》となり、近世後期《きんせいこうき》まで修験者以外《しゅげんじゃいがい》の登山《とざん》は禁止《きんし》されていた。天明《てんめい》五年《ねん》（一七八五）から各地《かくち》の御嶽講《おんたけこう》が、夏場《なつば》の山開《やまびら》きの期間《きかん》のみ登山《とざん》を許《ゆる》され、富士講《ふじこう》と人気《にんき》を二分《にぶん》した。
黒沢口《くろさわぐち》　御嶽山《おんたけさん》のふもと三岳村《みたけむら》の黒沢《くろさわ》から登《のぼ》るルートの起点《きてん》。王滝口《おうたきぐち》、開田口《かいだぐち》と並《なら》ぶ代表的《だいひょうてき》な御嶽登山《おんたけとざん》コースである。
一里《り》　約《やく》四キロメートル。
強力《ごうりき》　登山者《とざんしゃ》などの荷物《にもつ》を背負《せお》って案内《あんない》する稼業《かぎょう》の人《ひと》。
本文《ほんもん》　文書《ぶんしょ》や書物《しょもつ》の本体《ほんたい》となる部分《ぶぶん》。本題。
お父《とっ》さん　父親《ちちおや》を敬愛《けいあい》し、親《した》しみをこめて呼《よ》ぶ言葉《ことば》。近世末期《きんせいまっき》から中流以上《ちゅうりゅういじょう》の家庭《かてい》で用《もち》いられ、明治後期《めいじこうき》に「おとうさん」が普及《ふきゅう》するまで、「おとっつぁん」と共《とも》に広《ひろ》く使用《しよう》された。夏目漱石《なつめそうせき》「夢十夜《ゆめじゅうや》」（『夢《ゆめ》』所収《しょしゅう》）の第三夜《だいや》における小僧《こぞう》の呼《よ》びかけを参照《さんしょう》。なお、「お父さん」と表記《ひょうき》された場合《ばあい》、発音《はつおん》は「おとっさん」「おとっつぁん」両様《りょうよう》の可能性《かのうせい》があるとされる。

り子一人《こひとり》でこの山奥《やまおく》に年中暮《ねんじゅうくら》しているのであるから、寂《さび》しいのには馴《な》れている。猿《さる》や猪《いのしし》を友達《ともだち》のように思《おも》っている。小屋《こや》を吹《ふ》き飛《と》ばすような大風雨《おおあらし》も、山《やま》がくずれるような大雷鳴《おおかみなり》も、めったにこの少年《しょうねん》を驚《おどろ》かすほどのことはなかった。それが今日《きょう》にかぎって顔色《かおいろ》をかえて顫《ふる》えて*騒《さわ》ぐ。父《ちち》はその頭《あたま》をなでながら優《やさ》しく云《い》い聞《き》かせた。

「なにが怖《こわ》い。お父《とっ》さんはここにいるから大丈夫《だいじょうぶ》だ。」

「だって、怖《こわ》いよ。お父《とっ》さん。」

「弱虫《よわむし》め。なにが怖《こわ》いんだ。そんな怖《こわ》いものがどこにいる。」と、父《ちち》の声《こえ》はすこし暴《あら》*くなった。

「あれ、あんな声《こえ》が……。」

太吉《たきち》が指《ゆび》さす向《むこ》うの森《もり》の奥《おく》、大《おお》きい樅《もみ》*や栂《つが》*のしげみに隠《かく》れて、なんだか唄《うた》うような悲《かな》しい声《こえ》が切《き》れ切《ぎ》れにきこえた。九月末《くがつすえ》のゆう日《ひ》*はいつか遠《とお》い峰《みね》に沈《しず》んで、木《こ》の間《ま》から洩《も》れる湖《みずうみ》のような薄青《うすあお》い空《そら》には、三日月《みかづき》の淡《あわ》い影《かげ》*が白銀《しろがね》の小舟《こぶね》のように泛《う》かんでいた。

「馬鹿《ばか》め。」と、父《ちち》はあざ笑《わら》った。*「あれがなんで怖《こわ》いものか。日《か》がくれて里《さと》へ帰《かえ》る、樵夫《きこり》か猟師《りょうし》が唄《うた》っているんだ。」

「いいえ、そうじゃないよ。怖《こわ》い、怖《こわ》い。」

「ええ、うるさい野郎《やろう》だ。そんな意気地無《いくじな》しで、こんなところに住《す》んでいられるか。そんな弱虫《よわむし》*で男《おとこ》になれるか。*」

叱《しか》りつけられて、太吉《たきち》はたちまち竦《すく》んでしまったが*、やはり怖《おそ》ろしさは止《や》まないとみえて、小屋《こや》の隅《すみ》の方《ほう》に這《は》いこんで小《ちい》さくなっていた。重兵衛《じゅうべえ》も元来《がんらい》*子煩悩《こぼんのう》*の男《おとこ》であるが、自分《じぶん》の巌乗《がんじょう》*に引《ひ》きくらべて、わが子《こ》の臆病《おくびょう》がひどく癪《しゃく》に障《さわ》った。*

「やい、やい、何《なん》だってそんなに小《ちい》さくなっているんだ。ここは俺達《おれたち》の家《うち》だ。誰《だれ》が来《き》たっ

顫《ふる》えて　通常《つうじょう》は「震《ふる》えて」と表記《ひょうき》。（恐怖《きょうふ》などで）ぶるぶる体《からだ》を揺《ゆ》らして。

暴《あら》く　通常《つうじょう》は「荒《あら》く」と表記《ひょうき》。

樅《もみ》　マツ科《か》の常緑針葉樹《じょうりょくしんようじゅ》。日本《にほん》の特産種《とくさんしゅ》である。クリスマス・ツリーとしてもおなじみ。

栂《つが》　「とが」とも発音《はつおん》。マツ科《か》ツガ属《ぞく》の常緑高木《じょうりょくこうぼく》。

ゆう日《ひ》　夕陽《ゆうひ》。

淡《あわ》い影《かげ》　ここでは、淡《あわ》い月《つき》の光《ひかり》の意味《いみ》。

あざ笑《わら》った　馬鹿《ばか》にしてあざけり嗤《わら》うこと。

弱虫《よわむし》　いくじのない者《もの》をののしっていう言葉《ことば》。

男《おとこ》になれるか　一人前《いちにんまえ》の男《おとこ》らしい男《おとこ》になれるか。

竦《すく》んでしまった　身《み》を縮《ちぢ》めてこわばらせるさま。萎縮《いしゅく》するさま。

元来《がんらい》は　もともとは。

子煩悩《こぼんのう》　自分《じぶん》の子《こ》を人一倍《ひといちばい》かわいがること。

巌乗《がんじょう》　岩乗《がんじょう》とも。岩《いわ》のように堅固《けんご》で強《つよ》いこと。

癪《しゃく》に障《さわ》った　腹《はら》が立《た》った。

て怖《こわ》いことはねえ。もっと大《おお》きくなって威張《いば》っていろ。」

太吉《たきち》は黙《だま》って、相変《あいかわ》らず小《ちい》さくなっているので、父《ちち》はいよいよ癪《しゃく》に障《さわ》ったが、さすがにわが子《こ》をなぐり付けるほどの理由《りゆう》も見出《みいだ》せないので、ただ忌々《いまいま》しそうに*舌打《したう》ち*した。

「仕様《しょう》のねえ馬鹿野郎《ばかやろう》だ。およそ世《よ》のなかに怖《こわ》いものなんぞあるものか。さあ、天狗《てんぐ》*でも山《やま》の神《かみ》*でもえてものでも何《なん》でもここへ出《で》てきてみろ。みんなおれが叩《たた》きなぐってやるから。」

わが子《こ》の臆病《おくびょう》を励《はげ》ますためと、また二《ふた》つには唯《ただ》なにがなしに*癪《しゃく》に障《さわ》って堪《たま》らないのとで、かれは焚火《たきび》の太《ふと》い枝《えだ》を把《と》って、火《ひ》のついたままで無暗《むやみ》*に振《ふ》りまわしながら、相手《あいて》があらば一撃《ひとう》*ちといったような剣幕《けんまく》*で、小屋《こや》の入口《いりぐち》へつかつかと*駈《か》けだした。出《で》ると、外《そと》には人《ひと》が立《た》っていて、出会《であ》いがしらに*重兵衛《じゅうべえ》のふり回《まわ》す火《ひ》の粉《こ》は、その人《ひと》の顔《かお》にばらばらと飛《と》び散《ち》った。相手《あいて》も驚《おどろ》いたであろうが、重兵衛《じゅうべえ》もおどろいた。両方《りょうほう》が、しばらく黙《だま》ってにらみ合《あ》っていたが、やがて相手《あいて》は高《たか》く笑《わら》った。こっちも思《おも》わず笑《わら》いだした。

「どうも飛《と》んだ失礼《しつれい》をいたしました。」

「いや、どうしまして……。」と、相手《あいて》も会釈《えしゃく》*した。「わたくしこそ突然《とつぜん》にお邪魔《じゃま》をしてすみません。実《じつ》は朝《あさ》から山越《やまご》し*をして草臥《くたび》れ切《き》っているもんですから。」

少年《しょうねん》を恐《おそ》れさせた怪《あや》しい唄《うた》の主《ぬし》はこの旅人《たびびと》であった。夏《なつ》でも寒《さむ》いと唄《うた》われている*木曾《きそ》の御嶽《おんたけ》の山中《さんちゅう》に行《ゆ》きくれて、かれはその疲《つか》れた足《あし》を休《やす》めるためにこの焚火《たきび》の煙《けむり》を望《のぞ》んで*尋《たず》ね

忌々《いまいま》しそうに　腹立《はらだ》たしげに。

舌打《したう》ち　思《おも》いどおりにいかなかったり、忌々《いまいま》しいときにするしぐさ。

天狗《てんぐ》　深山《しんざん》などに棲《す》むとされる妖怪《ようかい》。山伏《やまぶし》に似《に》た姿《すがた》で、顔《かお》は赤《あか》く、鼻《はな》が異様《いよう》に高《たか》く、翼《つばさ》で飛行《ひこう》し、羽団扇《はうちわ》、金剛杖《こんごうづえ》、太刀《たち》などを携《たずさ》え、神通力《じんつうりき》を有《ゆう》するという。嘴《くちばし》のあるものを烏天狗《からすてんぐ》と呼《よ》ぶ。天狗倒《てんぐだお》しや神隠《かみかく》しなどの怪異現象《かいいげんしょう》は、天狗《てんぐ》のしわざとされることが多《おお》い。

山《やま》の神《かみ》　山神《さんじん》とも。山《やま》を守《まも》り支配《しはい》する神《かみ》。山《やま》の精《せい》や魑魅《ちみ》を指《さ》すこともある。多《おお》くの地域《ちいき》で女神《めがみ》と考《かんが》えられ、嫉妬深《しっとぶか》いので女《じょ》性《せい》が山《やま》に立《た》ち入《い》ることを好《この》まないという。また山《やま》の神《かみ》の祭日《さいじつ》には、神《かみ》が山《やま》の木《き》を数《かぞ》えるため、人間《にんげん》が入山《にゅうざん》してはならないともいう。狩猟民《しゅりょうみん》や林業《りんぎょう》・鉱業関係者《こうぎょうかんけいしゃ》など山《やま》を生計《せいけい》の場《ば》とする人々《ひとびと》により祀《まつ》られてきた。農耕民《のうこうみん》にとっての山《やま》の神《かみ》は、秋《あき》の収穫後《しゅうかくご》は近《ちか》くの山《やま》におり、春《はる》になると里《さと》にくだって田《た》の神《かみ》になるとされる。

なにがなしに　なんとなく。

無暗《むやみ》に　「無闇《むやみ》に」とも。むちゃくちゃに。

一撃《ひとう》ち　一撃《いちげき》でたおすこと。

剣幕《けんまく》　怒《いか》りによる凶暴《きょうぼう》な顔《かお》つきや態度《たいど》。

つかつかと　ためらいなく前進《ぜんしん》するさま。

出会《であ》いがしら　行《い》き合《あ》ったとたん。

会釈《えしゃく》　51頁《ページ》を参照《さんしょう》。

山越《やまご》し　山越《やまご》えの登山《とざん》。

夏《なつ》でも寒《さむ》いと唄《うた》われている　木曾地方《きそちほう》の民謡《みんよう》「木曾節《きそぶし》」の一節《いっせつ》に「夏《なつ》でも寒《さむ》い」の歌詞《かし》がある。

望《のぞ》んで　遠《とお》くから眺《なが》めて。

てきたのであろう。疲労《つかれ》を忘《わす》れるがために唄《うた》ったのである。火《ひ》を慕《した》うがために尋《たず》ねてきたのである。これは旅人《たびびと》の習《ならい》*で不思議《ふしぎ》はない。この小屋《こや》はここらの一軒家《いっけんや》であるから、樵夫《きこり》や猟師《りょうし》が煙草《たばこ》やすみ*に来《く》ることもある。路《みち》に迷《まよ》った旅人《たびびと》が湯《ゆ》を貰《もら》いに来《く》ることもある。そんなことは左《さ》のみ*珍《めず》らしくもないので、深切《しんせつ》な重兵衛《じゅうべえ》はこの旅人《たびびと》をも快《こころよ》く迎《むか》い入《い》れて、生《なま》木《き》*のいぶる焚火《たきび》の前《まえ》に坐《すわ》らせた。

旅人《たびびと》はまだ二十四五《にじゅうしご》ぐらいの若《わか》い男《おとこ》で、色《いろ》の少《すこ》し蒼《あお》ざめた、頬《ほお》の痩《や》せて尖《とが》った、しかも円《まる》い眼《め》は愛嬌《あいきょう》*に富《と》んでいる優《やさ》しげな人物《じんぶつ》であった。頭《あたま》には鍔《つば》の広《ひろ》い薄茶《うすちゃ》の中折帽《なかおれぼう》*をかぶって、詰襟《つめえり》*ではあるが左《さ》のみ見苦《みぐる》しくない縞《しま》の洋服《ようふく》を着《き》て、短《みじか》いズボンに脚絆草鞋《きゃはんわらじ》*という身軽《みがる》のいでたち*で、肩《かた》には学校生徒《がっこうせいと》*のような茶色《ちゃいろ》の雑嚢《ざつのう》*をかけていた。見《み》たところ、御《ご》料林《りょうりん》*の見分《けんぶん》*に来《き》た県庁《けんちょう》のお役人《やくにん》か、悪《わる》くいえば地方行商《ちほうぎょうしょう》の薬売《くすりうり》*か、まずそんなところであろうと重兵衛《じゅうべえ》はひそかに値踏《ねぶ》み*をした。

こういう場合《ばあい》に、主人《しゅじん》がまず旅人《たびびと》に対《たい》する質問《しつもん》は、昔《むかし》からの紋切形《もんきりがた》*であった。

「お前《まえ》さんはどっちの方《ほう》から来《き》なすった。」

「福島《ふくしま》*の方《ほう》から。」

「これからどっちへ……。」

「御嶽《おんたけ》を越《こ》して飛騨《ひだ》*の方《ほう》へ……。」

こんなことを云《い》っているうちに、日《ひ》も暮《く》れてしまったらしい。燈火《あかり》のない小屋《こや》のなかは燃《も》えあがる焚火《たきび》にうす紅《あか》く照《てら》されて、重兵衛《じゅうべえ》の四角張《しかくば》った顔《かお》と旅人《たびびと》の尖《とが》った顔《かお》とが、うず

習《ならい》　習慣《しゅうかん》。慣行《かんこう》。

煙草やすみ《たばこやすみ》　煙草《たばこ》を一服《いっぷく》して休憩《きゅうけい》するために立《た》ち寄《よ》ること。

左のみ《さのみ》　それほど。さほど。

生木《なまき》　伐《き》りたてで、まだ水分《すいぶん》の抜《ぬ》けていない木《き》。燃《も》えにくいため煙《けむり》が出《で》る。

愛嬌《あいきょう》　にこやかで愛《あい》らしいこと。

中折帽《なかおれぼう》　頂上部《ちょうじょうぶ》の中央《ちゅうおう》が縦《たて》に折《お》れくぼんだ、鍔《つば》（ひさしとなる部分《ぶぶん》）のあるフェルト製《せい》の帽子《ぼうし》。ソフト帽《ぼう》。

詰襟《つめえり》　襟《えり》の立《た》った洋服《ようふく》。学生服《がくせいふく》や軍服《ぐんぷく》に多《おお》い。

脚絆草鞋《きゃはんわらじ》　脚絆《きゃはん》を脛《すね》に巻《ま》き、草鞋履《わらじば》きで。山歩《やまある》きに備《そな》えたスタイル。

いでたち　服装《ふくそう》。

学校生徒《がっこうせいと》　学校《がっこう》に通《かよ》っている生徒《せいと》。

雑嚢《ざつのう》　肩《かた》にかける布製《ぬのせい》の鞄《かばん》。雑多《ざった》な物《もの》を容《い》れる袋《ふくろ》の意《い》。

御料林《ごりょうりん》　皇室《こうしつ》が所有《しょゆう》する森林《しんりん》。

見分《けんぶん》　立《た》ち合《あ》って検査《けんさ》や調査《ちょうさ》をすること。

地方行商の薬売《ちほうぎょうしょうのくすりうり》　地方《ちほう》を回《まわ》って医薬品《いやくひん》を販売《はんばい》する商人《しょうにん》。富山《とやま》の薬売《くすりう》りが有名《ゆうめい》。

値踏み《ねぶみ》　外見《がいけん》などから相手《あいて》の身分《みぶん》などを推察《すいさつ》すること。

紋切形《もんきりがた》　決《き》まりきったやり方《かた》。

福島《ふくしま》　長野県南西部《ながのけんなんせいぶ》の町名《ちょうめい》（現在《げんざい》の木曾福島町《きそふくしままち》）。かつて中山《なかせん》道《どう》の関所《せきしょ》があった宿場町《しゅくばまち》。

飛騨《ひだ》　岐阜県北部《ぎふけんほくぶ》の山岳地帯《さんがくちたい》。木曾谷《きそだに》とは飛騨街道《ひだかいどう》で結《むす》ばれている。綺堂《きどう》には飛騨山中《ひださんちゅう》の怪奇事件《かいきじけん》を描《えが》く長篇《ちょうへん》『飛騨《ひだ》の怪《かい》談《だん》』（一九一三）もある。

巻《ま》く煙《けむり》のあいだからぼんやりと浮《う》いてみえた。

（二）

「おかげさまでだいぶ暖《あたたか》くなりました。」と、旅人《たびびと》は云《い》った。「まだ九月《くがつ》の末《すえ》だというのに、ここらはなかなか冷《ひ》えますね。」

「夜《よる》になると冷《ひ》えてきますよ。なにしろ駒カ嶽《こまがたけ》*では八月《はちがつ》に凍《こご》え死《じ》んだ人《ひと》があるくらいですから。」と、重兵衛《じゅうべえ》は焚火《たきび》に木《き》の枝《えだ》をくべながら*答《こた》えた。

それを聴《き》いただけでも薄《うす》ら寒《さむ》くなったように、旅人《たびびと》は洋服《ようふく》の襟《えり》をすくめながら*首肯《うなず》いた。

この人《ひと》が来《き》てからおよそ半時間《はんじかん》ほどにもなろうが、そのあいだに彼《か》の太吉《たきち》は、子供《こども》に追《お》

駒カ嶽《こまがたけ》　駒ヶ岳《こまがたけ》、木曾駒ヶ岳《きそこまがたけ》とも。長野県南西部《ながのけんなんせいぶ》、木曾山脈《きそさんみゃく》の主峰《しゅほう》。高山植物《こうざんしょくぶつ》の宝庫《ほうこ》で多《おお》くの登山者《とざんしゃ》がある。

くべながら　「焼《く》べながら」と表記《ひょうき》。火《ひ》に投《とう》じて燃《も》やしながら。

襟《えり》をすくめながら　首《くび》を襟《えり》までちぢめながら。

いつめられた石蟹《いしがに》*のように、隅《すみ》の方《ほう》に小《ちい》さくなったままで身動《みうご》きもしなかった。が、彼《かれ》はいつまでも隠《かく》れている訳《わけ》にはゆかなかった。彼《かれ》はとうとう自分《じぶん》の怖《おそ》れている人《ひと》に見《み》つけられてしまった。

「おお、子供衆《こどもしゅう》*がいるんですね。うす暗《ぐら》いので先刻《さっき》からちっとも気《き》がつきませんでした。そんならここに好《い》いものがあります。」

かれは首《くび》にかけた雑嚢《ざつのう》の口《くち》をあけて、新聞紙《しんぶんし》につつんだ竹《たけ》の皮包《かわづつみ》*をとり出《だ》した。中《なか》には海苔巻《のりま》きの鮓《すし》*が沢山《たくさん》に這入《はい》っていた。

「山越《やまご》しをするには腹《はら》が減《へ》るといけないと思《おも》って、食《く》い物《もの》をたくさんかい込《こ》んで*きたのですが、そうも食《く》えないもので……。ごらんなさい。まだこっちにもこんなものがあるんです。」

もう一《ひと》つの竹《たけ》の皮《かわ》づつみには、食《く》い残《のこ》りの握《にぎ》り飯《めし》と刻《きざ》み鯣《するめ》*のようなものが這入《はい》っていた。

「まあ、これを子供衆《こどもしゅう》にあげてください。」

ここに年中住《ねんじゅうす》んでいるものでは、海苔巻《のりま》きの鮓《すし》でもなかなか珍《めず》らしい。重兵衛《じゅうべえ》は喜《よろこ》んでその贈物《おくりもの》をうけ取《と》った。

「おい、太吉《たきち》。お客人《きゃくじん》*がこんな好《い》いものをくだすったぞ。早《はや》く来《き》てお礼《れい》をいえ。」

いつもならば嫣然《にこにこ》*して飛《と》びだしてくる太吉《たきち》が、今夜《こんや》はなぜか振向《ふりむ》いても見《み》なかった。かれは眼《め》にみえない怖《おそろ》しい手《て》に摑《つか》まれたように、固《かた》くなったままで竦《すく》んでいた。さっきからの一件《いっけん》*もあり、且《かつ》*は客人《きゃくじん》の手前《てまえ》*もあり、重兵衛《じゅうべえ》はどうしても叱言《こごと》*を云《い》わないわけにはゆかなかった。

「やい、何《なに》をぐずぐずしているんだ。早《はや》く来《こ》い。こっちへ出《で》てこい。」

「あい。」と、太吉《たきち》は微《かすか》*に答《こた》えた。

石蟹《いしがに》　ワタリガニ科の中形《ちゅうがた》のカニ。
子供衆《こどもしゅう》　お子《こ》さん。
竹《たけ》の皮包《かわづつ》み　食品《しょくひん》などを筍《たけのこ》の皮《かわ》で包《つつ》んだもの。
鮓《すし》　寿司《すし》、鮨《すし》に同《おな》じ。ここでは巻寿司《まきずし》のこと。
かい込《こ》んで　買《か》い込《こ》んで。
刻《きざ》み鯣《するめ》　イカの鯣干《するめぼ》しを細《ほそ》く刻《きざ》んだ食品《しょくひん》。
お客人《きゃくじん》　お客《きゃく》さま。
嫣然《にこにこ》　にっこり笑《わら》うさま。
一件《いっけん》　ここでは、経緯《けいい》。
且《かつ》は　一方《ぽう》では。
手前《てまえ》　他人《たにん》に対《たい》する体裁《ていさい》。
叱言《こごと》　叱《しか》り戒《いまし》める言葉《ことば》。通常《つうじょう》は「小言《こごと》」と表記《ひょうき》。
微《かすか》に　小声《こごえ》で。

「あいじゃあねえ、早《はや》く来《こ》い。」と、父《ちち》は怒鳴《どな》った。「お客人《きゃくじん》に失礼《しつれい》だぞ。早《はや》く来《こ》い。来《こ》ねえか。」

気《き》の短《みじか》い父《ちち》はあり合《あ》う*生木《なまき》の枝《えだ》を取《と》って、わが子《こ》の背《せな》にたたきつけた。

「あ、あぶない。怪我《けが》でもするといけない。」と、旅人《たびびと》はあわてて遮《さえぎ》った。*

「なに、云《い》うことを肯《き》かない時《とき》には、いつでも引《ひ》っ叩《ぱた》くんです。さあ、野郎《やろう》、来《こ》い。」

もうこうなっては仕方《しかた》がない。太吉《たきち》は穴《あな》から出《で》る蛇《へび》のように、小《ちい》さいからだをいよいよ小《ちい》さくして、父《ちち》のうしろへそっと這《は》い寄《よ》ってきた。重兵衛《じゅうべえ》はその眼《め》さき*へ竹《たけ》の皮包《かわづつ》みを開《ひら》いて突《つ》きつけると、紅《あか》い生姜《しょうが》は青黒《あおぐろ》い海苔《のり》を彩《いろど》って、小児《こども》の眼《め》には左《さ》も旨《うま》そうにみえた。

「それみろ。旨《うま》そうだろう。お礼《れい》をいって、早《はや》く食《く》え。」

太吉《たきち》は父《ちち》のうしろに隠《かく》れたままで、やはり黙《だま》っていた。

「早《はや》くおあがんなさい。」と、旅人《たびびと》も笑《わら》いながら勧《すす》めた。

その声《こえ》を聞《き》くと、太吉《たきち》はまた顫《ふる》えた。さながら物《もの》に魘《おそ》われたように、*父《ちち》の背中《せなか》に犇《ひし》と*しがみついて、しばらくは呼吸《いき》もしなかった。彼《かれ》はなぜそんなにこの旅人《たびびと》を恐《おそ》れるのであろう。小児《こども》にはありがちの他羞恥《ひとみしり》*かとも思《おも》われるが、太吉《たきち》は平生《へいぜい》*そんなに弱《よわ》い小児《こども》ではなかった。ことに人里《ひとざと》の遠《とお》いところに育《そだ》ったので、非常《ひじょう》に人《ひと》を恋《こい》しがる方《ほう》であった。樵夫《きこり》でも猟師《りょうし》でも、あるいは見知《みし》らぬ旅人《たびびと》でも、一度《いちど》この小屋《こや》へ足《あし》を入《い》れた者《もの》は、みんな小《ちい》さい太吉《たきち》の友達《ともだち》であった。どんな人《ひと》に出逢《であ》っても、太吉《たきち》はなれなれしく小父《おじ》さんと呼《よ》んでいた。それが今夜《こんや》にかぎって、普通《ふつう》の不人相《ぶにんそう》*を通《とお》り越《こ》して、ひどくその人《ひと》を嫌《きら》って恐《おそ》れているらしい。相手《あいて》が子供《こども》であるから、旅人《たびびと》は別《べつ》に気《き》にも留《と》めないらしかったが、その平生《へいぜい》を知《し》っている父《ちち》は一種《いっしゅ》の不思議《ふしぎ》を感《かん》じないわけには行《ゆ》かなかった。

「なぜ食《く》わない。せっかくうまい物《もの》をくだすったのに、なぜ早《はや》くいただかない。馬鹿《ばか》な奴《やつ》だ。」

あり合《あ》う　たまたま、そこにあった。
遮《さえぎ》った　制止《せいし》した。止《と》めた。
眼《め》さき　目《め》の前《まえ》。
物《もの》に魘《おそ》われたように　物《もの》はモノノケ（物怪《もののけ》）。鬼神《きじん》や幽霊《ゆうれい》、妖《よう》怪《かい》の類《たぐい》に襲《おそ》われたように。
犇《ひし》と　ぴったりと。
他羞恥《ひとみしり》　見慣《みな》れぬ人《ひと》を見《み》て怯《おび》えたり嫌《いや》がって泣《な》いたりすること。
平生《へいぜい》　ふだんは。
不人相《ぶにんそう》　可愛《かわい》げのない顔《かお》つき。

「いや、そうお叱《しか》りなさるな。小供《こども》というものは、その時《とき》の調子《ちょうし》でひょいと＊拗《こじ》れる＊ことがあるもんですよ。まああとで喫《た》べさせたらいいでしょう。」と、旅人《たびびと》は笑《わら》いを含《ふく》んで宥《なだ》めるように云《い》った。

「お前《まえ》がたべなければ、お父《とっ》さんがみんな喫《た》べてしまうぞ。いいか。」

父《ちち》が見返《みかえ》ってたずねると、太吉《たきち》はわずかにうなずいた。重兵衛《じゅうべえ》は傍《そば》の切株《きりかぶ》＊の上《うえ》に皮包《かわづつみ》をひろげて、錆《さ》びた鉄《てつ》の棒《ぼう》のような海苔巻《のりま》きの鮓《すし》を、またたく間《ま》に五六本《ごろっぽん》も頬張《ほおば》ってしまった。それから薬罐《やかん》のあつい湯《ゆ》をついで、客《きゃく》にもすすめ、自分《じぶん》もがぶがぶ飲《の》んだ。

「時《とき》に＊どうです。お前《まえ》さんはお酒《さけ》を飲《の》みますかね。」と、旅人《たびびと》は笑《わら》いながらまた訊《き》いた。

「酒《さけ》ですか。飲《の》みますとも……。大好《だいす》きですが。こういう山《やま》の中《なか》にいちゃあ不自由《ふじゆう》ですよ＊。」

「それじゃあ、ここにこんなものがあります。」

旅人《たびびと》は雑嚢《ざつのう》をあけて、大《おお》きい罎詰《びんづめ》の酒《さけ》を出《だ》してみせた。

「あ、酒《さけ》ですね。」と、重兵衛《じゅうべえ》の口《くち》からは涎《よだれ》が出《で》た。

「どうです。寒《さむ》さしのぎに*一杯《いっぱい》やったら……。」

「結構《けっこう》です。*すぐに燗《かん》をしましょう。*ええ、邪魔《じゃま》だ。退《ど》かねえか。」

自分《じぶん》の背中《せなか》にこすり付《つ》いている我《わ》が子《こ》をつき退《の》けて、重兵衛《じゅうべえ》は傍《かたわら》の棚《たな》から忙《いそ》がしそうに徳利《とくり》*を把《と》り出《だ》した。それから焚火《たきび》に枝《えだ》を加《くわ》えて、罎《びん》の酒《さけ》を徳利《とくり》に移《うつ》した。父《ちち》にふり放《はな》された太吉《たきち》は猿曳《さるひき》*に捨《す》てられた小猿《こざる》のようにうろうろ*していたが、煙《けむり》のあいだから旅人《たびびと》の顔《かお》を見《み》ると、またたちまち顫《ふる》えあがって、筵《むしろ》*の上《うえ》に俯伏《うつぶ》した*ままで再《ふたた》び顔《かお》をあげなかった。

「今晩《こんばん》は……。重兵衛《じゅうべえ》どん、いるかね。」

ひょいと　不意《ふい》に。突然《とつぜん》に。
拗《こじ》れる　ひねくれる。
切株《きりかぶ》　樹木《じゅもく》を伐《き》ったあとの根株《ねかぶ》。腰《こし》かけやテーブル代《が》わりに置《お》いてあるのだろう。
時《とき》に　ところで。
不自由《ふじゆう》ですよ　満足《まんぞく》に飲《の》めませんよ。
寒《さむ》さしのぎに　寒気《さむけ》をまぎらせるために。
結構《けっこう》です　いいですね。
燗《かん》をしましょう　燗酒《かんざけ》の用意《ようい》をしましょう。酒《さけ》を温《あたた》めましょう。

徳利《とくり》　陶製《とうせい》や金属製《きんぞくせい》で口《くち》がすぼんだ形《かたち》の酒器《しゅき》。酒《さけ》を入《い》れて燗《かん》をつけ（温《ぬく》め）たり、盃《さかずき》にそそぐ際《さい》に用《もち》いる。
猿曳《さるひき》　猿《さる》まわし。猿《さる》に紐《ひも》をつけて大道《だいどう》などで芸《げい》をさせる芸能《げいのう》者《しゃ》。
うろうろ　どうしたらよいか分《わ》からず、落《お》ち着《つ》きなく動《うご》きまわるさま。
筵《むしろ》　藺《い》や藁《わら》、竹《たけ》などで編《あ》んだ敷物《しきもの》の総称《そうしょう》。
俯伏《うつぶ》した　下向《したむ》きに身《み》を伏《ふ》せること。

外《そと》から声《こえ》をかけた者《もの》がある。重兵衛《じゅうべえ》とおなじ年頃《としごろ》の猟師《りょうし》で、大《おお》きい黒《くろ》い犬《いぬ》を牽《ひ》いていた。*

「弥七《やしち》どんか。這入《はい》るがいいよ。」と、重兵衛《じゅうべえ》は燗《かん》の支度《したく》をしながら答《こた》えた。

「誰《だれ》か客人《きゃくじん》がいるようだね。」と、弥七《やしち》は肩《かた》にした鉄砲《てっぽう》をおろして、小屋《こや》へ一足踏《ひとあしふ》みこもうとすると、黒《くろ》い犬《いぬ》はなにを見《み》たのかにわかに唸《うな》りはじめた。

「なんだ、なんだ。ここはお馴染《なじみ》の重兵衛《じゅうべえ》どんの家《うち》だぞ。はははははは。」

弥七《やしち》は笑《わら》いながら叱《しか》ったが、犬《いぬ》はなかなか鎮《しず》まりそうにもなかった。四足《しそく》の爪《つめ》を土《つち》に食《く》い入《い》るように踏《ふ》ん張《ば》って、耳《みみ》を立《た》て、眼《め》を瞋《いか》らせて、*しきりにすさまじい唸《うな》り声《ごえ》をあげていた。

「黒《くろ》め*。なにを吠《ほ》えるんだ。叱《し》っ、*叱《し》っ。」と、重兵衛《じゅうべえ》も内《うち》から叱《しか》った。

弥七《やしち》は焚火《たきび》の前《まえ》に寄《よ》ってきて、旅人《たびびと》に挨拶《あいさつ》した。犬《いぬ》は相変《あいかわ》らず小屋《こや》の外《そと》に唸《うな》っていた。

「お前好《まえい》いところへ来《き》たよ。実《じつ》は今《いま》このお客人《きゃくじん》にこういうものをもらっての。」と、重兵衛《じゅうべえ》は自慢《じまん》らしく*彼《か》の徳利《とくり》を振《ふ》ってみせた。

「やあ、酒《さけ》の御馳走《ごちそう》があるのか。なるほど運《うん》が好《い》いのう。旦那《だんな》、どうも有難《ありがと》うごぜえます。」

「いや、お礼《れい》をいうほどに沢山《たくさん》もないのですが、まあ寒《さむ》さしのぎに飲《の》んでください。食《く》い残《のこ》りで失礼《しつれい》ですけれど、これでも下物《さかな》*にして……。」

旅人《たびびと》は包《つつ》みの握《にぎ》り飯《めし》と刻《きざ》み鯣《するめ》とを出《だ》した。海苔《のり》巻《ま》きもまだいくつか残《のこ》っている。酒《さけ》に眼《め》のない重兵衛《じゅうべえ》と弥七《やしち》とは遠慮《えんりょ》なしに飲《の》んで食《く》った。まだ宵《よい》ながら*山奥《やまおく》の夜《よる》は静寂《しずか》で、ただ折々《おりおり》に峰《みね》を渡《わた》る*山風《やまかぜ》が大浪《おおなみ》の打《う》ち寄《よ》せるように聞《きこ》えるばかりであった。

酒《さけ》は左《さ》のみの*上酒《じょうしゅ》*というでもなかったが、地酒《じざけ》*を飲《の》み馴《な》れているこの二人《ふたり》には、上々《じょうじょう》の甘露《かんろ》*であった。自分達《じぶんたち》ばかりが飲《の》んでいるのもさすがにきまりが悪《わる》い*ので、おりおりに

牽《ひ》いていた　（犬《いぬ》に）引《ひ》き綱《づな》をつけて連《つ》れていた。
瞋《いか》らせて　怒《いか》りで眼《め》をいっぱいに見《み》ひらいたさま。
黒《くろ》　犬《いぬ》の名前《なまえ》。
叱《し》っ　通常《つうじょう》は「しっ」と表記《ひょうき》。相手《あいて》を鎮《しず》めるときなどに発《はっ》する言葉《ことば》。
自慢《じまん》らしく　自慢《じまん》そうに。
下物《さかな》　通常《つうじょう》は「かぶつ」と発音《はつおん》。酒《さけ》の肴《さかな》。つまみ。

宵《よい》ながら　宵《よい》のうちだが。日《ひ》が暮《く》れてほどない頃合《ころあい》。
峰《みね》を渡《わた》る　山々《やまやま》の峰《みね》を吹《ふ》きすぎる。
左《さ》のみ　さほど。それほど。
上酒《じょうしゅ》　上等《じょうとう》の酒《さけ》。
地酒《じざけ》　地元《じもと》で造《つく》られる酒《さけ》。鄙《ひな》の酒《さけ》。
上々《じょうじょう》の甘露《かんろ》　とても上等《じょうとう》な美酒《びしゅ》。
きまりが悪《わる》い　恥《は》ずかしい。面目《めんぼく》ない。

は旅人《たびびと》にも茶碗《ちゃわん》をさしたが、*相手《あいて》はいつも笑《わら》って頭《かしら》を振《ふ》っていた。小屋《こや》の外《そと》では犬《いぬ》が待兼《まちか》ねているように吠《ほ》えつづけていた。

「騒々《そうぞう》しい奴《やつ》だのう。」と、弥七《やしち》は呟《つぶや》いた。「奴《やつ》め、腹《はら》が空《へ》っているのだろう。この握《にぎ》り飯《めし》を一《ひと》つ分《わ》けてやろうか。」

かれは握《にぎ》り飯《めし》を把《と》って軽《かる》く投《な》げると、戸《と》の外《そと》までは転《ころ》げださないで、入口《いりぐち》の土間《どま》に落《お》ちて止《と》まった。犬《いぬ》は食物《くいもの》をみて入口《いりぐち》へ首《くび》を突《つ》っこんだが、旅人《たびびと》の顔《かお》を見《み》るや否《いな》やにわかに狂《くる》うように吠《ほ》え哮《たけ》って、*鋭《するど》い牙《きば》をむき出《だ》して飛《と》びかかろうとした。

「叱《し》っ、叱《し》っ。」

重兵衛《じゅうべえ》も弥七《やしち》も叱《しか》って追《お》い退《の》けようとしたが、犬《いぬ》は憑物《つきもの》でもしたように*いよいよ狂《くる》いたって、焚火《たきび》の前《まえ》に跳《おど》りこんできた。旅人《たびびと》はやはり黙《だま》って睨《にら》んでいた。

「怖《こわ》いよう。」と、太吉《たきち》は泣《な》きだした。

さしたが　酒杯《しゅはい》をすすめること。
吠《ほ》え哮《たけ》って　声高《こえたか》く吠《ほ》え叫《さけ》んで。
憑物《つきもの》でもしたように　何《なに》か魔物《まもの》などに取《と》り憑《つ》かれたように。

犬《いぬ》はますます吠《ほ》え狂《くる》った。小児《こども》は泣《な》く、犬《いぬ》は吠《ほ》える、狭《せま》い小屋《こや》のなかは乱脈《らんみゃく》*である。客人《きゃくじん》の手前《てまえ》、あまり気《き》の毒《どく》になってきたので、無頓着《むとんじゃく》*の重兵衛《じゅうべえ》もすこし顔《かお》をしかめた。

「仕様《しよう》がねえ。弥七《やしち》、お前《まえ》はもう犬《いぬ》を引張《ひっぱ》って帰《かえ》れよ。」

「むむ。長居《ながい》*をすると却《かえ》ってお邪魔《じゃま》だ。」

弥七《やしち》は旅人《たびびと》にいくたびか礼《れい》を云《い》って、早々《そうそう》*に犬《いぬ》を追《お》いたてて出《で》た。と思《おも》うと、かれは小《こ》戻《もど》り*をして重兵衛《じゅうべえ》を表《おもて》へ呼《よ》びだした。

「どうも不思議《ふしぎ》なことがある。」と、かれは重兵衛《じゅうべえ》に囁《ささや》いた。「今夜《こんや》の客人《きゃくじん》は怪物《えてもの》じゃねえかしら。」

「馬鹿《ばか》を云《い》え。えてものが酒《さけ》や鮓《すし》を振舞《ふるま》ってくれるものか。」と、重兵衛《じゅうべえ》はあざ笑《わら》った。

「それもそうだが……。」と、弥七《やしち》はまだ首《くび》をひねっていた。「おれ達《たち》の眼《め》にはなんにも見《み》えねえが、この黒《くろ》めの眼《め》には何《なに》か可怪《おかし》い物《もの》が見《み》えるんじゃねえかしら。こいつ、人間《にんげん》よりよっぽど利口《りこう》な奴《やつ》だからの。」

弥七《やしち》の牽《ひ》いている熊《くま》のような黒犬《くろいぬ》がすぐれて*利口《りこう》なことは、重兵衛《じゅうべえ》もふだんからよく知《し》っていた。この春《はる》も大猿《おおざる》がこの小屋《こや》へ窺《うかが》って来《き》た*のを、黒《くろ》は焚火《たきび》のそばに転《ころ》がっていながら直《すぐ》に覚《さと》って追《お》いかけて、とうとう彼《かれ》を咬《か》み殺《ころ》したこともある。その黒《くろ》が今夜《こんや》の客《きゃく》にむかって激《はげ》しく吠《ほ》えかかるのは何《なに》か仔細《しさい》*があるかもしれない。わが子《こ》がしきり*に彼《か》の旅人《たびびと》を恐《おそ》れていることも思《おも》いあわされて、重兵衛《じゅうべえ》もなんだか忌《いや》な*心持《こころもち》になった。

「だって、あれがまさかにえてものじゃあるめえ。」

「おれもそう思《おも》うがの。」と、弥七《やしち》はまだ腑《ふ》に落《お》ちない*ような顔《かお》をしていた。「どう考《かんが》えても黒《くろ》めが無暗《むやみ》にあの客人《きゃくじん》に吠《ほ》えつくのが可怪《おかし》い。どうも唯事《ただごと》でねえように思《おも》われる。試《ため》しに一《ひと》つ打《ぶ》っ放《ぱな》してみようか。」

そう云《い》いながら彼《かれ》は鉄砲《てっぽう》を取《と》りなおして、空《くう》にむけて一発《いっぱつ》撃《う》った。その筒音《つつおと》*はあたりに

乱脈《らんみゃく》　乱《みだ》れて収拾《しゅうしゅう》のつかないさま。
無頓着《むとんじゃく》　細《こま》かいことを気《き》にかけない性格《せいかく》。「むとんちゃく」とも。
長居《ながい》　長《なが》く居座《いすわ》ること。
早々《そうそう》に　急《いそ》いで。
小戻《こもど》り　ちょっと後戻《あともど》りすること。引《ひ》き返《かえ》すこと。
すぐれて　きわだって。並外《なみはず》れて。

窺《うかが》って来《き》た　様子《ようす》を見《み》にきた。隙《すき》を狙《ねら》いにきた。
仔細《しさい》　詳《くわ》しい事情《じじょう》。
しきりに　ひどく。やたらに。
忌《いや》な　通常《つうじょう》は「厭《いや》な」「嫌《いや》な」と表記《ひょうき》。
腑《ふ》に落《お》ちない　納得《なっとく》のいかない。
筒音《つつおと》　鉄砲《てっぽう》の射撃音《しゃげきおん》。

谺《こだま》して、森《もり》の寝鳥《ねとり》*がおどろいて起《た》った。*重兵衛《じゅうべえ》はそっと引返《ひっかえ》して内《うち》をのぞくと、旅人《たびびと》はちっとも形《かたち》を崩《くず》さないで、*やはり焚火《たきび》の煙《けむり》の前《まえ》におとなしく坐《すわ》っていた。

「どうもしねえか。」と、弥七《やしち》は小声《こごえ》できいた。「可怪《おかし》いのう。じゃ、まあしかたがねえ。おれはこれで帰《かえ》るから、あとを気《き》をつけるがいいぜ。」

まだ吠《ほ》えやまない犬《いぬ》を追《お》いたてて、弥七《やしち》は麓《ふもと》の方《ほう》へ降《くだ》っていった。

（三）

今《いま》まではなんの気《き》もつかなかったが、弥七《やしち》に嚇《おど》されてから重兵衛《じゅうべえ》もなんだか薄気味悪《うすきみわる》くなってきた。まさかに怪物《えてもの》でもあるまい——こう思《おも》いながらも、彼《かれ》は彼《か》の旅人《たびびと》に対《たい》して今《いま》までのような親《した》しみを有《も》つことができなくなった。かれは黙《だま》って内《うち》へ引返《ひっかえ》すと、旅人《たびびと》は彼《かれ》にきいた。

「今《いま》の鉄砲《てっぽう》の音《おと》はなんですか。」

「猟師《りょうし》が嚇《おど》しに撃《う》ったんですよ。」

「嚇《おど》しに……。」

「ここらへは時々《ときどき》にえてものが出《で》ますからね。畜生《ちくしょう》*の分際《ぶんざい》*で人間《にんげん》を馬鹿《ばか》にしようとしたって、そりゃ駄目《だめ》ですよ。」と、重兵衛《じゅうべえ》は探《さぐ》るように相手《あいて》の顔《かお》をみると、かれは平気《へいき》で聴《き》いていた。

「えてものとは何《なん》です。猿《さる》ですか。」

「そうでしょうよ。いくら甲羅経《こうらへ》たって人間《にんげん》にゃ敵《かな》いませんや。」

こう云《い》っているうちにも、重兵衛《じゅうべえ》はそこにある大《おお》きい鉈《なた》*に眼《め》をやった。素破《すわ》*といったら

寝鳥《ねとり》 ねぐらで眠《ねむ》っていた鳥《とり》。「宿鳥《ねとり》」とも。なお、歌舞伎《かぶき》の下座音楽《げざおんがく》に「寝鳥《ねとり》の笛《ふえ》」があり、幽霊《ゆうれい》や妖怪《ようかい》の出現《しゅつげん》シーンで、大太鼓《おおだいこ》のどろどろに合《あ》わせて、物淋《ものさび》しい気分《きぶん》を掻《か》きたてるように奏《そう》される。新歌舞伎作者《しんかぶきさくしゃ》の重鎮《じゅうちん》である綺堂《きどう》だけに、そうした含意《がんい》もありそうに思《おも》われる。
起《た》った 飛《と》び立《た》った。
形《かたち》を崩《くず》さないで 姿勢《しせい》を崩《くず》さないで。
畜生《ちくしょう》 人《ひと》に畜《やしな》われて生《い》きているものの意《い》から、人間以外《にんげんいがい》の禽《きん》獣《じゅう》や虫魚《ちゅうぎょ》の総称《そうしょう》。
分際《ぶんざい》 身《み》のほど。
鉈《なた》 幅広《はばひろ》で厚《あつ》い刃物《はもの》に、短《みじか》い柄《え》をつけた用具《ようぐ》。薪割《まきわ》りなどに用《もち》いる。
素破《すわ》と 突発事態《とっぱつじたい》が起《お》きたら。いざというときには。

その大鉈《おおなた》で相手《あいて》の真向《まっこう》を殴《くら》わして*やろうと、ひそかに身構《みがま》えをしていたが、それが相手《あいて》にはちっとも感《かん》じないらしいので、重兵衛《じゅうべえ》もすこし張合抜《はりあいぬ》け*がした。怪物《えてもの》の疑《うたが》いもだんだんに薄《うす》れてきて、彼《かれ》はやはり普通《ふつう》の旅人《たびびと》であろうと重兵衛《じゅうべえ》は思《おも》いかえした。しかしそれも束《つか》の間《ま》*で、旅人《たびびと》はまたこんなことを云《い》い出《だ》した。

「これから山越《やまご》しをするのも難儀《なんぎ》*ですから、どうでしょう、今夜《こんや》はここに泊《と》めてくださるわけにはゆきますまいか。」

重兵衛《じゅうべえ》は返事《へんじ》に困《こま》った。一時間前《いちじかんまえ》の彼《かれ》であったらば、無論《むろん》*にこころよく承知《しょうち》したに相違《そうい》なかったが、今《いま》となってはその返事《へんじ》に躊躇《ちゅうちょ》した。*よもや*とは思《おも》うものの、なんだか暗《くら》い影《かげ》を帯《お》びているようなこの旅人《たびびと》を、自分《じぶん》の小屋《こや》に明日《あす》まで止《と》めておく気《き》にはなれなかった。

かれは気《き》の毒《どく》そうに断《ことわ》った。

「せっかくですが、それはどうも……。」

「いけませんか。」

思《おも》いなしか、*旅人《たびびと》の瞳《ひとみ》は鋭《するど》く晃《ひか》った。愛嬌《あいきょう》に富《と》んでいる彼《か》の眼《め》がにわかに獣《けもの》のように険《けわ》しく変《かわ》った。重兵衛《じゅうべえ》はぞっとしながらも、重《かさ》ねて断《ことわ》った。

「何分知《なにぶんし》らない人《ひと》を泊《と》めると警察《けいさつ》で*やかましゅうございますから。」

「そうですか。」と、旅人《たびびと》は嘲《あざけ》るように笑《わら》いながらうなずいた。その顔《かお》がまた何《なん》となく薄《うす》気味悪《きみわる》かった。

焚火《たきび》がだんだんに弱《よわ》くなってきたが、重兵衛《じゅうべえ》はもう新《あたら》しい枝《えだ》を炙《く》べ足《た》そうとはしなかった。暗《くら》い峰《みね》から吹《ふ》きおろす山風《やまかぜ》が小屋《こや》の戸《と》をぐらぐらと揺《ゆす》って、どこやらで猿《さる》の声《こえ》がきこえた。太吉《たきち》は先刻《さっき》から筵《むしろ》をかぶって隅《すみ》の方《ほう》に竦《すく》んでいた。重兵衛《じゅうべえ》も云《い》い知《し》れない恐怖《きょうふ》に囚《とら》われて、再《ふたた》びこの旅人《たびびと》を疑《うたが》うようになってきた。かれは努《つと》めて*勇気《ゆうき》を振《ふる》いおこして、この不気味《ぶきみ》な旅人《たびびと》を追《お》いだそうとした。

真向《まっこう》を殴《くら》わして　額《ひたい》の真《ま》ん中《なか》に（鉈《なた》を）叩《たた》きつけて。
張合抜《はりあいぬ》け　緊張《きんちょう》がゆるむこと。
束《つか》の間《ま》　しばしのあいだ。わずかな時間《じかん》。
難儀《なんぎ》　面倒《めんどう》、困難《こんなん》なこと。
無論《むろん》に　いうまでもなく。当然《とうぜん》。

躊躇《ちゅうちょ》した　ためらった。
よもや　まさか。
思《おも》いなしか　気《き》のせいか。
やかましゅう　うるさく文句《もんく》を言《い》われる。
努《つと》めて　強《し》いて。むりやりに。

「なにしろいつまでもこうしていちゃあ夜《よ》が更《ふ》けるばかりですから、福島《ふくしま》の方《ほう》へ引返《ひっかえ》すか、それとも黒沢口《くろさわぐち》から夜通《よどお》しで登《のぼ》るか、早《はや》くどっちかにした方《ほう》がいいでしょう。」

「そうですか。」と、旅人《たびびと》はまた笑《わら》った。

消えかかった焚火《たきび》の光《ひかり》に薄明《うすあか》るく照《てら》されている彼《かれ》の蒼《あお》ざめた顔《かお》は、どうしてもこの世《よ》の人間《にんげん》とは思《おも》われなかったので、重兵衛《じゅうべえ》はいよいよ堪《たま》らなくなった。しかしそれは自分《じぶん》の臆《おく》病《びょう》な眼《め》がそうした不思議《ふしぎ》を見《み》せるのかもしれないと、彼《かれ》はそこにある鉈《なた》に手《て》をかけようとしていくたびか躊躇《ちゅうちょ》しているうちに、旅人《たびびと》は思《おも》いきったように起《た》ちあがった。

「では、福島《ふくしま》へ引返《ひっかえ》しましょう。そうして明日《あす》は強力《ごうりき》を雇《やと》って登《のぼ》りましょう。」

「そうなさい。それが無事《ぶじ》*ですよ。」

「どうもお邪魔《じゃま》をしました。」

「いえ、わたくしこそ御馳走《ごちそう》になりました。」と、重兵衛《じゅうべえ》は気《き》の毒《どく》が半分《はんぶん》と、憎《にく》いが半分《はんぶん》とで、丁寧《ていねい》に挨拶《あいさつ》しながら、入口《いりぐち》まで送《おく》りだした。ほんとうの旅人《たびびと》ならば気《き》の毒《どく》である。人《ひと》をだまそうとする怪物《えてもの》ならば憎《にく》い奴《やつ》である。どっちにも片附《かたづ》かない*不安《ふあん》な心持《こころもち》で、かれは旅人《たびびと》のうしろ影《かげ》が*大《おお》きい闇《やみ》につつまれてゆくのを見送《みおく》っていた。

「お父《とっ》さん。あの人《ひと》はどこへか行《い》ってしまったかい。」と、太吉《たきち》は生返《いきかえ》ったように這《は》い起《お》きてきた。「怖《こわ》い人《ひと》が行《い》ってしまって、好《い》いねえ。*」

「なぜあの人《ひと》がそんなに怖《こわ》かった。」と、重兵衛《じゅうべえ》はわが子《こ》に訊《き》いた。

「あの人《ひと》、きっとお化《ばけ》だよ。人間《にんげん》じゃないよ。」

「どうしてお化《ばけ》だと判《わか》った。」

それに対《たい》して詳《くわ》しい説明《せつめい》をあたえるほどの知識《ちしき》を太吉《たきち》は有《も》っていなかったが、彼《かれ》はしきりに彼《か》の旅人《たびびと》はお化《ばけ》であると顫《ふる》えながら主張《しゅちょう》していた。重兵衛《じゅうべえ》はまだ半信半疑《はんしんはんぎ》*であった。

「なにしろ、もう寝《ね》よう。」

無事《ぶじ》　安全《あんぜん》。

片附《かたづ》かない　決《き》めつけられない。

うしろ影《かげ》　立《た》ち去《さ》る人《ひと》の後《うし》ろ姿《すがた》。

好《い》いねえ　よかったねえ。

半信半疑《はんしんはんぎ》　信《しん》ずるか疑《うたが》うか半々《はんはん》の心境《しんきょう》。

重兵衛《じゅうべえ》は表《おもて》の戸《と》を閉《し》めようとするところへ、袷《あわせ》の筒袖《つつそで》*で草鞋《わらじ》がけ*の男《おとこ》がまた這入《はい》ってきた。

「今《いま》ここへ二十四五《にじゅうしご》の洋服《ようふく》を着《き》た男《おとこ》は来《こ》なかったかね。」

「まいりました。」

「どっちへ行《い》った。」

教《おし》えられた方角《ほうがく》をさして、その男《おとこ》は急《いそ》いで出《で》て行《い》ったかと思《おも》うと、二三町先《にさんちょうさき》*の森《もり》の中《なか》でたちまち鉄砲《てっぽう》の音《おと》がつづいて聞《きこ》えた。重兵衛《じゅうべえ》はすぐに出《で》てみたが、その音《おと》は二三発《にさんぱつ》で止《や》んでしまった。前《まえ》の旅人《たびびと》と今《いま》の男《おとこ》とのあいだに何《なに》かの争闘《そうとう》*が起《おこ》ったのではあるまいかと、かれは不安《ふあん》ながらに*立《た》っていると、やがて筒袖《つつそで》の男《おとこ》があわただしく*引返《ひっかえ》してきた。

「ちょいと手《て》を貸《か》してくれ、怪我人《けがにん》がある。」

男《おとこ》と一緒《いっしょ》に駈《か》けてゆくと、森《もり》のなかには彼《か》の旅人《たびびと》が倒《たお》れていた。かれは片手《かたて》にピストルを摑《つか》んでいた。

「その旅人《たびびと》は何者《なにもの》なんです。」と、わたしは訊《き》きました。

「なんでも甲府《こうふ》＊の人間《にんげん》だそうです。」と、重兵衛《じゅうべえ》さんは説明《せつめい》してくれました。「それから一《いっ》週間《しゅうかん》ほど前《まえ》に、諏訪《すわ》＊の温泉宿《おんせんやど》に泊《とま》っていた若《わか》い男《おとこ》と女《おんな》があって、宿《やど》の女中《じょちゅう》＊の話《はなし》によると、女《おんな》は蒼《あお》い顔《かお》をして、毎日《まいにち》しくしく泣《な》いているのを、男《おとこ》はなんだか叱《しか》ったり嚇《おど》したりしている様子《ようす》が、どうしても女《おんな》の方《ほう》では忌《いや》がっているのを、男《おとこ》が無理《むり》に連《つ》れだして来《き》たものらしいということでした。それでも逗留中《とうりゅうちゅう》は別《べつ》に変《かわ》ったこともなかったのですが、そこを出《で》てからどこでどうされたのか、その女《おんな》が顔《かお》から胸《むね》へかけてずたずたに酷《むご》たらしく＊斬《き》り刻《きざ》まれて、路《みち》ばたに抛《ほう》りだされているのを見《み》つけだした者《もの》がある。無論《むろん》にその連《つ》れの男《おとこ》に疑《うたが》いがかかって、警察《けいさつ》の探偵《たんてい》＊が木曾路《きそじ》＊の方《ほう》まで追《お》いこんできたのです。」

袷《あわせ》の筒袖《つつそで》　袷《あわせ》は裏地《うらじ》つきの着物《きもの》。筒袖《つつそで》は袂《たもと》がなくて全体《ぜんたい》を筒形《つつがた》に仕立《した》てた袖《そで》の着物《きもの》。
草鞋《わらじ》がけ　草鞋《わらじ》を履《は》いた。
二三町先《ちょうさき》　およそ二〇〇～三〇〇メートル先《さき》。
争闘《そうとう》　争《あらそ》い闘《たたか》うこと。
不安《ふあん》ながらに　不安《ふあん》を感《かん》じながら。
あわただしく　急《いそ》いで。
甲府《こうふ》　山梨県中部《やまなしけんちゅうぶ》の甲府盆地北部《こうふぼんちほくぶ》に位置《いち》する市《し》。

諏訪《すわ》　長野県中部《ながのけんちゅうぶ》の市《し》。諏訪湖《すわこ》に面《めん》した城下町《じょうかまち》で高島城《たかしまじょう》がある。
女中《じょちゅう》　仲居《なかい》さん。女性従業員《じょせいじゅうぎょういん》。
酷《むご》たらしく　残酷《ざんこく》に。
探偵《たんてい》　現在《げんざい》の刑事《けいじ》（私服《しふく》で犯罪捜査《はんざいそうさ》をおこなう警察官《けいさつかん》）にあたる。
木曾路《きそじ》　中山道《なかせんどう》の一部《いちぶ》で木曾谷《きそだに》を通《とお》る街道《かいどう》。贄川《にえかわ》から馬籠《まごめ》あたりまでを称《しょう》する。木曾街道《きそかいどう》とも。

「すると、あとから来《き》た筒袖《つつそで》の男《おとこ》がその探偵《たんてい》なんですね。」

「そうです。前《まえ》の洋服《ようふく》がその女殺《おんなごろ》しの犯人《はんにん》だったのです。とうとう追《お》いつめられて、ピストルで探偵《たんてい》を二発《にはつ》撃《う》ったが中《あた》らないので、*もうこれまでと思《おも》ったらしく、今度《こんど》は自分《じぶん》の喉《のど》を撃《う》って死《し》んでしまったのです。」

親父《おやじ》とわたしとは顔《かお》を見《み》あわせてしばらく黙《だま》っていると、宿《やど》の亭主《ていしゅ》が口《くち》を出《だ》しました。

「じゃあ、その男《おとこ》のうしろには女《おんな》の幽霊《ゆうれい》でもついていたのかね。子供《こども》や犬《いぬ》がそんなに騒《さわ》いだのをみると……。」

「それだからね。」と、重兵衛《じゅうべえ》さんは仔細《しさい》らしく*息《いき》をのみこんだ。「おれも急《きゅう》にぞっとしたよ。いや、俺《おれ》にはまったく何《なん》にも見《み》えなかった。弥七《やしち》にもなんにも見《み》えなかったそうだ。が、小児《こども》は顫《ふる》えて怖《こわ》がる。犬《いぬ》は気狂《きちが》いのようになって吠《ほ》える。なにか変《へん》なことがあったに相違《ちがい》ない。」

「そりゃそうでしょう。大人《おとな》に判《わか》らないことでも子供《こども》にはわかる。人間《にんげん》に判《わか》らないことでも他《ほか》の動物《どうぶつ》には判《わか》るかも知《し》れない。」と、親父《おやじ》は云《い》いました。

私《わたし》もそうだろうかと思《おも》いました。しかし彼等《かれら》を恐《おそ》れさせたのは、その旅人《たびびと》の背負《せお》っている重《おも》い罪《つみ》の影《かげ》かあるいは殺《ころ》された女《おんな》の凄惨《ものすご》い姿《すがた》か、確《たし》かには判断《はんだん》がつかない。どっちにしても私《わたし》はうしろが見《み》られるような心持《こころもち》がして、*だんだんに親父《おやじ》のそばへ寄《よ》っていった。ちょうど彼《か》の太吉《たきち》という子供《こども》が父《ちち》に取付《とりつ》いた*ように……。

「今《いま》でもあの時《とき》のことを考《かんが》えると心持《こころもち》がよくありませんよ。」と、重兵衛《じゅうべえ》さんはまた云《い》いました。

中《あた》らない　通常《つうじょう》は「当《あ》たらない」と表記《ひょうき》。命中《めいちゅう》しない。

仔細《しさい》らしく　いかにも仔細《しさい》がありそうに。

うしろが見《み》られるような心持《こころもち》がして　背後《はいご》に得体《えたい》のしれない怖《おそ》ろしいものが忍《しの》び寄《よ》っているようで、思《おも》わず振《ふ》り向《む》きたくなるような気持《きも》ちになって。

取付《とりつ》いた　しがみついた。

　なお、綺堂《きどう》は後《のち》に本篇《ほんぺん》を戯曲《ぎきょく》に改作《かいさく》している。雑誌《ざっし》「舞《ぶ》台《たい》」の昭和《しょうわ》十一年《ねん》（一九三六）七月号《がつごう》に掲載《けいさい》された「影《かげ》」がそれで、舞台《ぶたい》が木曾《きそ》の山奥《やまおく》から小田原《おだわら》の山中《さんちゅう》に移《うつ》され、小屋《こや》を訪《たず》ねてくる猟師《りょうし》の役《やく》どころを婀娜《あだ》な女性《じょせい》キャラクターに差《さ》し替《か》えるなど、上演《じょうえん》を想定《そうてい》した改変《かいへん》が加《くわ》えられている。芸妓《げいぎ》おつやが、旅人《たびびと》の妖変《ようへん》に気《き》づくあたりの暗示的《あんじてき》な演出《えんしゅつ》はまことに巧《たく》みで、舞台上《ぶたいじょう》になんら具体的《ぐたいてき》な怪異《かいい》が登場《とうじょう》しないにもかかわらず、一読《いちどく》、肌《はだ》に粟《あわ》を生《しょう》ぜしめるがごとき鬼気《きき》を漂《ただよ》わせている。枯淡《こたん》の境地《きょうち》と申《もう》すべきか。

外《そと》には暗《くら》い雨《あめ》が降《ふ》りつづけている。亭主《ていしゅ》はだまって炉《ろ》に粗朶《そだ》を燻《く》べました。——その夜《よ》の情景《じょうけい》は今《いま》でもありありと私《わたし》の頭《あたま》に残《のこ》っています。

（「やまと新聞《しんぶん》」一九一三年《ねん》五月《がつ》〜六月《がつ》に連載《れんさい》された「五人《にん》の話《はなし》」の第《だい》四話《わ》「炭焼《すみやき》の話《はなし》」を改題改稿《かいだいかいこう》して、一九二一年刊《ねんかん》『子供役者《こどもやくしゃ》の死《し》』所収《しょしゅう》）

後《のち》の日《ひ》の童《どう》子《じ》

室《むろ》生《う》犀《さい》星《せい》

一

夕方《ゆうがた》になると、一人《ひとり》の童子《どうじ》が門《もん》の前《まえ》の、表札《ひょうさつ》*の剝《は》げ落《お》ちた文字《もじ》を読《よ》みあげていた。植込《うえこ》みを隔《へだ》てて、そのくろぐろした小《ちい》さい影《かげ》のある姿《すがた》が、まだ光《ひかり》を出《だ》さぬ電燈《でんとう》の下《した》に、裾《すそ》すぼがりの悄然《しょうぜん》*とした陰影《いんえい》を曳《ひ》いていた。*

童子《どうじ》は、いつも紅《あか》い塗《ぬり》*のある笛《ふえ》を手《て》に携《たずさ》えていた。しかしそれをかつて吹《ふ》いたことすらなかった。

植込《うえこ》みのつたの絡《から》んだ古《ふる》い格子戸《こうしど》の前《まえ》へ出《で》て、この家《いえ》のあるじである笏梧朗《しゃくごろう》は、そういう童子《どうじ》のたずねてくる夕刻時《ゆうこくどき》を待《ま》ち慕《した》うていた。*青鷺《あおさぎ》*の立《た》ち迷《まよ》う*沼沢《しょうたく》の多《おお》かったむかしにくらべ、この城外《じょうがい》*には、甍《いらか》を立《た》てた建物《たてもの》*が混《こ》みあっていた。

「きょうは大層《たいそう》*おそかったではないか、どうしてからだを震《ふる》わせているのか、犬《いぬ》にでも会《あ》ったのか。*」

「いいえ、お父《とう》さん。」

後《のち》の日《ひ》の童子《どうじ》　室生犀星《むろうさいせい》は大正《たいしょう》十一年《ねん》（一九二二）から翌年《よくねん》にかけて、「童子《どうじ》」（「中央公論《ちゅうおうこうろん》」一九二二年《ねん》十月号掲載《がつごうけいさい》）「後《のち》の日《ひ》の童子《どうじ》」という連作短篇《れんさくたんぺん》を発表《はっぴょう》した。「童子《どうじ》」は大正《たいしょう》十年《ねん》（一九二一）五月《がつ》に誕生《たんじょう》した長男《ちょうなん》・豹太郎夭折《ひょうたろうようせつ》（翌年《よくねん》六月《がつ》）の経緯《けいい》を克明《こくめい》に描《えが》いた悲痛《ひつう》な作品《さくひん》であり、本篇《ほんぺん》はその幻《げん》怪《かい》な後日談《ごじつだん》となる。随筆《ずいひつ》「林泉雑稿《りんせんざっこう》」（『天馬《てんま》の脚《あし》』所収《しょしゅう》）より引用《いんよう》する。「自分《じぶん》がこの家《いえ》に越《こ》してから八年《ねん》ばかりになり、三人《にん》の愛児《あいじ》を得《え》、その一人《ひとり》を最初《さいしょ》に亡《な》くしたのもこの家《いえ》だった。自分《じぶん》の亡児《ぼうじ》を想《おも》うの情《じょう》は五篇《へん》の小説《しょうせつ》と一冊《さつ》の詩集《ししゅう》になるまで哀切《あいせつ》を極《きわ》めたものだったが、しかし誠《まこと》の愛情《あいじょう》には未《いま》だ触《ふ》れるに遠《とお》いような心持《こころもち》だった。自分《じぶん》は『童子《どうじ》』という小説《しょうせつ》の中《なか》に可憐《かれん》な一人《ひとり》の童《わらべ》が、夕方打水《ゆうがたうちみず》をした門《もん》のあたりに佇《たたず》んで、つくずく表札《ひょうさつ》の文字《もじ》を読《よ》むあたりから書《か》き始《はじ》め、時《とき》を経《へ》て、『後《のち》の日《ひ》の童子《どうじ》』という作《さく》の中《なか》には、到底何物《とうていなにもの》にも較《くら》べがたい自分《じぶん》の毎日《まいにち》の物思《ものおも》いの中《なか》に、いつの間《ま》にか生《い》きて一人《ひとり》の童子《どうじ》となった彼《かれ》を描《えが》いて、ほとんど書《か》き疲《つか》れ飽《あ》きることはなかった。亡児《ぼうじ》の事《こと》を書《か》くことはそれ自《みずか》らが、愛情《あいじょう》の外《ほか》のものでないため、書《か》くことによって濃《こまや》かな愛情《あいじょう》のきめを感《かん》じるのだった」なお、本篇冒頭《ほんぺんぼうとう》の情景《じょうけい》は、愛児《あいじ》を悼《いた》む『忘春詩《ぼうしゅんし》集《しゅう》』（一九二二）の詩《し》「童子《どうじ》」にも哀《あわ》れ深《ぶか》く詠《うた》われている。

表札《ひょうさつ》　住人《じゅうにん》の氏名《しめい》を玄関《げんかん》などに標示《ひょうじ》する札《ふだ》。門標《もんぴょう》。

裾《すそ》すぼがり　着物《きもの》の裾《すそ》がすぼまった。

悄然《しょうぜん》　ひっそりと物寂《ものさび》しいさま。

陰影《いんえい》を曳《ひ》いていた　影《かげ》を長《なが》くのばしていた。

紅《あか》い塗《ぬり》　丹塗《にぬ》りのこと。丹《に》か朱《しゅ》で塗《ぬ》ること。

待《ま》ち慕《しと》うていた　待《ま》ちわびていた。待《ま》ち望《のぞ》んでいた。

青鷺《あおさぎ》　サギの一種《しゅ》。全長《ぜんちょう》は一メートルほど。背《せ》は灰色《はいいろ》で翼《つばさ》が青《せい》黒色《こくしょく》、後頭部《こうとうぶ》に青黒色《せいこくしょく》の長《なが》い飾《かざ》り羽《ばね》がある。

立《た》ち迷《まよ》う　通常《つうじょう》は煙《けむり》や霧《きり》が立《た》ちのぼり漂《ただよ》うことを指《さ》す。沼地《ぬまち》に妖《あや》しくたたずむ鷺《さぎ》の姿《すがた》を、それになぞらえた表現《ひょうげん》。

城外《じょうがい》　郊外《こうがい》を指《さ》す。犀星《さいせい》一家《か》はこの時期《じき》、東京市外田端《とうきょうしがいたばた》五二三番地《ばんち》の借家《しゃくや》に暮《く》らしていた。「大正時代《たいしょうじだい》の田端《たばた》は東京《とうきょう》の郊外《こうがい》で、坂《さか》の多《おお》い地形《ちけい》はおのずから雅致《がち》ある風景《ふうけい》を随所《ずいしょ》に展開《てんかい》した。台地《だいち》の裾《すそ》を流《なが》れる藍染川《あいぞめがわ》には、蛍《ほたる》がとび交《か》い、梅《うめ》屋敷《やしき》の森《もり》には、雉《きじ》も棲《す》んでいた」（近藤富枝《こんどうとみえ》『田端文士村《たばたぶんしむら》』より）

甍《いらか》を立《た》てた建物《たてもの》　切妻構造《きりづまこうぞう》の屋根《やね》をもつ建物《たてもの》。

大層《たいそう》　とても。

犬《いぬ》にでも会《あ》ったのか　犬《いぬ》に吠《ほ》えられ怯《おび》えたのか。

童子《どうじ》は、頭《あたま》をふってみせた。柔《やわ》らかい唐黍《とうきび》*のような紅毛《こうもう》*が、微風《びふう》に立《た》ちそよいだ。*

「いつもお父《とう》さんのおうちのそばへ来《く》ると、妙《みょう》にからだがふるえるのです。べつになんでもない。」

「それならいいけれどね。また加減《かげん》をわるくするといけないから。」*

笏梧朗《しゃくごろう》は父親《ちちおや》らしい手《て》つきで、童子《どうじ》の、絹《きぬ》のような頬《ほお》に掌《てのひら》をあてた。

「お母様《かあさま》は？」

童子《どうじ》は、そういうと家《いえ》の中《なか》をさし覗《のぞ》いた。*ココア色《いろ》をした小鳥《ことり》が離亭《はなれ》*の柱《はしら》に、その朱塗《しゅぬり》の籠《かご》*のなかで往《ゆ》き来《き》し、かげは日影《ひかげ》のひいたあたりにはもうなかった。

「ほら、離亭《はなれ》で朱子《しゅす》*を縫《ぬ》うている。見《み》えるかな、鳥籠《とりかご》のある竹縁《ちくえん》*のそばにいるではないか。」

「ええ、呼《よ》ぼうかしら。」

「それよりもそっと行《い》って驚《おどろ》かしてみせたらどうだ。」

童子《どうじ》は、すばやく玄関《げんかん》から次《つ》ぎの部屋《へや》をぬけ、離亭《はなれ》への踏石《ふみいし》*へおり立《た》とうとしたとき、一軸《いちじく》の仏画《ぶつが》*が床《とこ》の間《ま》に掛《か》けられてあるのを見《み》まもった。

「どうしてあいうものを掛《か》けておくの。あの絵《え》は見《み》たことがある……。」

「あれはね。」

笏《しゃく》は、悲《かな》しそうに童子《どうじ》と仏軸《ぶつじく》*とを見較《みくら》べ、ためらってやっと重《おも》い口《くち》をひらいた。

「あれは、おとうさんが妙《みょう》に寂《さび》しくなると掛《か》けてみたくなるものだ。お前《まえ》があれを見《み》ることが厭《いや》なら止《や》めてもよいが……。」

「でも、へんですね。」

古《ふる》い軸《じく》の上《うえ》に、細《ほそ》い目《め》をしたふっくりした顔《かお》があった。蓮華《れんげ》を台《だい》に、*古《ふる》い、さびしい仏《ほとけ》

唐黍《とうきび》　トウモロコシ。
紅毛《こうもう》　赤味《あかみ》を帯《お》びた毛《け》の色《いろ》。
微風《びふう》に立《た》ちそよいだ　そよ風《かぜ》に吹《ふ》かれてなびいた。
加減《かげん》をわるくする　体調《たいちょう》を崩《くず》す。
さし覗《のぞ》いた　覗《のぞ》き見《み》た。
離亭《はなれ》　犀星自身《さいせいじしん》が庭《にわ》に建《た》てた六畳《ろくじょう》の離《はな》れで、多《おお》くの名作《めいさく》が書《か》かれたお気《き》に入《い》りの場所《ばしょ》となった。
朱塗《しゅぬり》の籠《かご》　朱色《しゅいろ》に塗《ぬ》られた鳥籠《とりかご》。

朱子《しゅす》　通常《つうじょう》は「繻子《しゅす》」と表記《ひょうき》。絹織物《きぬおりもの》の一種《いっしゅ》で、表面《ひょうめん》はなめらかで光沢《こうたく》がある。サテンとも。
竹縁《ちくえん》　竹《たけ》を並《なら》べて造《つく》った縁側《えんがわ》。
踏石《ふみいし》　沓脱《くつぬぎ》の所《ところ》に据《す》えて、はきものを置《お》くための平《ひら》たい石《いし》。
仏画《ぶつが》　仏教絵画《ぶっきょうかいが》。諸仏《しょぶつ》や高僧《こうそう》の姿《すがた》などを描《えが》いた絵《え》。
仏軸《ぶつじく》　みほとけの姿《すがた》を描《えが》いた掛軸《かけじく》。
蓮華《れんげ》を台《だい》に　蓮華座《れんげざ》、蓮華台《れんげだい》のこと。蓮華《れんげ》（ハスの花《はな》）の形《かたち》に造《つく》られた、仏《ほとけ》・菩薩《ぼさつ》の像《ぞう》の座《ざ》。

は坐《すわ》っていた。が、その感《かん》じは、月夜《つきよ》のように蒼茫《そうぼう》とした*明《あか》るみを持《も》っていた。

童子《どうじ》は、庭石《にわいし》*の上《うえ》に降《お》り立《た》った。まわりを青篠《あおざさ》*でめぐらした離亭《はなれ》で、朱子《しゅす》を縫《ぬ》う針《はり》のきしみ*が厚《あつ》い布地《ぬのじ》であるためか、竹皮《たけかわ》を摩《ま》する*ような音《おと》を立《た》てていた。童子《どうじ》は、母親《ははおや》の、白《しろ》い襟足《えりあし》と瘠《や》せた肩《かた》とを目《め》に入《い》れ、そして可懐《なつか》しそうに心《こころ》をあせった*ためか、竹縁《ちくえん》にぎしりと音《おと》を噛《か》ませた。

「お母様《かあさま》。」

童子《どうじ》の手《て》は、母親《ははおや》の胸《むな》もとへ十字《じゅうじ》にむすびついた*。うしろから突然《とつぜん》そうされたので、母《はは》親《おや》は驚《おどろ》いた目《め》をしばらく静《しず》まらせ*、間《ま》もなく嬉《うれ》しそうに輝《かがや》かせた。

「まあ、おまえどうして来《き》たの。」

母親《ははおや》は、そう言《い》うたときに父親《ちちおや》が佇《た》っている*窓口《まどぐち》を見《み》た。ふたりは微笑《わら》いあったが、どの微笑《わら》いも*満足《まんぞく》そうな色《いろ》を漂《ただよ》わしていた。

「おとうさんが、門《もん》のところへ出《で》ていてくだすってすぐ分《わか》った。」

「でもお母《かあ》さんはびっくりした。ふいにお前《まえ》が飛《と》びついてくるから、遠《とお》いところを*よく来《き》たわね。」

母親《ははおや》は、そういうと一度《いちど》父親《ちちおや》を見《み》た。空《そら》を見《み》ていたらしい父親《ちちおや》はうっすりと＊暮縮《くれちぢ》んだ明《あか》＊りのなかで悲《かな》しそうに微笑《わら》ってみせた。

「僕《ぼく》は、一日《いちにち》がけで＊歩《ある》いたってなかなかお家《うち》へまで遠《とお》いんですもの。ぐるぐる廻《まわ》ってばかりいる道《みち》なんだから。」

母親《ははおや》は、童子《どうじ》をだき上《あ》げ、そうして痛々《いたいた》しそうに眉《まゆ》をしかめた＊。

「ほんとにどんなに遠《とお》いだろうね。」

蒼茫《そうぼう》とした　見《み》わたすかぎり青々《あおあお》として広漠《こうばく》なさま。
庭石《にわいし》　庭《にわ》に設《もう》けた飛《と》び石《いし》。
青篠《あおざさ》　イネ科《か》の常緑《じょうりょく》多年生植物《たねんせいしょくぶつ》であるササ（一般《いっぱん》に背《せ》の低《ひく》いタケの類《たぐい》をいう）の一種《しゅ》。
きしみ　物《もの》と物《もの》がこすれあって立《た》てる音《おと》。
摩《ま》する　こする。
心《こころ》をあせった　気《き》が急《せ》いた。
音《おと》を嚙《か》ませた　音《おと》をさせた。
十字《じゅうじ》にむすびついた　母《はは》の背後《はいご》から腕《うで》を交差《こうさ》させて抱《だ》きついたのである。
静《しず》まらせ　落《お》ちつかせ。
佇《た》っている　たたずんでいる。
どの微笑《わら》いも　どちらの微笑《びしょう》も。
遠《とお》いところ　あの世《よ》を暗示《あんじ》する表現《ひょうげん》。
うっすりと　うっすらと。
暮縮《くれちぢ》んだ明《あか》り　日《ひ》が暮《く》れて薄《うす》れてゆく明《あか》るさ。
一日《いちにち》がけで　一日《いちにち》がかりで。
眉《まゆ》をしかめた　眉間《みけん》に皺《しわ》を寄《よ》せた。

母親《ははおや》は、庭《にわ》へ童子《どうじ》を拉《つ》れて出《で》た*。童子《どうじ》の好《この》んだ青《あお》い扇《おうぎ》のような芭蕉《ばしょう》*は、もう破《やぶ》れた龍《りゅう》旗《き》*のようにはたはたと夕風《ゆうかぜ》に櫛目《くしめ》*を立《た》てていた。

「お父《とう》さん、この子《こ》はどうしてこう顔色《かおいろ》が悪《わる》いんでしょうね。」

「そう、どうもよくない。」

二人《ふたり》は、こう言《い》いあうと、童子《どうじ》を真中《まんなか》にして庭後《にわあと》*へ出《で》た。

「季氏《きし》は?」

「もうかえるころでございましょう。」

母親《ははおや》は、童子《どうじ》に向《むか》い、「おまえに季氏《きし》という妹《いもうと》ができたんですよ。お前《まえ》は見《み》たことがないだろうがね。それはかわいい子《こ》ですよ。」

童子《どうじ》は、曇《くも》った目《め》*をしながら、そういう母親《ははおや》の目《め》をみあげた。

「僕《ぼく》は知《し》らない。」

「いまに会《あ》うことができるから。」

童子《どうじ》は、答《こた》えようとしなかった。ちょうど自分一人《じぶんひとり》でなかったことに気《き》がつき、それを寂《さび》しむような表情《ひょうじょう》が漂《ただよ》うていた。

「季氏《きし》にこの子《こ》はあわせない方《ほう》がよいかも知《し》れない、何《なん》となくそういう気《き》がする。もし会《あ》わせたらそれきりこの子《こ》はたずねて来《き》そうもないように思《おも》われてならないから。」

父親《ちちおや》は、童子《どうじ》のたどたどしている*足《あし》もとをみながら、暗《くら》くなったあたりに仄浮《ほのう》いている*母親《ははおや》をかえりみた。

「しかし……。」

母親《ははおや》は、言葉《ことば》を切《き》った。「いつの間《ま》にか逢《あ》うようになるでしょうし、匿《かく》しきれるものでありませんから。」と言《い》った。

「それもそうだね。その子《こ》の心《こころ》もちになると寂《さび》しいだろうと思《おも》うから言《い》うのだが、だが、

拉《つ》れて　連《つ》れて。
芭蕉《ばしょう》　バショウ科《か》の大形多年草《おおがたたねんそう》。夏《なつ》から秋《あき》にかけて長大《ちょうだい》な花穂《かすい》を出《だ》し、黄色味《きいろみ》を帯《お》びた花《はな》を段階状《だんかいじょう》に咲《さ》かせる。
龍旗《りゅうき》　天子《てんし》（一国《いっこく》の君主《くんしゅ》）の掲《かか》げる旗《はた》。
櫛目《くしめ》　櫛《くし》で毛髪《もうはつ》を梳《す》いた後《あと》にできる筋目《すじめ》。
庭後《にわあと》　後庭《こうてい》（家《いえ》のうしろにある庭《にわ》）のことか。
季氏《きし》という妹《いもうと》ができた　ちなみに犀星夫妻《さいせいふさい》に二番目《ばんめ》の子供《こども》・朝子《あさこ》が生《う》まれたのは、本篇発表後《ほんぺんはっぴょうご》の大正《たいしょう》十二年《ねん》（一九二三）八月《がつ》のことである。
曇《くも》った目《め》　童子《どうじ》の当惑《とうわく》を暗示《あんじ》する表現《ひょうげん》。
たどたどしている　おぼつかない。あぶなっかしい。
仄浮《ほのう》いている　ほのかに（姿《すがた》が）浮《う》かんで見《み》える。

どうでもよい。」

父親《ちちおや》は、蜘蛛《くも》の巣《す》に羽《は》ばたく虫《むし》*を払《はら》い、手《て》を石泉《つくばい》*で漕《すす》いだ*。

「お父《とう》さん、もう僕《ぼく》かえろうかしら。」

童子《どうじ》は、立《た》ちどまって言《い》った。

「ほら、もうお食事《しょくじ》だろう、あそこに、白《しろ》い布《ぬの》*がかざられたし、みんなが御馳走《ごちそう》をこさえている、見《み》えるか。」

「あの円《まる》いものは何《なに》?」

「くだものさ。花《はな》もある、もうすこし温良《おとな》しくしているんだよ。わかったかな。」

「え。」

童子《どうじ》は、しばらくしてから、きゅうに母親《ははおや》をみあげた。

「僕《ぼく》の時計《とけい》はまだある?」

「ありますとも、鳩《はと》のとんで出《で》る*のでしょう、あれならありますとも。」

「あとで見《み》せて?」

「いいとも。」

父《ちち》と母《はは》とはまた顔《かお》をあわせた。あたりは全《まった》く暗《くら》くなった。乳母車《うばぐるま》*の音《おと》が微《かす》かに表《おもて》からしてきた。

「かえって来《き》たらしいね。」

「車《くるま》があたらしいからよく軋《きし》みますこと。」

母親《ははおや》は、門前《もんぜん》へ出《で》た。乳母車《うばぐるま》の上《うえ》には小《ちい》さい女《おんな》の子《こ》が、羽根《はね》のある帽子《ぼうし》のしたで繊《ほそ》い目《め》を閉《と》じ、すやすやと睡《ねむ》っていた。

「あんまりよくおよって*らっしゃるものですから、そっとして*参《まい》りました。」

そのため遅《おそ》くなったのだと、下婢《はしため》*は、幌《ほろ》*をうしろへしずかにはねながら言《い》った。

蜘蛛《くも》の巣《す》に羽《は》ばたく　蜘蛛《くも》の巣《す》に捕《とら》えられてもがいている。
石泉《つくばい》　通常《つうじょう》は蹲踞《つくばい》と表記《ひょうき》。手《て》を洗《あら》うための石《いし》でできた手水鉢《ちょうずばち》。
漕《すす》いだ　洗《あら》い清《きよ》めた。「漕《そう》」は「濯《たく》」の誤字《ごじ》か。
白《しろ》い布《ぬの》　テーブルクロスのこと。
鳩《はと》のとんで出《で》る　鳩時計《はとどけい》のこと。定時《ていじ》ごとに巣箱《すばこ》から木製《もくせい》の鳩《はと》が飛《と》び出《だ》して、時刻《じこく》の数《かず》だけ鳴《な》く機構《きこう》の掛時計《かけどけい》。
乳母車《うばぐるま》　嬰児《えいじ》を乗《の》せて運《はこ》ぶための車《くるま》。ベビーカー。
およって　眠《ねむ》って。
そっとして　静《しず》かに。そろそろと。
下婢《はしため》　召《め》し使《つか》われる女性《じょせい》。家政婦《かせいふ》。
幌《ほろ》　雨《あめ》や陽《ひ》ざしを除《よ》けるため車《くるま》に付《つ》ける覆《おお》い。

「そう、ご苦労《くろう》でしたね。」

母親《ははおや》は、ぬくまった小鳥《ことり》*のようなからだを抱《だ》きあげると、あか児《ご》は目《め》をさまし、あたりを見《み》まわしながら、暗《くら》くなっているので怖《こわ》いのか、きゅうに泣《な》きだした。母親《ははおや》は、胸《むね》をひろげた。そこから葡萄《ぶどう》の実《み》ほどの、珠《たま》*がすべり出《で》、あか児《ご》の唇《くちびる》へふくまれた。

「病院《びょういん》の奥《おく》さまにこの花《はな》をいただきました。枯《か》れましたけれど。」

「水甕《みずがめ》*にいれてお置《お》き、いつもよくしてくださる*のね。」

いつの間《ま》にか、童子《どうじ》は母親《ははおや》のそばへ佇《たたず》んでいた。そうしてあか児《ご》を覗《のぞ》きこもうとひくい背《せ》を延《の》びあげようとしていた。父親《ちちおや》も、うしろに立《た》っていた。

「お母様《かあさま》。」

「なあに。」

「僕《ぼく》にそのあかん坊《ぼう》をちょいと見《み》せてください。」

「こうしてですか。」

「え。」

童子《どうじ》は、赤《あか》ン坊《ぼう》を覗《のぞ》きこんだ。そばから父親《ちちおや》が、童子《どうじ》の肩《かた》のところに手《て》をおいて、静《しず》かに言《い》った。

「おまえによく肖《に》ていると思《おも》わないかい、鼻《はな》つきにしろ目《め》にしろ大《たい》そうよくおまえに似《に》ている。」

父親《ちちおや》は、あか児《ご》の頬《ほお》を指《ゆび》でふれてみたりして、それを童子《どうじ》に眺《なが》めさせた。が、むしろ童《どう》子《じ》の眼《め》の中《なか》には明《あきら》かに不快《ふかい》に近《ちか》い曇色《くもりいろ》ある表情《ひょうじょう》*があらわれていた。父親《ちちおや》にはそれが何《なに》よりさきに己《おの》が心《こころ》*にかんじられた。

「僕《ぼく》にはすこしも似《に》ていない、僕《ぼく》のような顔《かお》はどこにもない、お母様《かあさま》、僕《ぼく》には似《に》ていはしません。」

母親《ははおや》はその言葉《ことば》を悲《かな》しそうに聞《き》き、父親《ちちおや》と顔《かお》をみあわせた。父親《ちちおや》の顔《かお》には、何《なん》にも言《い》う

ぬくまった　暖《あたた》まった。
葡萄《ぶどう》の実《み》ほどの、珠《たま》　乳首《ちくび》のこと。
水甕《みずがめ》　水《みず》をたくわえておく陶製《とうせい》の器《うつわ》。
よくして　親切《しんせつ》にして。

不快《ふかい》に近《ちか》い曇色《くもりいろ》ある表情《ひょうじょう》　両親《りょうしん》の愛情《あいじょう》を妹《いもうと》に奪《うば》われることが不安《ふあん》で、素直《すなお》に喜《よろこ》べない複雑《ふくざつ》な心境《しんきょう》を表現《ひょうげん》。
己《おの》が心《こころ》　自分《じぶん》の心《こころ》。

なという表情《ひょうじょう》があった。

童子《どうじ》は、あか児《ご》のそばを離《はな》れ、もみじしたつた*の葉《は》をむしっていた。——食事《しょくじ》のときにも、母親《ははおや》は、童子《どうじ》に小《ちい》さい魚《さかな》を火《ひ》にあぶってつけたが、*童子《どうじ》はそれよりも野菜《やさい》の方《ほう》に箸《はし》をつけた。*

「お母様《かあさま》、おさかなはどうして釣《つ》るもの。*」

童子《どうじ》は、紅《あか》い肌《はだ》をした一疋《いっぴき》の魚《さかな》を箸《はし》のさきで、指《ゆび》さし尋《たず》ねた。

「河《かわ》にいるし海《うみ》にもいるの、針《はり》のさきに餌《えさ》をつけ、おさかなのいそうなところへ垂《さ》げておいて、静《しず》かにしているのです。お腹《なか》のへったおさかなが来《き》て、フイに食《た》べて針《はり》に引《ひ》ッかかる……。」

「おさかなは痛《いた》いでしょうね。」

童子《どうじ》は、母親《ははおや》の顔《かお》をみて、痛《いた》そうな顔《かお》をして「このおさかなもそうして釣《つ》れるの。」そう尋《たず》ねた。

「多分《たぶん》そうだろうね。」

父親《ちちおや》がそばから言《い》った。

「おさかなは人間《にんげん》に食《た》べられることを生《い》きているうちは、あまり考《かんが》えないらしい、だから悲《かな》しくはないのだ。」

「食《た》べられてから悲《かな》しくないの。」

童子《どうじ》は、こういうと食卓《しょくたく》の向側《むかいがわ》にいる父《ちち》と母《はは》とを、かわるがわる眺《なが》めた。——父親《ちちおや》も母《はは》親《おや》もすこし青《あお》ざめ、しばらく黙《だま》りこんでいた。

「おまえはむずかしいことを言《い》いますね。そりゃお魚《さかな》だって悲《かな》しいにちがいはなかろうがね。しかし死《し》んでいるんだからどうだか分《わか》らない。」

「死《し》んでいるんだから分《わか》らない？」＊

もみじした　紅葉《こうよう》した。

つけたが　おかずとして出《だ》すこと。

野菜《やさい》の方《ほう》に箸《はし》をつけた　死者《ししゃ》は生臭物《なまぐさもの》（魚鳥《ぎょちょう》や獣《けもの》の肉《にく》）を忌《い》むとされる。上田秋成《うえだあきなり》「菊花《きっか》の約《ちぎり》」（『恋《こい》』所収《しょしゅう》）267頁《ページ》を参《さん》照《しょう》。

釣《つ》るもの　釣《つ》るのですか。

死《し》んでいるんだから分《わか》らない？　死者《ししゃ》である童子《どうじ》には他人事《ひとごと》ではないのだ。

童子《どうじ》は、おなじことを言《い》って、眼《め》で考《かんが》える*ようにしてみせた。父親《ちちおや》はそのとき不思議《ふしぎ》なほど何《なに》かに思《おも》い当《あた》って顔色《かおいろ》を変化《か》えた。そのはずである。母親《ははおや》が真青《まっさお》になっていたから――。

「お父《とう》さん、僕《ぼく》はどうしてこうしているのでしょうか。お魚《さかな》のようにではないでしょうか。」

童子《どうじ》は、手《て》に携《も》った笛《ふえ》を腰《こし》のあたりに差《さ》した。そして童子自身《どうじじしん》が困《こま》りぬいた*かおをして見《み》せた。

「おまえはおとうさんの子《こ》だから、そうしてお母《かあ》さんの傍《そば》にいるのは当《あた》り前《まえ》のことなんだよ。おさかなとはちがう。ほらおまえはちゃんとそうしてそこに坐《すわ》っているではないかね。」

父親《ちちおや》はそういうと、なお一層《いっそう》わかりやすく話《はな》しだそうとした。

「そうしているとお前《まえ》にはお父《とう》さんの顔《かお》がよく見《み》えるように、お父《とう》さんからもお前《まえ》の顔《かお》がよく見《み》えるんだ。だからお前《まえ》は詰《つま》らないこと*を言《い》ってはなりません。」

童子《どうじ》は、黙《だま》って時計《とけい》をさッきから見恍《みと》れていたが、その白《しろ》い肌《はだ》に遠《とお》い覚《おぼ》え*を辿《たど》るようなむしろ鬱陶《うっとう》しい目《め》いろ*をした。

「あの時計《とけい》は僕《ぼく》は知《し》っている！」

そう言《い》って文字《もじ》を読《よ》むような目《め》つきをして立《た》ちあがった。

「そうとも、おまえはいつも珍《めず》らしそうに時計《とけい》を見《み》ていたんですよ。よく覚《おぼ》えているのね。」

母親《ははおや》は、また言葉《ことば》を継《つ》ぎたした。「あのときから見《み》ると、おまえは大《たい》そう歳《とし》をおとりだけれど、あの時分《じぶん》はまだお前《まえ》は歩《ある》くこともできなかった。」

「そう、僕《ぼく》は歩《ある》けはしなかったのね、けれど今《いま》は歩《ある》けるのね。ほんとうになんだかふしぎね。」

眼《め》で考《かんが》える　内心《ないしん》で考《かんが》えこむ目《め》つきで。
困《こま》りぬいた　困惑《こんわく》しきった。
詰《つま》らないこと　ろくでもないこと。無意味《むいみ》なこと。

遠《とお》い覚《おぼ》え　遠《とお》い記憶《きおく》。
鬱陶《うっとう》しい目《め》いろ　わずらわしいような目《め》つき。

童子《どうじ》は、柱《はしら》の下《した》に立《た》った。そうして刻限《とき》をきざむ音《おと》にちいさい耳《みみ》を欹《そばだ》てた＊。白《しろ》い肌《はだ》をもつ時計《とけい》＊には卵黄色《らんおうしょく》に曇《くも》った電燈《でんとう》のあかりが、光《ひかり》をやや弱《よわ》めながら近《ちか》づいていた。

「そうさ、あのころから見《み》ると、この時計《とけい》も古《ふる》いものだ。わずかしばらくだったが、おれには百年《ひゃくねん》も経《た》ったような気《き》がするんだ。」

父親《ちちおや》は、時計《とけい》を見上《みあ》げながら悲《かな》しそうにした。

「でもこの子《こ》はこうしているんだから……。」

母親《ははおや》は、童子《どうじ》のあたまを撫《な》でさすった。「ほんとにお前《まえ》をどこへ返《かえ》すものか。」そう言《い》い手《て》をとろうとしたとき、いまのいままでいた童子《どうじ》は、もう玄関《げんかん》のそとに立《た》ち出《いで》て、＊黙《だま》ってすたすた歩《ある》いて行《い》こうとした。

「もうお帰《かえ》り？　ひどいわ、そりゃ。」

母親《ははおや》は、玄関《げんかん》へ飛《と》びだした。そうして父親《ちちおや》も。――しかし童子《どうじ》の姿《すがた》は、植込《うえこ》みのかげにすら影《かげ》を停《とど》めなかった。＊

「あの子《こ》はもう帰《かえ》ってしまった――。」

母親《ははおや》は門前《もんぜん》に立《た》って笏梧朗《しゃくごろう》を顧《かえり》みた＊。笏《しゃく》は、瞳《ひとみ》を凝《こ》らして地面《じめん》を見《み》つめていたが、そこに童子《どうじ》のらしい小《ちい》さい足跡《あしあと》が、やや濡《ぬ》れ湿《しめ》って印《いん》せられて＊あった。

「ごらん、こんなに沢山《たくさん》な虫《むし》だ。」

笏《しゃく》はそう言《い》って、足跡《あしあと》に蝟集《あつ》まっている＊うじうじ＊している馬陸《やすで》＊を指《ゆび》さした。——馬陸《やすで》は、足跡《あしあと》の輪廓《りんかく》の湿《しめ》り＊を縫《ぬ》いながら、蠢乎《しゅんこ》＊としてある異臭《いしゅう》を食《は》みながら＊群《む》れていた。母親《ははおや》の心《こころ》には、優《やさ》しい子息《しそく》の足跡《あしあと》を舐《な》める、この肌痒《はだがゆ》い虫《むし》＊が気味悪《きみわる》かった。

「にくらしい馬陸《やすで》。」

欹《そばだ》てた　耳《みみ》をかたむけた。聴《き》き耳《みみ》をたてた。
白《しろ》い肌《はだ》をもつ時計《とけい》　『忘春詩集《ぼうしゅんししゅう》』の詩《し》「最勝院自性童子《さいしょういんじしょうどうじ》」に「庭《にわ》よりその部屋《へや》をさしのぞくに／白《しろ》き肌《はだ》せる時計《とけい》のみしづかにかかり／なに人《びと》もとどまりあらず」とある。
立《た》ちでて　立《た》って出《で》て。
影《かげ》を停《とど》めなかった　姿《すがた》が見《み》えなかった。
顧《かえり》みた　振《ふ》りかえって見《み》た。
印《いん》せられて　跡《あと》が残《のこ》されて。
蝟集《あつ》まっている　「蝟集《いしゅう》」はハリネズミ（蝟《い》）の体毛《たいもう》のように、たくさん群《むら》がり集《あつ》まるさま。
うじうじ　ここでは、うじゃうじゃの意《い》。
馬陸《やすで》　ヤスデ綱《こう》の節足動物《せっそくどうぶつ》の総称《そうしょう》。頭部《とうぶ》と多数《たすう》の環節《かんせつ》から成《な》る。ムカデに似《に》るが、一節《せつ》に二対《つい》ずつの歩脚《ほきゃく》があるところが異《こと》なる。陰湿《いんしつ》な場所《ばしょ》に好《この》んで潜《ひそ》む。
輪廓《りんかく》の湿《しめ》り　童子《どうじ》がつけた足跡《あしあと》に沿《そ》って水気《みずけ》がにじむさま。
蠢乎《しゅんこ》　未詳《みしょう》。蠢爾《しゅんじ》（小《ちい》さな虫《むし》がうごめくさま）に同《おな》じか。
食《は》みながら　食《た》べながら。
肌痒《はだがゆ》い虫《むし》　見《み》ていると肌《はだ》がむずがゆくなるような虫《むし》。

母親《ははおや》がその足《あし》の下《した》で踏《ふ》みにじろうとすると、笏《しゃく》はにわかに*止《と》めた。古《ふる》い話《はなし》によると、*亡《な》きもの*の尋《たず》ねてきた足跡《あしあと》を踏《ふ》むものではない。それはそのままにしておくものだという風《ふう》に言葉《ことば》を挿《さ》し入《い》れた*。

二人《ふたり》は、黙《だま》って対《むか》いあって*いた。——そして馬陸《やすで》は、靴針《くつはり》*のように童子《どうじ》の足跡《あしあと》を辿《たど》って、幾重《いくえ》にも縫糸《ぬいいと》をかがって*倦《あ》くことを知《し》らなかった*。

二

笏《しゃく》は、夕刻《ゆうこく》にはそのふしぎな暗《くら》い森《もり》の中《なか》の家《いえ》のまわりを、なにか恋慕《こいした》うもののあるように*うろついていた。森《もり》といっても崖《がけ》ぎしの*家《いえ》に過《す》ぎない、ただ非常《ひじょう》に古《ふる》い榎《えのき》*と椎《しい》*とが屋根《やね》を覆《おお》うていて、おりおり路上《ろじょう》に鷺《さぎ》の白《しろ》い糞《ふん》を見《み》るだけであった。

そこなら*七八歳《しちはっさい》ばかりの子供《こども》が、出《で》たり入《はい》ったりして、笏《しゃく》は、その子供《こども》の顔《かお》を見《み》に出《で》かけるのだった。笏《しゃく》には、その子《こ》があまりによく似《に》ているということばかりではなく、ある日《か》なぞ、笏《しゃく》のところに訪《たず》ねてくる子供《こども》が、そこらあたりで影《かげ》をなくした＊ことに、気《き》を留《と》め＊ていたからであった。

その夕刻《ゆうこく》にも、笏《しゃく》は、にわかに自分《じぶん》の姿《すがた》を匿《かく》そうとして、垣根《かきね》に身《み》をよせたが、その家《いえ》の、なりの高《たか》い＊あるじ＊に、すぐ見《み》つけられてしまった。たびたび顔《かお》を合《あわ》すが、お互《たが》いに顔《かお》をかくしあうようなことが多《おお》かったのである。

「あなたは何《なに》かこういつも用《よう》がありそうに私《わたし》の家《いえ》のまわりを歩《ある》かれるが……何《なに》か用事《ようじ》でも

にわかに　急《いそ》いで。とっさに。
古《ふる》い話《はなし》によると……　未詳《みしょう》。和漢《わかん》の古典《こてん》に由来《ゆらい》か。
亡《な》きもの　死者《ししゃ》。亡者《もうじゃ》。
言葉《ことば》を挿《さ》しいれた　言葉《ことば》を添《そ》えた。
対《む》いあって　通常《つうじょう》は「向《む》かいあって」と表記《ひょうき》。
靴針《くつはり》　靴《くつ》の縫《ぬ》い目《め》。
縫糸《ぬいいと》をかがって　糸《いと》をからげるようにして編《あ》んだり縫《ぬ》うこと。
倦《あ》くことを知《し》らなかった　満足《まんぞく》することがなかった。
恋慕《こいした》うもののあるように　愛《いと》しいものの姿《すがた》を求《もと》めるかのように。
崖《がけ》ぎし　崖沿《がけぞ》い。

榎《えのき》　ニレ科《か》の落葉高木《らくようこうぼく》。初夏《しょか》、淡黄色《たんおうしょく》の花《はな》をつける。江戸時代《えどじだい》には街道《かいどう》の一里塚《いちりづか》に植《う》えられた。
椎《しい》　「しいのき」とも。ブナ科《か》の常緑高木《じょうりょくこうぼく》。五月《がつ》から六月《がつ》に香《かお》りの強《つよ》い小花《こばな》を雌雄別々《しゆうべつべつ》の穂状花序《すいじょうかじょ》につける。果実《かじつ》は先《さき》のとがった卵円形《らんえんけい》で、食用《しょくよう》とされる。椎茸栽培《しいたけさいばい》の原木《げんぼく》となる。
そこなら　「そこから」か。
影《かげ》をなくした　姿《すがた》を消《け》した。
気《き》を留《と》めて　気《き》になって。注意《ちゅうい》して。
なりの高《たか》い　背《せ》の高《たか》い。
あるじ　主人《しゅじん》。

おありですか。それともただ歩《ある》いていられるばかりですか。」

笏《しゃく》と同《おな》じい*年頃《としごろ》のその家《いえ》の主人《しゅじん》は、半好意《なかばこうい》をさしはさんで央《なかば》けげんな*人見知《ひとみし》りな表情《ひょうじょう》で、じろじろ笏《しゃく》の顔《かお》を凝見《みつ》めた。

「いや、べつにお宅《たく》に用事《ようじ》はないのですが、妙《みょう》な癖《くせ》でこの道路《どうろ》をただ歩《ある》いてみたいだけで、ぶらついているのです。あやしいものではないのです。」

「あやしいなぞとは申《もう》しませんが、しかしあまりによくお見《み》かけしますから……つい*おたずねしたのです。」

この木彫《もくちょう》を仕事《しごと》*にしている人《ひと》の顔《かお》は、ねむげな*腫《はれ》ぼったい瞼《まぶた》といい、頬皺《ほおじわ》といい、どこか酒《さけ》を飲《の》みすぎた人《ひと》によくありがちな、くろずんだ皮膚《ひふ》といい、一《ひと》つとして笏《しゃく》の心《こころ》に変《へん》な気《き》が起《おこ》さずにはいられなかった。就中《なかんずく》*、その沈《しず》んだ人《ひと》を馬鹿《ばか》にしたような諦《あきら》め切《き》っているような眼《め》の色《いろ》には、どういう対手《あいて》にも親《した》しそうに話《はな》しかける光《ひかり》*がなかった。

「お宅《たく》はすぐ西洋館《せいようかん》からすこし行《い》ったところでしたね。奥《おく》さんにはよくお目《め》にかかりますが。」

「え、小路《こうじ》*から二軒目《にけんめ》なんです。」

笏《しゃく》は、なおぐずぐずしていたのは、玄関《げんかん》の中《なか》に、人影《ひとかげ》らしいものが見《み》えたし、着物《きもの》のがらの大《おお》きさからいって、れいの子供《こども》らしく見《み》えたから、ひょっとしたら出《で》てくるかも知《し》れないという微《かす》かな期待《きたい》があったからだった。それゆえなるべく話《はなし》を長《なが》びかそうとしていた。

そのうち子供《こども》は、珍《めず》らしい人《ひと》と話《はな》しているのを、犬《いぬ》などがよくするように、わざと余所《よそ》目《め》*をしながら何《なに》かの葉《は》っ葉《ぱ》をちぎりちぎり近《ちか》づいてきた。——笏《しゃく》は、その顔《かお》といい、まるい頭《あたま》といい、好《この》ましい感《かん》じを与《あた》える子供《こども》の近《ちか》づくのを待《ま》った。

「あなたのお子《こ》さんですか、たいへん悧巧《りこう》そうな。」

「え、気《き》がちいさくて家《いえ》にばかりいる子《こ》なんですが、いや、私《わたし》のように妙《みょう》に物《もの》に厭《いと》う*よう

同《おな》じい　同《おな》じくらいの。
けげん　「怪訝《けげん》」と表記《ひょうき》。怪《あや》しむこと。いぶかしく思《おも》うこと。
つい　思《おも》わず。
木彫《もくちょう》を仕事《しごと》に……　犀星《さいせい》の家《いえ》と同《おな》じ番地内《ばんちない》にある、小路《こうじ》へと入《はい》る曲《まが》り角《かど》の家《いえ》に当時《とうじ》、居住《きょじゅう》していた彫刻家《ちょうこくか》・池田勇八《いけだゆうはち》（一八八六〜一九六三）がモデルか。馬《うま》の木彫《もくちょう》で名高《なだか》い。

ねむげな　眠《ねむ》たそうな。
就中《なかんずく》　特《とく》に。なかでも。
光《ひかり》　（目《め》の）輝《かがや》き。
小路《こうじ》　幅《はば》の狭《せま》い通《とお》り。
余所目《よそめ》　よそ見《み》。
物《もの》に厭《いと》う　いやがって世間《せけん》を避《さ》ける。ひきこもる。

に引《ひ》っこんでばかりいるのです。あいさつをしないかな。」

子供《こども》は、ちょいと頭《あたま》をさげた。笏《しゃく》は、永《なが》い間《あいだ》その顔《かお》をみつめているうち、子供《こども》もふしぎそうに眼《め》を凝《こ》らしていた。*

「おいくつですか。」

「七《なな》つです。」

子供《こども》は、おとなの話《はなし》をむしろ陰気臭《いんきくさ》い目《め》をして、直覚的《ちょっかくてき》に自分《じぶん》の身《み》の上《うえ》に話《はなし》がはこばれているのに、注意深《ちゅういぶか》くなっているらしかった。

「ときどき遊《あそ》びにいらっしゃい。」

そういう笏《しゃく》に、子供《こども》は寂《さび》しい微笑《わら》いがおをもって答《こた》えた。

「では失礼《しつれい》します。」

あるじは、突然《とつぜん》そういうと、家《いえ》の中《なか》へはいってしまった。子供《こども》の手《て》をひいて――そして暗《くら》い戸《と》を裏《うら》から閉《し》めてしまった。変《へん》な家《いえ》もあるものだ。それにしても何《なん》という変化《かわ》った人《ひと》だろうと、笏《しゃく》は自宅《じたく》の方《ほう》へ引《ひ》きかえそうとした。

と、すぐ垣根《かきね》にそうた*暗《くら》み*へ犬《いぬ》の足豆《あしまめ》*が擦《す》れるような音《おと》がして、小《ちい》さい影《かげ》があるいて行《い》った。からたち*の垣根《かきね》ばかりだからそのとげにでも手足《てあし》を引《ひ》っかけはしないかと思《おも》うているうち、小《ちい》さい影《かげ》は笏《しゃく》の方《ほう》へ向《む》いてあるいた。なるべく気《き》づかれないように笏《しゃく》は足音《あしおと》をひくめながら*、その子《こ》のあとについて、垣根《かきね》のきわをあるいてゆくうち、いつの間《ま》にか自家《じか》*の前《まえ》へ出《で》ていた。が、小《ちい》さい影《かげ》は、そこにもうなかった。

「はあて。*」

笏《しゃく》は、植込《うえこ》みをぬいながら、そっと、家《いえ》の中《なか》を見《み》た。女《おんな》は縫物《ぬいもの》をしている。そしてその傍《そば》にいつもの童子《どうじ》が坐《すわ》って、糸屑《いとくず》を弄《いじく》っては*丸《まる》めていた。よこ顔《がお》がそっくりさッきの家《いえ》の

眼《め》を凝《こ》らして　じっと見《み》つめるさま。
陰気臭《いんきくさ》い　陰気《いんき》な感《かん》じのする。
直覚的《ちょっかくてき》に　直感《ちょっかん》で。
そうた　沿《そ》った。
暗《くら》み　暗《くら》がり。
足豆《あしまめ》　肉球《にくきゅう》。
からたち　「枳《からたち》」「枸橘《からたち》」などと表記《ひょうき》。「唐《から》たちばな」の略《りゃく》。ミカン科《か》の落葉低木《らくようていぼく》。中国原産《ちゅうごくげんさん》で、とげが多《おお》く生垣《いけがき》として栽培《さいばい》される。晩春《ばんしゅん》に白色五弁《はくしょくごべん》の小花《こばな》をひらく。
ひくめながら　ひそめながら。
自家《じか》　自宅《じたく》。
はあて　はて。はてな。当惑《とうわく》したり考《かんが》えこむときに発《はっ》する声《こえ》。
弄《いじく》っては　指先《ゆびさき》でもてあそんでは。

子《こ》に似《に》ていた。が、女《おんな》はすこしも童子《どうじ》のいることに気《き》がつかないらしく、それに目《め》を遣《や》りもしないで、ときどき溜息《ためいき》をついては玄関《げんかん》の方《ほう》をながめていた。あたかも何《なに》かそこに影《かげ》のようなものでも折折見出《おりおりみいだ》さなければならないように……しかし童子《どうじ》はおとなしく、ただ小《ちい》さい跪座《あぐら》*をくんで、ひとりで、それがひとりであるために充分《じゅうぶん》であるように、*丸《まる》めた彩糸《いろいと》*をいくつも女《おんな》の膝《ひざ》の上《うえ》にならべていた。女《おんな》は、それに少《すこ》しも気《き》をとられないで*いた。静《しず》かな電燈《でんとう》の下《した》で、それらの光景《こうけい》が、笏梧朗《しゃくごろう》をして家《いえ》へはいることを思《おも》いとどめさせ、止《や》むなく植込《うえこ》みの中《なか》に佇《た》っていた。

童子《どうじ》は、それがいかにも安《やす》らかで他念《たねん》なさそう*だった。同《おな》じことを繰返《くりかえ》しながら倦《う》む*こともなかった。母親《ははおや》は、虫《むし》のこえにさそわれたのか、それとも何《なん》となく長《なが》い疲《つか》れが出《で》たのか、針箱《はりばこ》*に手《て》をささえたまま、うっとりと睡《ねむ》りこんでしまった。――母親《ははおや》とすこし離《はな》れて小《ちい》さい臥床《ふしど》*があり、そこには赤児《あかご》がこれも低《ひく》い笛《ふえ》のような安《やす》らかな睡《ねむ》りを睡《ねむ》っていた。いっさいは曇色《くもりいろ》ある明《あか》り*の中《なか》に、時計《とけい》ばかり動《うご》いている外《ほか》に物音《ものおと》のない部屋《へや》は、きちんと仕《し》組《く》まれたすくりいん*のように、おのおの影《かげ》をひきながら在《あ》るままに在《あ》った。

笏梧朗《しゃくごろう》は、足音《あしおと》を忍《しの》ばせ家《いえ》のなかへはいると、童子《どうじ》は、すぐに見《み》つけた。そして父親《ちちおや》のそばへ恋《こい》しげに寄《よ》りそうた。

「わたしは先刻《せんこく》*お前《まえ》が垣根《かきね》のへりを歩《ある》いていたのを見《み》た。そして自家《じか》の前《まえ》で見失《みうしの》うたのだ。」

「いえ、お父《とう》さん、僕《ぼく》は何《なん》にも知《し》らなかったのです。」

「それならそれでよいが……。」

笏《しゃく》は、童子《どうじ》の面《おもて》*を見《み》つめた。「お前《まえ》はこのさきの、暗《くら》い家《いえ》の子供《こども》を知《し》っているかね。まるでお前《まえ》そっくりで、お父《とう》さんにも見境《みさかい》がつかない*ぐらいなんだよ。お前《まえ》が来《こ》ないときに

跪座《あぐら》　通常《つうじょう》は「胡座《あぐら》」と表記《ひょうき》。足《あし》を組《く》んで坐《すわ》ること。
ひとりであるために充分《じゅうぶん》であるように　自足《じそく》しているように。
彩糸《いろいと》　いろいろな色《いろ》に染《そ》めた糸《いと》。
気《き》をとられないで　気《き》づかないで。
他念《たねん》なさそう　ほかのことを考《かんが》えず一心《いっしん》に集中《しゅうちゅう》しているらしい様子《ようす》。
倦《う》む　飽《あ》きる。
針箱《はりばこ》　裁縫《さいほう》の道具《どうぐ》を容《い》れる箱《はこ》。
臥床《ふしど》　ここでは、敷《し》かれた寝床《ねどこ》。
曇《くもり》色《いろ》ある明《あか》り　仄《ほの》かに翳《かげ》った照明《しょうめい》。
すくりいん　スクリーン（screen）。映画館《えいがかん》の画面《がめん》。
先刻《せんこく》　先《さき》ほど。
面《おもて》　顔《かお》。
見境《みさかい》がつかない　見分《みわ》けがつかない。

は、お父《とう》さんはよくその子供《こども》の顔《かお》を見《み》にゆくことがあるんだよ。」そう言《い》って、童子《どうじ》のあたまを撫《な》でた。

童子《どうじ》は、しかしそれには答《こた》えないで、悲《かな》しげに父親《ちちおや》をさしのぞいた。

「お父《とう》さん、どうしてあなたはそのように似《に》ているということばかりを捜《さが》してあるくの。僕《ぼく》は誰《だれ》にも肖《に》てはいない。僕《ぼく》は僕《ぼく》だけしかない顔《かお》と心《こころ》とをもっているだけですよ。」

父親《ちちおや》はそのとき初《はじ》めて気《き》がついたように、そして童子《どうじ》によくわかるように口《くち》を切《き》って言《い》った。*

「それはお父《とう》さんのわるいくせなんだよ。お父《とう》さんにはそういう詰《つま》らない似《に》ているということさえせめての*楽《たの》しみなんだ。お前《まえ》にはそれがよくわかるだろうね。そしてお前《まえ》がいつでもここのうちにいられたら、そしたらお父《とう》さんはそういう詰《つま》らないことなぞ考《かんが》えはしなんだよ。*」

童子《どうじ》は、黙《だま》ってうなずいた。そのとき母親《ははおや》がうっすりと目《め》をさました。眩《まぶ》しいものを見《み》つめようとして、それが能《よ》く見《み》つめられない寝起《ねお》きの人《ひと》*のように、しばしば*渋《しぶ》らせながら*

童子《どうじ》を見《み》まもった。

「まあ、お前《まえ》そこにいたの。いつからいたの。そしてお父《とう》さんも、——わたし睡《ねむ》っていたのね。」

彼女《かのじょ》はそういうと、その夢裡《むり》*になおさまようているような上目《うわめ》*をして見《み》せた。

「わたしうとうとしていると、大《たい》そう花《はな》のたくさん生《は》えたところで、*お前《まえ》にあったのだけれど、お前《まえ》はわざとのように知《し》らない振《ふ》りをして行《い》ってしまったの。なんでも暗《くら》いへんな彫《ほ》り物《もの》*をしている方《かた》がね、ほらいつかあなたにお話《はなし》をした……。」

彼女《かのじょ》は、そういうと急《きゅう》に何《なに》かを思《おも》いあてたように、笏《しゃく》の記憶《きおく》をゆすぶった。

「すぐそこの、道路《どうろ》のまがり角《かど》にいらっしゃる彫刻家《ちょうこくか》がね、なんだか岩《いわ》の上《うえ》のようなとこ

口《くち》を切《き》って言《い》った　勢《いきお》いよく話《はな》しはじめること。
せめての　せめてもの。
考《かんが》えはしなんだよ　考《かんが》えなかったよ。
寝起《ねお》きの人《ひと》　目《め》が醒《さ》めたばかりの人《ひと》。
しばしば　しきりにまばたきするさま。
渋《しぶ》らせながら　未詳《みしょう》。瞬《しばただ》く（しきりにまばたきする）からの転訛《てんか》か。

夢裡《むり》　夢《ゆめ》の中《なか》。
上目《うわめ》　顔《かお》を伏《ふ》せたまま、瞳《ひとみ》だけを上《うえ》へ向《む》けること。
花《はな》のたくさん生《は》えたところで……　いわゆる臨死体験談《りんしたいけんだん》では、しばしばあの世《よ》との境目《さかいめ》が広大《こうだい》な花野《はなの》として語《かた》られることが、しばしばある。松谷《まつたに》みよ子《こ》『現代民話考《げんだいみんわこう》5』など参照《さんしょう》。
彫《ほ》り物《もの》　彫刻《ちょうこく》。

ろに立《た》って、わたしの方《ほう》を眺《なが》めていらっしゃる。――すると、この子《こ》がわたしの方《ほう》へは来《こ》なくて、その彫刻家《ちょうこくか》のそばへ行《い》くじゃありませんか、しまいにその方《かた》がね、この子《こ》の手《て》をひいて、水草《みずくさ》の生《は》えた花《はな》の浮*《う》いている水田《すいでん》のようなところへ行《い》っておしまいなすったの。*そしていま目《め》をさますとこの子《こ》がいるじゃありませんか。」

彼女《かのじょ》は、ふしぎそうに笏《しゃく》の顔《かお》をみた。笏《しゃく》は、その妻《つま》が夢見《ゆめみ》ている間《あいだ》に、自分《じぶん》が彫刻家《ちょうこくか》の家《いえ》のまわりにいたこと、そこの子供《こども》をみたことなどを、思《おも》い出《だ》した。そのことを彼女《かのじょ》に話《はなし》をしておいて、

「あの彫刻家《ちょうこくか》がね、おくさまによくお目《め》にかかりますとそう言《い》っていた、なんでもないときにね。」

「ええ、わたくし町《まち》へ出《で》ようとしてあそこの前《まえ》をとおりますと、いつでも私《わたし》の方《ほう》を眺《なが》めなすって大《たい》そうさびしい顔《かお》をなすっていらっしゃいますの。いつだったか、ふいに何《なに》かのはずみにご挨拶《あいさつ》をしてしまって、それからまだ黙礼《もくれい》*だけいたしますの。」

笏《しゃく》は、女《おんな》の顔《かお》をみながら己《おの》れもやはりそれと同《おな》じい、むしろ好意《こうい》に似《に》たものをおぼろげ

ながら心《こころ》に感《かん》じた。
「あの人《ひと》は妻《つま》をなくしてから、*ああしてぼんやりしているらしい、あの子供《こども》とふたりきりらしいんだよ。」
「え、そりゃわたくしもぞんじていますの。それにあのお子《こ》さんときたら、まるでこの子《こ》に生《い》きうつし*なんですもの。」
女《おんな》は、いまさらのように童子《どうじ》の顔《かお》と、己《おの》がこころにある俤《おもかげ》*とを見《み》くらべるような目色《めいろ》*をした。
「全《まった》くふしぎなほどよく似《に》ている。」
笏《しゃく》も女《おんな》と同《おな》じことを言《い》った。

水草《みずくさ》の生《は》えた花《はな》の…… これも冥界《めいかい》を暗示《あんじ》する光景《こうけい》である。芥《あくた》川龍《がわりゅう》之介《のすけ》「沼《ぬま》」や中勘助《なかかんすけ》「ゆめ」（共《とも》に『夢《ゆめ》』所収《しょしゅう》）を参《さん》照《しょう》。

行《い》っておしまいなすったの 行《い》ってしまわれたの。

黙礼《もくれい》 無言《むごん》で挨拶《あいさつ》すること。

妻《つま》をなくしてから 前出《ぜんしゅつ》の池田勇八《いけだゆうはち》は、大正《たいしょう》七年《ねん》（一九一八）暮《く》れから八年《ねん》にかけて大流行《だいりゅうこう》したスペイン風邪《かぜ》で、二十九歳《さい》の妻《つま》を亡《な》くしている。

生《い》きうつし 区別《くべつ》できないほど、よく似《に》ていること。

俤《おもかげ》 面影《おもかげ》とも。目先《めさき》にないものを、ありありと思《おも》い浮《う》かべること。その姿《すがた》。

目色《めいろ》 目《め》つき。

そのとき母親《ははおや》は、ふと童子《どうじ》の手《て》に笛《ふえ》の提《さ》げられてないのに初《はじ》めて気《き》づいた。

「おまえは笛《ふえ》をどうかしたの。珍《めず》らしくもっていないではないかね。」

「ぼく、笛《ふえ》はつまらないから止《よ》した。」

「そうかえ、しかしお前《まえ》はそんなにまで大人《おとな》にならなくともいいわ。まだ笛《ふえ》を棄《す》ててもよい年頃《としごろ》ではない……。」

童子《どうじ》は、白《しろ》いような微笑《わら》い*をもらしながら、母親《ははおや》にわざとのようにある哀愁《あいしゅう》をふくんだ声音《こわね》で言《い》った。

「笛《ふえ》なんぞ携《も》っていても鳴《な》らしはしないんですもの。」

「どうして鳴《な》らないんでしょう。」

「笛《ふえ》の孔《あな》が塞《ふさ》がってしまっているの、六《むっ》つの孔《あな》がみんな開《ひら》いていないんです。」

「お見《み》せ。」

母親《ははおや》は、笛《ふえ》を手《て》に取《と》ると、古《ふる》い埃《ほこり》や泥《どろ》のようなもので凝固《かたま》ってしまった孔内《こうない》*は、吹《ふ》こうにも息《いき》の抜《ぬ》けみちがないために音色《ねいろ》が出《で》なかった。

「ひどい埃《ほこり》ね。」母親《ははおや》は、それを縁端《えんばな》へ*持《も》って出《で》て、細《ほそ》い針金《はりがね》のようなもので、孔内《こうない》を掃除《そうじ》をしようとしながら、

「いまによく鳴《な》るようにしてあげますから待《ま》っておいで。」

そう言《い》い、孔《あな》の一《ひと》つびとつに針金《はりがね》を貫《さ》しながら、器用《きよう》な手《て》つきで古《ふる》い埃《ほこり》をほじくり出《だ》した。丹塗《にぬ》りの笛《ふえ》の胴《どう》にはいってから密着《くっつ》いたのか、滑《なめ》らかな手擦《てず》れ*でみがかれた光沢《こうたく》があった。

「お母様《かあさま》、その笛《ふえ》をおそうじしてくだすっても、僕《ぼく》それを吹《ふ》けそうにもないの。」

「どうしてでしょう。」

「どうしてって僕《ぼく》そんなものを吹《ふ》いていられないんですもの。」

童子《どうじ》は、暗《くら》い顔《かお》をした。蝙蝠《こうもり》のように黝《くろ》ずんだある影《かげ》が過《す》ぎ去《さ》った。——笏《しゃく》も、その妻《つま》

白《しろ》いような微笑《わら》い　どこか醒《さ》めた印象《いんしょう》を与《あた》えるほほえみ。
孔内《こうない》　笛《ふえ》の穴《あな》の中《なか》。

縁端《えんばな》　縁側《えんがわ》の端《はし》。
手擦《てず》れ　手《て》が当《あ》たってこすれること。

も、きゅうに圧《お》し黙《だま》って、哀《あわ》れな己《おの》れの子供《こども》とその言葉《ことば》を裏返《うらがえ》しして*眺《なが》めた。

「そうね。お前《まえ》はそういう笛《ふえ》なぞ吹《ふ》いていられなさそうね、母《かあ》さんが悪《わる》かった、母《かあ》さんは大《たい》へんなことを忘《わす》れていたから、ついお前《まえ》を困《こま》らせた。」

「いえ。」

童子《どうじ》は、母親《ははおや》をなぐさめようとして、笛《ふえ》の掃除《そうじ》を止《や》めかかったその時《とき》に、よく甘《あま》えるときするように靠《もた》れた。*そして低《ひく》いほとんど囁《ささや》くような声《こえ》で言《い》った。

「それでも時々《ときどき》、ほんのときどきだけれど、僕笛《ぼくふえ》を吹《ふ》いてみたいの。」

母親《ははおや》は泪《なみだ》ぐんだ。「そうだろうね、けれどお前《まえ》のいるところ*ではね。」

笏《しゃく》は、これも立膝《たてひざ》をだいて悄然《しょうぜん》として坐《すわ》っていた。

「おれが吹《ふ》いてやってもいいよ、よくお前《まえ》のこないときにでも、いつでもお前《まえ》のいそうなところへ*とどくようにね。」

裏返《うらがえ》しして　言葉《ことば》の裏《うら》に隠《かく》された意味《いみ》を探《さぐ》ること。

靠《もた》れた　身《み》を寄《よ》せかけた。

お前《まえ》のいるところ　彼岸《ひがん》の世界《せかい》。

お前《まえ》のいそうなところへ　『忘春詩集《ぼうしゅんししゅう》』の詩《し》「笛《ふえ》」に「その笛《ふえ》の音《ね》いろの到《とど》かんところには／かならず笛《ふえ》のねいろを聞《き》くものあらんと」とある。

童子《どうじ》は微笑《わら》った。そういう父親《ちちおや》を憐《あわれ》むような顔付《かおつき》をしていた。

「けれども僕《ぼく》のいるところへは、いくらお父《とう》さんの笛《ふえ》でも聞《きこ》えて来《き》はしない、僕《ぼく》そんな気《き》がする。」

「いや。」

父親《ちちおや》は、むずかしい顔《かお》をすることによって、己《おの》れの心《こころ》にある悲《かな》しそうな表情《ひょうじょう》をあらわすまいと努《つと》めるように、眉《まゆ》をしかめた。

「お前《まえ》が聞《き》こうという気《き》さえもっていれば、きっと聞《きこ》えるにちがいないんだ、もっともおまえにその気《き》がなければ仕方《しかた》がないが……。」

童子《どうじ》は、なかば疑《うたが》うようにそしてなかば父親《ちちおや》をなぐさめるように言《い》った。

「僕《ぼく》、聞《き》こうという気《き》はあるの。」

「それなら聞《きこ》えるよ。きっときこえるに決《き》まっているよ。」

母親《ははおや》も、ことばを揃《そろ》えた。*

「聞《きこ》えますとも。」

が、その三人《さんにん》の影《かげ》はまるで有《あ》るか無《な》いかのように、畳《たたみ》と壁《かべ》の上《うえ》に稀薄《きはく》であった。かれらは何《なに》か幽遠《ゆうえん》*なものにでも対《むか》いあうように、ひとりずつが、何《なに》を手頼《たよ》ってよいか、そして何《なに》を信《しん》じてよいかさえ分《わか》らなかった。かれらはただ忘《わす》れた夢《ゆめ》をとりもどすように様々《さまざま》な己《おの》れの考《かんが》えを考《かんが》えるにすぎなかった。

笏梧朗《しゃくごろう》は、これはよく見《み》る夢《ゆめ》だと思《おも》い、母親《ははおや》は、これが次第《しだい》に現実《げんじつ》につながってゆくものだという風《ふう》に、女《おんな》らしい未練《みれん》な考《かんが》えにふけっていた。が、童子《どうじ》だけは自分《じぶん》がどこから来《き》ているかということを、かれはかれの本体《ほんたい》に呼吸《いき》づいているだけ瞭然《りょうぜん》*と知《し》っていた。

「お母様《かあさま》、僕《ぼく》はもうかえるの。」

母親《ははおや》は、それをいつもの慣《なら》い*であるだけに止《と》めることができなかった。

「そう。もうおかえり?」

ことばを揃《そろ》えた　同《おな》じ言葉《ことば》を重《かさ》ねて言《い》うこと。
幽遠《ゆうえん》　奥深《おくぶか》くて、はるかに遠《とお》いこと。
瞭然《りょうぜん》　はっきりと。明瞭《めいりょう》に。
慣《なら》い　慣習《かんしゅう》。

父親《ちちおや》の顔《かお》をふと見《み》た。笏《しゃく》は、煙草《たばこ》をふかしながら煙《けむり》の中《なか》から母親《ははおや》のかおを見返《みかえ》した。

「ではお静《しず》かにしていらっしゃい。」

「ええ。」

童子《どうじ》は立《た》った。間《ま》もなく表《おもて》へしずかな素足《すあし》＊の音《おと》がした。——あとを見送《みおく》っていた父親《ちちおや》はすぐ座《ざ》を立《た》った。「どこへいらっしゃる。」母親《ははおや》は、真青《まっさお》になった笏《しゃく》の顔《かお》をまともに見上《みあ》げた。

「あれのあとから行《い》ってみる……。」

笏《しゃく》の、そういう声音《こわね》はふだんとはかすれていた。その上眼色《うえがんしょく》まで変化《かわ》っていた。女《おんな》は、笏《しゃく》のどこかを摑《つか》もうとした。

「あれのあとから行《い》ってもなんにもなりません。」

「いや、あれのあとから行《い》ってみる……。」

笏《しゃく》は、そういうと玄関《げんかん》のそとへ飛《と》びだした。白《しろ》い道路《どうろ》は遠《とお》＊いほど先《さき》の幅《はば》が狭《せば》まり、ちぢんで震《ふる》えて見《み》える。ふた側《がわ》＊の垣根《かきね》の暗《やみ》が悒然《ゆうぜん》＊と覆《おお》うているかげを、童子《どうじ》はすたすた歩《ある》いていた。電燈《でんとう》は曇《くも》ってひかり沈《しず》んでいた＊、と、黒《くろ》いかげがだんだんに遠《とお》のいてゆくのである。

三

笏梧朗《しゃくごろう》は、小《ち》さい影《かげ》を趁《お》うて*ゆくうち、じめじめした水田《すいでん》のようなところへ出《で》ていた。限《かぎ》りもない水田《すいでん》の*うえに円《まる》い緑色《みどりいろ》の葉《は》が浮《う》き、そのあいまに白《しろ》い花《はな》が刺繍《ししゅう》された薄明《うすあか》りのさす四辺《あたり》は、さざ波一《なみひと》つ漂《ただよ》わない、底澄《そこす》んだ*静《しず》かさだった。その岸《きし》へついたとき童子《どうじ》は立《た》ちどまって不意《ふい》にうしろを向《む》いた。笏《しゃく》は自分《じぶん》の姿《すがた》を見《み》られまいとしてからだを縮《ちぢ》ませたが、その姿《すがた》はすぐ童子《どうじ》の瞳《ひとみ》の中《なか》に映《うつ》った。笏《しゃく》は、なにごとかを言《い》おうとしたが、童子《どうじ》はも

素足《すあし》　はだし。
白《しろ》い道路《どうろ》は……　そのまま冥界《めいかい》へと繋《つな》がるような、よるべない情景描写《じょうけいびょうしゃ》である。
ふた側《がわ》　両側《りょうがわ》。
悒然《ゆうぜん》　鬱陶《うっとう》しく。
ひかり沈《しず》んで　沈《しず》むように光《ひか》っていた。

趁《お》うて　追《お》いかけて。「趁」はぴったりと離《はな》れずに、あとを追《お》う意《い》。
限《かぎ》りもない水田《すいでん》の……　この世《よ》とあの世《よ》の境《さかい》を思《おも》わせる、畏《おそろ》しくも美《うつく》しい光景《こうけい》である。
底澄《そこす》んだ　底《そこ》まで透《す》き通《とお》った。

のをも言《い》わずに踞《しゃが》みこんだが、すぐ一抹《いちまつ》*の水煙《すいえん》*を立《た》てると、その水田《すいでん》の中《なか》へ飛《と》びこんだ。笏《しゃく》はすぐ馳《か》けつけたが、いたずらに*澄《す》みかがやいた水田《すいでん》には、その波紋《はもん》の拡《ひろ》がってゆくばかりを見《み》るだけで、童子《どうじ》の姿《すがた》はなかった。

笏《しゃく》は、ここがいったいどこであるかということを考《かんが》えるより、自分《じぶん》がどうしてこの水田《すいでん》へきたかということを考《かんが》えると、自分《じぶん》の歩《ある》いて来《き》た道程《どうてい》*があまりに近《ちか》かったし、そしてそういう近《ちか》いところにこんなにまで広《ひろ》い水田《すいでん》があろうはずがないように思《おも》われた。笏《しゃく》はうしろ向《む》きになり歩《ある》いているうち、いつのまにか、病院《びょういん》の前《まえ》の町《まち》へ出《で》ているのに驚《おどろ》いた。そうすると直《す》ぐ鉄橋《てっきょう》の下《した》の水田《すいでん》へ、自分《じぶん》が今《いま》行《い》っているのだということが、判然《はんぜん》と*頭《あたま》にうかんできたのだった。

笏《しゃく》は、わが家《や》の前《まえ》に立《た》ち、そうしてわが家《や》に不吉《ふきつ》なことでもありはしなかったかと、内《ない》部《ぶ》をさし覗《のぞ》いてみたが、かわりのない静《しず》かさが輝《かがや》く電燈《でんとう》と一《いっ》しょにあるきりだった。そして妻《つま》は青《あお》い一本《いっぽん》の草《くさ》のようなもの*のさきに、火《ひ》を烟《けむ》らせていた。笏《しゃく》は、その妻《つま》の顔色《かおいろ》が真《まっ》青《さお》であるのに驚《おどろ》いた。

「よくお帰《かえ》りなすった。* わたしどうしようかとおどおどしていたのでございます。あなたがあわてていらしって*から……。」

「水田《すいでん》のところまで行《い》ったが、そこであれの姿《すがた》がなくなった。あれが私《わたし》の姿《すがた》をみるとすぐに飛《と》びこんだのだ。」

女《おんな》はそのとき、「睡蓮《すいれん》*というものは晩《ばん》は咲《さ》かないものでございますね。」

「そうさ、朝《あさ》からおひるころまで咲《さ》くものだ。それがどうしたのか。」

「いえ、ただそのことが気《き》になったものでございますからお尋《たず》ねしただけでございますの。」

女《おんな》は何《なに》か考《かんが》えこんでいるうち、表《おもて》に足音《あしおと》がした。それが佇《たたず》んでいるらしいけはいがした。

一抹《いちまつ》の　少《すこ》しの。
水煙《すいえん》　水《みず》が煙《けむり》のように飛《と》び散《ち》ること。
いたずらに　意味《いみ》もなく。
道程《どうてい》　道《みち》のり。道筋《みちすじ》。
判然《はんぜん》と　はっきり分《わ》かるさま。
青《あお》い一本《いっぽん》の草《くさ》のようなもの　線香《せんこう》。『忘春詩集《ぼうしゅんししゅう》』の「夜半《よわ》」に「けぶる長《なが》き青《あお》い草《くさ》のやうなるせん香《こう》を」とある。
よくお帰《かえ》りなすった　よくお帰《かえ》りになられました。
いらしって　出《で》ていらして。
睡蓮《すいれん》　スイレン科《か》スイレン属《ぞく》の水草《みずくさ》の総称《そうしょう》。泥中《でいちゅう》から葉《は》を伸《の》ばして水面《すいめん》に浮《う》き、夏《なつ》に一花《ひとはな》を咲《さ》かせる。花《はな》は夜《よる》には閉《と》じるため、この名《な》がある。芥川龍之介《あくたがわりゅうのすけ》「沼《ぬま》」（『夢《ゆめ》』所収《しょしゅう》）参照《さんしょう》。

ふたりは耳《みみ》をかたむけた。眼《め》と眼《め》とでそれを聞《き》き分《わ》けようとしていた。

「どなたでしょう。」

「たしかに誰《だれ》かが立《た》っているようだね。」

「たった今《いま》しがたですよ。」*

「黙《だま》って？」

表《おもて》でやはり人《ひと》のいるけはいがつづき、そして門《もん》の戸《と》がばたんといきなり開《あ》けられたときに、笏《しゃく》は新《あたら》しい驚《おどろ》きようをして顔《かお》をすかし見《み》た。

「私《わたし》です。」

笏《しゃく》は、その人《ひと》がれいの彫刻家《ちょうこくか》であることに、すぐ気《き》づいた。

「あなたでしたか、どうぞ。」

彫刻家《ちょうこくか》は、わざと立《た》って、家《いえ》じゅうをすかし見《み》ながら、かすれた低《ひく》い声《こえ》でおずおず疑《うたが》い*深《ぶか》そうに言《い》った。

「あれがもしかこちらへまいってはいませんでしょうか、いましがた犬《いぬ》を追《お》って出《で》てか*

ら戻《もど》らないんで……夜分《やぶん》でしたがおうかがいしにあがったのです。」

「いえ。お見《み》えになりませんの。どこへいらしったのでしょう。」

女《おんな》は、彫刻家《ちょうこくか》のわびしげな眼《め》のうちにおさまり答《こた》えたときに、笏《しゃく》は、そのことに自分《じぶん》がかかわっているように思《おも》われてならなかった。そして、

「あれとはどなたです。*」

笏《しゃく》は、そうたずねてみた。

「子供《こども》のことです。」

彫刻家《ちょうこくか》は、わざとらしい質問《しつもん》をあざ笑《わら》うように、大《おお》きな手《て》で、子供《こども》の背丈《せたけ》をはかるようにしてみせた。「つまり私《わたし》はなんだかお宅《たく》へ行《い》けばわかりそうな気《き》がしたので、それを自《じ》分《ぶん》でおさえることができずに、こうして夜半《やはん》でしたがお訪《たず》ねして参《まい》ったのです。」と、一《いっ》

今《いま》しがた　今《いま》すこし前《まえ》。たった今《いま》。
おずおず　おそるおそる。こわごわ。
まいっていいは　おうかがいしては。

あれとはどなたです　本巻所収《ほんかんしょしゅう》の星新一《ほししんいち》「あれ」、倉橋由美子《くらはしゆみこ》「霊魂《れいこん》」を参照《さんしょう》。

歩《ぽ》あとへ退《の》きながら言《い》った。

「そのうちにおかえりでございましょうよ。」

女《おんな》は、そう言《い》うと外《そと》へまで出《で》てみながら、彫刻家《ちょうこくか》を見送《みおく》った。

「あれがよくお宅《たく》の前《まえ》の……そう、ちょうどこの辺《へん》に佇《た》っていることが多《おお》いものですからね、どういう訳《わけ》なんですか、ふいにいないと必然《きっと》*ここに立《た》っているんですよ。」

女《おんな》は蒼《あお》くなって笏《しゃく》をかえり見《み》たが、こんどは胸《むね》をおさえるようにして、訊《たず》ねてみた。

「いつころでしょうか。坊《ぼっ》ちゃんがいらっしゃるころは？」

「そう、晩方《ばんがた》ですな。どうも不思議《ふしぎ》な気《き》がするんです。」

彫刻家《ちょうこくか》は、そういうと「お邪魔《じゃま》をしました。」と言《い》うと、すたすた暗《くら》いもと来《き》た道路《どうろ》へあるき出《だ》して行《い》った。帽子《ぼうし》のない、なりの矮《ひく》い姿《すがた》*は、墨《すみ》のように滲《にじ》んだ影《かげ》を、くらい軒《けん》燈《とう》*の下《した》に落《おと》して行《い》った。

笏《しゃく》と女《おんな》は、そのあとをぼんやり見送《みおく》っていたが、笏《しゃく》は、そのかげのあとに、もう一《ひと》つ、小《ち》さい影《かげ》のあるのを見《み》た。

「ほら、尾《つ》いて行《い》くぜ。* 小《ちい》さい奴《やつ》がかがんでな。」

「ええ。」

女《おんな》はからだを震《ふる》わせながら、それを見送《みおく》った。と、れいの馬陸《やすで》がくろぐろと門《もん》の台石《だいいし》*のところへ群《む》れ、湿《しめ》りを食《く》いあるいていた。

秋遅《あきおそ》い荒《あ》れ冷《ひ》えた風《かぜ》が吹《ふ》き、何《なん》となくからだの一箇所《いっかしょ》に自分《じぶん》の手《て》を触《ふ》れていたくなるような夕景《ゆうけい》には、童子《どうじ》は寒《さむ》そうにちぢんだ姿《すがた》をどす黒《ぐろ》く門端《かどばた》に滲《にじ》ませたが、どういうものか、その影《かげ》は日《ひ》に日《ひ》に稀薄《きはく》になった。

必然《きっと》　かならず。

なりの矮《ひく》い　背丈《せたけ》が低《ひく》く見《み》える。

軒燈《けんとう》　軒先《のきさき》に掲《かか》げる照明《しょうめい》。

尾《つ》いて行《い》くぜ……　もはや幽明《ゆうめい》の境界《きょうかい》が判然《はんぜん》としない、慄然《りつぜん》たる描写《びょうしゃ》である。童子《どうじ》ばかりでなく彫刻家《ちょうこくか》の息子《むすこ》もまた、この世《よ》のものではないのか……。

台石《だいいし》　土台《どだい》に据《す》える石《いし》。

古《ふる》い写真絵《しゃしんえ》*のような、雨漏《あまも》りのした紙《かみ》*のようにきいろくぼんやりしていた。

女《おんな》は、それがどういう訳《わけ》で、うすく、にじんで見《み》えるのか分《わか》らなかった。ただ、童子《どうじ》の手《て》をとるごとに、自分《じぶん》の目《め》をこすりながら、笏梧朗《しゃくごろう》に言《い》った。

「わたくし眼《め》が悪《わる》いんでしょうか。この子《こ》がぼんやりとしか見《み》えません。それもこの頃《ごろ》になってはげしくなるばかりですの。」

「お前《まえ》ばかりではない、おれもなんだかこの子《こ》の姿《すがた》がぼやけて見《み》えるのだ。まるで影《かげ》みたいに遠《とお》くなって見《み》えるのだ。」

笏梧朗《しゃくごろう》は、ふしぎに日《ひ》に日《ひ》に輪廓《りんかく》のぼやけた童子《どうじ》を見《み》るごとに、童子《どうじ》が自分《じぶん》らのそばから日《ひ》に日《ひ》に遠《とお》のいてゆく前徴《ぜんちょう》*だということや、もともと影《かげ》のような童子《どうじ》のことゆえ、影《かげ》はやはり影《かげ》としか眼《め》にうつらなくなるのだと、悲《かな》しげに心《こころ》でうなずいた。

「この子《こ》が亡《な》くなってから、どれだけ経《た》っただろうか。」

「三月《みつき》になります。」

女《おんな》は、そう答《こた》えると、曲《ま》げた指《ゆび》をもとのまま、膝《ひざ》の上《うえ》に置《お》いた。

笏梧朗《しゃくごろう》は、童子《どうじ》の眼《め》をみつめた。童子《どうじ》も、しばしば眼《め》をしばたたいては、*なんだか絶《た》えず不透明《ふとうめい》なものを仰《あお》ぎ見《み》るような眼付《めつき》をしていた。そして、

「お父《とう》さん、僕《ぼく》もやはりなんだかあなた方《がた》がよくわからないの。見《み》ようとするほど、眼《め》がかすんでしまって能《よ》く見《み》えないんです。どうしたんでしょう。」

笏《しゃく》もその妻《つま》も目《め》を合《あわ》せた。三人《さんにん》が三人《さんにん》とも何《なに》か羅《うすもの》*のようなもので眼隠《めかく》しされたような気《き》がした。

「お父《とう》さんの顔《かお》が見《み》えるかね。そこからお前《まえ》の目《め》に。」

「え、ぼんやりと……。」

童子《どうじ》は目《め》をしばたたいた。母親《ははおや》も心《こころ》に苛立《いらだ》ちを見《み》せながら目《め》をこすったりした。

「こうしてお前《まえ》とわしらとは、日《ひ》が経《た》つごとに縁《えん》が切《き》れてしまうのだ。お互《たが》いの影《かげ》がだん

古《ふる》い写真絵《しゃしんえ》　セピア色《いろ》に変色《へんしょく》した写真《しゃしん》。
雨漏《あまも》りのした紙《かみ》　水《みず》に濡《ぬ》れて黄色《きいろ》く変色《へんしょく》した紙《かみ》。
前徴《ぜんちょう》　前兆《ぜんちょう》とも。前《まえ》ぶれ。

しばたたいては　しきりにまばたきをしては。
羅《うすもの》　薄《うす》く織《お》られた織物《おりもの》。紗《しゃ》や絽《ろ》など。「薄物《うすもの》」とも表記《ひょうき》。

だんに薄《うす》くなってしまって、お前《まえ》にもわしらにもお互《たが》いに見《み》ることができなくなるのだ。」

父親《ちちおや》は、そういうと童子《どうじ》の手《て》を握《にぎ》りしめた。童子《どうじ》は、その手《て》を父親《ちちおや》のするとおりに委《まか》せていた。

「でも、そのうちにまた見《み》えるようになりはしないでしょうか。」

母親《ははおや》は童子《どうじ》の顔近《かおちか》く眼《め》をよせながら、怺《こら》えられなさそうに言《＊い》った。

「いや、もう再《ま》た子供《＊こども》を見《み》ることはできないだろう、何《なん》となくそう思《おも》われる。いつまでも子供《こども》をみていることはできなくなるだろう。」

母親《ははおや》は、童子《どうじ》に縋《すが》って泣《な》いたが、童子《どうじ》は、間《ま》もなく門《もん》の方《ほう》へ駆《か》けだした。そして全《まった》くそのかげを消《け》してしまった。

その翌晩《よくばん》から、笏《しゃく》はその妻《つま》と食卓《しょくたく》に対《むか》いながら、ぼんやり門前《もんぜん》をながめていたが、いつもの時間《じかん》になっても童子《どうじ》の歩《ある》いてくる姿《すがた》はなかった。垣《かき》を覆《おお》うつたの葉《は》が、長《なが》い茎《くき》を露《あら》わして凋《しお》れ落《お》ちる微《かす》かな夕風《ゆうかぜ》が渡《わた》るだけだった。

かれらの退屈《たいくつ》で陰気《いんき》な日《ひ》が続《つづ》いても、童子《どうじ》の寂《さび》しい姿《すがた》すら見《み》ることができなかった。笏《しゃく》もその妻《つま》も、灯《ひ》に対《むか》って悄然《しょうぜん》と坐《すわ》ったきりだった。長《なが》い夜《よる》は壁《かべ》ぎわから冷《ひ》えわたるだけで、何一《なにひと》つかれらの心《こころ》には温《あたた》かいものがなかった。

「あれはみな夢《ゆめ》をみていたのでしょうか。あの子《こ》の訪《たず》ねて来《き》たことも、そうして話《はな》していたことも。」

母親《ははおや》は、やつれた面《おもて》をあげ、夫《おっと》をみあげたが、笏《しゃく》は、やはりちからなく坐《すわ》ってしばらく黙《だま》っていたが、やっと鬱々《うつうつ》しい*口《くち》をひらいて言《い》った。

「あれらの出来《でき》ごとはおれとお前《まえ》とが、想像《つくり》あげて*いたようなもので、それが今《いま》はあとかたもなくコワされたのだ、そう思《おも》うより仕方《しかた》がない。」

笏《しゃく》はその心《こころ》に、童子《どうじ》の来《き》たことも偶然《ぐうぜん》に父《ちち》と母《はは》との考《かんが》えがいつの間《ま》にか毎日《まいにち》の出来事《できごと》のように仕組《しく》まれていたにすぎない。それもお互《たが》いが子供《こども》のことを考《かんが》え合《あ》っているとき、微妙《びみょう》な働《はたら》きがあれほどまでに正確《せいかく》に動《うご》いていたかと思《おも》うと、すこし恐《おそ》ろしい気《き》もした。

怺《こら》えられなさそうに　堪《た》えがたいように。
再《ま》たと　二度《にど》と。
鬱々《うつうつ》しい　心《こころ》がふさいで気分《きぶん》の晴《は》れないさま。
想像《つくり》あげて　想像《そうぞう》の力《ちから》で生《う》みだして。

――笏梧朗《しゃくごろう》はなにか考《かんが》えこんでいたがふと悒々《ゆうゆう》した目《め》*をあげた。

「こうしていてもあれがやはり来《き》ているのかも知《し》れない、ただ、目《め》に見《み》えないだけかも知《し》れないのだ。」

「そうね、わたしもそんな気《き》がしますの。」

女《おんな》もそう答《こた》えると、あたりをうっすりと見廻《みまわ》した。わけても庭《にわ》の方《ほう》へその視線《しせん》がただようて行《い》った。

「あれが来《き》ていると考《かんが》えるより仕方《しかた》がない。」笏《しゃく》は、そう言《い》ってあたりを眺《なが》めても、何《なに》も影《かげ》らしいものすらなかった。――二人《ふたり》は、青色《あおいろ》を含《ふく》んだ夜空《よぞら》の下《した》へ出《で》て、置石《おきいし》のそばへかがんだ。妻《つま》は、石燈籠《いしどうろう》*の燈石《とうせき》*のあるそばで、燐寸《マッチ》を擦《す》った。そして苔《こけ》の生《は》えた青《あお》い燈籠《とうろう》に灯《ひ》を入《い》れた。

「久《ひさ》しい間《あいだ》灯《ひ》を入《い》れなかったな。」

笏《しゃく》は、くらい繁《しげ》り*の間《あいだ》にその燈籠《とうろう》の灯《ひ》のちらつくのを眺《なが》めた。が、しばらくすると、女《おんな》はひっそりした声《こえ》で笏《しゃく》を呼《よ》んだ。

「たいへんな虫《むし》。」女《おんな》は、そこの湿《しめ》りある地面《じめん》を指《ゆび》さした。そこにれいのくろぐろした馬陸《やすで》が、小《ちい》さい足跡《あしあと》を縫《ぬ》うように這《は》い動《うご》いていた。

「あれはやはり来《き》ているのね。」

女《おんな》の、その声《こえ》は嬉《うれ》しそうに輝《かがや》いていたが、どこか凄気《せいき》*のある青《あお》くさい*声音《こわね》であった。

「来《き》ているらしい。」

笏《しゃく》は、女《おんな》と同様《どうよう》に広《ひろ》い庭《にわ》さきに目《め》をさまよわせたが、蒼茫《そうぼう》とした月明《つきあかり》を思《おも》わせるようにあかるい夜《よ》ぞらと庭樹《にわき》の間《あいだ》にはそれらしい陰影《いんえい》すらなかった。が、また何《なん》となくふしぎに目《め》のとどくところに茫乎《ぼう》とした*影《かげ》が、ちぢまり震《ふる》えて見《み》えるような気《き》もした。繁《しげ》りの奥《おく》や、幹《みき》が地《ち》に立《た》つ*ところに、かれらはその愛児《あいじ》の姿《すがた》の、ほとんど水《みず》に濡《ぬ》れたようになっているのを眺《なが》めた。

悒々《ゆうゆう》した　心《こころ》がふさぎ愉《たの》しまないさま。
石燈籠《いしどうろう》　石《いし》で造《つく》られた燈籠《とうろう》。社寺《しゃじ》や庭《にわ》に設置《せっち》される。
燈石《とうせき》　石燈籠《いしどうろう》の燈火《とうか》をともす部分《ぶぶん》。
繁《しげ》り　しげみ。

凄気《せいき》　凄味《すごみ》。
青《あお》くさい　未熟《みじゅく》な。青草《あおくさ》のような。
茫乎《ぼう》とした　ぼんやりした。
幹《みき》が地《ち》に立《た》つ　樹木《じゅもく》の根本《ねもと》。

「あれの方《ほう》でも探《さが》しているかも知《し》れないのだ。だが何《なん》となく盲同士《めくらどうし》＊のような気《き》もするのだ。」

笏《しゃく》は、あたりを眺《なが》めながら、縁端《えんばな》へ来《き》ていつまでも佇《た》って影《かげ》を求《もと》めている、やせ細《ほそ》っている己《おの》が妻《つま》を哀《あわ》れに思《おも》うた。

「わたくし、こうして手《て》を＊さしのべていますと、掌《てのひら》が温《あたた》かいような気《き》がいたしますの。あたまがちょうどふれてくるように。」

女《おんな》は、右《みぎ》の手《て》のひらを伸《の》ばして、何《なに》かに触《ふ》れてでもいるように、宙《ちゅう》に浮《う》かしながら目《め》を凝《こ》らしていた。——笏《しゃく》には、その手《て》の下《した》に、誰《だれ》かが背延《せの》びをしながら、なおそれにとどかないでいる姿《すがた》を描《えが》くには、何《なん》のさまたげもなかった。

盲同士《めくらどうし》　目《め》の見《み》えない者同士《ものどうし》。

「わたくし、こうして手《て》を……」　ジェントル・ゴースト・ストーリー（優霊物語《ゆうれいものがたり》）の真髄《しんずい》ともいうべき名台詞《めいぜりふ》である。本篇《ほんぺん》をドラマ化した『後《のち》の日《ひ》』（是枝裕和監督《これえだひろかずかんとく》）でも、まことに印《いん》象的《しょうてき》なシーンとなっていた。ちなみに、ラドヤード・キップリングの「彼等《かれら》」（一九〇四）やアーサー・キラ＝クーチの「一対《いっつい》の手《て》」（一九一〇）など、英国《えいこく》ジェントル・ゴースト・ストーリーの名作佳品《めいさくかひん》にも、似《に》たような名場面《めいばめん》が登場《とうじょう》することを付言《ふげん》しておきたい。

「だが、そんなことをするものではない、気味《きみ》の悪《わる》い。」

「え、」

女《おんな》は、手《て》を引込《ひっこ》めた。

女《おんな》は、夫《おっと》のいる縁側《えんがわ》へ来《き》た。ふたりとも、ぼんやりと庭《にわ》をながめていた。疲《つか》れているというほどでもないが、ぼんやりと凡《すべ》ては夢《ゆめ》のうちにある気《き》がしていた。一秒間《いちびょうかん》がふしぎに十年《じゅうねん》も二十年《にじゅうねん》も経《た》つような退屈《たいくつ》な時間《じかん》が、ゆるく廻《まわ》っているようでもあった。わけても笏《しゃく》には、途方《とほう》もない大《おお》きな車《くるま》の輪《わ》が、*のろくゆるく廻《まわ》っていて、その轍《わだち》の間《あいだ》に、誰《だれ》かが挟《はさ》まっているような気《き》がした。それは、童子《どうじ》でもありないいようでもあった。笏《しゃく》は目《め》を凝《こ》らしてながめていた。

女《おんな》は、立《た》ってれいの光《ひか》る小《ちい》さい堂宇《どうう》*の前《まえ》へ行《い》った。そして細《ほそ》い一本《いっぽん》の草《くさ》のような烟《けむ》るものに*火《ひ》を点《つ》けた。かれらは、かれらの生《う》んだものを慕《した》うそれにふさわしい、小《ちい》さいお鉦鼓《かね》*を叩《たた》いた。

笏《しゃく》は、玄関《げんかん》へ出《で》た。そして植込《うえこ》みをながめ、表《おもて》へ出《で》た。そして往来《おうらい》の遠《とお》くまで眺《なが》*めわたしたが、何《なん》の姿《すがた》もあろうはずがなかった。晩《ばん》のことで、豆《まめ》ずれ*をさせながら、すたすたと犬《いぬ》が濡《ぬ》れたように走《はし》って行《い》った。それを見《み》ていると、影《かげ》がちぢまり小路《こうじ》へまがると、それきり何《なに》もない夜目《よめ》*にも一色《ひといろ》の白《しろ》い道路《どうろ》であった。

「お父《とう》さん——。」

笏《しゃく》は、声《こえ》のある方《ほう》へ振《ふ》り向《む》いた。背後《はいご》にその声《こえ》があった。そうかと思《おも》うと前《まえ》にも、そして空《そら》にも、また地《ち》ごもる*ようなところにもあった。どこを向《む》いても、声《こえ》は、かれにむすびついた。

すたすたと誰《だれ》かが歩《ある》いて行《い》ったが、よく見《み》ると、さきの犬《いぬ》がもとの道《みち》を小路《こうじ》から出《で》てき

途方《とほう》もない大《おお》きな車《くるま》の輪《わ》が……　仏教《ぶっきょう》における輪宝《りんぽう》（転輪聖《てんりんじょう》王《おう》が所持《しょじ》する七宝《しちほう》のひとつで、金《きん》・銀《ぎん》・銅《どう》・鉄《てつ》の四種《しゅ》がある。本来《ほんらい》は車輪《しゃりん》の形《かたち》をした古代《こだい》インドの武具《ぶぐ》。仏教《ぶっきょう》に取《と》り入《い》れられ、王《おう》の往《ゆ》くところに先行《せんこう》して四方《しほう》を制圧《せいあつ》するとされる）、あるいは芥川龍之介《あくたがわりゅうのすけ》の「歯車《はぐるま》」（一九二七）などを連想《れんそう》させる深遠《しんえん》な幻視《げんし》の光景《こうけい》。

堂宇《どうう》　お堂《どう》。お堂《どう》の軒《のき》。

草《くさ》のような烟《けむ》るもの　線香《せんこう》。

お鉦鼓《かね》　仏教《ぶっきょう》で、勤行《ごんぎょう》の際《さい》に叩《たた》く円形《えんけい》で青銅製《せいどうせい》の鉦《かね》。

そして往来《おうらい》の遠《とお》くまで……　英国《えいこく》の怪奇小説家《かいきしょうせつか》W・W・ジェイコブズの短篇《たんぺん》「猿《さる》の手《て》」（一九〇二）の荒涼《こうりょう》と寂《さび》しいラスト・シーンを髣髴《ほうふつ》させるようなくだりである。

豆《まめ》ずれ　肉球《にくきゅう》が地面《じめん》にこすれる音《おと》。

夜目《よめ》　夜《よる》の暗《くら》い中《なか》で見《み》ること。

地《ち》ごもる　地《ち》にもぐる。地底《ちてい》。

た。どす黒《ぐろ》い影《かげ》だった。笏《しゃく》は、その犬《いぬ》を呼《よ》んでみたが、ふりかえりもしないで、やはり寂《さび》しい豆《まめ》ずれを曳《ひ》いて行《い》った。かれは、間《ま》もなく部屋《へや》へかえると、れいの、繊《ほそ》い笛《ふえ》をとり出《だ》した。そしてそれを静《しず》かに吹《ふ》きならしてみた。その笛《ふえ》の音《ね》について何《なに》かが惹《ひ》かれてくるような気《き》がしたからである。

雨《あめ》になって笏《しゃく》の家《いえ》の内《うち》も外《そと》も、ひっそりとしていた。かれは内側《うちがわ》から雨戸《あまど》を閉《し》め、そして寸分《すんぶん》の隙《すき》*のないようにしておいたらしく少《すこ》しの明《あか》りさえ漏《も》れていなかった。しずかな雨《あめ》がつづいて話《はな》し声《ごえ》もきこえなかった。が、ふしぎに雨戸《あまど》のきわに小《ちい》さい影《かげ》がいつころ*となく——多分《たぶん》、雨戸《あまど》を閉《し》めてからあとに、どす黒《ぐろ》く滲《にじ》んでいて、すこしも動《うご》かなかった。それは鳴《な》らない丹塗《にぬ》りの笛《ふえ》をさげた、れいの童子《どうじ》の姿《すがた》であった。

（「女性《じょせい》」一九二三年《ねん》二月号《がつごう》掲載《けいさい》）

寸分《すんぶん》の隙《すき》　わずかな隙間《すきま》。

いつころ　いつの頃《ころ》。

ノツゴ
水《みず》木《き》しげる

一

「あんたなに考《かんが》えてんの、せっかくのコーヒーがさめてしまうじゃないの」

自由業《じゆうぎょう》＊、一名妖怪作家《いちめいようかいさっか》＊、ともいう時間《じかん》に制限《せいげん》のない職業《しょくぎょう》に従事《じゅうじ》しているH氏《し》＊のひるめしは朝食《ちょうしょく》と兼《か》ねて午前十一時《ごぜんじゅういちじ》である。

「いやあ、この地上《ちじょう》にはさまざまな、未知《みち》の力《ちから》というか、我々《われわれ》に分《わか》りにくい力《ちから》がかくされているとは思《おも》わないかね」

「未知《みち》の力《ちから》？　あんたの好《す》きそうな言葉《ことば》ね」

「いや、たとえばスプーンまげ＊なんかでもそうだが、よく交通事故《こうつうじこ》なんかで同《おな》じ家族《かぞく》の一員《いちいん》が同《おな》じところで死《し》んだなんて話《はなし》をきくことがあるが、これは偶然《ぐうぜん》とはいいきれないよ。偶然《ぐうぜん》を利用《りよう》して、ある未知《みち》の力《ちから》みたいなものが作用《さよう》したのではないかなア」

「そんなことは、あんたのようなヒマな人《ひと》が考《かんが》えるんじゃないかしら」

「あっ、今日《きょう》肉《にく》がない*じゃないか」
「ソーセージよ」
「お前《まえ》節約《せつやく》節約《せつやく》というけどね、それは戦前《せんぜん》の美徳《びとく》*でね、いまは節約《せつやく》は美徳《びとく》じゃない*よ」
「だってもうないのよ」
「あっ、こないだの原稿料《げんこうりょう》はどうなったんだ」

自由業《じゆうぎょう》　決《き》まった勤務時間《きんむじかん》などの制約《せいやく》・拘束《こうそく》を受《う》けない職業《しょくぎょう》。作家《さっか》、芸術家《げいじゅつか》、芸能人《げいのうじん》、開業医《かいぎょうい》、弁護士《べんごし》など。

妖怪作家《ようかいさっか》　妖怪《ようかい》をテーマにした作品《さくひん》を専門《せんもん》に書《か》く作家《さっか》。水木《みずき》しげるは妖怪漫画《ようかいまんが》の第一人者《だいいちにんしゃ》であった。

H氏《し》　本篇《ほんぺん》の主人公《しゅじんこう》。作者《さくしゃ》である水木《みずき》しげるに限《かぎ》りなく近《ちか》い設《せっ》定《てい》である。

スプーンまげ　金属製《きんぞくせい》のスプーンを素手《すで》で撫《な》でるなどして、ぐにゃりと曲《ま》げてしまうパフォーマンスのこと。マジックの一種《しゅ》とされたり超能力《ちょうのうりょく》の証拠《しょうこ》とされたり、真相《しんそう》については諸説《しょせつ》がある。日本《にほん》では一九七〇年代前半《ねんだいぜんはん》のオカルト・ブームの際《さい》に、ユリ・ゲラーや清田益章《きよたますあき》少年《しょうねん》のパフォーマンスがマスコミに取《と》りあげられ、大《おお》きな反響《はんきょう》を呼《よ》んだ。

肉《にく》がない　朝昼兼用《あさひるけんよう》の食事《しょくじ》の献立《こんだて》に、肉料理《にくりょうり》がないという意《い》味《み》。

戦前《せんぜん》の美徳《びとく》　戦時標語《せんじひょうご》の入選作《にゅうせんさく》「欲《ほ》しがりません勝《か》つまでは」（一九四二）に代表《だいひょう》されるように、戦前《せんぜん》から戦中《せんちゅう》にかけては、物資《ぶっし》の窮乏《きゅうぼう》に甘《あま》んじて耐《た》えることが国民《こくみん》の美徳《びとく》とされた。

節約《せつやく》は美徳《びとく》じゃない　一九五〇年代《ねんだい》の家電《かでん》における三種《さんしゅ》の神器《じんぎ》（白黒《しろくろ》テレビ・電気洗濯機《でんきせんたくき》・冷蔵庫《れいぞうこ》）に代表《だいひょう》されるように、第《だい》二次大戦後《じたいせんご》の高度経済成長期《こうどけいざいせいちょうき》には、消費《しょうひ》こそ美徳《びとく》と考《かんが》えられるようになった。

「政府《せいふ》はだまってるけど、いまインフレ*よ。知《し》らない間《あいだ》にモノが上《あが》ってんのよ。一万円札《いちまんえんさつ》が、昔《むかし》の千円札《せんえんさつ》みたいよ」

「分《わか》ってるよ。ないならないと、素直《すなお》にいえばいいんだ」

経済問題《けいざいもんだい》ではしばしば激論《げきろん》が戦《たたか》わされ、H氏《し》はいつも苦《くる》しい立場《たちば》になるのを軽《かる》くよけて、話題《わだい》を〝未知《みち》の力《ちから》〟の方《ほう》にむける。

「人間《にんげん》は死《し》ねば静《しず》かになるわけだが……それは満足《まんぞく》した人間《にんげん》の場合《ばあい》の話《はなし》だナ」

「不満《ふまん》をもって死《し》んだ場合《ばあい》、なにか騒《さわ》ぎでもおこるってわけ……」

「不満《ふまん》なんかない人間《にんげん》はいないよ。もっとすごい、〝非業《ひごう》の死《し》〟*とか〝無念《むねん》の死《し》〟*とか、この世《よ》にひどく心残《こころのこ》りなものの霊《れい》は、地上《ちじょう》に残《のこ》るんじゃないかなア」

「よくいう浮《うか》ばれない霊《れい》とか、さまよえる霊《れい》なんかが……」

「まアそうだ。しかしぼくの発見《はっけん》はそうした霊《れい》は目《め》にはみえないが生《い》きた人間《にんげん》の霊《れい》をシゲキし、*たとえば作家《さっか》などの心《こころ》をシゲキし題材《だいざい》にさせたりして、いろいろな作用《さよう》をする。たとえば近藤勇《こんどういさみ》*以下《いか》、新選組《しんせんぐみ》*の連中《れんちゅう》や石川啄木《いしかわたくぼく》*とか、五右衛門《ごえもん》*とか忠臣蔵《ちゅうしんぐら》の連中《れんちゅう》*……」

「忠臣蔵《ちゅうしんぐら》なんか主君《しゅくん》の仇《かたき》を討《う》って満足《まんぞく》して死《し》んだんじゃないの」
「バカ、彼等《かれら》は心《こころ》の底《そこ》では、まさか全員切腹《ぜんいんせっぷく》するとは思《おも》ってなかったんだ、生《い》きられると思《おも》ったんだ。だからあれだけの努力《どりょく》をしたんだ」
「いや忠臣蔵《ちゅうしんぐら》の人《ひと》たちは、あんたのようなくさった心《こころ》をしてないわ、義《ぎ》*のために立《た》ち上《あが》っ

インフレ　インフレーション（inflation）の略《りゃく》。通貨《つうか》の量《りょう》が財貨《ざいか》の流通量《りゅうつうりょう》に比《くら》べて膨張《ぼうちょう》し、物価水準《ぶっかすいじゅん》が上昇《じょうしょう》してゆく過程《かてい》。

非業の死《ひごうのし》　思《おも》いがけない事故《じこ》や犯罪《はんざい》、天災《てんさい》などで突然《とつぜん》、命《いのち》を落《お》とすこと。

無念の死《むねんのし》　不本意《ふほんい》な最期《さいご》。

シゲキし　刺激《しげき》し。何《なに》かに働《はたら》きかけて反応《はんのう》を引《ひ》き起《お》こすこと。

近藤勇《こんどういさみ》　（一八三四〜一八六八）新選組《しんせんぐみ》の局長《きょくちょう》。天然理心流《てんねんりしんりゅう》の遣《つか》い手《て》で武蔵国多摩郡《むさしのくにたまぐん》（現在《げんざい》の調布市《ちょうふし》）の出身《しゅっしん》。

新選組《しんせんぐみ》　「新撰組《しんせんぐみ》」とも表記《ひょうき》。文久《ぶんきゅう》三年《ねん》（一八六三）、徳川幕府《とくがわばくふ》が芹沢鴨《せりざわかも》、近藤勇《こんどういさみ》、土方歳三《ひじかたとしぞう》ら腕《うで》のたつ浪士《ろうし》を取《と》り立《た》てて結成《けっせい》した警備隊《けいびたい》。京都守護職《きょうとしゅごしょく》のもとで尊皇派志士《そんのうはしし》の警戒《けいかい》と鎮圧《ちんあつ》にあたった。

石川啄木《いしかわたくぼく》　（一八八六〜一九一二）岩手県出身《いわてけんしゅっしん》の歌人《かじん》。歌集《かしゅう》『一握《いちあく》の砂《すな》』『悲《かな》しき玩具《がんぐ》』など。生活苦《せいかつく》を詠《うた》った「はたらけど　はたらけど猶《なお》　わが生活《くらし》　楽《らく》にならざり　ぢつと手《て》を見《み》る」で有名《ゆうめい》。

五右衛門《ごえもん》　安土桃山時代《あづちももやまじだい》の大盗賊《だいとうぞく》・石川五右衛門《いしかわごえもん》のこと。文禄《ぶんろく》三年《ねん》（一五九四）、京都三条河原《きょうとさんじょうがわら》で釜《かま》ゆでの刑《けい》に処《しょ》されたという。啄木《たくぼく》と五右衛門《ごえもん》が「石川《いしかわ》」つながりで並列《へいれつ》されているのである。

忠臣蔵の連中《ちゅうしんぐられんちゅう》　赤穂義士《あこうぎし》のこと。元禄《げんろく》十五年《ねん》十二月《がつ》十四日《か》（一七〇三年《ねん》一月《がつ》三十日《にち》）夜《よる》、大石内蔵助《おおいしくらのすけ》に率《ひき》いられた四十七人《にん》の元赤穂藩士《もとあこうはんし》が、江戸《えど》・本所松坂町《ほんじょまつざかちょう》の吉良上野介《きらこうずけのすけ》の屋敷《やしき》を急襲《きゅうしゅう》、主君《しゅくん》・浅野内匠頭《あさのたくみのかみ》の仇《かたき》を討《う》った後《のち》、総員切腹《そういんせっぷく》を命《めい》じられた事件《じけん》は、太平《たいへい》の世《よ》の義挙《ぎきょ》として評判《ひょうばん》を呼《よ》び、人形浄瑠璃《にんぎょうじょうるり》『仮名手本忠臣蔵《かなでほんちゅうしんぐら》』などに脚色《きゃくしょく》されて演《えん》じられた。

義《ぎ》　利害《りがい》をかえりみず道理《どうり》を重《おも》んじて、人道《じんどう》や公共《こうきょう》のために献身《けんしん》すること。

たのよ」

「主人《しゅじん》に対《たい》してくさった心《こころ》とはなんだ、お前《まえ》は、あさはか*だから世間《せけん》の話《はなし》を信用《しんよう》してしまうんだ。忠臣蔵《ちゅうしんぐら》の連中《れんちゅう》だって同《おな》じ人間《にんげん》なんだ、いちかばちか*でやってはずれたんだヨ」

「するとかなりのショック*だったってわけ」

「まア〝非業《ひごう》の死《し》〟をとげた者《もの》をいちいちとりあげるのもめんどうくさいが、とにかく心《こころ》を残《のこ》して死《し》んだ者《もの》の心《こころ》は次《つぎ》の世代《せだい》の心《こころ》にひっかかり、新形式《しんけいしき》の〝生存《せいぞん》〟をつづけるのだ」

「新形式《しんけいしき》の生存《せいぞん》？」

「つまり、作家《さっか》がシゲキをうけて書《か》くとすると読者《どくしゃ》がそれをよみ、シゲキされて頭《あたま》の中《なか》に残《のこ》るのだ」

「それが、新形式《しんけいしき》の生存《せいぞん》ってわけ」

「形《かたち》は存在《そんざい》しないけども、皆《みな》の心《こころ》の中《なか》に生《い》きてるわけだよ」

「なるほど」

「それで、ぼくの一番長《いちばんなが》い間《あいだ》書いていた、〝ケケケの毛太郎《けたろう》*〟のことなんだが」

「毛太郎《けたろう》は作《つく》り物《もの》じゃないの」

「いや、名《な》もない霊《れい》が、脳《のう》をノック*して作《つく》らしたものだと思《おも》うよ」

「名《な》もない霊《れい》？」

「そう、名《な》もない子供《こども》の霊《れい》なんかだろ」

「というとそれがあんたの心《こころ》をなんとなくシゲキしたというわけね」

「そうだ、それが何者《なにもの》かつきとめたいのだ」

「じゃあそれを解決《かいけつ》しないと仕事《しごと》が手《て》につかないっていうの」

「お前《まえ》に、おこられるかもしれないが、そういうことかな……」

あさはか　考《かんが》えが浅《あさ》いさま。思慮《しりょ》の足《た》りないこと。
いちかばちか　「一《いち》か八《ばち》か」と表記《ひょうき》。運《うん》を天《てん》にまかせて冒険《ぼうけん》をすること。
ショック　(shock) 衝撃《しょうげき》。動揺《どうよう》。
ケケケの毛太郎《けたろう》　水木《みずき》しげるの代表作《だいひょうさく》『ゲゲゲの鬼太郎《きたろう》』をもじった名称《めいしょう》。一九六五年《ねん》から「週刊少年《しゅうかんしょうねん》マガジン」で『墓場《はかば》の鬼太郎《きたろう》』の連載開始《れんさいかいし》。一九六八年《ねん》に『ゲゲゲの鬼太郎《きたろう》』と改題《かいだい》してテレビ・アニメ化《か》され、一大妖怪《だいようかい》ブームを巻《ま》き起《お》こすこととなった。
ノック　(knock) たたくこと。入室《にゅうしつ》に際《さい》して扉《とびら》を手《て》でトントン打《う》つこと。

「下《した》の娘《むすめ》はアメリカ西海岸《にしかいがん》*に行《い》くといっているし、上《うえ》の娘《むすめ》の結婚《けっこん》も近《ちか》づいているのよ」

「分《わか》ってる、だから苦《くる》しんでいるんだ。一体《いったい》ソレは何者《なにもの》が、誰《だれ》が、書《か》かしめたのか裏《うら》の世《せ》界《かい》がしりたいのだよ。裏《うら》の世界《せかい》がなア」

「それは苦《くる》しみの種類《しゅるい》が違《ちが》うんじゃないの」

「いちいち芸術家《げいじゅつか》に対《たい》してうるさいなア」

「芸術家《げいじゅつか》? 誰《だれ》のことかしら……まアとにかく、あんたは云《い》い出《だ》したら人《ひと》の云《い》うことをきかない人《ひと》だから協力《きょうりょく》するわ」

二

H氏《し》の妻《つま》は、着附教室《きつけきょうしつ》という、着物《きもの》を着《き》ることを習《なら》うという奇妙《きみょう》な教室《きょうしつ》に行《い》っていた。

若《わか》いものが習《なら》うというのなら話《はなし》は分《わか》るがどうしたわけか、中年《ちゅうねん》のオバさんばかり。その中《なか》にバカなことをバカに知《し》っているデブ*のオバさんがいた。

「ある種《しゅ》の霊《れい》がとりつき＊その人《ひと》の書《か》くものとか行動《こうどう》をあるていど支配《しはい》するなんてことあるのかしら」とH氏《し》の妻《つま》がデブのオバさんにきくと、

「そりゃあ大《おお》ありよ＊。人《ひと》が気《き》づかないだけのことよ」

「ふーん」

「どうしたのよ、バカに感心《かんしん》して＊」

「いや、かりにある霊《れい》がとりついて、その人《ひと》になにか書《か》かせたとするじゃない。そうした場合《ばあい》、その霊《れい》は誰《だれ》か、なんていうこと分《わか》るかしら」とH氏《し》の妻《つま》がいうと、

「あんた、バカなこと、いい、なんて軽蔑《けいべつ》した気持《きもち》ではなかなか発見《はっけん》はムリよ。バカなことと思《おも》っても信《しん》じて、神仏《しんぶつ》にお願《ねが》いしなきゃあ」

アメリカ西海岸《にしかいがん》　いわゆるウェスト・コースト（West Coast）。カリフォルニアを中心《ちゅうしん》とする米国太平洋岸一帯《べいこくたいへいようがんいったい》の通称《つうしょう》。保守《ほしゅ》的《てき》・伝統的《でんとうてき》な東部《とうぶ》や南部《なんぶ》に対《たい》し、自由《じゆう》で開放的《かいほうてき》な土地柄《とちがら》で、一九六〇年代《ねんだい》の若者文化《わかものぶんか》の発信地《はっしんち》として、日本《にほん》でも人気《にんき》があった。

書《か》かしめた　書《か》かせた。

バカなことをバカに知《し》っている　馬鹿《ばか》げたことにやたらと詳《くわ》しい。

とりつき　憑依《ひょうい》すること。65頁《ページ》と89頁《ページ》参照《さんしょう》。

大《おお》あり　「大《おお》いにありうる」の略《りゃく》。

バカに感心《かんしん》して　妙《みょう》に感心《かんしん》して。

「神仏《しんぶつ》に?」

「いや、そこらの祠《ほこら》でも熱心《ねっしん》に信《しん》じてお願《ねが》いすれば、ある種《しゅ》の効果《こうか》はあるものよ」

「ほんと?」

「いや、ほんと? なんて疑《うたが》いをもっちゃあダメよ。必《かなら》ず、願《ねが》いをかなえてくれる、と自《じ》分《ぶん》で思《おも》わなきゃあ、むこうも思《おも》わないのよ」

「なるほど」

H氏《し》の妻《つま》は、せまりくるであろう経済的《けいざいてき》な恐怖《きょうふ》に導《みちび》かれて、即《すなわ》ち夫《おっと》に早《はや》くモンダイを解《かい》決《けっ》して仕事《しごと》をしてもらおうと近《ちか》くの名《な》もなき祠《ほこら》*に毎日《まいにち》、自分《じぶん》でもよく分《わか》らないい、い、のりをささげていた。

三

それから十日《とおか》ばかりたった。

「なに考《かんが》えてんの……」

「いや、夢《ゆめ》のことだよ」とH氏《し》はいった。

「夢《ゆめ》？」

「ここんとこ毎日《まいにち》、同《おな》じような夢《ゆめ》をみるんだ。それがどこだか分《わか》らないがねえ」

「そりゃあなた、前《まえ》にかいた平田篤胤《ひらたあつたね》＊勝五郎《かつごろう》の再生《さいせい》＊に似《に》てるじゃないの」

祠《ほこら》　神《かみ》を祀《まつ》る小《ちい》さな社《やしろ》。

平田篤胤《ひらたあつたね》　（一七七六〜一八四三）江戸後期《えどこうき》の国学者《こくがくしゃ》。秋田出身《あきたしゅっしん》。国学《こくがく》の大家《たいか》・本居宣長《もとおりのりなが》に私淑《ししゅく》し、復古神道《ふっこしんとう》を体系化《たいけいか》、幕末《ばくまつ》の尊王運動《そんのううんどう》にも影響《えいきょう》を与《あた》えた。著作《ちょさく》に『古道大意《こどうたいい》』『霊能真柱《たまのみはしら》』など。幽冥界《ゆうめいかい》への関心《かんしん》からオカルト現象《げんしょう》にも熱烈《ねつれつ》な関心《かんしん》を寄《よ》せ、天狗小僧《てんぐこぞう》・寅吉《とらきち》への膨大《ぼうだい》な聞《き》き書《が》きである『仙境異聞《せんきょういぶん》』ほかの著作《ちょさく》を残《のこ》した。水木《みずき》は『神秘家列伝《しんぴかれつでん》』其ノ参《そのさん》（二〇〇五）で篤胤《あつたね》の生涯《しょうがい》を漫画化《まんがか》している。

勝五郎《かつごろう》の再生《さいせい》　武蔵国多摩郡中野村《むさしのくにたまぐんなかのむら》（現在《げんざい》の東京都八王子市東中野《とうきょうとはちおうじしひがしなかの》）の農家《のうか》に生《う》まれた小谷田勝五郎《こやたかつごろう》（一八一四〜一八六九）という少年《しょうねん》が、文政《ぶんせい》五年《ねん》（一八二二）に突如《とつじょ》、自分《じぶん》は程久保村《ほどくぼむら》（現在《げんざい》の日野市程久保《ひのしほどくぼ》）の藤蔵《とうぞう》という六歳《さい》で病死《びょうし》した子供《こども》の生《う》まれ変《か》わりだと言《い》いだし、死《し》んでから再生《さいせい》するまでの出来事《できごと》を詳《くわ》しく語《かた》った事件《じけん》。勝五郎《かつごろう》の談話内容《だんわないよう》が、行《い》ったことのない程久保村《ほどくぼむら》での事実《じじつ》と合致《がっち》したため江戸《えど》でも評判《ひょうばん》になり、調査《ちょうさ》に乗《の》りだした平田篤胤《ひらたあつたね》は『勝五郎再生記聞《かつごろうさいせいきぶん》』（一八二三）を著《あらわ》した。水木《みずき》は半生記《はんせいき》『ねぼけ人生《じんせい》』（一九八二）の冒頭《ぼうとう》で、次《つぎ》のように言及《げんきゅう》している。
「平田篤胤《ひらたあつたね》というと、狂信的《きょうしんてき》な皇国思想《こうこくしそう》の持《も》ち主《ぬし》だったようで、あまり評判《ひょうばん》もよくないが、神秘的《しんぴてき》な話《はなし》の記録《きろく》が多《おお》いという点《てん》では、僕《ぼく》は好《す》きだ。『勝五郎《かつごろう》の再生《さいせい》』という話《はなし》には、八王子《はちおうじ》近《ちか》くの勝五郎《かつごろう》という五歳《さい》ほどの子供《こども》が死《し》んだ後《あと》、もやの中《なか》で一人《ひとり》の老人《ろうじん》に会《あ》い、その命《めい》ずる道《みち》を歩《ある》いていくと、八王子在《はちおうじざい》の別《べつ》の村《むら》の家《いえ》に赤《あか》ん坊《ぼう》として再生《さいせい》したということが記《しる》されている。勝五郎《かつごろう》は、前《まえ》の家《いえ》の様子《ようす》も細《こま》かく覚《おぼ》えており、口《くち》ぐせのように前《まえ》の家《いえ》のことを言《い》うので、庄屋《しょうや》や村役人《むらやくにん》が調《しら》べ

「勝五郎《かつごろう》の再生《さいせい》？」

「生《うま》れかわりの話《はなし》よ」

「あれか。あれと違《ちが》うんだ、最後《さいご》は穴《あな》にうめられて、ひどく苦《くる》しいんだ」

「そりゃあ悪夢《あくむ》じゃない。早《はや》く逃《に》げなきゃあ」

「バカ、夢《ゆめ》から逃《に》げられるものかい、夢《ゆめ》は勝手《かって》にやってくるんだ」

「おかしいわねえ。私《わたし》がそこの祠《ほこら》におがみに行《い》ってるからかしら……」

「なんだお前《まえ》、勝手《かって》にカミサマなんかにかかわっているのか」

「そんな大《おお》げさなものじゃないわ」

「バカ、昔《むかし》からさわらぬ神《かみ》にたたりなしというじゃないか」

「ま、とにかくコーヒーでものんで心《こころ》を落《お》ちつけてよ」
＊
二、三日《さんにち》たったが夢《ゆめ》はおさまらない。
H氏《し》は、「夢《ゆめ》を退治《たいじ》しなければいけない」と思《おも》ったが、手《て》がかりがないまま十日《とおか》もすぎた。

しかし、毎日《まいにち》同《おな》じような夢《ゆめ》をみるのだ。

四

H氏《し》は、夜《よる》は夢《ゆめ》と戦《たたか》わなければならないので起《お》きている間《あいだ》は夢《ゆめ》のつかれでぼんやりしていた。

ぼんやりテレビの番組《ばんぐみ》をみるともなくみていると、夢《ゆめ》と同《おな》じ景色《けしき》が出《で》てくるではないか。

H氏《し》は思《おも》わず、

「キャッ」

てみるとその通《とお》りだったという。

　この話《はなし》がどこまで事実《じじつ》かわからないが、生《う》まれるとか生《い》きているとかいうようなことが偶然《ぐうぜん》と神秘《しんぴ》にあやつられているとしか思《おも》えない感《かん》じがよく出《で》ている」

　この「偶然《ぐうぜん》と神秘《しんぴ》」は、水木《みずき》の世界観《せかいかん》を示唆《しさ》するキイワードのひとつであり、同題《どうだい》の短篇《たんぺん》をはじめとする幾《いく》つかの漫画《まんが》作品《さくひん》でも、勝五郎《かつごろう》への言及《げんきゅう》がある。なお、勝五郎《かつごろう》の地元《じもと》では日野《ひの》市《し》郷土《きょうど》資料館《しりょうかん》が中心《ちゅうしん》になって「勝五郎《かつごろう》生《う》まれ変《か》わり物《もの》語《がたり》探求《たんきゅう》調査団《ちょうさだん》」が結成《けっせい》され、熱心《ねっしん》な調査《ちょうさ》・顕彰《けんしょう》活動《かつどう》が続《つづ》けられている。

さわらぬ神《かみ》にたたりなし　関《かか》わらなければ、ひどいめに遭《あ》うこともないという格言《かくげん》。

と化猫《ばけねこ》*のような声《こえ》を出《だ》すと、新聞《しんぶん》をみた。

するとその景色《けしき》は、四国《しこく》の愛媛県《えひめけん》と高知県《こうちけん》の県境《けんざかい》の南宇和地方《みなみうわちほう》*であることが分《わか》った。

H氏《し》とは、無縁《むえん》のところである。

「なんでぼくが四国《しこく》の山《やま》の中《なか》の景色《けしき》をみるのだろう」

しかし偶然《ぐうぜん》の一致《いっち》として笑《わら》っていたって何《なに》も解決《かいけつ》されないのだ。

H氏《し》は何《なに》かのタネにもなろうかと愛媛《えひめ》の松山空港《まつやまくうこう》*にむかった。*

松山《まつやま》の人《ひと》にテレビに出《で》た景色《けしき》の話《はなし》をすると、

「ありゃあ一本松《いっぽんまつ》*じゃ」という。

とにかく一本松《いっぽんまつ》というのは県境《けんざかい》にある町《まち》らしい。タクシーが一本松《いっぽんまつ》に着《つ》いたのは夕方《ゆうがた》だった。

日本《にほん》の秘境《ひきょう》*だと思《おも》っていたら、東京《とうきょう》よりも立派《りっぱ》な道路《どうろ》が縦横《じゅうおう》*にめぐらされていてH氏《し》はおどろいた。

日本《にほん》に秘境《ひきょう》はないのだ。日本中《にほんじゅう》が東京《とうきょう》のように豊《ゆた》*かになってしまっているのだ。

五

考《かんが》えてみれば、夢《ゆめ》は墓場《はかば》のようなところで穴《あな》にうめられ、死《し》ぬ思《おも》いをして、墓場《はかば》の穴《あな》からはい出《で》る夢《ゆめ》で、それこそ息《いき》もとまりそうな苦《くる》しみではあるが、H氏《し》のかいた〝ケケケの毛太郎《けたろう》〟の出生《しゅっしょう》と全《まった》く同《おな》じなのだ。

化猫《ばけねこ》　妖力《ようりょく》をもち、人《ひと》に化《ば》けたり、人語《じんご》を話《はな》して踊《おど》ったり、死《し》体《たい》を操《あやつ》ったりする猫《ねこ》。怪猫《かいびょう》とも。なお、水木《みずき》は「猫又《ねこまた》」「猫《ねこ》娘《むすめ》」「猫姫様《ねこひめさま》」「猫仙人《ねこせんにん》」「ねこ忍《にん》」「猫町奇談《ねこまちきだん》」等々《とうとう》、妖《あや》しい猫《ねこ》をモチーフにした作品《さくひん》を数多《かずおお》く執筆《しっぴつ》している。

南《みなみ》宇和地方《うわちほう》　愛媛県南予地方《えひめけんなんよちほう》の西南端《せいなんたん》に位置《いち》する地域《ちいき》。

タネ　話《はなし》や作品《さくひん》の材料《ざいりょう》。

松山空港《まつやまくうこう》　愛媛県松山市《えひめけんまつやまし》、伊予灘《いよなだ》に面《めん》した海岸線《かいがんせん》に位置《いち》する空《くう》港《こう》で、四国最大《しこくさいだい》の空《そら》の玄関口《げんかんぐち》となっている。

一本松《いっぽんまつ》　一本松町《いっぽんまつちょう》。かつて南宇和郡《みなみうわぐん》にあった町名《ちょうめい》で、現在《げんざい》の愛《あい》南町《なんちょう》の東端《とうたん》、高知《こうち》との県境《けんざかい》に位置《いち》する。東西《とうざい》を山地《さんち》にはさまれた小規模《しょうきぼ》な盆地《ぼんち》で、北《きた》に篠山《ささやま》が聳《そび》える。

秘境《ひきょう》　人《ひと》が容易《ようい》に入《はい》りこめない遠隔地《えんかくち》。奥地《おくち》。

縦横《じゅうおう》に　東西南北《とうざいなんぼく》に。

日本中《にほんじゅう》が東京《とうきょう》のように……　田中角栄首相《たなかかくえいしゅしょう》の「日本列島改造《にほんれっとうかいぞう》論《ろん》」に代表《だいひょう》される高度経済成長時代《こうどけいざいせいちょうじだい》に特有《とくゆう》の現象《げんしょう》であった。

即《すなわ》ち、そこらにいる何者《なにもの》かの霊《れい》?が、かかわっているのだろう。

とすると一体《いったい》、H氏《し》とその霊《れい》とのかかわりは一体《いったい》なんだろう。

H氏《し》は、ハイヤー*を乗《の》り廻《まわ》して、あてもなく一本松《いっぽんまつ》の町《まち》をグルグル巡回《じゅんかい》*しはじめた。

このやり方《かた》は、かつてH氏《し》が三十年前《さんじゅうねんまえ》に会《あ》った南方《なんぽう》の土人《どじん》*を訪《たず》ねて道《みち》に迷《まよ》ったときに使《つか》った手《て》で、自信《じしん》をもっている。

いわゆるカンで、あてもないところをさがすというやり方《かた》だ。エジプトのカイロ*で、何《なに》も知《し》らないのに「死者《ししゃ》の町《まち》*」をみたいという心《こころ》だけで、すぐさがしあてたこともあった。

運転手《うんてんしゅ》は、目的《もくてき》もなくグルグル巡《めぐ》るので、いろいろな質問《しつもん》をするのだが、ハッキリした答《こたえ》も出《で》ないので、亡霊《ぼうれい》に乗《の》られたような気持《きもち》*にでもなったのだろう、無言《むごん》*になってしまった。

ハンドルをみると手《て》が心《こころ》もちふるえ*ていた。

三時間《さんじかん》も乗《の》っていたのだろうか、かつてH氏《し》が夢《ゆめ》でみたような景色《けしき》に出《で》くわした。

そして、思《おも》わずH氏《し》は、

「あっ、この家《いえ》だ」と叫《さけ》んだ。
夢《ゆめ》によく出《で》てくる、山《やま》の中《なか》のカジ屋《や》*なのだ。
何《なん》か夢《ゆめ》と関係《かんけい》があるに違《ちが》いないと思《おも》ってH氏《し》は訪《たず》ねてみた。

ハイヤー　(hire)　営業所《えいぎょうしょ》から派遣《はけん》される運転手付《うんてんしゅつ》き貸切乗《かしきりじょう》用車《ようしゃ》。本来《ほんらい》のハイヤーは予約制《よやくせい》で、料金《りょうきん》もタクシーのようなメーター制《せい》ではないが、日本《にほん》では行政上《ぎょうせいじょう》、タクシー事業《じぎょう》に含《ふく》まれるため、両者《りょうしゃ》の区別《くべつ》はあいまいである（本篇《ほんぺん》でも202頁《ページ》では「タクシー」と表記《ひょうき》されている）。

巡回《じゅんかい》　ある目的《もくてき》のために各処《かくしょ》をまわること。

南方《なんぽう》の土人《どじん》　南太平洋《みなみたいへいよう》パプア・ニューギニア領《りょう》のニューブリテン島《とう》の原住民《げんじゅうみん》トライ族《ぞく》を指《さ》す。なお、水木《みずき》の用《もち》いる「土人《どじん》」という言葉《ことば》は、土《つち》と共《とも》に生《い》きる人《ひと》の意《い》で、差別的《さべつてき》な意味合《いみあ》いはまったくない。

カイロ　(Cairo)　エジプト・アラブ共和国《きょうわこく》の首都《しゅと》。ナイル川《がわ》の三角洲《さんかくす》に位置《いち》するアフリカ大陸第一《たいりくだいいち》の大都市《だいとし》である。33頁《ページ》参照《さんしょう》。

死者《ししゃ》の町《まち》　カイロ郊外《こうがい》のモカッタム丘一帯《きゅういったい》に広《ひろ》がるイスラム教《きょう》徒《と》の墓地《ぼち》の通称《つうしょう》。同地《どうち》の「北《きた》の墓地《ぼち》」にはマムルーク朝《ちょう》の権《けん》力者《りょくしゃ》の廟《びょう》が点在《てんざい》しており、墓所《ぼしょ》に住《す》みついている住民《じゅうみん》も少《すく》なくないため、この名《な》がある。

亡霊《ぼうれい》に乗《の》られたような気持《きもち》　いわゆる「タクシー幽霊《ゆうれい》」の怪談《かいだん》を暗示《あんじ》。本巻所収《ほんかんしょしゅう》の三浦哲郎《みうらてつお》「お菊《きく》」や『恋《こい》』所収《しょしゅう》の川端康《かわばたやす》成《なり》「片腕《かたうで》」（55頁参照《ページさんしょう》）を想起《そうき》させる。

無言《むごん》　ものを言《い》わないこと。沈黙《ちんもく》すること。ちなみに、川端康《かわばたやす》成《なり》のタクシー怪談小説《かいだんしょうせつ》のタイトルも「無言《むごん》」である。

心《こころ》もち　ほんの少《すこ》し。

カジ屋《や》　「鍛冶屋《かじや》」と表記《ひょうき》。金属《きんぞく》を打《う》ち鍛《きた》えていろいろな器物《きぶつ》を作《つく》る職業《しょくぎょう》。その仕事場《しごとば》。

七十歳位《ななじゅっさいくらい》の歯《は》のぬけた老人《ろうじん》と息子《むすこ》がいた。その顔《かお》をみると、なんとなくどこかで会《あ》っていたような人《ひと》にみえたので、あいさつもせずに、H氏《し》は、

「このへんに人《ひと》にとりつくといったようなお化《ば》けはいませんかねエ」ときいてみた。

カジ屋親子《やおやこ》は一瞬《いっしゅん》、身《み》がまえたような素振《そぶ》り*を示《しめ》したが、それは最初《さいしょ》の出会《であ》いがしらの*言葉《ことば》として、あまりにも、とっぴ*な言葉《ことば》のせいだった。

「ま、ほんだら上《あが》*って下《くだ》さい」

と、一年前《いちねんまえ》に父親《ちちおや》が死《し》んだという部屋《へや》に通《とお》された。

「昔《むか》しゃあいましたが、いまんごろは化物《ばけもの》*もおらんですらい*」

というので、H氏《し》はこれはダメかと思《おも》っていると、親子《おやこ》がヒソヒソと話《はなし》をして、

「あんたの云《い》われるのは、ノツゴ*ですたい」

「ノツゴ」

「このへんは四国《しこく》でも有名《ゆうめい》なノツゴ地帯《ちたい》*ですらい」

六

ノツゴというのは、夜中道《よなかみち》をあるいていると何《なん》の理由《りゆう》もないのに足《あし》がもつれてあるけなくなる、いわばつきもののような正体不明《しょうたいふめい》の妖怪《ようかい》である。

身《み》がまえた　警戒《けいかい》した。
素振《そぶ》り　表情《ひょうじょう》や動作《どうさ》にあらわれる様子《ようす》、気配《けはい》。
出会《であ》いがしら　出会《であ》ったとたん。会《あ》っていきなり。
とっぴ　「突飛《とっぴ》」と表記《ひょうき》。思《おも》いもよらないこと。人《ひと》の意表《いひょう》をついた言動《げんどう》。
ほんだら　土地《とち》の方言《ほうげん》で、そしたら。それなら。
いまんごろは　近《ちか》ごろは。
おらんですらい　いないのですよ。
ノツゴ　水木《みずき》しげる『決定版《けっていばん》　日本妖怪大全《にほんようかいたいぜん》』（二〇一四）の「ノツゴ」の項《こう》から引用《いんよう》する。「夜《よる》、山道《やまみち》を歩《ある》いていると、なんの理由《りゆう》もないのに、どうしたわけか足《あし》がもつれて歩《ある》けなくなることがある。これを愛媛県宇和地方《えひめけんうわちほう》では『〝ノツゴ〟に憑《つ》かれた』という。内海村油袋《うちうみむらゆたい》ではこれを、道《みち》を歩《ある》いていると、「草履《ぞうり》をくれ」といって追《お》っかけてくる魔性《ましょう》のものといっているが、その正体《しょうたい》ははっきりせず、急《きゅう》に足《あし》が重《おも》くなって動《うご》けなくなったとき、草鞋《わらじ》の乳《ち》（ふちについている小《ちい》さな輪《わ》）か草履《ぞうり》の鼻緒《はなお》を切《き》ってやると、足《あし》が動《うご》くようになるといわれていることから、『ノツゴ』は『行《い》き逢《あ》い神《がみ》』に似《に》たところもあるようだ」
ノツゴ地帯《ちたい》　ノツゴの伝承《でんしょう》が頻繁《ひんぱん》に伝《つた》えられている一帯《いったい》。

H氏《し》もそうだったが、カジ屋《や》のじいさんもなんとなくどこかで会《あ》ったような、即《すなわ》ち、初《しょ》対面《たいめん》でないというような、奇妙《きみょう》な気持《きもち》が話《はなし》をはずませた。*

「夜道《よみち》をあるいちょりますと、*ノツゴが出《で》てきて〝草履《ぞうり》*くれ〟いいよります。*そのとき、草鞋《わらじ》*の鼻緒《はなお》を切《き》ってノツゴになげてやると足《あし》が動《うご》くようになるですたい」

「草鞋《わらじ》の鼻緒《はなお》を切《き》ってやらぬと、いつまでもついてるわけですか」

「ひとばんでもはなれよらんです*」

「すると、形《かたち》は……」

「それが、夜《よる》のことですけん、わからんですらい。われわれ子供《こども》の時《とき》なんか、空《そら》を飛《と》ばん大《おお》けなこうもりみたいに思《おも》うちょったです」*

「それは突然《とつぜん》、襲《おそ》ってくるんですか」

「いやその前《まえ》にフギャーフギャーいうて、哀《あわ》れな赤《あか》ん坊《ぼう》のなき声《ごえ》がしますだ」

「赤《あか》ん坊《ぼう》のなき声《ごえ》というと子《こ》なき爺《じじい》*みたいに」

「子《こ》なき爺《じじい》とは似《に》よらん*です。ノツゴは赤《あか》ん坊《ぼう》の化物《ばけもの》です」

「赤ん坊《ぼう》の化物《ばけもの》？」
「昔《むかし》は、宇和島藩《うわじまはん》＊は六公四民《ろっこうしみん》＊から七公三民《しちこうさんみん》という年貢《ねんぐ》でしたですけん、百姓《ひゃくしょう》はよう生《い》きれん＊ですが、百姓一揆《ひゃくしょういっき》＊も一番多《いちばんおお》か所《ところ》ですけん、結婚《けっこん》も庄屋《しょうや》＊の許可《きょか》がないとでけんやったですけん＊、元気《げんき》のいい二男《じなん》、三男《さんなん》はどうすることもでけんです」

話《はなし》をはずませた　会話《かいわ》が活発《かっぱつ》に進《すす》んだ。盛《も》り上《あ》がった。
あるいちょりますと　歩《ある》いておりますと。
草履《ぞうり》　藁《わら》・竹皮《たけかわ》・藺《い》などを編《あ》んで足形《あしがた》に作《つく》り、緒《お》をすげた（さしとおして結《むす》んだ）履物《はきもの》。
いいよります　言《い》います。
草鞋《わらじ》　藁《わら》を足《あし》の形《かたち》に編《あ》んで、爪先部分《つまさきぶぶん》の二本《にほん》の藁緒《わらお》（＝鼻緒《はなお》）を左右《さゆう》の縁《ふち》にある乳《ち》に通《とお》し、足《あし》に装着《そうちゃく》する履物《はきもの》。
はなれよらん　離《はな》れない。
空《そら》を飛《と》ばん大《おお》けな　空《そら》を飛《と》ぶ大《おお》きな。
子《こ》なき爺《じじい》　徳島県《とくしまけん》の山間部《さんかんぶ》で伝《つた》えられる妖怪《ようかい》。柳田國男《やなぎたくにお》『妖怪談義《ようかいだんぎ》』に記載《きさい》がある。老人《ろうじん》の姿《すがた》をして、夜道《よみち》や林間《りんかん》などで赤《あか》ん坊《ぼう》のような泣《な》き声《ごえ》をあげるとされ、一説《いっせつ》に通行人《つうこうにん》がうっかり抱《だ》き上《あ》げると石《いし》のように重《おも》くなるともいう。『ゲゲゲの鬼太郎《きたろう》』では、鬼太郎《きたろう》に味方《みかた》する妖怪《ようかい》の一体《いったい》として登場《とうじょう》。
似《に》よらん　似《に》ていない。

宇和島藩《うわじまはん》　江戸時代《えどじだい》、伊予国《いよのくに》（愛媛県《えひめけん》）の宇和島地方《うわじまちほう》を領有《りょうゆう》した藩《はん》。もとは板島藩《いたじまはん》と呼《よ》ばれたが、慶長《けいちょう》十九年《ねん》（一六一四）、伊達政宗《だてまさむね》の子《こ》・秀宗《ひでむね》が藩主《はんしゅ》となる際《さい》に改称《かいしょう》され、明治《めいじ》の廃藩置県《はいはんちけん》まで伊達氏《だてし》の所領《しょりょう》であった。このため文化面《ぶんかめん》などで宮城県《みやぎけん》と繋《つな》がりが深《ふか》い。
六公四民《ろっこうしみん》　年貢《ねんぐ》（荘園主《しょうえんしゅ》や大名《だいみょう》が領地《りょうち》の農民《のうみん》に課《か》した租税《そぜい》）の取《と》り分《ぶん》が、六割《わり》が領主《りょうしゅ》で四割《わり》が農民《のうみん》とされる税率《ぜいりつ》。「七公三民《しちこうさんみん》」になると、農民《のうみん》の取《と》り分《ぶん》は三割《わり》となり過酷《かこく》を極《きわ》めた。
よう生《い》きれん　まともに生活《せいかつ》できない。
百姓一揆《ひゃくしょういっき》　江戸時代《えどじだい》、農民《のうみん》が年貢《ねんぐ》の減免《げんめん》などを要求《ようきゅう》して、領主《りょうしゅ》を相手《あいて》に起《お》こした集団交渉《しゅうだんこうしょう》や武装蜂起《ぶそうほうき》。
庄屋《しょうや》　東国《とうごく》では「名主《なぬし》」とも。江戸時代《えどじだい》、領主《りょうしゅ》が任命《にんめい》した村落《そんらく》の長《おさ》。郡代《ぐんだい》や代官《だいかん》のもとで納税《のうぜい》などの事務《じむ》を統轄《とうかつ》した。
でけんやったですけん　できなかったですから。

「すると、セックスも許可制《きょかせい》」

「そうです。めし食《く》えんでも結婚《けっこん》するのは長男《ちょうなん》だけやったですけん」

「二男三男《じなんさんなん》は庄屋《しょうや》でめしを食《く》わしてもらうだけの下働《したばたら》きするしか生《い》きる道《みち》はないようやったです。男《おとこ》も困《こま》ったが娘《むすめ》も困《こま》ったです」

「元気《げんき》のいい若者《わかもの》がやらんわけには行《い》かんしねえ」

「そげですか*、百姓《ひゃくしょう》の娘《むすめ》は、ててなし子《ご》*ばかし生《う》みおったです。生《う》まれた子供《こども》の口《くち》をふさいでしもうて、こっそり土中《どちゅう》に埋《う》めて世間体《せけんてい》をつくろう*とったですたい」

「その数《かず》が多《おお》かったわけですな」

「そうウチの墓《はか》でも普通《ふつう》の墓《はか》より、石三《いしみっ》つのせた*ててなし子《ご》の墓《はか》の方《ほう》が、はるかに多《おお》かったです」

そげですか　そうですから。
ててなし子《ご》　父親《ちちおや》が誰《だれ》か不明《ふめい》な子供《こども》。
世間体《せけんてい》をつくろう　世間《せけん》の人々《ひとびと》に対《たい》する体面《たいめん》を保《たも》つ。
石《いし》三つのせた　墓石《はかいし》や卒塔婆《そとば》もなく、盛土《もりつち》に石《いし》を三個《こ》のせただけの粗末《そまつ》な墓《はか》。

「その口《くち》をふさいで穴《あな》にうめた赤《あか》ん坊《ぼう》が息《いき》をふきかえしてくる、ということもあったのでしょう」

「そげですがな、*時々生《ときどきい》きかえりよるですが中《なか》には穴《あな》からはい上《あが》るのも……」

「するとそれは、ケケケの毛太郎《けたろう》とよくにているじゃあありませんか」

「毛太郎《けたろう》はノツゴでしょう」

「いや」

「いやあ、この村《むら》では毛太郎《けたろう》はノツゴやろいうとりました」

「生《う》まれる時《とき》からそっくりですな。するとぼくが夢《ゆめ》でうなされていたのは、やはり、ノツゴだったのかなア……」

とH氏《し》は思《おも》った。

七

「わしのじいさんが、キセル*でノツゴの声《こえ》を子供《こども》の時《とき》ようきかしおった*ですが」といって、カジ屋《や》のじいさんはキセルを二《に》、三本《さんぼん》もってきた。

そして笛《ふえ》をふくような奇妙《きみょう》な形《かたち》にキセルをもつと、

フギャ〜〜〜〜、フギャ〜〜〜〜

といかにも哀《あわ》れで痛《いた》ましい音《おと》を出《だ》してみせた。

「こえが*ノツゴの声《こえ》です。歯《は》がぬけていないともっと上手《じょうず》にやれるんですが、去年《きょねん》なくなったじいさん即《すなわ》ちわしの親父《おやじ》ですが、とっても上手《じょうず》にやったです」

そげですがな　そうなんですよ。

キセル　「煙管《きせる》」と表記《ひょうき》。キセル（khsier）はカンボジア語《ご》で「管《くだ》」の意《い》とも。刻《きざ》み煙草《たばこ》を先端《せんたん》につめて火《ひ》を点《てん》じ、その煙《けむり》を吸《す》う金属製《きんぞくせい》の喫煙具《きつえんぐ》。

きかしおった　聞《き》かせてくれた。

こえが　これが。

「生《い》きうめになった赤《あか》ん坊《ぼう》は、みんなノツゴになったわけですか」

「いやそれは違《ちが》うですたい。赤《あか》ん坊《ぼう》を生《い》きうめにして死《し》なせた場合《ばあい》、千四杯《せんよんはい》の水《みず》＊をかけて弔《とむら》ってやれば、成仏《じょうぶつ》＊しノツゴにはならんですたい」

「するとノツゴになるのは野山《のやま》に捨《す》てたものですか」

「そう、そういう千四杯《せんよんはい》の水《みず》をかけてもらわなかったものがノツゴになるですたい」

「するとノツゴになりかけて生《い》きてしまった場合《ばあい》もあるのですか」

「ありますだ。夜道《よみち》で赤《あか》ん坊《ぼう》のなき声《ごえ》がするのでそれを掘《ほ》り返《かえ》してみると、赤《あか》ん坊《ぼう》が生《い》きていたり、強《つよ》いのは穴《あな》から半分《はんぶん》はい出《で》ている、という話《はなし》もあったです」

「そういう時《とき》はどうするのです」

「それは、みなそだてます。ノツゴになりかけたのがそだてられて、成人《せいじん》した例《れい》はかなりあるとじいさんもいっとりました＊」

「すると生《い》きノツゴ」

「そうです。じいさんも、一人《ひとり》生《い》きノツゴをそだてて世話《せわ》しちょります」

「そりゃあ、ほんとですか」

「去年亡《きょねんな》くなったのですが、帳面《ちょうめん》＊調《しら》べとりましたら一年《いちねん》そだてて、鳥取県《とっとりけん》の人《ひと》にやったちゅうて書《か》いたのが出《で》とりました。このあたりでは生《い》き、ノ、ツ、ゴは一年《いちねん》で人《ひと》に渡《わた》す風習《ふうしゅう》ですけん。もらった人間《にんげん》はまさか生《い》き、ノ、ツ、ゴだとは知《し》りませんけんな、ハハハハハ」

「それは面白《おもしろ》いですねえ。ちょっとみせて下《くだ》さい」とH氏《し》は手《て》を出《だ》した。

「これですたい」

といって歯《は》のぬけた老人《ろうじん》は古《ふる》ぼけたノートをみせた。

千四杯《せんよんはい》の水《みず》を……　宇和地方《うわちほう》などに実際《じっさい》に残《のこ》る伝承《でんしょう》である。
成仏《じょうぶつ》　73頁《ぺーじ》参照《さんしょう》。

いっとりました　言《い》っていました。
帳面《ちょうめん》　父親《ちちおや》が遺《のこ》した記録《きろく》ノート。

住所《じゅうしょ》は鳥取県《とっとりけん》のH氏《し》の生《う》まれたところ*が書《か》いてあった。そして日時《にちじ》が大正十一年三月《たいしょうじゅういちねんさんがつ》八日《ようか》とあった。

「するとこれは、ぼくの親父《おやじ》が書《か》いたとすると生《い》きノツゴは、ぼくだということかな?」

と、H氏《し》がいうと、「ええっ」とその老人《ろうじん》はまっ青《さお》になった。

H氏《し》はそれよりも、もっと青《あお》ざめて叫《さけ》んだ。

「するとぼくは、生《い》きノツゴだったのか」

ある〝未知《みち》の力《ちから》〟がH氏《し》を誘《いざな》っておどかしたのであろう。しかし、それがなんであるか、どんなものであるかは分《わか》らない。

（「別冊小説現代《べっさつしょうせつげんだい》」一九八三年《ねん》九月《がつ》・新秋号《しんしゅうごう》に掲載《けいさい》）

H氏《し》の生《う》まれたところ　水木《みずき》しげること武良茂《むらしげる》の郷里《きょうり》は、鳥取《とっとり》県西伯郡境町入船町《けんさいはくぐんさかえまちにゅうせんちょう》（現在《げんざい》の境港市入船町《さかいみなとしにゅうせんちょう》）。大正《たいしょう》十一年《ねん》（一九二二）三月《がつ》八日《か》生《う》まれ。

お菊《きく》

三《み》浦《うら》哲《てつ》郎《お》

いえ、とんでもない。夢《ゆめ》を見《み》ていたなんて、そんなことはありません。あれは、とても眠気《ねむけ》を催《もよお》すどころではない冷《ひ》え冷《び》えとした霜枯《しもが》れ時《どき》*の、しかも、真《ま》っ昼間《ぴるま》のできごとでして——と、北国《きたぐに》の海岸都市《かいがんとし》*でタクシーの運転手《うんてんしゅ》をしている幼馴染《おさななじ》みの六蔵《ろくぞう》は語《かた》る。

真《ま》っ昼間《ぴるま》も真《ま》っ昼間《ぴるま》、昼飯《ひるめし》に食《く》ったライスカレーのほてり*がまだ口《くち》のなかに残《のこ》っていたから、一時《いちじ》をすこしまわったころではなかったろうか。空気《くうき》のよく澄《す》んだ秋晴《あきば》れの日《ひ》で、渡《わた》り*をよした横着者《おうちゃくもの》*の海猫《うみねこ》*が点々《てんてん》と浮《う》かんでいる穏《おだ》やかな海《うみ》のむこうに、薄《うす》く雪《ゆき》をかむった八甲田《はっこうだ》の山《やま》なみ*が珍《めずら》しくくっきりと見《み》えていました。会社《かいしゃ》から無線《むせん》*で配車《はいしゃ》*の連絡《れんらく》があったのは、港《みなと》の魚市場《うおいちば》まで客《きゃく》を乗《の》せていったついでに、岸壁《がんぺき》*で、車《くるま》の窓越《まどご》しにそんな眺《なが》めを楽《たの》しみながら一服《いっぷく》つけていたとき*です。

「八号車《はちごうしゃ》はそのまま県立病院《けんりつびょういん》＊へまわってください。正面玄関《しょうめんげんかん》で、里村様《さとむらさま》。」
そういう配車係《はいしゃがかり》のいつもの声《こえ》に、
「あいよ、八号車了解《はちごうしゃりょうかい》。」
と答《こた》えて車《くるま》を出《だ》そうとすると、
「妙齢《みょうれい》＊の女性《じょせい》ですよ、六《ろく》さん。」

霜枯《しもが》れ時《どき》　草木《くさき》が霜《しも》で枯《か》れてしまった、淋《さび》しい景色《けしき》の時季《じき》。

北国《きたぐに》の海岸都市《かいがんとし》　作中《さくちゅう》に「県立病院《けんりつびょういん》」とあることや、「鷹《たか》の巣《す》」との位置関係《いちかんけい》などから、青森県《あおもりけん》の青森市《あおもりし》と考《かんが》えられる。

ほてり　火照《ほて》り。カレーの辛《から》さで口《くち》の中《なか》が熱《ねつ》を帯《お》びているのである。

渡《わた》り　渡《わた》り鳥《どり》が季節《きせつ》により移動《いどう》すること。

横着者《おうちゃくもの》　なまけもの。

海猫《うみねこ》　カモメの一種《いっしゅ》。背《せ》と翼《つばさ》が蒼灰色《そうかいしょく》、尾羽《おばね》に黒帯《くろおび》がある以外《いがい》は白色《はくしょく》。鳴《な》き声《ごえ》が猫《ねこ》に似《に》ることからの命名《めいめい》。青森県八戸市《あおもりけんはちのへし》の蕪島《かぶしま》は、海猫《うみねこ》の繁殖地《はんしょくち》として天然記念物《てんねんきねんぶつ》に指定《してい》されている。

八甲田《はっこうだ》の山《やま》なみ　八甲田山《はっこうださん》。青森市《あおもりし》の南方《なんぽう》に聳《そび》える火山群《かざんぐん》の総称《そうしょう》で日本百名山《にほんひゃくめいざん》のひとつ。明治《めいじ》三十五年《ねん》（一九〇二）に青森歩兵第《あおもりほへいだい》五連隊《れんたい》が雪中行軍演習中《せっちゅうこうぐんえんしゅうちゅう》に猛烈《もうれつ》な吹雪《ふぶき》に遭遇《そうぐう》、二一〇名中《めいちゅう》一九九名《めい》が遭難《そうなん》する惨事《さんじ》の舞台《ぶたい》としても知《し》られる。

無線《むせん》　タクシー会社《がいしゃ》はそれぞれの運転手《うんてんしゅ》と無線《むせん》を用《もち》いて連絡《れんらく》をとる。

配車《はいしゃ》　客《きゃく》の求《もと》めに応《おう》じて、近《ちか》くを走《はし》る空車《くうしゃ》のタクシーと無線《むせん》で連絡《れんらく》をとり、客《きゃく》の指定《してい》した場所《ばしょ》へ向《む》かわせること。

岸壁《がんぺき》　船舶《せんぱく》を横《よこ》づけにして、荷物《にもつ》の積《つ》み下《お》ろしや船客《せんきゃく》の乗降《じょうこう》をおこなうために設《もう》けられる施設《しせつ》。

一服《いっぷく》つけていた　煙草《たばこ》を吸《す》って、ひと休《やす》みしていた。

県立病院《けんりつびょういん》　青森市東造道《あおもりしひがしつくりみち》にある青森県立中央病院《あおもりけんりつちゅうおうびょういん》のことか。

妙齢《みょうれい》　うら若《わか》い齢《とし》ごろ。

配車係《はいしゃがかり》はがらりと口調《くちょう》を変《か》えてそういいました。

無線《むせん》で軽口《かるくち》を叩《たた》きあう*のはべつに珍《めずら》しいことではないのですが、この配車係《はいしゃがかり》は本好《ほんず》きで、まだ若《わか》いくせに、時々古《ときどきふる》い小説《しょうせつ》かなんかで憶《おぼ》えた聞《き》きなれない言葉《ことば》を操《あやつ》ってみせるから、面《めん》くらいます。*妙齢《みょうれい》ぐらいなら、およその見当《けんとう》*はつきますが、ただ鵜呑《うの》み*にしたと思《おも》われても癪《しゃく》*ですから、

「みょうれい？　なんの霊《れい》のこった？*　狐憑《きつねつ》き*なら俺《おれ》はいやだぜ。」

そういって絡《から》んで*やると、

「そっちの霊《れい》じゃなくて、年齢《ねんれい》の齢《れい》ですよ。妙齢《みょうれい》。妙《みょう》の字《じ》を分解《ぶんかい》すると、少女《しょうじょ》でしょう。だから、まだうら若《わか》い*、年頃《としごろ》の女《おんな》という意味《いみ》です。」

と、配車係《はいしゃがかり》は訊《き》きもしないことまで講釈《こうしゃく》*します。こいつ、と思《おも》っても、口《くち》ではとても叶《かな》いませんし、わたしら腹《はら》を立《た》てることは禁物《きんもつ》*ですから、

「ああ、そうかい。そいつはどうも御馳走《ごちそう》さん。」

とだけいって、無線《むせん》のスイッチを切《き》りました。

県立病院《けんりつびょういん》までは、そこから五分《ごふん》とはかかりません。わたしは車《くるま》を走《はし》らせながら、さっきの客《きゃく》の漁師《りょうし》たちが残《のこ》していった生臭《なまぐさ》い匂《にお》いを追《お》いだすために、窓《まど》をすこし開《あ》けました。雨降《あめふ》りでもないのに、街《まち》なかの病院《びょういん》の玄関《げんかん》まで車《くるま》を呼《よ》ぶ客《きゃく》といえば、大概《たいがい》*、退院《たいいん》を許《ゆる》された病人《びょうにん》か、足《あし》の不自由《ふじゆう》な通院患者《つういんかんじゃ》か、そうでなければ年寄《としよ》りの見舞客《みまいきゃく》ですが、いずれにしても、車《くるま》のなかに魚《さかな》の生臭《なまぐさ》い匂《にお》いが籠《こも》っていたのではいやでしょう。相手《あいて》が妙齢《みょうれい》だろうと、なかろうと、田舎《いなか》の運転手《うんてんしゅ》でもそれぐらいのエチケット*は心得《こころえ》ています。

軽口《かるくち》を叩《たた》きあう　冗談《じょうだん》めかした気軽《きがる》な雑談《ざつだん》。無駄話《むだばなし》。

面《めん》くらいます　あわてふためく。動揺《どうよう》する。

見当《けんとう》　予想《よそう》。

鵜呑《うの》み　他人《たにん》の意見《いけん》を、よく理解《りかい》しないまま受《う》け入《い》れること。

癪《しゃく》　腹立《はらだ》たしいこと。

なんの霊《れい》のこった？　どんな霊《れい》のことだ？

狐憑《きつねつ》き　狐《きつね》の霊《れい》が人間《にんげん》に憑依《ひょうい》することで、大力《だいりき》・大食《たいしょく》・託宣《たくせん》など人間業《にんげんわざ》とは思《おも》えない異常《いじょう》で奇怪《きかい》な言動《げんどう》をとる現象《げんしょう》。医学《いがく》的《てき》には精神錯乱《せいしんさくらん》の一種《いっしゅ》とみなされるが、それだけでは説明《せつめい》のつかないケースも少《すく》なくない。武蔵御嶽神社《むさしみたけじんじゃ》の神官《しんかん》と、娘《むすめ》に憑依《ひょうい》した狐《きつね》の壮絶《そうぜつ》な闘《たたか》いを描《えが》く、浅田次郎《あさだじろう》の短篇《たんぺん》「お狐様《きつねさま》の話《はなし》」（『あやし　うらめし　あなかなし』所収《しょしゅう》）を参照《さんしょう》。

絡《から》んで　言《い》い返《かえ》して。まぜっかえして。

うら若《わか》い　初々《ういうい》しく瑞々《みずみず》しい若《わか》さ。

講釈《こうしゃく》　文章《ぶんしょう》や語句《ごく》の意味《いみ》を解説《かいせつ》したり、道理《どうり》を説《と》き聞《き》かせたりすること。

禁物《きんもつ》　避《さ》けるべきこと。タブー。

大概《たいがい》　たいてい。

エチケット　（etiquette）礼儀作法《れいぎさほう》。マナー。

窓《まど》から吹《ふ》きこんでくる風《かぜ》は大層冷《たいそうつめ》たくて、わたしは思《おも》わず首《くび》をすくめて身《み》ぶるいしました。* 晴《は》れてはいるものの、陽《ひ》の色《いろ》がめっきり淡《あわ》くなっていて、* 外《そと》はだいぶ冷《ひ》えこんでいるようです。あちこちの日蔭《ひかげ》に、今朝《けさ》の霜《しも》が消《き》えずに残《のこ》っているのが目《め》につきました。

県立病院《けんりつびょういん》の門《もん》を入《はい》って、わたしは、おやと思《おも》いました。玄関《げんかん》にはいつになく人気《ひとけ》がなくて、そこにだけ夕闇《ゆうやみ》が落《お》ちたかのように仄暗《ほのぐら》く、* ひっそりとしていたからです。けれども、わたしはすぐに、そうか、きょうは土曜日《どようび》なんだと思《おも》いだしました。外来患者《がいらいかんじゃ》の診療《しんりょう》は午前中《ごぜんちゅう》で終《おわ》ったのです。

車寄《くるまよ》せ* に乗《の》りいれて、そのままで一《ひ》と息入《いきい》れました。* 客《きゃく》は待《ま》っているはずですから、こちらから呼《よ》びにいくまでもないと思《おも》っていたのですが、玄関《げんかん》からは誰《だれ》も出《で》てくる気配《けはい》がありません。それで、降《お》りていくのも面倒《めんどう》だから、構内静粛《こうないせいしゅく》の禁《きん》* を破《やぶ》って、一《ひと》つクラクション* でも鳴《な》らしてやろうかと思《おも》ったとき、うしろの方《ほう》で窓《まど》ガラスをこつこつと叩《たた》く音《おと》がしました。

振《ふ》り向《む》いて見《み》ると、客《きゃく》が乗《の》り降《お》りすることになっている左側《ひだりがわ》とは反対側《はんたいがわ》のドアの外《そと》に、柱《はしら》の蔭《かげ》にでもいたんでしょうか、知《し》らぬ間《ま》に女《おんな》が一人《ひとり》立《た》っていました。その女《おんな》のほかには誰《だれ》もいません。

女《おんな》は、そのまま右側《みぎがわ》のドアが開《ひら》くのを待《ま》つふうで、タクシーとはあまり馴染《なじ》みのない客《きゃく》*だということがすぐわかりました。わたしは、女《おんな》の顔《かお》の白《しろ》さと、着《き》ている黄色《きいろ》っぽい和服《わふく》とから、おそらく病人《びょうにん》だろうと見当《けんとう》をつけ、そうでなければ遠慮《えんりょ》なく反対側《はんたいがわ》へまわってくれというところですが、黙《だま》って手《て》を伸《の》ばして右側《みぎがわ》のドアを開《あ》けてやりました。

「車《くるま》を頼《たの》んだお客《きゃく》さんですね？」

「はい、そうです。里村《さとむら》リエです。」

首《くび》をすくめて身《み》ぶるいしました　岡本綺堂《おかもときどう》「木曾《きそ》の旅人《たびびと》」や小《お》田仁二郎《だじんじろう》「鯉《こい》の巴《ともえ》」（『恋《こい》』所収《しょしゅう》）と響《ひび》き交《か》わす描写《びょうしゃ》。

陽《ひ》の色《いろ》がめっきり淡《あわ》くなっていて　気象《きしょう》の変化《へんか》にことよせて、冒頭《ぼうとう》の軽妙《けいみょう》な調子《ちょうし》から一転《いってん》、妖《あや》しい雰囲気《ふんいき》を醸成《じょうせい》するかのような描写《びょうしゃ》である。

そこにだけ夕闇《ゆうやみ》が落《お》ちたかのように仄暗《ほのぐら》く　これまた、語《かた》り手《て》をさりげなく超自然《ちょうしぜん》の世界《せかい》へと誘《いざな》うかのような効果的《こうかてき》な描写《びょうしゃ》である。

車寄《くるまよ》せ　ホテルや大病院《だいびょういん》などで、エントランスから車《くるま》に乗降《じょうこう》できるように設《もう》けられたエリア。

一《ひ》と息入《いきい》れました　ひと休《やす》みする。小休止《しょうきゅうし》。

構内静粛《こうないせいしゅく》の禁《きん》　病院《びょういん》という場所柄《ばしょがら》、騒音《そうおん》は厳禁《げんきん》なのだ。

クラクション　（klaxon）自動車《じどうしゃ》などの警笛装置《けいてきそうち》。クラクションは製造会社《せいぞうがいしゃ》（クラクソンとも）の名前《なまえ》。

馴染《なじ》みのない客《きゃく》　タクシーを利用《りよう》したことのない客《きゃく》。

女《おんな》は、余計《よけい》な名前《なまえ》まで*答《こた》えましたが、かぼそいけれども、ちいさな鈴《すず》でも転《ころ》がすような綺麗《きれい》な声《こえ》でした。お待《ま》ち遠《どお》さま、どうぞ、というと、よほど和服《わふく》を着馴《きな》れていると見《み》えて衣摺《きぬず》れ*の音《おと》もさせずに、するりと乗《の》りこんできました。

なるほど、配車係《はいしゃがかり》の言葉通《ことばどお》りの、妙齢《みょうれい》の女《おんな》です。髪《かみ》をきちんと三《み》つ編《あ》み*にしていて、それで実際《じっさい》よりは若《わか》く見《み》えるのかもしれませんが、わたしにはちょうど高校生《こうこうせい》ぐらいに見《み》えました。そう別嬪《べっぴん》*というほどではありませんが、目鼻立《めはなだ》ちの整《ととの》った*、おなじ蒼白《あおじろ》くても病《や》みやつれた汚《よご》れのない、湯上《ゆあが》りのようなすっきりした顔《かお》をしていました。

「どちらまで？」

車《くるま》を出《だ》しながらそう訊《き》くと、女《おんな》は、ちょっとためらうような間《ま》を置《お》いてから、

「すこし遠《とお》いけど、構《かま》いませんか？」

「構《かま》いませんよ、こっちは商売《しょうばい》ですから。」と、わたしは笑《わら》って、「遠《とお》いって、どこです？」

「鷹《たか》の巣《す》*の、すこし先《さき》ですけど。」

そのとき、わたしが思《おも》わず、ほう、と不用意《ふようい》な声《こえ》を洩《も》らしたのは、女《おんな》の行先《いきさき》が遠《とお》いのに

驚《おどろ》いたからではありません。鷹《たか》の巣《す》というのは、あなたも知《し》っていなさるでしょうが*、この市《し》から内陸《ないりく》*の方《ほう》へ五十《ごじゅっ》キロばかり入《はい》ったところにある山間《やまあい》の村《むら》で、わたしらの仕事《しごと》の範《はん》囲《い》からすれば遠出《とおで》の部類《ぶるい》に入《はい》るとしても、決《けっ》して遠《とお》すぎるというほどの距離《きょり》ではないんです。ただ、そんな山奥《やまおく》の村《むら》と女《おんな》の様子《ようす》とがすぐには結《むす》びつかなくて、わたしにはなにやらひどく意外《いがい》だという気《き》がしたのでした。

そんな村《むら》を訪《たず》ねるにしても、他所《よそ》からそこへ帰《かえ》るにしても、荷物《にもつ》の一《ひと》つや二《ふた》つはあるのが普通《ふつう》でしょうが、なにしろその女《おんな》は、黄色《きいろ》い和服《わふく》なんか着《き》ている上《うえ》に、全《まった》くの手《て》ぶら*で、ハンドバッグ*のようなものさえ持《も》っていなかったのですから。

余計《よけい》な名前《なまえ》 たんに車《くるま》を呼《よ》んだ客《きゃく》かどうかを確認《かくにん》するだけなので、フルネームで答《こた》える必要《ひつよう》はないのだ。
衣摺《きぬず》れ 動《うご》きにつれて着物《きもの》の裾《すそ》などがこすれる音《おと》。
三《み》つ編《あ》み 三本《ぼん》の紐状《ひもじょう》のものを編《あ》んで一本《ぼん》に束《たば》ねること。
別嬪《べっぴん》 美人《びじん》。美女《びじょ》。
目鼻立《めはなだ》ちの整《ととの》った 端整《たんせい》な顔《かお》だちの。
鷹《たか》の巣《す》 青森県八戸市櫛引鷹《あおもりけんはちのへしくしひきたか》ノ巣《す》のことか。

あなたも知《し》っていなさるでしょうが この作品《さくひん》は、語《かた》り手《て》が作《さく》者《しゃ》を前《まえ》にして、自分《じぶん》の体験談《たいけんだん》をものがたる形式《けいしき》で書《か》かれている。実話的《じつわてき》な臨場感《りんじょうかん》を高《たか》める手法《しゅほう》である。
内陸《ないりく》 海《うみ》から離《はな》れた地域《ちいき》。
手《て》ぶら 手《て》に何《なに》も持《も》たないこと。
ハンドバッグ (handbag) 身《み》の回《まわ》り品《ひん》や化粧品《けしょうひん》、携帯電話《けいたいでんわ》などを入《い》れる、女性用《じょせいよう》の小《こ》ぶりな手提鞄《てさげかばん》。

「……駄目《だめ》でしょうか。」

女《おんな》にそう訊《き》かれて、わたしはほうといったきり黙《だま》っていたのに気《き》がつきました。

「いや、いきますよ、鷹《たか》の巣《す》ぐらいなら。」

実際《じっさい》、わたしは病院《びょういん》の門《もん》を出《で》ると、それが当然《とうぜん》のように鷹《たか》の巣《す》へ向《むか》う道《みち》を走《はし》っていたのですが、

「でも、ただねえ……。」

と、またしてもそこで口籠《くちごも》った*のは、正直《しょうじき》いえば料金《りょうきん》のことを考《かんが》えたからでした。五十《ごじゅっ》キロも走《はし》れば、料金《りょうきん》もかなりな額《がく》になりますが、はたして払《はら》って貰《もら》えるだろうか。この手《て》ぶらの小娘《こむすめ》に、そんなお金《かね》があるんだろうかと、そんな不安《ふあん》が、ちらと頭《あたま》をかすめたのです。すると、女《おんな》は、まるでわたしの胸《むね》の内《うち》を見透《みす》かしたかのように、

「お金《かね》なら、家《いえ》に着《つ》いたら間違《まちが》いなく払《はら》います。」

そういいました。

「いや、そのことじゃなくて……」と、わたしはちょっとあわてて、運転席《うんてんせき》で尻《しり》をもじも

じ＊させました。「鷹《たか》の巣《す》までだと、二時間《にじかん》はたっぷりかかりますよ。それに、途中《とちゅう》に道《みち》の悪《わる》いところもあるしねえ、お客《きゃく》さんの軀《からだ》に障《さわ》りやしないか＊と思《おも》って。」

「あたしなら大丈夫《だいじょうぶ》です。」

女《おんな》がきっぱりとそういいますから、わたしは無線《むせん》で会社《かいしゃ》へ報告《ほうこく》しました。

「八号車《はちごうしゃ》、ただいま実車《じっしゃ》。＊鷹《たか》の巣《す》の先《さき》までいってきます。」

「鷹《たか》の巣《す》の……それは遠出《とおで》ごくろうさま。山道《やまみち》は霜《しも》は融《と》けてぬかるんでいるかもしれませんから、スリップ＊に充分注意《じゅうぶんちゅうい》して、無事《ぶじ》にお送《おく》りしてください。いってらっしゃい。」

配車係《はいしゃがかり》の声《こえ》は、わたしにだけ通《つう》じる笑《わら》いを含《ふく》んでいました。

市街地《しがいち》を抜《ぬ》けると、急《きゅう》に背中《せなか》が冷《ひ》え冷《び》えとしてきました。＊女《おんな》が窓《まど》を開《あ》けたのかと思《おも》ったのですが、そうでもなくて、四《よっ》つの窓《まど》はみんなぴったりと閉《し》まったままです。

口籠《くちごも》った　はっきりと言《い》わず、言葉《ことば》をにごした。
尻《しり》をもじもじ　きまりの悪《わる》さを示《しめ》す動作《どうさ》。
障《さわ》りやしないか　良《よ》くないのではないか。
実車《じっしゃ》　客《きゃく》を乗《の》せて走行中《そうこうちゅう》の車《くるま》。

スリップ　(slip)　自動車《じどうしゃ》のタイヤが、濡《ぬ》れたり凍結《とうけつ》した路面《ろめん》で滑《すべ》ること。
急《きゅう》に背中《せなか》が冷《ひ》え冷《び》えとしてきました　タクシー怪談《かいだん》ではおなじみの描写《びょうしゃ》である。

「冷《ひ》えますなあ。」と、わたしは前《まえ》を向《む》いたまま女《おんな》に話《はな》しかけました。「もし寒《さむ》いようだったら、ヒーター*を入《い》れますよ。」

「いいえ、あたしは寒《さむ》い方《ほう》が楽《らく》ですから。*」

そういえば、もう十一月《じゅういちがつ》だというのに女《おんな》は羽織《はおり》*を着《き》ていません。それにしても、楽《らく》とはいかにも病人《びょうにん》らしい言葉遣《ことばづか》いで、わたしはつい釣《つ》られて、

「お客《きゃく》さんは、県立病院《けんりつびょういん》の患者《かんじゃ》さん？」

と余計《よけい》なことまで*尋《たず》ねました。

「はい。」

「お家《うち》は鷹《たか》の巣《す》の先《さき》の方《ほう》らしいけど、大変《たいへん》だねえ、あそこから県立病院《けんりつびょういん》へ通《かよ》うのは。」

「だから、あたし、入院《にゅういん》してるんです。」

「なるほど……すると、今日《きょう》は？」

「……家《いえ》へ帰《かえ》ります。」

と、女《おんな》はすこし間《ま》を置《お》いてから、そうとしかいいようがないというふうに、いくらか困《こま》

ったような口調《くちょう》でいいました。家《いえ》へ帰《かえ》るといっても、この様子《ようす》では退院《たいいん》するんじゃないでしょう。

「そうか、今日《きょう》は土曜日《どようび》だからね。病気《びょうき》の方《ほう》がいいあんばい*だから、外泊《がいはく》*のお許《ゆる》しが出《で》たんでしょう。そいつはよかった。」

わたしは、これで謎《なぞ》が解《と》けたという気持《きもち》でそういったのですが、女《おんな》がそれきりいつまでも黙《だま》っているので、さりげなくバックミラー*に映《うつ》して見《み》ると、いつのまにか座席《ざせき》の隅《すみ》にぴったりと軀《からだ》を寄《よ》せて目《め》を閉《と》じていました。その顔《かお》は、まるで子供《こども》の寝顔《ねがお》のように安《やす》らかでした。もしかしたら、女《おんな》は本当《ほんとう》に眠《ねむ》っていたのかもしれません。

やはり病身《びょうしん》には車《くるま》の揺《ゆ》れが応《こた》えるのだ。このままそっとしておいて、鷹《たか》の巣《す》の村《むら》に着《つ》い

ヒーター　(heater)　暖房器《だんぼうき》。

あたしは寒《さむ》い方《ほう》が楽《らく》ですから　娘《むすめ》の正体《しょうたい》を暗示《あんじ》しつつ滑稽味《こっけいみ》を感《かん》じさせる言葉《ことば》。

羽織《はおり》　長着《ながぎ》（足首《あしくび》あたりまである丈《たけ》の長《なが》い着物《きもの》）の上《うえ》に覆《おお》って着《き》る、襟《えり》を折《お》った短《みじか》い衣《ころも》。

余計《よけい》なことまで　ふつう運転手《うんてんしゅ》は客《きゃく》の素性《すじょう》を面《めん》と向《む》かって詮索《せんさく》しないものである。

いいあんばい　良《よ》い案配《あんばい》。体《からだ》の具合《ぐあい》が良《よ》いこと。

外泊《がいはく》　いつもの居所《いどころ》以外《いがい》の場所《ばしょ》で泊《と》まること。

バックミラー　(back mirror)　和製英語《わせいえいご》。自動車《じどうしゃ》の運転台上《うんてんだいじょう》部《ぶ》などに取《と》り付《つ》けて、後方《こうほう》を見《み》るための鏡《かがみ》。

たら起《お》こしてやろう。わたしはそう思《おも》い、冷《ひ》えたところで眠《ねむ》ると風邪《かぜ》をひきますから、ヒーターを弱《よわ》く入《い》れてやりました。

それから、小一時間《こいちじかん》＊も走《はし》ったころでしょうか。不意《ふい》に、うしろから、あ、というちいさな叫《さけ》び声《ごえ》がきこえて、バックミラーに目《め》を上《あ》げると、女《おんな》が窓《まど》に額《ひたい》を押《お》し当《あ》てるようにして外《そと》を見《み》ています。それで、わたしもスピード＊を落《お》として窓《まど》の外《そと》を見渡《みわた》しましたが、べつに変《かわ》ったものは見当《みあた》りません。

「どうしたの？　なにかあったの？」

「菊《きく》が……。」

と、女《おんな》は呟《つぶや》くようにいいました。

なるほど、そのあたりはちょうど食用菊《しょくようぎく》＊の花《はな》ざかりで、あちこちの農家《のうか》の庭先《にわさき》や、収穫《しゅうかく》がすんで荒《あ》れたままになっている野菜畑《やさいばたけ》の隅《すみ》などが、真《ま》っ黄色《きいろ》な花《はな》の色《いろ》に塗《ぬ》り潰《つぶ》されているのが見《み》えていました。けれども、そんな食用菊《しょくようぎく》の花《はな》ざかりも、この先《さき》に家《いえ》があるという女《おんな》にはべつに珍《めずら》しい眺《なが》めだとも思《おも》えません。

「菊《きく》が、どうかしたの？」

「いいえ。ただ、ひさしぶりだから……。」

「そうか、入院《にゅういん》が長引《ながび》いてるんだね。菊《きく》は好《す》き？」

「はい、大好《だいす》き。」

わたしはバックミラーへ目《め》を上《あ》げました。ほんの一瞬《いっしゅん》だけのことですが、そこに映《うつ》っている女《おんな》の目《め》が突然宝石《とつぜんほうせき》のような光《ひかり》を放《はな》ったような気《き》がしたからです。

「俺《おれ》もあの菊《きく》ってやつが好《す》きでね。」と、わたしはふたたび車《くるま》のスピードを上《あ》げながらいいました。「花《はな》びらをむしって、さっと湯掻《ゆが》いて*、酢《す》のもの*にしてもいいし、胡桃《くるみ》で和《あ》え*るのもいい。味噌汁《みそしる》に入《い》れると香《かおり》がいいし、それに天《てん》ぷら。花《はな》をそっくり、からっと揚《あ》げ

小一時間《こいちじかん》　一時間弱《いちじかんじゃく》。一時間《いちじかん》ほど。

スピード　（speed）速度《そくど》。

食用菊《しょくようぎく》　観賞用《かんしょうよう》のキクのうち、香《かお》りが強《つよ》くて苦味《にがみ》の少《すく》ない品《ひん》種《しゅ》。黄色《きいろ》い花《はな》をつける。花《はな》や葉《は》を三杯酢《さんばいず》などで賞味《しょうみ》する。甘《あま》菊《ぎく》とも。

湯掻《ゆが》いて　野菜《やさい》のアクを抜《ぬ》くため、短時間《たんじかん》、ゆでたり熱湯《ねっとう》に浸《つ》けたりすること。

酢《す》のもの　海産物《かいさんぶつ》や野菜《やさい》を酢《す》で調味《ちょうみ》した料理《りょうり》。

和《あ》える　野菜《やさい》や海産物《かいさんぶつ》に味噌《みそ》・胡麻《ごま》・酢《す》・辛子《からし》などを混《ま》ぜ合《あ》わせて調味《ちょうみ》すること。

て……。死《し》んだおふくろは菊《きく》の花《はな》を味《み》噌《そ》漬《づけ》*にするのが得《とく》意《い》でね。花《はな》びらをどっさり蒸《む》*して、まず甕《かめ》*の底《そこ》に味《み》噌《そ》を敷《し》く。その上《うえ》にキャベツの葉《は》っぱを敷《し》きつめて、花《はな》びらを厚《あつ》目《め》に入《い》れるね。その上《うえ》にまたキャベツ、味《み》噌《そ》、キャベツ、花《はな》びら……てな具《ぐ》合《あい》に、段《だん》々《だん》に重《かさ》ねて、一番上《いちばんうえ》に重石《おもし》*を置《お》く。そうすると、菊《きく》の花《はな》が薄《うす》い板《いた》みたいな味《み》噌《そ》漬《づけ》になるんだよね。黄色《きいろ》い花《はな》びらに味《み》噌《そ》の汁《しる》が飴色《あめいろ》*に滲《にじ》んで……あれを熱《あつ》い湯《ゆ》漬《づ》け飯《めし》*の上《うえ》にのせて食《く》うのは、旨《うま》かったなあ。」

けれども、女《おんな》が好《す》きなのは食《く》うことよりも花《はな》そのものだったようで、しばらくすると、

「おじさん、窓《まど》をすこし開《あ》けてもいいですか？」

「ああ、どうぞ。でも、風《かぜ》が冷《つめ》たいよ。気分《きぶん》でも悪《わる》いの？」

「いいえ。ちょっと菊《きく》の匂《にお》いを……。」

女《おんな》はそういって窓《まど》のハンドル*をまわしましたが、あいにく*なことに車《くるま》の窓《まど》は上《うえ》の方《ほう》からしか開《ひら》きません。細目《ほそめ》に開《あ》けただけで風《かぜ》の匂《にお》いを嗅《か》ぐには、思《おも》い切《き》り仰《あお》向《む》いて*いなければならないのです。

「待《ま》ってなさいよ。」と、わたしは痛々《いたいた》しいほどほっそりとした女《おんな》の首《くび》から目《め》をそらしていいました。「いまに俺《おれ》が車《くるま》を停《と》めて、一《ひと》つ失敬《しっけい》してきて*あげるから。」

程《ほど》なく、わたしはその約束《やくそく》を果《は》たすことができました。道端《みちばた》の畑《はたけ》から、大《おお》き目《め》な花《はな》を一《いち》輪《りん》もいできて*、融《と》けた霜《しも》の水玉《みずたま》*をすっかりふるい落《お》としてから、ほいきた、と女《おんな》に渡《わた》してやりました。

「あとは、匂《にお》いを嗅《か》ぐなり、むしるなり、好《す》きなようにね。」

女《おんな》は、薄《うす》く笑《わら》う*と、両手《りょうて》で持《も》った花《はな》に鼻先《はなさき》を埋《う》めるようにして、また眼《め》を閉《と》じてしまいました。

味噌漬《みそづけ》　肉《にく》や野菜《やさい》を味噌《みそ》に漬《つ》けて調味《ちょうみ》したもの。
どっさり　たくさん。
甕《かめ》　底《そこ》の深《ふか》い壺形《つぼがた》をした陶器《とうき》。飲《の》み水《みず》や酒《さけ》などを入《い》れる。
重石《おもし》　物《もの》の上《うえ》に置《お》いて押《お》さえつけるための石《いし》。
飴色《あめいろ》　透《す》き通《とお》った暗黄色《あんこうしょく》。
湯漬《ゆづ》け飯《めし》　湯《ゆ》をそそいだ飯《めし》。
窓《まど》のハンドル　旧式《きゅうしき》な自動車《じどうしゃ》の窓《まど》は、ハンドルを回《まわ》して手動《しゅどう》で開閉《かいへい》した。

あいにく　「生憎《あいにく》」と表記《ひょうき》。遺憾《いかん》なことに。残念《ざんねん》ながら。
仰向《あおむ》いて　上《うえ》を向《む》いて。
失敬《しっけい》してきて　黙《だま》って取《と》ってくること。
もいできて　ちぎってきて。摘《つ》んできて。
水玉《みずたま》　霜《しも》が融《と》けた水滴《すいてき》が玉《たま》になって、花《はな》に付着《ふちゃく》しているのである。
薄《うす》く笑《わら》う　軽《かる》く微笑《びしょう》する。

鷹《たか》の巣《す》の村《むら》に入《はい》ったところで、わたしは女《おんな》に声《こえ》をかけました。それから女《おんな》の道案内《みちあんない》で、二《に》キロあまりも走《はし》ったでしょうか。わたしは、女《おんな》の指《ゆび》さす家《いえ》を見《み》て、女《おんな》が菊《きく》の花《はな》に異様《いよう》なほどの愛着《あいちゃく》を抱《いだ》いているわけが一遍《いっぺん》にわかったような気《き》がしました。というのは、道《みち》の片《かた》側《がわ》のゆるやかな斜面《しゃめん》が見渡《みわた》す限《かぎ》りの菊畑《きくばたけ》で、その中腹《ちゅうふく》にある藁葺屋根《わらぶきやね》*の女《おんな》の家《いえ》は、まるで黄色《きいろ》い海《うみ》に揉《も》まれて傾《かたむ》いている屋形船《やかたぶね》*のように見《み》えたからです。

「見事《みごと》な菊畑《きくばたけ》だねえ。」

わたしは車《くるま》を停《と》めて嘆声《たんせい》*を洩《も》らしました。

「これはみんな、お客《きゃく》さんとこの畑《はたけ》?」

「はい……料金《りょうきん》はいくらでしょうか。」

わたしは、メーター*を見《み》て料金《りょうきん》を告《つ》げました。

「じゃ、ここで待《ま》っててください。すぐお金《かね》を持《も》ってきます。」

「急《いそ》がなくてもいいですよ。坂《さか》だから、滑《すべ》って転《ころ》ばないように。」

わたしは車《くるま》から降《お》りて、背伸《せの》びをしたり、拳《こぶし》で肩《かた》や腰《こし》を叩《たた》いたりしました。それから菊《きく》畑《ばたけ》に背《せ》を向《む》けて、ながながと放尿《ほうにょう》しました。なんだか、とてもいい気持《きもち》でした。

車《くるま》へ戻《もど》るとき、菊畑《きくばたけ》のなかに浮《う》かぶようにして*登《のぼ》ってゆく女《おんな》のうしろ姿《すがた》が見《み》えました。風《かぜ》がきて畑《はたけ》にうねりが立《た》つと、女《おんな》の着《き》ているものが花《はな》の色《いろ》に融《と》け込《こ》んで、三《み》つ編《あ》みにした髪《かみ》だけが波間《なみま》に漂《ただよ》うように見《み》えたりしました。

ところが、女《おんな》はなかなか戻《もど》ってきません。五分《ごふん》待《ま》っても現《あら》われません。急《いそ》がなくてもいいとはいったものの、これではいくらなんでも遅《おそ》すぎます。わたしはじりじり*してきまし

一遍《いっぺん》に　一気《いっき》に。たちどころに。
藁葺屋根《わらぶきやね》　藁《わら》で葺《ふ》いた屋根《やね》。ひなびた農家《のうか》などに見《み》られる。
屋形船《やかたぶね》　屋根《やね》を備《そな》えた和船《わせん》。川遊《かわあそ》びなどに用《もち》いられる。
嘆声《たんせい》　感心《かんしん》して発《はっ》する声《こえ》。

メーター　(meter) タクシーの自動料金表示器《じどうりょうきんひょうじき》。
菊畑《きくばたけ》のなかに浮《う》かぶようにして……　このあたりから、娘《むすめ》があたかも菊《きく》の花《はな》の化身《けしん》と化《か》すかのような妖美《ようび》な描写《びょうしゃ》が続《つづ》く。
じりじり　心《こころ》がいらだつさま。いらいら。

た。これはひょっとしたら、籠脱《かごぬ》け＊じゃないか。女《おんな》はあの家《いえ》の脇《わき》を通《とお》りぬけて、花《はな》の色《いろ》に紛《まぎ》れてどこかへ消《き》えてしまったんじゃなかろうか。そんな疑《うたが》いも湧《わ》いてきます。十分待《じゅっぷんま》つと、もう我慢《がまん》も限度《げんど》で、わたしは途中《とちゅう》で女《おんな》に出会《であ》うことを祈《いの》りながらゆっくり菊《きく》の斜面《しゃめん》を登《のぼ》っていきました。

近《ちか》づいてみると、実際《じっさい》いくらか一方《いっぽう》へ傾《かたむ》いている古《ふる》びた農家《のうか》は、縁側《えんがわ》の雨戸《あまど》を閉《と》ざしてひっそりと静《しず》まりかえっています。それでも土間《どま》の入口《いりぐち》のガラス戸《ど》を開《あ》けて薄暗《うすくら》がりに声《こえ》をかけると、奥《おく》の方《ほう》から父親《ちちおや》らしい六十年輩《ろくじゅうねんぱい》の禿頭《とくとう》＊の男《おとこ》が、黒《くろ》ズボンの前《まえ》ボタンをはめながら出《で》てきました。わたしは帽子《ぼうし》の庇《ひさし》に指先《ゆびさき》を当《あ》てて、

「お宅《たく》の娘《むすめ》さんを乗《の》せてきたタクシーの運転手《うんてんしゅ》ですがね。」

それだけいえばわかると思《おも》ったのですが、男《おとこ》は鈍《にぶ》く光《ひか》る目《め》で、きょとん＊とわたしを見《み》つめたきりです。おなじことを二度《にど》繰《く》り返《かえ》しても、さっぱり埒《らち》が明《あ》きません。＊それで、

「娘《むすめ》さんは？　どこにいるんですか。」

と尋《たず》ねると、男《おとこ》は、娘《むすめ》なら市《まち》の県立病院《けんりつびょういん》にいるといいます。だから、その県立病院《けんりつびょういん》か

ら娘《むすめ》さんをここまで乗《の》せてきたのだ、自分《じぶん》はそのタクシーの運転手《うんてんしゅ》だというと、男《おとこ》は、縁《ふち》が赤《あか》く爛《ただ》れた目《め》を*しょぼしょぼさせながら、

「お前《めえ》さん、そったら嘘《うそ》は*こくもんじゃねえよ。娘《むすめ》はついさっき病院《びょういん》で死《し》んだんだ。」

呟《つぶや》くようにそういうのです。わたしは、びっくりして目《め》を剝《む》きましたが、*そんな言種《いいぐさ》*がすぐに信《しん》じられるわけがありません。

籠脱《かごぬ》け　乗用《じょうよう》の駕籠《かご》とか建物《たてもの》の一方《いっぽう》の口《くち》から入《はい》り、別《べつ》の口《くち》から抜《ぬ》け出《で》て逃《に》げ去《さ》ること。詐欺《さぎ》の一種《いっしゅ》。これもタクシー怪談《かいだん》につきものの展開《てんかい》である。『呪《のろい》』に「這《は》って来《く》る紐《ひも》」を収録《しゅうろく》した田中貢太郎《たなかこうたろう》の『新怪談集《しんかいだんしゅう》（実話篇《じつわへん》）』（一九三八）は、戦前《せんぜん》におけるタクシー怪談《かいだん》の実例《じつれい》を多数収《たすうおさ》める先駆的名著《せんくてきめいちょ》だが、その中《なか》の「芦屋《あしや》の家《いえ》へ帰《かえ》る女《おんな》」は、昭和《しょうわ》九年《ねん》の秋《あき》、京都大学《きょうとだいがく》附属病院《ふぞくびょういん》の前《まえ》から若《わか》い娘《むすめ》を乗《の》せた流《なが》しのタクシーが、目的地《もくてきち》として告《つ》げられた芦屋《あしや》（兵庫県《ひょうごけん》）の豪邸《ごうてい》で車《くるま》を停《と》めると、娘《むすめ》は「お銭《あし》を家《うち》でもらって来《く》るから、待《ま》っててよ」と云《い》って、家《いえ》へ入《はい》ってゆく。しかしいくら待《ま》っても戻《もど》らないので、待《ま》ちくたびれた運転手《うんてんしゅ》が家《いえ》へ行《い》って運賃《うんちん》を要求《ようきゅう》すると、年配《ねんぱい》の主《しゅ》婦《ふ》があらわれ、「どんな容《なり》をしておりましたの」と訊《き》く。運《うん》転手《てんしゅ》が「桔梗《ききょう》のような花《はな》のついた袖《そで》の長《なが》い衣服《きもの》を着《き》てましたが」と答《こた》えると支払《しはら》いに応《おう》じてくれた。後《のち》に聞《き》くところでは、肺病《はいびょう》で京大病院《きょうだいびょういん》に入院《にゅういん》していた同家《どうけ》の娘《むすめ》が、その当日《とうじつ》に病《びょう》死《し》していたことが分《わ》かり、運転手《うんてんしゅ》はまもなく発狂《はっきょう》したという内容《ないよう》で、本篇《ほんぺん》とも共通《きょうつう》する点《てん》が多《おお》い。

禿頭《とくとう》　はげあたま。

きょとんと　意外《いがい》な事態《じたい》に直面《ちょくめん》して、驚《おどろ》き戸惑《とまど》い、ただ目《め》を見《み》ひらいているさま。

埒《らち》が明《あ》きません　物事《ものごと》のかたがつかない。打開《だかい》されない。

縁《ふち》が赤《あか》く爛《ただ》れた目《め》を……　男《おとこ》がさっきまで泣《な》きはらしていたことを暗示《あんじ》。

そったら嘘《うそ》は……　そんな嘘《うそ》をつくもんじゃないよ。

目《め》を剝《む》きましたが　目《め》を大《おお》きく見《み》ひらきましたが。

言種《いいぐさ》　言《い》い分《ぶん》。口実《こうじつ》。

「なに、死《し》んだ？　嘘《うそ》をこけといいたいのはこっちの方《ほう》だよ、おやじさん。娘《むすめ》さんが客《きゃく》になって道案内《みちあんない》してくれなかったら、どうして俺《おれ》がこんな山里《やまざと》くんだり*まで遠出《とおで》してきて、しかも、見《み》ず知《し》らずのあんたの家《いえ》なんかに乗《の》りつけたりするんだ？　とぼけちゃいけないよ。ははあ、あんたら、親子《おやこ》でぐるになって*籠脱《かごぬ》けしようってんだな。そんな手《て》にのこのこ乗《の》るか*って。」

　わたしは頭《あたま》に血《ち》が昇《のぼ》って、ついそんな啖呵《たんか》を切《き》ったん*ですが、娘《むすめ》の父親《ちちおや》の方《ほう》がよっぽど落《お》ち着《つ》いていて、あんたの言《い》い分《ぶん》にも一理《いちり》あるが、*籠脱《かごぬ》けなんてとんでもない、娘《むすめ》が死《し》んだというのはどうにもしかたのない事実《じじつ》なのだと、穏《おだ》やかな口調《くちょう》でそういうのです。

　訊《き》くと、つい二時間《にじかん》ほど前《まえ》に、県立病院《けんりつびょういん》から、娘《むすめ》の容態《ようだい》が*急変《きゅうへん》して息《いき》を引《ひ》きとったという知《し》らせがあったんだそうです。二時間《にじかん》ほど前《まえ》というと、ちょうどわたしがその病院《びょういん》の玄関《げんかん》で女《おんな》の客《きゃく》にドアを開《あ》けてやったころでしょう。わたしは、ふと、あの客《きゃく》と死《し》んだ娘《むすめ》とはもしかしたら別人《べつじん》なのではないかという気《き》がして、自分《じぶん》が乗《の》せた女《おんな》の様子《ようす》を逐一《ちくいち》*話《はな》してみたのですが、いちいち頷《うなず》きながら聴《き》いていた父親《ちちおや》は、それは多分《たぶん》うちの娘《むすめ》に間違《まちが》いなかろうといいました。

死《し》んだ娘《むすめ》も里村《さとむら》リエで、顔《かお》や姿《すがた》も入院前《にゅういんまえ》とそっくりだし、その客《きゃく》が着《き》ていたという黄色《きいろ》い和服《わふく》にしても、菊好《きくず》きの娘《むすめ》にせがまれて*自分《じぶん》が市日《いちび》*に買《か》ってきてやった黄八丈《きはちじょう》*に違《ちが》いないというのです。

すると、あの女《おんな》はなんだったんだろう。自分《じぶん》はこんなところまで一体《いったい》なにを乗《の》せてきたんだろう。そう思《おも》うと、わたしは茫然《ぼうぜん》*とせざるを得《え》ませんでした。

父親《ちちおや》は、見掛《みか》けによらず物《もの》わかりのいい人《ひと》で、わたしの話《はなし》に嘘《うそ》がないとわかると、市《まち》からここまでの料金《りょうきん》は自分《じぶん》が払《はら》うといってくれました。その代《か》わり、これから自分《じぶん》と女房《にょうぼう》を

くんだり　地名《ちめい》の後《あと》に付《つ》けて、場末《ばすえ》や遠隔地《えんかくち》であることを示《しめ》すのに用《もち》いる語《ご》。

ぐるになって　共謀《きょうぼう》して。示《しめ》し合《あ》わせて。

のこのこ乗《の》るか　のんきに騙《だま》されるものか。

啖呵《たんか》を切《き》った　威勢《いせい》のいい言葉《ことば》で、相手《あいて》に向《む》かってまくし立《た》てた。

一理《いちり》あるが　一応《いちおう》は納得《なっとく》できる理由《りゆう》はあるが。

容態《ようだい》　病状《びょうじょう》。

逐一《ちくいち》　事細《ことこま》かに。順《じゅん》を追《お》って詳《くわ》しく。

せがまれて　ねだられて。

市日《いちび》　定期的《ていきてき》に市《いち》の開《ひら》かれる日《ひ》。

黄八丈《きはちじょう》　伊豆七島《いずしちとう》の八丈島特産《はちじょうじまとくさん》の絹織物《きぬおりもの》。八丈刈安《はちじょうかりやす》（イネ科《か》の多年草《たねんそう》）で糸染《いとぞ》めした黄色《きいろ》い地《じ》に、鳶《とび》・黒色《こくしょく》などの縞格子《しまこうし》柄《がら》が特徴《とくちょう》。

茫然《ぼうぜん》　あっけにとられて、ぼうっとするさま。

県立病院《けんりつびょういん》まで乗《の》せていってもらいたい。実《じつ》は、病院《びょういん》ではすぐにきてくれということだったが、ちょうど行楽日和《こうらくびより》*の土曜日《どようび》の午後《ごご》で、近《ちか》くの町《まち》のタクシーはみんな出払《ではら》っていて困《こま》っていたところだ。もちろん、帰《かえ》りの料金《りょうきん》も間違《まちが》いなく払《はら》うからと、そういう話《はなし》で、それはもう、こちらは客《きゃく》を乗《の》せるのが商売《しょうばい》だし、片道《かたみち》だけのつもりが往復乗《おうふくの》ってもらえるのだから、断《ことわ》る手《て》なんか*ありません。

話《はなし》がきまると、父親《ちちおや》はそこへ娘《むすめ》の母親《ははおや》を呼《よ》びました。母親《ははおや》は、五十半《ごじゅうなか》ばと見《み》える小柄《こがら》な女《おんな》で、よそゆき*らしい不格好《ぶかっこう》なスカートを*裾長《すそなが》く穿《は》いて、両手《りょうて》に風呂敷包《ふろしきづつ》みを提《さ》げていました。

「この運転手《うんてんしゅ》さんがな、リエを連《つ》れてきてくれたんだと。リエは菊畑《きくはたけ》を見《み》にきたんだえなあ*。自分《じぶん》が丹精《たんせい》した*畑《はたけ》だもんなあ。」

行楽日和《こうらくびより》　行楽《こうらく》に出《で》かけるのに相応《ふさわ》しい天候《てんこう》。
断《ことわ》る手《て》なんか　断《ことわ》るという選択《せんたく》は。
よそゆき　改《あらた》まった外出着《がいしゅつぎ》。
不格好《ぶかっこう》なスカートを……　めったにスカートで外出《がいしゅつ》することもないだろう、農家《のうか》の主婦《しゅふ》の質素《しっそ》な暮《く》らしぶりを暗示《あんじ》。
見《み》にきたんだえなあ　見《み》にきたんだろうなあ。
丹精《たんせい》した　まごころをこめて育《そだ》ててきた。

父親《ちちおや》がそういうと、その母親《ははおや》は激《はげ》しく泣《な》きだしながら、わたしに深々《ふかぶか》と頭《あたま》を下《さ》げるんです。わたしは、挨拶《あいさつ》に困《こま》って、土間《どま》に突《つ》っ立《た》ったまま、脱《ぬ》いだ帽子《ぼうし》を両手《りょうて》でじっと握《にぎ》りしめていました。

人様《ひとさま》の命《いのち》を預《あずか》る仕事《しごと》に携《たずさ》わっている者《もの》が、こんなことを口《くち》にしてはいけないんでしょうが、帰《かえ》りのわたしはそれこそ一種《いっしゅ》の夢遊病者《むゆうびょうしゃ》*で、どんな運転《うんてん》をして市《まち》まで戻《もど》ってきたものやら、さっぱり憶《おぼ》えがありません。父親《ちちおや》が時々《ときどき》溜息《ためいき》まじりに洩《も》らした問《と》わず語《がた》り*の呟《つぶや》きも、大方《おおかた》は忘《わす》れてしまって、死《し》んだ娘《むすめ》が高校進学《こうこうしんがく》を断念《だんねん》して港《みなと》の罐詰工場《かんづめこうじょう》へ働《はたら》きに出《で》たこと、その罐詰工場《かんづめこうじょう》が潰《つぶ》れてからは船員相手《せんいんあいて》の酒場《さかば》で働《はたら》いていたこと、そのうちに過労《かろう》で腎臓《じんぞう》をわずらって*春《はる》から県立病院《けんりつびょういん》に入院《にゅういん》していたこと、そのぐらいのことしか憶《おぼ》えていません。

病院《びょういん》に着《つ》いたときは、もう日《ひ》が暮《く》れていました。助手席《じょしゅせき》に積《つ》んできた風呂敷包《ふろしきづつ》みを持《も》って玄関《げんかん》に入《はい》ると、脇《わき》の下足《げそく》*のところで顔見知《かおみし》りの配膳係《はいぜんがかり》*の女《おんな》が下足番《げそくばん》*と立《た》ち話《ばなし》をしていましたので、客《きゃく》が急《いそ》ぎ足《あし》で廊下《ろうか》の奥《おく》へ消《き》えるのを見送《みおく》ってから、手招《てまね》きして里村《さとむら》リエのことを尋《たず》ねてみました。

「ああ、お菊《きく》ちゃん＊ね。」と、配膳係《はいぜんがかり》は声《こえ》をひそめていいました。「私《わたし》、みんなでそう呼《よ》んでたの、菊《きく》が大好《だいす》きな娘《こ》だったから。でも、急《きゅう》に尿毒症《にょうどくしょう》＊を起《お》こしたとかで……可哀《かわい》そうなことをしたわ、いい娘《こ》だったのに。」

夢遊病者《むゆうびょうしゃ》　睡眠中《すいみんちゅう》に起《お》きだして、家《いえ》の内外《ないがい》を歩《ある》きまわるなどして再《ふたた》び床《とこ》に就《つ》き、その間《あいだ》の記憶《きおく》を喪失《そうしつ》している症状《しょうじょう》の患《かん》者《じゃ》。

問《と》**わず語**《がた》**り**　訊《き》かれなくても自分《じぶん》からあれこれ語《かた》りだすこと。

腎臓《じんぞう》**をわずらって**　泌尿器官《ひにょうきかん》である腎臓《じんぞう》の機能《きのう》が損《そこ》なわれることで生《しょう》ずる病気《びょうき》にかかって。

下足《げそく》　靴脱《くつぬ》ぎ場《ば》。

配膳係《はいぜんがかり》　入院患者《にゅういんかんじゃ》の食膳《しょくぜん》を運《はこ》ぶ係《かかり》の従業員《じゅうぎょういん》。

下足番《げそくばん》　下足《げそく》（靴脱《くつぬ》ぎ場《ば》）の番《ばん》をする人《ひと》。

お菊《きく》**ちゃん**　お菊《きく》という名《な》は、怪談文芸《かいだんぶんげい》の世界《せかい》では、ことのほか意味深《いみぶか》いものがある。いわゆる「皿屋敷《さらやしき》」の怪談《かいだん》――秘蔵《ひぞう》の皿《さら》を割《わ》ったため、主人《しゅじん》に責《せ》め殺《ころ》され、井戸《いど》へ投《な》げ込《こ》まれた腰元《こしもと》が、怨霊《おんりょう》となって「一枚《いちまい》、二枚《にまい》……」と夜《よ》な夜《よ》な皿《さら》を数《かぞ》える趣向《しゅこう》の怪談話《かいだんばなし》は、日本各地《にほんかくち》に伝《つた》わっており、とりわけ江《え》戸《ど》の番町《ばんちょう》と播州姫路《ばんしゅうひめじ》のそれが名高《なだか》いが、必《かなら》ずしも伝承地《でんしょうち》が確定《かくてい》されるものではない。その点《てん》、「四谷怪談《よつやかいだん》」や「累《かさね》の怪《かい》談《だん》」とは性格《せいかく》を異《こと》にしているといえよう。柳田國男《やなぎたくにお》「方言《ほうげん》と昔《むかし》」（一九二七）より引用《いんよう》する。「我々《われわれ》の仲間《なかま》の者《もの》が早《はや》くから心《こころ》付《づ》いているのは、そういう不思議話《ふしぎばなし》には狐《きつね》に限《かぎ》らず、必《かなら》ずその主人公《しゅじんこう》に通《とお》り名《な》があることである。たとえば幽霊《ゆうれい》になって人《ひと》を恨《うら》む女《おんな》は、皿屋敷《さらやしき》でなくてもオキクであり、子《こ》や夫《おっと》の跡《あと》を慕《した》うて身《み》を投《な》げて死《し》ぬのはオツルであり、旅《たび》で死《し》んで祭《まつ》られているのはオサヨである。何《なに》かわけがあることと思《おも》っている」

なお、皿屋敷《さらやしき》を題材《だいざい》にした文芸作品《ぶんげいさくひん》には、河竹黙阿弥《かわたけもくあみ》『新《しん》皿屋敷月雨暈《さらやしきつきのあまがさ》』、岡本綺堂《おかもときどう》『番町皿屋敷《ばんちょうさらやしき》』、京極夏彦《きょうごくなつひこ》『数《かぞ》えずの井戸《いど》』などがある。

尿毒症《にょうどくしょう》　腎臓機能《じんぞうきのう》が損《そこ》なわれ、尿《にょう》として排出《はいしゅつ》される成分《せいぶん》が血《けつ》中《ちゅう》に溜《た》まることで引《ひ》き起《お》こされる中毒症状《ちゅうどくしょうじょう》。重症《じゅうしょう》の腎臓《じんぞう》疾患《かん》の末期《まっき》にあらわれる。

わたしは、ぼんやりと車《くるま》へ戻《もど》りました。わたしが昼《ひる》にお菊《きく》ちゃんを乗《の》せたとき、お菊《きく》ちゃんがすでに病院《びょういん》で死《し》んでいたことは、もう疑《うたが》いの余地《よち》*がありません。でも、わたしには、自分《じぶん》の乗《の》せたお菊《きく》ちゃんが生《い》きた人間《にんげん》以外《いがい》のなにかだったとは、どうしても思《おも》えないのです。あれが生《い》きた人間《にんげん》以外《いがい》の*なにかだったら、自分《じぶん》も含《ふく》めて世《よ》の中《なか》の人《ひと》はみんな同類《どうるい》だと思《おも》いました。

わたしは、車《くるま》を出《だ》す前《まえ》に、客《きゃく》の忘《わす》れ物《もの》がないかと天井《てんじょう》の車内灯《しゃないとう》を点《つ》けてみました。すると、うしろの座席《ざせき》に*点々《てんてん》と白《しろ》っぽいものが散《ち》っています。よく見《み》ると、それは菊《きく》の花《はな》びらでした。わたしが道端《みちばた》からもいでやった、あの菊《きく》の花《はな》びらです。

わたしは、なにか懐《なつ》かしいような気持《きもち》で、しばらくそれを眺《なが》めていました……。

（「小説新潮《しょうせつしんちょう》」一九八一年《ねん》十二月号掲載《がつごうけいさい》）

疑《うたが》いの余地《よち》　なおも疑《うたが》わしいところ。

あれが生《い》きた人間以外《にんげんいがい》の……　またしても「あれ」である。そして「世《よ》の中《なか》の人《ひと》はみんな同類《どうるい》」とは、なんと思《おも》い切《き》った、しかし幾《いく》ばくかの真理《しんり》をはらんだ言葉《ことば》だろうか。

うしろの座席《ざせき》に　霊《れい》が降車《こうしゃ》したり消《き》え失《う》せた後《あと》で、運転手《うんてんしゅ》が後《こう》部座席《ぶざせき》を確認《かくにん》すると、シートがぐっしょり濡《ぬ》れていたり、遺《い》留品《りゅうひん》が見《み》つかったりするのも、タクシー怪談《かいだん》の特色《とくしょく》である。

黄泉《よみ》から

久生《ひさお》十蘭《じゅうらん》

一

「九時二十分《くじにじゅっぷん》……」

新橋《しんばし》*のホームで、魚返光太郎《おがえりこうたろう》が腕時計《うでどけい》を見《み》ながらつぶやいた。

きょうはいそがしい日《ひ》だった。十時《じゅうじ》にセザンヌ*の「静物《せいぶつ》」*を見《み》にくる客《きゃく》が二組《ふたくみ》。十一時《じゅういちじ》には……夫人《ふじん》*が名匠《めいしょう》ルシアン・グレエヴ*の首飾《ペンダント》のコレクト*を持《も》ってくることになっている。午後二時《ごごにじ》には……家《け》*の家具《かぐ》の売立《うりたて》*。四時《よじ》には……。詩《し》も音楽《おんがく》もわかり、美術雑誌《びじゅつざっし》から美《び》術《じゅつ》批評《ひひょう》の寄稿《きこう》を依頼《いらい》されたりする光太郎《こうたろう》のような一流《いちりゅう》の仲買人《アジャン》*にとっては、戦争《せんそう》*が勝《か》てば勝《か》ったように、負《ま》ければまた負《ま》けたように、商談《しょうだん》*と商機《しょうき》*にことを欠《か》く*ことはない。

こんどの欧州最後《おうしゅうさいご》の引揚《ひきあ》げ*には光太郎《こうたろう》はうまくやった。みな危険《きけん》な金剛石《こんごうせき》*を買《か》い漁《あさ》って、益《えき》もない*物換《ぶつが》え*にうき身《み》をやつして*いるとき、光太郎《こうたろう》はモネ*、ルノアール*、ルッソオ*、

新橋《しんばし》 JRの新橋駅《しんばしえき》（東京《とうきょう》都港区《とみなとく》新橋《しんばし》五丁目《ちょうめ》）。旧《きゅう》・新橋駅《しんばしえき》（汐留駅《しおどめえき》）は、日本最初《にほんさいしょ》の鉄道始発駅《てつどうしはつえき》として知《し》られる。

セザンヌ （Paul Cézanne　一八三九〜一九〇六）フランスの画家《がか》。従来《じゅうらい》の印象派絵画《いんしょうはかいが》に異議《いぎ》を唱《とな》え、固有《こゆう》の色《いろ》や堅牢《けんろう》な画面構成《がめんこうせい》により「印象派《いんしょうは》を堅固《けんご》なものにする」独自《どくじ》の画風《がふう》を確立《かくりつ》。後期印象派《こうきいんしょうは》を代表《だいひょう》する存在《そんざい》として、二十世紀美術《せいきびじゅつ》の先導者《せんどうしゃ》となった。

「静物《せいぶつ》」 静物画《せいぶつが》。花《はな》・果実《かじつ》・器物《きぶつ》などを題材《だいざい》として描《えが》かれる絵画《かいが》のこと。セザンヌは好《この》んで静物《せいぶつ》を描《えが》き、その革新的《かくしんてき》な表現《ひょうげん》は二十世紀絵画《せいきかいが》に大《おお》きな影響《えいきょう》を与《あた》えたとされる。ちなみに『呪《のろい》』所収《しょしゅう》の「予言《よげん》」で、主人公《しゅじんこう》の運命《うんめい》を暗転《あんてん》させるきっかけになるのも「セザンヌの静物《せいぶつ》」だったことに留意《りゅうい》。

……夫人《ふじん》が この「……」は固有名詞《こゆうめいし》を伏《ふ》せたものだろう。

ルシアン・グレエヴ 未詳《みしょう》。アール・ヌーボーの宝飾《ほうしょく》デザインの巨匠《きょしょう》ルシアン・ガイヤール（Lucien Gaillard　一八六一〜一九四二）のことか。

コレクト （collect）コレクション。蒐集品《しゅうしゅうひん》。

……家《け》 この「……」も固有名詞《こゆうめいし》を伏《ふ》せたものと考《かんが》えられる。

売立《うりたて》 所蔵品《しょぞうひん》などを期日《きじつ》を定《さだ》めて、入札《にゅうさつ》などにかけ、売《う》り払《はら》うこと。

仲買人《アジャン》 仲介業者《ちゅうかいぎょうしゃ》。代理人《だいりにん》。「アジャン」はエージェント（agent）の仏語読《ふつごよ》み。

戦争《せんそう》 第二次世界大戦《だいじせかいたいせん》を指《さ》す。

商談《しょうだん》 商売《しょうばい》や取引《とりひき》をまとめるための打《う》ち合《あ》わせ。話《はな》し合《あ》い。

商機《しょうき》 商売上《しょうばいじょう》のチャンス。

ことを欠《か》く 不自由《ふじゆう》する。

欧州最後《おうしゅうさいご》の引揚《ひきあ》げ ヨーロッパ在住《ざいじゅう》の邦人《ほうじん》が、第二次大戦《だいじたいせん》に際《さい》して帰国《きこく》したこと。

金剛石《こんごうせき》 ダイヤモンド。

益《えき》もない 役《やく》に立《た》たない。無駄《むだ》な。

物換《ぶつが》え 所持金《しょじきん》を宝石《ほうせき》や金塊《きんかい》などに交換《こうかん》すること。

うき身《み》をやつして 身《み》がやつれるほど物事《ものごと》に熱中《ねっちゅう》する。無益《むえき》なことに入《い》れあげる。

モネ （Claude Monet　一八四〇〜一九二六）フランス印象派《いんしょうは》を代表《だいひょう》する巨匠《きょしょう》。その作品《さくひん》「印象《いんしょう》――日《ひ》の出《で》」が、印象派《いんしょうは》という呼称《こしょう》の由来《ゆらい》となった。睡蓮《すいれん》を描《えが》いた一連《いちれん》の絵《え》でも名高《なだか》い。

ルノアール （Auguste Renoir　一八四一〜一九一九）ルノワールとも。フランス印象派《いんしょうは》の画家《がか》。華麗《かれい》な色彩《しきさい》で豊満《ほうまん》な人体《じんたい》を描《えが》く作風《さくふう》で知《し》られる。

ルッソオ （Henri Rousseau　一八四四〜一九一〇）素朴派《そぼくは》を代表《だいひょう》するフランスの画家《がか》。当初《とうしょ》は税関吏勤務《ぜいかんりきんむ》のかたわら、日曜画家《にちようがか》として作品《さくひん》を制作《せいさく》。熱帯《ねったい》のジャングルと動物《どうぶつ》たちなどを描《えが》いた夢幻的《むげんてき》な画風《がふう》で、詩人《しじん》や小説家《しょうせつか》たちから高《たか》く評価《ひょうか》された。

フラゴナール、*三《みっ》つのフェルメール*の作品《さくひん》を含《ふく》むすばらしいコレクションを競《せ》りおとし、*持《も》っていた金《かね》を安全《あんぜん》に始末《しまつ》してしまった。

仲介業者《ちゅうかいぎょうしゃ》の先見《せんけん》*と機才《きさい》*は、倦怠《けんたい》*と夢想《むそう》*から湧《わ》きでる詩人《しじん》の霊感《れいかん》*によく似《に》ていて、この仕事《しごと》に憑《つ》かれると抜《ぬ》け目《め》なく立《た》ちまわること*だけが人生《じんせい》の味《あじ》*になり、それ以外《いがい》のことはすべて色《いろ》の褪《あ》せた花《はな》としか見《み》えなくなる。

光太郎《こうたろう》がホームに立《た》ってきょうの仕事《しごと》の味利《あじき》き*をしていると、鸚鵡《おうむ》の冠毛《かんもう》*のように白髪《しらが》をそけさせた*六十歳《ろくじっさい》ばかりの西洋人《せいようじん》が、西口《にしぐち》の階段《かいだん》からせかせかと*あがってきた。

「おや、ルダンさんだ」

上衣《うわぎ》はいつもの古《ふる》ぼけたスモオキング*だが、きょうは折目《おりめ》のついた縞《しま》のズボンをはき、パラフィン紙《し》*で包《つつ》んだ、大《おお》きな花束《はなたば》を抱《かか》えている。ジュウル・ロマン*の喜劇《きげき》、「恋《こい》に狂《くる》う翰林院博士《かんりんいんはかせ》トルアデック氏《し》*、花束《はなたば》を抱《かか》えて右手《みぎて》から登場《とうじょう》」といったぐあいである。

メタクサ伯爵夫人《はくしゃくふじん》*が早稲田大学《わせだだいがく》の仏文科《ふつぶんか》の講師《こうし》をしていたのは二十年《にじゅうねん》も前《まえ》だが、ルダンさんはそれよりもまた十年《じゅうねん》も早《はや》いのだから、もう三十年《さんじゅうねん》ちかく日本《にほん》に住《す》んでいるつつ

フラゴナール　(Jean-Honoré Fragonard　一七三二～一八〇六)　フランスの画家《が》。ロココ美術《びじゅつ》を代表《だいひょう》するひとりで、ルイ王《おう》朝末期《ちょうまっき》の宮廷風俗《きゅうていふうぞく》を甘美《かんび》な色彩《しきさい》で描《えが》いた。

フェルメール　(Jan Vermeer van Delft　一六三二～一六七五)　十七世紀《せいき》オランダ絵画《かいが》の巨匠《きょしょう》。デルフトの町《まち》で生涯《しょうがい》を過《す》ごし、澄明《ちょうめい》な光《ひかり》と色彩《しきさい》に満《み》ちた静謐《せいひつ》な室内風俗画《しつないふうぞくが》などを遺《のこ》した。極端《きょくたん》な寡作《かさく》で、確認《かくにん》されている作品数《さくひんすう》は四十点《てん》に満《み》たない。「三つのフェルメールの作品《さくひん》」と注記《ちゅうき》される所以《ゆえん》である。

競《せ》りおとし　競売《けいばい》で獲得《かくとく》し。

先見《せんけん》　先々《さきざき》を見《み》とおすこと。

機才《きさい》　機敏《きびん》に対応《たいおう》する才気《さいき》。

倦怠《けんたい》　けだるく物憂《ものう》いこと。

夢想《むそう》　空想《くうそう》に耽《ふけ》ること。

霊感《れいかん》　創作《そうさく》の源《みなもと》となる霊妙《れいみょう》な力《ちから》。インスピレーション。

立《た》ちまわる　人々《ひとびと》の間《あいだ》で自分《じぶん》に有利《ゆうり》となるように動《うご》く。

人生《じんせい》の味《あじ》　生《い》きがい。

味利《あじき》き　味《あじ》わいや事《こと》のよしあしを判定《はんてい》すること。賞味《しょうみ》。

冠毛《かんもう》　鳥《とり》の頭部《とうぶ》に冠状《かんじょう》に長《なが》く生《は》えた毛《け》。

そそけさせた　髪《かみ》がほつれ乱《みだ》れるさま。

せかせかと　急《いそ》ぎ足《あし》で。

スモオキング　(smoking jacket)　タキシード（略式礼服《りゃくしきれいふく》）の別称《べっしょう》。

パラフィン紙《し》　パラフィン蠟《ろう》（石蠟《せきろう》）をしみこませた紙《かみ》。耐水《たいすい》性《せい》・耐湿性《たいしつせい》が高《たか》く、包装《ほうそう》などに用《もち》いられる。

ジュウル・ロマン　(Jules Romains　一八八五～一九七二)　フランスの作家《さっか》、詩人《しじん》、劇作家《げきさっか》、ユナニミスム文学運動《ぶんがくうんどう》の主導《しゅどう》者《しゃ》。

「恋《こい》に狂《くる》う翰林院博士《かんりんいんはかせ》トルアデック氏《し》……　ロマンの戯曲《ぎきょく》「ル・トルーアデック氏《し》の放蕩《ほうとう》 Monsieur Le Trouhadec saisi par la débauche」（一九二三）と「ル・トルーアデック氏《し》の結婚《けっこん》 Le mariage de Le Trouhadec」（一九二五）を踏《ふ》まえた表《ひょう》現《げん》。芝居《しばい》の卜書《が》きを意識《いしき》している。なお、フランス留学時代《りゅうがくじだい》に十蘭《じゅうらん》こと阿部正雄《あべまさお》（本名《ほんみょう》）が師事《しじ》した演出家《えんしゅつか》・俳優《はいゆう》のシャルル・デュランは、十蘭《じゅうらん》が滞仏中《たいふつちゅう》の一九三一年《ねん》にロマンの戯《ぎ》曲《きょく》を上演《じょうえん》していることを付言《ふげん》しておこう。

翰林院《かんりんいん》　アカデミー（academy）の和訳《わやく》。学問《がくもん》・芸術《げいじゅつ》の指導的《しどうてき》団体《だんたい》。学士院《がくしいん》。

メタクサ伯爵夫人《はくしゃくふじん》　ギリシャの貴婦人《きふじん》で文化人類学者《ぶんかじんるいがくしゃ》のイナ・メタクサ（Ina Metaxa　?～?）を指《さ》す。著書《ちょしょ》に『Le Japon mystique（神秘《しんぴ》の日本《にほん》）』（一九二七）など。大正《たいしょう》七年《ねん》（一九一八）に来日後《らいにちご》、各地《かくち》を探訪《たんぼう》して日本古来《にほんこらい》の文化《ぶんか》に魅了《みりょう》され、昭和初期《しょうわしょき》にかけて日本《にほん》に滞在《たいざい》し早稲田大学《わせだだいがく》で教鞭《きょうべん》を執《と》るかたわら、ケルト文化《ぶんか》や中世騎士物語《ちゅうせいきしものがたり》に関《かん》する先駆的《せんくてき》論考《ろんこう》（フランス語《ご》で執筆《しっぴつ》）を「文学思想研究《ぶんがくしそうけんきゅう》」（新潮社《しんちょうしゃ》）に寄稿《きこう》するなどしている。

ましい老雅儒《ろうがじゅ》*で、光太郎《こうたろう》が記憶《きおく》するかぎりでは、こんなようすはまだいちども見《み》たことがなかった。

ルダンさんの家庭塾《フォアイエ》*には光太郎《こうたろう》ばかりではなく、光太郎《こうたろう》のただひとりの肉親《にくしん》である従妹《いとこ》のおけいもお世話《せわ》になっていて、ルダンさんの指導《しどう》で大学入学資格試験《だいがくにゅうがくしかくしけん》の準備《じゅんび》をすすめ、この戦争《せんそう》がなければソルボンヌ*へ送《おく》りこんでもらっていたところだった。

ルダンさんは弟子《でし》たちをじぶんの息子《むすこ》のように待遇《たいぐう》する。*弟子《でし》のためなら智慧《ちえ》でも葡萄酒《ぶどうしゅ》*でも惜《お》しげもなくだしつくしてしまう。どうやら資格《しかく》も出来《でき》、いよいよフランスへ出発《しゅっぱつ》ときまると、貧乏《びんぼう》なルダンさんが、アルムーズ*とか、シャトオ・イクェム*とか、巴里《パリ》の「マキシム」*でもなかなかお目《め》にかかれないような、ボルドオ*やブルゴーニュ*の最上古酒《さいじょうこしゅ》*を抜《ぬ》いて門出《かどで》を祝《いわ》ってくれる。

光太郎《こうたろう》もこうして送《おく》りだされた一人《ひとり》で、フランスで美術史《びじゅつし》の研究《けんきゅう》をするはずだったのが、新進《しんしん》のアジャン・ア・トゥフェ*(万能仲買人《ばんのうなかがいにん》)になって八年《はちねん》ぶりで日本《にほん》へ帰《かえ》ってきた。

ルダンさんの家《いえ》は光太郎《こうたろう》の家《いえ》からものの千《せん》*メートルと離《はな》れていないが、さすがにばつがわるく、*いちど玄関《げんかん》へ挨拶《あいさつ》にまかり出《で》た*きりで、その後《ご》、それとなくごぶさた*していたのである。

光太郎《こうたろう》は困《こま》ったと思《おも》ったが、隠《かく》れるところもないホームの上《うえ》なので、ままよ*と観念《かんねん》して*

老雅儒《ろうがじゅ》　儒学《じゅがく》を修《おさ》めた優《すぐ》れた教養人《きょうようじん》を「儒雅《じゅが》」と呼《よ》ぶことを踏《ふ》まえた表現《ひょうげん》か。ここでは、学識《がくしき》ある老人《ろうじん》ほどの意《い》。

家庭塾《フォアイエ》　フランス語《ご》の私塾《しじゅく》。フォアイエ（Foyer）はフランス語で「団欒《だんらん》、溜《た》まり場《ば》、暖炉《だんろ》」の意味《いみ》。フォワイエ、ホワイエとも。

ソルボンヌ　（la Sorbonne）パリ大学《だいがく》の文学部《ぶんがくぶ》・理学部《りがくぶ》・古文《こもん》書学校《じょがっこう》などの通称《つうしょう》。

待遇《たいぐう》する　人《ひと》をあしらい、もてなす。つきあう。

葡萄酒《ぶどうしゅ》　ワイン。

アルムーズ　正《ただ》しくは「恋人《こいびと》たち」を意味《いみ》するアムルーズ（Les Amoureuse）。フランス・ブルゴーニュ地方《ちほう》のシャンボール・ミュジニー村《むら》の一級畑《いっきゅうばたけ》で産《さん》する高級《こうきゅう》ワイン。

シャトオ・イクェム　（Château d'Yquem）シャトー・ディケムとも。ボルドー・ワインの最高級銘柄《さいこうきゅうめいがら》のひとつ。貴腐《きふ》ワインで名高《なだか》い。

マキシム　（Maxim's）一八九三年《ねん》、パリのロワイヤル通《どお》りに、マキシム・ガイヤールがオープンした高級《こうきゅう》レストラン。

ボルドオ　（Bordeaux）ボルドーとも。フランス南西部《なんせいぶ》の港湾《こうわん》都市《とし》。ここでは、同地方《どうちほう》の特産物《とくさんぶつ》であるボルドー・ワインを指《さ》す。

ブルゴーニュ　（Bourgogne）フランス東部《とうぶ》のソーヌ川流域《がわりゅういき》を中心《ちゅうしん》とする地方《ちほう》。ここでは同地方《どうちほう》の特産物《とくさんぶつ》であるブルゴーニュ・ワインを指《さ》す。英語名《えいごめい》はバーガンディ。

最上古酒《さいじょうこしゅ》　年代物《ねんだいもの》の最高級《さいこうきゅう》ワイン。

アジャン・ア・トゥフェ　（agent à tout faire）トゥフェは「何《なん》でもする」の意《い》。

ものの　たかだか。せいぜい。

ばつがわるく　きまりが悪《わる》くて。

まかり出《で》た　参上《さんじょう》した。

ごぶさた　御無沙汰《ごぶさた》と表記《ひょうき》。「無沙汰《ぶさた》」は訪問《ほうもん》や連絡《れんらく》を怠《おこた》ること。

ままよ　どうにでもなれ、と。

観念《かんねん》して　あきらめて。覚悟《かくご》して。

とぼけていると、ルダンさんは光太郎《こうたろう》を見《み》つけて、

「おお、光太郎《こうたろう》」

といいながらそばへやってきた。

「ごぶさたしております。きょうはどちらへ」

ルダンさんは光太郎《こうたろう》の手提鞄《セルヴィエット》*をじろりと見《み》てそっぽをむくと、

「きまってるじゃないか。きょうはお盆《ぼん》*だから、墓《はか》まいりさ」

と、つっけんどんに*いった。

七月十三日《しちがつじゅうさんにち》……そういえばきょうはお盆《ぼん》の入《い》りだった。それはともかく、十月二日《じゅうがつふつか》の「死者の日《ししゃのひ》」*には、いつも亡《な》くなられた夫人《おく》さんの写真《しゃしん》に菊《きく》の花《はな》*を飾《かざ》るが、お盆《ぼん》に墓《はか》まいりとはきいたこともなかった。

「失礼《しつれい》ですが、どなたの墓《はか》まいりですか」

とたずねると、ルダンさんはめずらしくフランス語《ご》で、

「アンシュポルタブル！*(手《て》がつけられない！)」

とつぶやいてから、

「この戦争《せんそう》でわたしの弟子《でし》が大勢《おおぜい》戦死《せんし》をしたぐらいは察《さっ》しられそうなもんじゃないか」

手提鞄《セルヴィエット》　セルヴィエット（serviette）はフランス語《ご》で、タオルやナプキンの意味《いみ》もある。書類鞄《しょるいかばん》。ブリーフケース。

お盆《ぼん》　盂蘭盆《うらぼん》、精霊会《しょうりょうえ》とも。目連救母説話《もくれんきゅうぼせつわ》（釈尊《しゃくそん》の十大弟子《だいでし》のひとり目連《もくれん》が、餓鬼道《がきどう》に堕《お》ちて逆《さか》さ吊《づ》りにされ苦《くる》しむ母《はは》を救《すく》うため、七月《がつ》十五日《にち》に供養《くよう》の祭儀《さいぎ》をおこなう物語《ものがたり》。逆《さか》さ吊《づ》りを意味《いみ》するサンスクリット語《ご》のウランバーナが音写《おんしゃ》されて盂蘭盆《うらぼん》になったとされるが異説《いせつ》もある）に由来《ゆらい》する、祖霊《それい》（精霊《しょうりょう》）を死後《しご》の苦《くる》しみから救済《きゅうさい》するための仏事《ぶつじ》。陰暦《いんれき》七月《がつ》十三日《にち》から十五日《にち》を中心《ちゅうしん》に、各種《かくしゅ》の供物《くもつ》や精霊馬《しょうりょううま》（キュウリの馬《うま》とナスの牛《うし》）を盆棚《ぼんだな》と呼《よ》ばれる祭壇《さいだん》に供《そな》え、僧侶《そうりょ》が棚《たな》経《ぎょう》をあげて祖霊《それい》・新仏《あらぼとけ》・無縁仏《むえんぼとけ》に供養《くよう》を施《ほどこ》す。盆《ぼん》の入《い》りには家々《いえいえ》の門口《かどぐち》で「迎《むか》え火《び》」を焚《た》いて精霊《しょうりょう》を迎《むか》え、「盆踊《ぼんおど》り」を催《もよお》して歌舞《かぶ》の慰《なぐさ》みを死者《ししゃ》と分《わ》かち合《あ》い、最終日《さいしゅうび》には「送《おく》り火《び》」を焚《た》いて彼岸《ひがん》へ送《おく》りだす。現在《げんざい》は新暦《しんれき》の七月《がつ》や月遅《つきおく》れの八月《がつ》におこなう地方《ちほう》も多《おお》い。生者《せいじゃ》と死者《ししゃ》が交錯《こうさく》する盆《ぼん》の風《ふう》習《しゅう》は、怪談文芸《かいだんぶんげい》・芸能《げいのう》の源泉《げんせん》としても重要《じゅうよう》である。

つっけんどん　突慳貪《つっけんどん》と表記《ひょうき》。とげとげしく不親切《ふしんせつ》な態度《たいど》。お盆《ぼん》の供養《くよう》も忘《わす》れて仕事《しごと》に夢中《むちゅう》な光太郎《こうたろう》に腹《はら》を立《た》てているのだ。

死《し》者《しゃ》の日《ひ》　万聖節《ばんせいせつ》（All Saints' Day）の別名《べつめい》。本篇《ほんぺん》では「十月《がつ》二日《か》」と書《か》かれているが（盆《ぼん》の陰暦新暦《いんれきしんれき》と混同《こんどう》？）、正《ただ》しくは十一月一日《がつついたち》におこなわれるカトリック教会《きょうかい》の祭日《さいじつ》で、あらゆる聖人《せいじん》と殉教者《じゅんきょうしゃ》を記念《きねん》する。「諸聖人《しょせいじん》の祝日《しゅくじつ》」「全聖人《ぜんせいじん》の日《ひ》」ともいう。ちなみに、その前夜祭《ぜんやさい》として十月《がつ》三十一日《にち》におこなわれるのがハロウィーン（Halloween）で、こちらは秋《あき》の収穫《しゅうかく》を祝《いわ》い悪霊《あくりょう》を追《お》いだす古代《こだい》ケルトの祭祀《さいし》に由来《ゆらい》する。この日《ひ》は新火《あらひ》（一年《ねん》の最初《さいしょ》に焚《た》く火《ひ》）を焚《た》いて祖霊《それい》を我《わ》が家《や》の炉端《ろばた》に迎《むか》え、魔物《まもの》や悪霊《あくりょう》を追《お》いだす日《ひ》であった。

菊《きく》の花《はな》　フランスでは一般《いっぱん》に、万聖節《ばんせいせつ》の前後《ぜんご》に咲《さ》きほこる菊《きく》は、死者《ししゃ》に捧《ささ》げる花《はな》とされ、贈答《ぞうとう》などには敬遠《けいえん》される。思《おも》えば、三浦哲郎《みうらてつお》「お菊《きく》」、上田秋成《うえだあきなり》「菊花《きっか》の約《ちぎり》」（『恋《こい》』所収《しょしゅう》）もまた、死者《ししゃ》に菊花《きっか》を捧《ささ》げる物語《ものがたり》であることに留意《りゅうい》。

アンシュポルタブル！　（insupportable）耐えられない、なんたること、などの意。

と、とがめるような眼《め》つきで光太郎《こうたろう》の顔《かお》を見《み》かえした。

ああそうだったと思《おも》って、さすがに光太郎《こうたろう》も眼《め》を伏《ふ》せた。

「ほんとうにたいへんでしたね。何人《なんにん》ぐらい戦死《せんし》しましたか」

「十八人《じゅうはちにん》……一人《ひとり》も残《のこ》らない。これで少《すく》なすぎるということはないだろう。日本《にほん》へ来《き》てまでこんな目《め》にあうなんて」

ハンカチを出《だ》して鼻《はな》をかむとそれを手《て》に持《も》ったまま、

「まあ、愚痴《ぐち》*をいったってはじまらない。ともかく、よかれあしかれ、*この戦争《せんそう》の意味《サンス》*もきまった。なんのために死《し》んだかわからずに宙《ちゅう》に浮《う》いていた魂《たましい》も、これでようやく落着《おちつ》くだろう。だから、今年《ことし》のお盆《ぼん》は、この戦争《せんそう》の何百万人《なにびゃくまんにん》かの犠牲者《ぎせいしゃ》の新盆《にいぼん》*だといってもいいわけだ。それできょうはみなに家《いえ》へ来《き》てもらって大宴会《バンケエ》*をやるんだ」

「なんですか、大宴会《バンケエ》というのは」

「わたしはみなに約束《やくそく》したんだ。戦争《せんそう》がすんだら王朝式《おうちょうしき》*の大宴会《だいえんかい》をやるって。つまり、これからその招待《しょうたい》に行《い》くんだ……本式《ほんしき》にやれば、提灯《ちょうちん》をつけて夕方《ゆうがた》お墓《はか》へ迎《むか》いに行《い》くんだろうが、みなリーブル・パンスウル*だから形式《けいしき》にこだわったりしないだろう。もっとも、間違《まちが》いのないように名刺《めいし》は置《お》いてくる*」

「でも、降霊術《ネクロマンシイ》*のようなものは、カトリックでは異端《いたん》*なんでしょう」

「どうしてどうして、カトリックの信者《しんじゃ》ぐらい霊魂《れいこん》いじり*のすきな連中《れんちゅう》はない。故人《こじん》*がうんざりするほど呼《よ》びだして、愚問《ぐもん》*を発《はっ》して悩《なや》ますんだ。一年《いちねん》に一度《いちど》、迎《むか》い火《び》*を焚《た》いて霊《れい》を待《ま》つなんていう優美《ゆうび》なもんじゃない。来《こ》ないと力《ちから》ずくでもひっぱりだしかねないんだか

愚痴《ぐち》　言《い》っても仕方《しかた》のないことを口《くち》にして嘆《なげ》くこと。
よかれあしかれ　善《よ》かれ悪《あ》しかれ。良《よ》くも悪《わる》くも。
意味《サンス》　（sens）真価《しんか》。
新盆《にいぼん》　「あらぼん」とも発音《はつおん》。その人《ひと》が死《し》んでから初《はじ》めて迎《むか》える盆《ぼん》。初盆《はつぼん》。
大宴会《バンケエ》　（banquet）正式《せいしき》の宴会《えんかい》。晩餐会《ばんさんかい》。
王朝式《おうちょうしき》　フランスのルイ王朝《おうちょう》（ブルボン朝《ちょう》）で開《ひら》かれていたような盛大《せいだい》な晩餐会《ばんさんかい》。
リーブル・パンスウル　（libre penseur）リーブル・パンスールとも。自由思想家《じゆうしそうか》。フランス革命後《かくめいご》の一八五〇年代《ねんだい》に広まった、急進的《きゅうしんてき》な反教権主義勢力《はんきょうけんしゅぎせいりょく》。
名刺《めいし》は置《お》いてくる　弟子《でし》たちの霊《れい》が、ルダンさんの家《いえ》に間違《まちが》いなくたどりつけるように配慮《はいりょ》したのである。
降霊術《ネクロマンシイ》　（necromancy）口寄《くちよ》せ。死者《ししゃ》の霊《れい》を召喚《しょうかん》し交信《こうしん》して託《たく》宣《せん》や情報《じょうほう》などを得《え》る妖術《ようじゅつ》の一種《いっしゅ》。
異端《いたん》　正統《せいとう》とは認《みと》められない信仰《しんこう》や学説《がくせつ》。
霊魂《れいこん》いじり　「いじり」は、もてあそんだり、趣味《しゅみ》にすること。
故人《こじん》　死《し》んだ人《ひと》。
愚問《ぐもん》　おろかな、くだらない質問《しつもん》。
迎《むか》い火《び》　迎《むか》え火《び》に同《おな》じ。

ら」

「では、わたくしもお供《とも》しましょうか」

「まあ、やめとけ。死《し》したるものは、*その死《し》したるものに葬《ほうむ》らせよという聖書《せいしょ》の文句《もんく》は素《す》晴《ば》らしいね。昨日《きのう》わたしはみなの墓《はか》を回《まわ》ってみたんだけれども、掃除《そうじ》をしてあるのはただの一《ひと》つもなかった。日本人《にほんじん》は戦争《せんそう》で死《し》んだ人間《にんげん》などにかかずらっている*ひまはないとみえる。それも一《ひと》つの意見《いけん》だろうが、死《し》んだやつは間抜《まぬ》け、では、あのひとたちも浮《うか》ばれまいと思《おも》うよ」

「それで、おけいも呼《よ》ばれているのですか」

「君《きみ》はだんだんフランス人《じん》に似《に》てきたね。それも悪《わる》いフランス人《じん》にさ。そういう質問《しつもん》は、冷酷《れいこく》*というよりは無思慮《むしりょ》*というべきものだよ。おけいさんの遺骨《いこつ》はまだニューギニア*にある。これは遠《とお》いね。ちょっと迎《むか》いにいけないが、おけいさんはきっと来《き》てくれるよ。君《きみ》のような俗人《ぞくじん》*にはわからないことだ」

「ひどいことをいわれますね」

「ひどいのは君《きみ》さ。君《きみ》はこの八年《はちねん》の間《あいだ》、一度《いちど》もおけいさんに手紙《てがみ》を書《か》かなかったそうだね」

「おけいがそんなことをいいましたか。あいつだって八年《はちねん》の間《あいだ》一度《いちど》も手紙《てがみ》をよこしませんでしたよ」

「それはそうだろうさ。君《きみ》が書《か》けないようにしたんだよ。君《きみ》がおけいさんをあまり子供《こども》扱《あつか》いにするので、おけいさんは手《て》も足《あし》も出《で》なくなってしまったんだ。おけいさんは君《きみ》が好《す》きだったんだが、あきらめてしまったらしい。おけいさんが別《わか》れに来《き》た晩《ばん》はたいへんな大《おお》

死《し》したるものは……　新約聖書《しんやくせいしょ》の『マタイ伝福音書《でんふくいんしょ》』第《だい》八章《しょう》第《だい》二十二節《せつ》に見《み》える言葉《ことば》。「また弟子《でし》の一人《ひとり》いう『主《しゅ》よ、まず、往《ゆ》きて、我《わ》が父《ちち》を葬《ほうむ》ることを許《ゆる》したまえ』イエス言《い》いたまう『我《われ》に従《したが》え、死《し》にたる者《もの》にその死《し》にたる者《もの》を葬《ほうむ》らせよ』」（第《だい》二十一節《せつ》～第《だい》二十二節《せつ》）

かかずらっている　関《かか》わりあっている。

冷酷《れいこく》　思《おも》いやりがなく無慈悲《むじひ》なこと。

無思慮《むしりょ》　思慮《しりょ》や思《おも》いやりが欠《か》けていること。考《かんが》えなし。

ニューギニア　（New Guinea）南太平洋《みなみたいへいよう》の西部《せいぶ》、オーストラリアの北《きた》に位置《いち》する世界第二《せかいだいに》の面積《めんせき》をもつ島《しま》。住民《じゅうみん》はパプア人《じん》とメラネシア人《じん》。十九世紀後半《せいきこうはん》から、島《しま》の東半分《ひがしはんぶん》はドイツとイギリスが、西半分《にしはんぶん》はオランダが、それぞれ領有《りょうゆう》。第《だい》二次大《じたい》戦中《せんちゅう》には日本軍《にほんぐん》が島《しま》の大部分《だいぶぶん》を占領《せんりょう》し、連合軍《れんごうぐん》との激戦地《げきせんち》となった。戦後《せんご》、東部《とうぶ》はパプア・ニューギニアとして独立《どくりつ》、西《せい》部《ぶ》はインドネシア領《りょう》となり、「イリアン・ジャヤ」と改称《かいしょう》された。

俗人《ぞくじん》　世俗《せぞく》の名利《みょうり》を追《お》いかけ、風雅《ふうが》や学問《がくもん》をないがしろにする人《ひと》。

雪《ゆき》でね、雪《ゆき》だらけになって真青《まっさお》になってやってきた。そして君《きみ》のことといろいろいっていた。君《きみ》にだれかと結婚《けっこん》してもらって、はやく楽《らく》になりたい*といっていた」

「あの子供《こども》が？」

「あの子供《こども》がさ……そうして、君《きみ》が帰《かえ》ってきたら、じぶんの友達《ともだち》の中《なか》からいいひとをお嫁《よめ》さんに推薦《すいせん》するんだといっていた……つまらない、もうやめよう。おけいさんがしょっちゅう君《きみ》のことばかりかんがえていたといってみたって、それがいまさらどうなるんだ。もう死《し》んでしまったひとなんだから……さあ、さあ、君《きみ》は早《はや》く事務所《じむしょ》へ行《い》って取引《とりひき》*をはじめたまえ。日本橋《にほんばし》へ行《い》くんだろう。ほら、電車《でんしゃ》がきた」

二

神田《かんだ》*で降《お》りると、ここの市場《いちば》もたいへんな雑踏《ざっとう》*で、炎天《えんてん》*に砂埃《すなぼこり》とさかんな食物《たべもの》の匂《にお》いをたちあげ、修羅《しゅら》*のようなさわぎをしていた。

売《う》るほうも買《か》うほうも、動物的《どうぶつてき》な生命力《せいめいりょく》をむきだしにしてすさまじいコントラスト*を見《み》せ、三百万人《さんびゃくまんにん》も人《ひと》が死《し》んだ国《くに》のお盆《ぼん》にふさわしい哀愁《あいしゅう》の色《いろ》などはどこにもなかった。

光太郎《こうたろう》はふと十月二日《じゅうがつふつか》の巴里《パリ》のレ・モール（死者《ししゃ》の日《ひ》）のしめやかな*ようすを思《おも》いだした。巴里中《パリじゅう》の店《みせ》は鎧扉《よろいど》*をしめ、芝居《しばい》も映画《えいが》も休業《きゅうぎょう》し、大道《だいどう》*は清々《すがすが》しい菊《きく》の香《かおり》を流《なが》しながら墓地《ぼち》へいそぐ喪服《もふく》*のひとの姿《すがた》しか見《み》られなくなる。

巴里《パリ》の山手《やまて》、ペール・ラシューズの*墓地《ぼち》の上《うえ》に Bellevue de Tombeau という珈琲店《コーヒーてん》が

はやく楽《らく》になりたい　光太郎《こうたろう》が誰《だれ》かと結婚《けっこん》してしまえば、自分《じぶん》もあきらめがついて楽《らく》になれるという思《おも》い。

事務所《じむしょ》へ行《い》って取引《とりひき》を……　学究《がっきゅう》の道《みち》から外《はず》れて美術品《びじゅつひん》のブローカーになった弟子《でし》への皮肉《ひにく》である。

神田《かんだ》　JRの神田駅《かんだえき》（千代田区鍛冶町《ちよだくかじちょう》）。

雑踏《ざっとう》　人混《ひとご》み。

炎天《えんてん》　焼《や》けつくように暑《あつ》い真夏《まなつ》の空《そら》。

修羅《しゅら》　修羅道《しゅらどう》（仏教《ぶっきょう》において阿修羅《あしゅら》の住《す》む、争《あらそ》いの絶《た》えない世《せ》界《かい》）のように人々《ひとびと》が目《め》を血走《ちばし》らせて相争《あいあらそ》うさま。

コントラスト　（contrast）対照《たいしょう》。対比《たいひ》。

しめやかな　ひっそりと物静《ものしず》かなさま。

鎧扉《よろいど》　鎧板《よろいいた》を付《つ》けた扉《とびら》。シャッター。

大道《だいどう》　大通《おおどお》り。

喪服《もふく》　喪中《もちゅう》の人《ひと》や弔問者《ちょうもんしゃ》が着《き》る黒《くろ》やダークグレーの衣服《いふく》。

巴里《パリ》の山手《やまて》、ペール・ラシューズの……　十蘭《じゅうらん》には、このくだりとほぼ同《おな》じ文章《ぶんしょう》で始《はじ》まる「墓地展望亭《ぼちてんぼうてい》」（一九三九）という短篇《たんぺん》がある。

ペール・ラシューズの墓地《ぼち》　(cimetière du Père-Lachaise) ペール・ラシェーズとも。パリ東部《とうぶ》の二〇区《く》にある墓地《ぼち》。正式《せいしき》名称《めいしょう》は東墓地《ひがしぼち》（cimetière de l'Est）。市内最大《しないさいだい》の墓地《ぼち》であり、多《おお》くの著名人《ちょめいじん》が眠《ねむ》っていることでも知《し》られる。

ある。「墓地展望亭《ぼちてんぼうてい》」とでもいうのであろうか。そこのテラス*に掛《か》けると、眼《め》の下《した》に墓地《ぼち》の全景《ぜんけい》を見《み》わたすことができる。

光太郎《こうたろう》は「死者《ししゃ》の日《ひ》」によくそこへ出《で》かけていった。手《て》をひきあう老人夫婦《ろうじんふうふ》、黒《くろ》い面紗《ヴォアール》*をつけた若《わか》い未亡人《みぼうじん》*、松葉杖《まつばづえ》をついた傷痍軍人《しょういぐんじん》*、しょんぼりした子供《こども》たち……喪服《もふく》を着《き》たものしずかな人達《ひとたち》が、いま花束《はなたば》を置《お》いてきたばかりの墓《はか》にもういちど名残《なごり》をおしむためにこのテラスへやってくる。みなテーブルに頬杖《ほおづえ》をつき、悲《かな》しげな眼《まな》ざしを糸杉《いとすぎ》*の小径《こみち》のほうへそよがせる。*どの顔《かお》も死《し》というものの意味《いみ》を知《し》り、それを悼《いた》むことのできる深《ふか》い顔《かお》つきばかりで、こういう国《くに》ならば死《し》ぬこともたのしいかなと、感慨《かんがい》*にしずんだことがあった。

「これはどうもいけなかったな」

とつぶやいて、光太郎《こうたろう》は汗《あせ》をふいた。

光太郎《こうたろう》の一族《いちぞく》はふしぎなほどつぎつぎと死《し》につぎ*、肉親《にくしん》というのはおけいひとりだけになってしまったが、それが婦人軍属《ふじんぐんぞく》*になってニューギニアへ行《い》き、カイマナ*というところで死《し》んだときいたときもかくべつ*なんの衝動《しょうどう》*もうけず、きょうルダンさんに逢《あ》うまではほとんど思《おも》いだしたことさえなかったのである。

光太郎《こうたろう》は事務所《じむしょ》へ行《い》くと、きょうの約束《やくそく》をみな電話《でんわ》で断《ことわ》ってしまった。明日《あした》からまた卑《ひ》俗《ぞく》な*世渡《よわた》り*にあくせく*追《お》いたてられるのであろうが、せめてきょう一日《いちにち》だけは全部《ぜんぶ》の時間《じかん》をおけいの追憶《ついおく》についやそうと*思《おも》った。

テラス　（terrasse）建物《たてもの》の前面《ぜんめん》などにある台状《だいじょう》の場所《ばしょ》。露台《ろだい》。

面紗《ヴォアール》　（voile）「めんしゃ」「めんさ」と発音《はつおん》。女性《じょせい》が顔《かお》を覆《おお》うための薄絹《うすぎぬ》。ヴェール。

未亡人《みぼうじん》　夫《おっと》を亡《な》くした夫人《ふじん》。寡婦《かふ》。

傷痍軍人《しょういぐんじん》　従軍《じゅうぐん》し戦闘中《せんとうちゅう》に受《う》けた傷《きず》で、身体《しんたい》に障害《しょうがい》を負《お》った軍人《ぐんじん》。ちなみに「ノツゴ」の水木《みずき》しげるも、ニューギニアの戦場《せんじょう》で左腕《ひだりうで》を喪《うしな》った傷痍軍人《しょういぐんじん》であり、終戦直後《しゅうせんちょくご》、傷痍軍人《しょういぐんじん》団体《だんたい》「新生会《しんせいかい》」の活動《かつどう》に携《たずさ》わった時期《じき》もある。

糸杉《いとすぎ》　ヒノキ科《か》の針葉樹《しんようじゅ》。地中海東部《ちちゅうかいとうぶ》からイラン北部《ほくぶ》にかけて自生《じせい》する。欧米《おうべい》では死《し》を象徴《しょうちょう》する樹木《じゅもく》とされ、墓地《ぼち》に植《う》えられることが多《おお》い。西洋檜《せいようひのき》、サイプレスとも。

そよがせる　「そよがす」は、そよそよと物《もの》を揺《ゆ》らす、動《うご》かす。

感慨《かんがい》　身《み》に沁《し》みて感《かん》じること。深《ふか》く心《こころ》を動《うご》かすこと。

死《し》につぎ　連続《れんぞく》して死《し》んでしまい。

婦人軍属《ふじんぐんぞく》　軍属《ぐんぞく》は、軍人以外《ぐんじんいがい》で軍《ぐん》に所属《しょぞく》する文官《ぶんかん》や文官待遇者《ぶんかんたいぐうしゃ》などを指《さ》す。

カイマナ　（Kaimana）インドネシアの西《にし》パプア州《しゅう》の県都《けんと》。ニューギニア島最西端《とうさいせいたん》の半島部《はんとうぶ》に位置《いち》する。十蘭《じゅうらん》は昭和《しょうわ》十八年《ねん》（一九四三）八月《がつ》に海軍報道班員《かいぐんほうどうはんいん》として同地《どうち》を訪《おとず》れている。

かくべつ　格別《かくべつ》と表記《ひょうき》。特《とく》には。

衝動《しょうどう》　何《なに》かをしなければと思《おも》う心《こころ》の動《うご》き。

卑俗《ひぞく》な　低俗《ていぞく》なこと。俗《ぞく》っぽいこと。

世渡《よわた》り　世間《せけん》で生活《せいかつ》してゆくこと。世過《よす》ぎ。

あくせく　齷齪《あくせく》と表記《ひょうき》。せかせかと休《やす》みなく仕事《しごと》などをすること。

追憶《ついおく》についやそうと　想《おも》い出《で》に耽《ふけ》ろうと。

光太郎《こうたろう》の家《いえ》は下町《したまち》にあったので、祖母《そぼ》が生《い》きているころまでは、お盆《ぼん》のまつりはなかなか派手《はで》なものだった。真菰《まこも》の畳《たたみ》*を敷《し》いてませ垣《がき》*をつくり、小笹《おざさ》*の藪《やぶ》には小《ちい》さな瓢簞《ひょうたん》*と酸漿《ほおずき》*がかかっていた。巻葉《まきば》*を添《そ》えた蓮《はす》の蕾《つぼみ》。葛餅《くずもち》*に砧巻《きぬたまき》*。真菰《まこも》で編《あ》んだ馬《うま》。蓮《はす》の葉《は》に盛《も》った団子《だんご》と茄子《なす》の細切《こまぎ》れ……祖母《そぼ》がさあさあ、どなたも明《あか》*るいうちにおいでくださいなどといいながら迎《むか》い火《び》を焚《た》いていたことが記憶《きおく》に残《のこ》っている。

霊棚《たまだな》*をつくり、苧殻《おがら》*を焚《た》いて、古《ふる》いしきたり*のようにして迎《むか》えてやったらどんなによかろうと思《おも》うのだが、棚飾《たなかざ》りのようすが*ぼんやりと思《おも》いだせるだけで、細《こま》かい手続《てつづ》きはなにひとつ知《し》っていないのが口惜《くちお》しかった*。

光太郎《こうたろう》は椅子《いす》に沈《しず》みこんでかんがえていたが、このうえはもう自己流《じこりゅう》でやるほかはないと思《おも》って友達《ともだち》に電話《でんわ》をかけた。

「きょうはひとつ骨《ほね》を折《お》ってもらいたいね*」

「むずかしそうですな……モノはなんでしょう」

「ショコラ、キャンデイ、*マロン・グラッセ、プリュノオ……まあそんなものだ」

「へへえ、いったいどういうことなんですか」

「それから、女の子《おんなのこ》が飲むんだから、なにか甘口《あまくち》のヴァン・ド・リキュウル*があったろう」

真菰《まこも》の畳《たたみ》　真菰《まこも》（イネ科《か》の大形多年草《おおがたたねんそう》。沼沢地《しょうたくち》に群落《ぐんらく》を成《な》して自生《じせい》。線形《せんけい》の葉《は》は筵《むしろ》にする）で編《あ》まれた畳《たたみ》。

ませ垣《がき》　籬垣《ませがき》と表記《ひょうき》。竹《たけ》や柴《しば》などを粗《あら》く編《あ》んで作《つく》る低《ひく》い垣《かき》。

小笹《おざさ》　笹《ささ》のこと。139頁参照《ぺーじさんしょう》。

瓢簞《ひょうたん》　ウリ科《か》の蔓性一年草《つるせいいちねんそう》。果肉《かにく》を抜《ぬ》き取《と》り、乾燥《かんそう》させて酒《さけ》などを入《い》れる容器《ようき》にする。「ひさご」とも。

酸漿《ほおずき》　鬼灯《ほおずき》とも表記《ひょうき》。ナス科《か》の多年草《たねんそう》。六月《がつ》から七月《がつ》にかけて白色《はくしょく》の五弁花《べんか》をつけ、やがて萼片《がくへん》が大《おお》きくなって果実《かじつ》を包《つつ》み、熟《じゅく》すと鮮《あざ》やかな朱色《しゅいろ》になる。果実《かじつ》を観賞《かんしょう》したり、果実《かじつ》から種子《しゅし》をもみ出《だ》し皮《かわ》を吹《ふ》き鳴《な》らして遊《あそ》ぶ。

巻葉《まきば》　蓮《はす》などの生《は》えたばかりの葉《は》が巻《ま》いていて、まだ開《ひら》かない状態《じょうたい》のもの。

葛餅《くずもち》　葛粉《くずこ》や小麦粉《こむぎこ》などを熱湯《ねっとう》でこね、型《かた》に入《い》れて蒸《む》した和菓子《わがし》。冷《ひ》やして黄粉《きなこ》や糖蜜《とうみつ》をかけて食《しょく》する。

砧巻《きぬたまき》　小麦粉《こむぎこ》に砂糖《さとう》を入《い》れて水《みず》でこね、薄《うす》く焼《や》いて巻《ま》いた和菓子《わがし》。

さあさあ、どなたも……　祖霊《それい》に向《む》けて呼《よ》びかけているのである。

霊棚《たまだな》　魂棚《たまだな》、精霊棚《しょうりょうだな》とも。お盆《ぼん》に際《さい》して先祖《せんぞ》の位牌《いはい》を安置《あんち》し、供《そな》え物《もの》を載《の》せる棚《たな》。

苧殻《おがら》　麻幹《おがら》とも。アサの皮《かわ》をはいだ茎《くき》の部分《ぶぶん》。盂蘭盆《うらぼん》の飾《かざ》りに用《もち》い、迎《むか》え火《び》・送《おく》り火《び》に焚《た》く。

しきたり　慣例《かんれい》。

棚飾《たなかざ》りのようす　前段《ぜんだん》の「真菰《まこも》の畳《たたみ》を敷《し》いて」以下《いか》のくだりを指《さ》す。

口惜《くちお》しかった　悔《くや》しかった。残念《ざんねん》だった。

骨《はね》を折《お》ってもらいたいね　御苦労《ごくろう》をかけますよ。終戦直後《しゅうせんちょくご》なので闇《やみ》（闇取引《やみとりひき》）で品物《しなもの》を調達《ちょうたつ》するのである。

ショコラ、キャンディ……　いずれもフランス菓子《がし》。プリュノオは乾燥《かんそう》プルーンのこと。

ヴァン・ド・リキュウル　(vins de liqueur) アルコール発酵《はっこう》前《まえ》の葡萄果汁《ぶどうかじゅう》に、アルコールを添加《てんか》して製造《せいぞう》される甘口《あまくち》の酒《しゅ》精強化《せいきょうか》ワイン。

「これは恐《おそ》れいりましたな。オゥ・ソーテルヌ*ならあてがありますが」

「ああ、それをもらおう。どうだね。夕方《ゆうがた》の五時《ごじ》までということに」

「かしこまりました。お届《とど》けいたします」

夕方《ゆうがた》、届《とど》いたものを包《つつ》みにし、銀座《ぎんざ》のボン・トン*へ寄《よ》ってキャナッペ*を詰合《つめあ》わせてもらい、それを抱《かか》えて家《いえ》へ帰《かえ》ると、居間《いま》の小机《こづくえ》へごたごたとならべてみたが、どうもしっくりしない。暖炉棚《マントル》*へ移《うつ》したり、ピアノの上《うえ》へ飾《かざ》ってみたりいろいろやったが、形式《けいしき》がないというのはしょうのないもので*、どうしてみても落着《おちつ》かない。

写真《しゃしん》でもと思《おも》って、さがしてみたが一枚《いちまい》もない。八年前《はちねんまえ》、欧羅巴《ヨーロッパ》へ発《た》つとき、ひっかかりになっていた芸者《げいしゃ》*の写真《しゃしん》といっしょに焼《や》いてしまったような気《き》もする。

手《て》も足《あし》も出《で》なくなってぽつねん*と椅子《いす》にかけて蟋蟀《こおろぎ》*の鳴《な》く声《こえ》をきいていると、これでもうこの世《よ》にひとりの肉親《にくしん》もないのだという孤独《こどく》なおもいが胸《むね》にせまり、じぶんにとっておけいは、かけがえのない大切《たいせつ》な人間《にんげん》だったことがつくづくとわかってきた。

いまさらかえらぬことだが*、じぶんにもうすこしやさしさがあったら、おけいを巴里《パリ》へ呼《よ》びよせていたろうし、そうすればニューギニアなどで死《し》なせることもなかったわけで、いわばじぶんの冷淡《れいたん》さがおけいを殺《ころ》したようなものだった。

おけいが肉体《にくたい》のすがたをあらわす*とは思《おも》わないけれども、来《き》たなら来《き》たでなにかしらおとずれ*があるはずで、光太郎《こうたろう》の感覚《かんかく》にそれがふれずにすむわけはないのだが、露台《ろだい》からそよそよと風《ふう》が吹《ふ》きこむばかりでなにひとつそれらしいけはいは感《かん》じられなかった。

オウ・ソーテルヌ　(Haut Sauternes)　ボルドー地方《ちほう》ソーテルヌ地区《ちく》で作《つく》られる高級貴腐《こうきゅうきふ》ワイン。

ボン・トン　東京・銀座《とうきょうぎんざ》にあった洋食店《ようしょくてん》。昭和《しょうわ》九年《ねん》（一九三四）一月発行《がつはっこう》の「婦人倶楽部《ふじんくらぶ》」附録《ふろく》『家庭《かてい》で出来《でき》る　東京大阪《とうきょうおおさか》評判料理《ひょうばんりょうり》の作《つく》り方《かた》』に「粋《いき》なフランス料理《りょうり》とイタリー料理《りょうり》とを売物《うりもの》としている瀟洒《しょうしゃ》なレストラン」と紹介《しょうかい》されている（出典《しゅってん》は、いその爺氏《じじし》のブログ「爺《じじ》の落書《らくが》き　横浜生活《よこはませいかつ》」）。なお、十蘭《じゅうらん》は電話《でんわ》による一人称小説《にんしょうしょうせつ》「猪鹿蝶《いのしかちょう》」（一九五一）でも「逢《あ》ったわ。（略《りゃく》）……銀座《ぎんざ》のボン・トンで。なまじっかな場所《ばしょ》だと、かえって目《め》につくから、ざわざわしたところのほうがいいと思《おも》ったの」と記《しる》している。

キャナッペ　(canapé)　カナッペとも。一口大《ひとくちだい》に薄《うす》くスライスしたパンの上《うえ》に、卵《たまご》・肉《にく》・小魚《こざかな》・チーズ・魚卵《ぎょらん》などをのせたオードブルの一種《いっしゅ》。

暖炉棚《マントル》　マントルピース（mantelpiece）。壁付暖炉《かべつきだんろ》の上部《じょうぶ》に設《もう》けられた飾《かざ》り棚《だな》。

しょうのないもの　仕方《しかた》がないもの。

ひっかかりになっていた　交際《こうさい》していた。

ぽつねん　独《ひと》りだけで寂《さび》しそうにしているさま。

蟋蟀《こおろぎ》　バッタ目《もく》コオロギ科《か》の昆虫《こんちゅう》の総称《そうしょう》。黒褐色《こっかっしょく》で、長《なが》い後肢《こうし》で飛《と》び跳《は》ねる。雄《おす》は夏《なつ》から秋《あき》にかけて野原《のはら》や庭先《にわさき》で鳴《な》く。

かえらぬこと　取《と》りかえしのつかないこと。

肉体《にくたい》のすがたをあらわす　幽霊《ゆうれい》となって出現《しゅつげん》する。

おとずれ　消息《しょうそく》。たより。

「どうして、どうして」

ピアノの上《うえ》にしらじらしく*立《た》っている葡萄酒《ぶどうしゅ》の瓶《びん》や、生気《せいき》のない皿《さら》のキャナッペをながめながら、光太郎《こうたろう》はじぶんの虫《むし》のよさ*に思《おも》わず苦笑《くしょう》した。ルダンさんのところはどうだろうと思《おも》って露台《ろだい》に出《で》てみると、食堂《しょくどう》の窓《まど》からあかあかと電燈《でんとう》の光《ひかり》が洩《も》れ、もう宴会《えんかい》がはじまったのだとみえ、ルダンさんが上機嫌《じょうきげん》なときに奏《ひ》くまずい*ピアノがきこえていた。

光太郎《こうたろう》のうちはもと銀座《ぎんざ》の一丁目《いっちょうめ》にあって、おけいの家《いえ》は新堀《しんぼり》*にあった。おけいは父《ちち》の五十五《ごじゅうご》の齢《よわい》に産《うま》れたはじめての女《おんな》の子《こ》だったが、上《うえ》の三人《さんにん》はみな早《はや》く死《し》んでいたので、そのよろこびかたといったらなく、一家中気《いっかじゅうき》がちがうのではないかと思《おも》われたほどだった。

そのころ堀川《ほりかわ》*はまだまださかんなもので、派手《はで》堀川《ほりかわ》といわれた先代《せんだい》*がまだ生《い》きていて、福井楼《ふくいろう》*へ百人《ひゃくにん》も人《ひと》を招《よ》んでさかんな帯夜《おびよ》の祝《いわ》い*をした。芸者《げいしゃ》の数《かず》だけでもたいへんなものだ。その夜《よ》の料理《りょうり》は一人前四百円《いちにんまえよんひゃくえん》*についたというので評判《ひょうばん》だった。

たぶんおけいが六歳《ろくさい》ぐらいのことだった。光太郎《こうたろう》が堀川《ほりかわ》へ遊《あそ》びにいっているとおけいの父《ちち》の新造《しんぞう》が、きょうおけいとお月見《つきみ》*をしますが、あなたもと誘《さそ》った。おけいのお守《まも》りに芸者《げいしゃ》が七人《しちにん》、橋光亭《きょうこうてい》*から船《ふね》をだして綾瀬《あやせ》*まで漕《こ》ぎのぼると、おけいの父《ちち》が用意《ようい》してきた銀《ぎん》の総箔《そうはく》の扇《おうぎ》*を山《やま》ほどだして、さあ、みなでこれを放《ほう》っておくれといった。芸者《げいしゃ》たちが、おもて*、みよし*、艫《とも》*とわかれておもいおもいに空《そら》へ川面《かわも》へ銀扇《ぎんおうぎ》を飛《と》ばすと、ひらひらと千鳥《ちどり》*のように舞《ま》いちがう*のが月《つき》の光《ひかり》にきらめいて夢《ゆめ》のようにうつくしい。

しらじらしく　あじきなく。興《きょう》ざめに。
虫《むし》のよさ　身勝手《みがって》さ。自分《じぶん》にばかり都合《つごう》よく考《かんが》えること。
まずい　下手《へた》な。拙《つたな》い。
新堀《しんぼり》　台東区浅草《たいとうくあさくさ》の新堀端界隈《しんぼりばたかいわい》。
堀川《ほりかわ》　おけいの実家《じっか》。
先代《せんだい》　前《まえ》の代《だい》の主人《しゅじん》。おけいの祖父《そふ》。
福井楼《ふくいろう》　日本橋矢ノ倉町《にほんばしやくらちょう》（現在《げんざい》の東日本橋《ひがしにほんばし》一丁目《ちょうめ》）にあった老舗料亭《しにせりょうてい》。空襲《くうしゅう》により焼失《しょうしつ》。
帯夜《おびや》の祝《いわ》い　帯祝《おびいわ》い。妊娠《にんしん》から五ヶ月目《げつめ》に安産《あんざん》を祈念《きねん》して、妊《にん》婦《ぷ》が岩田帯《いわたおび》を着《つ》けるときの祝《いわ》い。
一人前《にんまえ》四百円《えん》　現在《げんざい》の貨幣価値《かへいかち》に換算《かんさん》すると、おおよそ二〇～三〇万円《えん》。
お月見《つきみ》　名月《めいげつ》を眺《なが》めながら宴会《えんかい》などをすること。特《とく》に陰暦《いんれき》八月《がつ》十五夜《じゅうごや》と九月十三夜《がつじゅうさんや》の月《つき》を鑑賞《かんしょう》すること。観月《かんげつ》。
橋光亭《きょうこうてい》　未詳《みしょう》。柳橋《やなぎばし》の柳光亭《りゅうこうてい》のことか。
綾瀬《あやせ》　荒川中流《あらかわちゅうりゅう》の足立区綾瀬《あだちくあやせ》。
銀《ぎん》の総箔《そうはく》の扇《おうぎ》　全面《ぜんめん》を銀箔《ぎんぱく》で覆《おお》った扇《おうぎ》。
おもて　「表《おもて》」と表記《ひょうき》。和船《わせん》の前方《ぜんぽう》。表《おもて》の間《ま》。
みよし　「舳《みよし》」と表記《ひょうき》。和船《わせん》の船首《せんしゅ》。へさき。
艫《とも》　和船《わせん》の後方《こうほう》。船尾《せんび》。
千鳥《ちどり》　チドリ目《もく》チドリ科《か》の鳥《とり》の総称《そうしょう》。水辺《みずべ》などに群棲《ぐんせい》する。
舞《ま》いちがう　舞《ま》い交《か》わす。

おけいは中《なか》ノ間《ま》*の座布団《ざぶとん》に坐《すわ》って父《ちち》の膝《ひざ》にもたれ、ニコニコ笑《わら》いながらながめていた。

こんな育《そだ》てられかたをしたので、鷹揚《おうよう》*なことはこのうえもなく、放《ほう》っておけば一日《いちにち》でもご飯《はん》を食《た》べずにおっとりと坐《すわ》っている。けっしてものをねだったり、催促《さいそく》*したりしない娘《むすめ》だった。

昭和十年《しょうわじゅうねん》*の冬《ふゆ》、堀川《ほりかわ》が自火《じか》*をだして丸焼《まるや》けになり、両親《りょうしん》は東京《とうきょう》を遠慮《えんりょ》*するといって鵠《くげ》沼《ぬま》*へひっこんだが、間《ま》もなく死《し》んでしまった。おけいは赤坂表町《あかさかおもてちょう》*の須藤《すどう》という弁護士《べんごし》の家《いえ》へあずけられ、三崎町《みさきちょう》*の仏英和女学校《ふつえいわじょがっこう》*へ通《かよ》っていたが、水曜日《すいようび》にはルダンさんのところへきてフランス語《ご》の勉強《べんきょう》をしていた。いまにして思《おも》うと、光太郎《こうたろう》がフランスへ連《つ》れていってくれるものときめ、その用意《ようい》をしていたわけだった。

日本《にほん》を発《た》つ前《まえ》の晩《ばん》、おけいは別《わか》れにきた。茄子紺《なすこん》*の地《じ》に井桁《いげた》*を白《しろ》く抜《ぬ》いた男柄《おとこがら》*の銘仙《めいせん》*に、汚点《しみ》ひとつない結城《ゆうき》*の仕立《したて》おろし*の足袋《たび》*というすっきりしたようすでやってきて、おばあさまの琴爪《ことづめ》*をちょうだいといった。

おばあさまの琴爪《ことづめ》というのは、琴古《きんこ》*の名人《めいじん》だった光太郎《こうたろう》の祖母《そぼ》が死《し》ぬとき、これはおけ

中《なか》ノ間《ま》　和船《わせん》の中央部分《ちゅうおうぶぶん》。

鷹揚《おうよう》　ゆったり、おっとりと、落《お》ちついて悠然《ゆうぜん》としていること。

催促《さいそく》　早《はや》くするように促《うなが》すこと。せかすこと。

昭《しょう》和《わ》十年《ねん》　一九三五年《ねん》。ヒトラーがナチス・ドイツの再軍備《さいぐんび》を宣言《せんげん》してハーケンクロイツを国旗《こっき》と定《さだ》め、フランスで人民《じんみん》戦線《せんせん》が結成《けっせい》され、ムッソリーニのイタリアがエチオピアに侵攻《しんこう》し、中国共産党《ちゅうごくきょうさんとう》が抗日救国統一戦線《こうにちきゅうこくとういつせんせん》を提唱《ていしょう》し、日本《にほん》では美濃部達吉《みのべたつきち》や出口王仁三郎《でぐちおにさぶろう》が不敬罪《ふけいざい》で告発《こくはつ》されたこの年《とし》、夢野久作《ゆめのきゅうさく》『ドグラ・マグラ』、小栗虫太郎《おぐりむしたろう》『黒死館殺人事件《こくしかんさつじんじけん》』、佐藤春夫《さとうはるお》「化物屋敷《ばけものやしき》」、萩原朔太郎《はぎわらさくたろう》「猫町《ねこまち》」などの傑作《けっさく》が踵《きびす》を接《せっ》して発表《はっぴょう》され、日本《にほん》の怪談文芸《かいだんぶんげい》／幻想文学《げんそうぶんがく》は空前《くうぜん》の活況《かっきょう》を呈《てい》していた。

自火《じか》　自分《じぶん》の家《いえ》から火事《かじ》を出《だ》すこと。

東京《とうきょう》を遠慮《えんりょ》する　火事《かじ》を出《だ》した責任《せきにん》を取《と》って、都落《みやこお》ちしたのである。

鵠沼《くげぬま》　神奈川県藤沢市《かながわけんふじさわし》の南部《なんぶ》に位置《いち》する地区名《ちくめい》。相模湾《さがみわん》に臨《のぞ》む湘南《しょうなん》砂丘地帯《さきゅうちたい》にあり、海岸《かいがん》は海水浴場《かいすいよくじょう》としてにぎわう。昭和初期《しょうわしょき》に小田急電鉄《おだきゅうでんてつ》江《え》ノ島線《しません》が開通《かいつう》してからは、別荘地《べっそうち》・保養地《ほようち》として開発《かいはつ》が進《すす》んだ。とりわけ志賀直哉《しがなおや》、谷崎潤一郎《たにざきじゅんいちろう》、芥川龍之介《あくたがわりゅうのすけ》、与謝野晶子《よさのあきこ》ら大正文壇《たいしょうぶんだん》の名士《めいし》が好《この》んで滞在《たいざい》・居住《きょじゅう》したことでも知《し》られる。「呪文乃周圍《じゅもんのしゅうい》」の日夏耿之介《ひなつこうのすけ》もまた、鵠沼《くげぬま》で闘病生活《とうびょうせいかつ》をおくっている。

赤坂表町《あかさかおもてちょう》　現在《げんざい》の港区元赤坂一丁目《みなとくもとあかさかいっちょうめ》付近《ふきん》の旧町名《きゅうちょうめい》。

三崎町《みさきちょう》　千代田区北部《ちよだくほくぶ》の町名《ちょうめい》。ただし、仏英和女学校《ふつえいわじょがっこう》の正確《せいかく》な所在地《しょざいち》は、隣接《りんせつ》する猿楽町《さるがくちょう》である。

仏英和女学校《ふつえいわじょがっこう》　現在《げんざい》の白百合学園《しらゆりがくえん》（千代田区九段北《ちよだくくだんきた》）の前身《ぜんしん》。明治《めいじ》十四年《ねん》（一八八一）にフランスの修道女《しゅうどうじょ》により神田猿楽町《かんださるがくちょう》に創設《そうせつ》された女学校《じょがっこう》である。関東大震災《かんとうだいしんさい》で校舎焼失《こうしゃしょうしつ》後《ご》、現在地《げんざいち》に移転《いてん》。

茄子紺《なすこん》　茄子《なす》に似《に》た赤《あか》みがかった紺色《こんいろ》。

井桁《いげた》　菱形《ひしがた》（「井《い》」の字《じ》の形《かたち》）の紋所《もんどころ》。

男柄《おとこがら》　男性向《だんせいむ》きな着物《きもの》の柄《がら》。後出《こうしゅつ》の能《のう》「松虫《まつむし》」が、男性《だんせい》ふたりの道行《みちゆ》きを描《えが》き、男舞《おとこまい》の趣向《しゅこう》を有《ゆう》する演目《えんもく》であることに留意《りゅうい》。

銘仙《めいせん》　熨斗糸《のしいと》・玉糸《たまいと》・絹諸撚糸《きぬもろよりいと》か紡績絹糸《ぼうせきけんし》で織《お》られた絹織物《きぬおりもの》。大正《たいしょう》・昭和前期《しょうわぜんき》には実用呉服《じつようごふく》として人気《にんき》があり、さまざまな絣柄《かすりがら》が作《つく》られた。

結城《ゆうき》　結城木綿《ゆうきもめん》。

仕立《したて》おろしの　新品《しんぴん》の。

足袋《たび》　足形《あしがた》に作《つく》られた袋状《ふくろじょう》の履物《はきもの》。

琴爪《ことづめ》　箏《こと》を演奏《えんそう》する際《さい》に指先《ゆびさき》にはめる用具《ようぐ》。象牙《ぞうげ》などで爪形《つめがた》につくり、革《かわ》か布地《ぬのじ》の輪《わ》を取《と》り付《つ》けて、右手《みぎて》の親指《おやゆび》・人差指《ひとさしゆび》・中指《なかゆび》にはめる。

琴古《きんこ》　未詳《みしょう》。箏《こと》と関《かか》わり深《ふか》い尺八《しゃくはち》の流派《りゅうは》に琴古流《きんこりゅう》がある。

いに、といって遺《のこ》したものだった。

光太郎《こうたろう》がどうしたんだとたずねると、あなたはもう日本《にほん》へ帰《かえ》っていらっしゃらないでしょうから、きょういただいておかないと、もういただけなくなってしまうからといった。

「お客《きゃく》さまでございます」

という声《こえ》がした。おどろいて顔《かお》をあげると女中《じょちゅう》さんが立《た》っていた。

「だれだい」

「あの、二十二三《にじゅうにさん》の若《わか》いお嬢《じょう》さまでございますが」

光太郎《こうたろう》は、えっといって椅子《いす》から立《た》ちあがった。

三

玄関《げんかん》へ出《で》てみると、眼《め》に張《は》りのある、* はっきりした顔《かお》だちの、いかにもお嬢《じょう》さんと呼《よ》ぶにふさわしいような品《ひん》のいいひとが立《た》っている。

「失礼《しつれい》ですけど、こちらさま、もと銀座《ぎんざ》にいらした魚返《おがえり》さんではございませんかしら」

とたずねた。

光太郎《こうたろう》がそうだとこたえると、やはりそうだったわ、とうれしそうに口《くち》の中《なか》でいった。*

居間《いま》へ通《とお》ると、千代《ちよ》は日本人《にほんじん》にしては長《なが》すぎる脚《あし》を斜《はす》に倒《たお》す*ようにして椅子《いす》にかけて、

「あたくし、もと銀座《ぎんざ》におりました今屋《いまや》の伊草《いぐさ》のもので、千代《ちよ》と申《もう》しますんですけど、こんどニューギニアから帰《かえ》ってまいりましたので、おけいさんのこと、すこしお話《はな》しもうしあげたいと思《おも》って、それで、お伺《うかが》いしましたのよ」

若々《わかわか》しい、そのくせよく練《ね》れた*落着《おちつ》いた声《こえ》でそういった。

「それはどうも、ごしんせつにありがとうございます。おけいの霊代《たましろ》*もありませんので、こんなみょうなことをやっておりますが、お差《さ》しつかえなかったら、どうかゆっくりして

眼《め》に張《は》りのある　目力《めぢから》のある。活《い》き活《い》きとした目《め》つきの。
口《くち》の中《なか》でいった　独《ひと》り言《ごと》のように言《い》った。
斜《はす》に倒《たお》す　ななめに傾《かたむ》ける。
練《ね》れた　流暢《りゅうちょう》な。
霊代《たましろ》　神《かみ》や人間《にんげん》の霊《れい》の代《か》わりに祀《まつ》るもの。みたましろ。

いらしてください」

「ありがとうございます。じつは帰《かえ》りますとすぐにおたずねしたかったのですけど、こちらさまのお住居《じゅうきょ》がわからなかったものですから」

「今屋《いまや》さんの建物《たてもの》は*、むかし銀座《ぎんざ》の名物《めいぶつ》でした。明治初年《めいじしょねん》ごろの古《ふる》い洋館《ようかん》で、油絵具《あぶらえのぐ》をはじめて輸入《ゆにゅう》なすったので、よくおぼえております。それで、おけいとはニューギニアで、いつごろ」

「おけいさんはすぐカイマナへ行《い》かれたのですけど、あたくしどもはさんざん追《お》いつめられ逃《に》げこんだので、おけいさんにお逢《あ》いしたのは終戦《しゅうせん》の半年《はんとし》ぐらい前《まえ》でしたの」

「カイマナというのはどんなところですか」

「帰《かえ》りましてから、ジイド*の「コンゴ紀行《きこう》」を読《よ》んでそう思《おも》いましたんですけど、あの中《なか》の（バンギ*とノラ*間《かん》の大森林《だいしんりん》）という章《しょう》の描写《びょうしゃ》にそっくりなのよ。……見《み》あげると眩暈《めまい》のするような巨木《きょぼく》が*一列《いちれつ》になって歩《ある》き回《まわ》っていると書《か》いてありましたけど、ちょうどそんな感《かん》じのところなんですの」

「わかるような気《き》がしますね」
「あたしたちの仕事《しごと》は、それは辛《つら》いんです。半年《はんとし》の間《あいだ》、毎日滝《まいにちたき》のように降《ふ》りつづけていた雨《あめ》がやんで雨季《うき》*があけますと、急《きゅう》に温度《おんど》があがるので、活字《かつじ》が膨脹《ぼうちょう》して*レバーであがって

今屋《いまや》さんの建物《たてもの》は…… このくだりから推《お》すと、明治《めいじ》三十七年《ねん》（一九〇四）創業《そうぎょう》の老舗文房具専門店《しにせぶんぼうぐせんもんてん》「伊東屋《いとうや》」がモデルか。

ジイド （André Gide 一八六九〜一九五一）ジッド、ジードとも。フランスの小説家《しょうせつか》・評論家《ひょうろんか》。一九四七年《ねん》にノーベル文《ぶん》学賞《がくしょう》を受賞《じゅしょう》。代表作《だいひょうさく》に『狭《せま》き門《もん》』『贋金《にせがね》つかい』など。『コンゴ紀行《きこう》』は一九二六年《ねん》から翌年《よくねん》にかけて中央《ちゅうおう》アフリカを旅《たび》した際《さい》の見聞《けんぶん》にもとづく作品《さくひん》で、フランスの植民地支配《しょくみんちしはい》のありかたに疑問《ぎもん》を投《な》げかけ波紋《はもん》を呼《よ》んだ。ちなみにジイドは、従妹《いとこ》ならぬ従姉《いとこ》のマドレーヌを終生《しゅうせい》の伴侶《はんりょ》とした。

バンギ （Bangui）中央《ちゅうおう》アフリカ共和国《きょうわこく》の首都《しゅと》。コンゴ川《がわ》の支《し》流《りゅう》であるウバンギ川河畔《がわかはん》に位置《いち》する港町《みなとまち》。

ノラ （Nola）中央《ちゅうおう》アフリカ共和国《きょうわこく》の都市《とし》。国土《こくど》の西部《せいぶ》にあるサンガ・ムバエレ州《しゅう》の州都《しゅうと》である。マンベレ川《がわ》とカディ川《がわ》の合流点《ごうりゅうてん》に位置《いち》し、これより下流《かりゅう》はサンガ川《がわ》と呼《よ》ばれる。ノラから下流《かりゅう》はコンゴ共和国《きょうわこく》の首都《しゅと》ブラザヴィルまで船《ふね》の航行《こうこう》が可能《かのう》。

見《み》あげると眩暈《めまい》のするような巨木《きょぼく》が…… 宮沢賢治《みやざわけんじ》の「月夜《つきよ》のでんしんばしら」を連想《れんそう》させるような壮大《そうだい》で眩惑的《げんわくてき》な描写《びょうしゃ》である。原文《げんぶん》は次《つぎ》のとおり。「ンバイキの近《ちか》くの森林《しんりん》では樹木《じゅもく》は恐《おそ》ろしく丈《たけ》が高《たか》い。あるものは、例《たと》えば木綿樹《もめんじゅ》なぞは、巨《きょ》大《だい》な基脚《ききゃく》を有《も》っている。それは着物《きもの》の襞《ひだ》のようになっているので、まるで樹《き》が歩《ある》いてでもいるようだ」（河盛好蔵訳《かわもりこうぞうやく》）

雨季《うき》 一年間《いちねんかん》で特《とく》に降雨《こうう》が多《おお》い季節《きせつ》。国土《こくど》の多《おお》くが熱帯雨林《ねったいうりん》で占《し》められるニューギニアでは、雨季《うき》と乾季《かんき》に二分《にぶん》される。

活字《かつじ》が膨張《ぼうちょう》して…… 邦文《ほうぶん》タイプライターの誤作動《ごさどう》を説明《せつめい》しているくだり。英文《えいぶん》タイプと異《こと》なり多種類《たしゅるい》の活字《かつじ》を必要《ひつよう》とするため、活字《かつじ》を収納《しゅうのう》した活字庫《かつじこ》を備《そな》え、印字《いんじ》キーを押《お》すとタイプバー（レバー）が活字《かつじ》を抜《ぬ》き出《だ》してテープ面《めん》を打《う》ち、活字《かつじ》を定位置《ていいち》に戻《もど》す。これを繰《く》りかえすことで文書《ぶんしょ》を印字《いんじ》する仕《し》組《く》みとなっている（機種《きしゅ》により機構《きこう》は異《こと》なる）。昭和初期《しょうわしょき》から開発《かいはつ》と普及《ふきゅう》が進《すす》み、専門技術《せんもんぎじゅつ》と熟練《じゅくれん》を要《よう》するタイピストは、社会《しゃかい》に出《で》て働《はたら》く女性《じょせい》の花形的職業《はながたてきしょくぎょう》だった。

こないのに印字《いんじ》ガイドまで狂《くる》って、どうしたってミスばかり打《う》つんですの……ちょうどバボ作戦《さくせん》*の最中《さいちゅう》で、作戦関係《さくせんかんけい》の文書《ぶんしょ》はみな暗号《あんごう》*ばかりですから、五日《いつか》がかりでしあげた大部《たいぶ》*なものでも、一字《いちじ》でもミスが*あれば打《う》ちなおしを命《めい》じられます。それはまるで命《いのち》をけずられるようなひどい明暮《あけく》れ*で、あたくしどもは宿舎《しゅくしゃ》へ帰《かえ》ると、もうなにをする元気《げんき》もなくてすぐ横《よこ》になってしまうんですけれど、おけいさんは池凍帖《ちとうじょう》*を置《お》いてお習字《しゅうじ》をしたり、お琴《こと》をひいたり、ひとりでたのしそうに遊《あそ》んでいらっしゃいましたわ」

「琴《こと》って、十三絃《じゅうさんげん》*のあの琴《こと》のことですか」

「ええ、そうなんですの。病室《びょうしつ》の衛生兵《えいせいへい》*に秋田《あきた》というひとがいて、これは京都《きょうと》の有名《ゆうめい》なお琴師《ことし》*さんだそうで、おけいさんの部屋《へや》に琴爪《ことづめ》があるのをみつけて、そんなら琴《こと》をつくってあげようといって、あのへんのラワン*やタンジェール*などという木《き》で琴《こと》をつくってくれましたの。甲《こう》*におもしろい木目《もくめ》のある本間《ほんけん》*の美《うつく》しい琴《こと》でしたわ」

「そんなこともあるのですか。かんがえもしませんでした」

「あたくしたち、夜直《やちょく》*でおそくなって、月《つき》の光《ひかり》をたよりに帰《かえ》ってきますと、ジャングルの奥《おく》から「由縁《ゆかり》」*なんかきこえてきますと、なんともいえない気持《きもち》がいたしましたわ」

バボ作戦《さくせん》　昭和《しょうわ》十七年《ねん》（一九四二）春《はる》のバボ攻略作戦《こうりゃくさくせん》。ニューギニア西部《せいぶ》のビントゥニ湾《わん》に面《めん》したバボ（Babo）には、蘭《らん》英合弁《えいごうべん》の石油会社《せきゆがいしゃ》が開《ひら》いた滑走路《かっそうろ》があった。同地《どうち》を占領《せんりょう》した日本軍《にほんぐん》はこれを拡張《かくちょう》、海軍航空隊基地《かいぐんこうくうたいきち》を建設《けんせつ》。しかし昭和《しょうわ》十九年《ねん》（一九四四）五月《がつ》の連合軍《れんごうぐん》による猛爆《もうばく》により壊滅《かいめつ》した。

暗号《あんごう》　機密《きみつ》を保《たも》つため、当事者間《とうじしゃかん》でのみ了解《りょうかい》されるように決《き》められた特殊《とくしゅ》な記号《きごう》や語句《ごく》。

大部《たいぶ》　大量《たいりょう》なひとまとまりの文書《ぶんしょ》。

一字でもミスが……　邦文《ほうぶん》タイプはその機構上《きこうじょう》、部分的《ぶぶんてき》な修正《しゅうせい》ができず、一字《いちじ》でもミスがあれば最初《さいしょ》から打《う》ち直《なお》さなければならなかった。

明暮れ《あけくれ》　毎日《まいにち》。

池凍帖《ちとうじょう》　江戸前期《えどぜんき》の書家《しょか》で江戸幕府右筆吟味役《えどばくふゆうひつぎんみやく》、大橋流《おおはしりゅう》の開《かい》祖《そ》・大橋重政《おおはししげまさ》（一六一八～一六七二）が執筆《しっぴつ》した手本《てほん》（習字《しゅうじ》のお手本《てほん》にする本《ほん》）のひとつ。重政《しげまさ》は徳川家光《とくがわいえみつ》・家綱《いえつな》の手本《てほん》も書《か》いている。なお、重政《しげまさ》の墓《はか》は鵠沼《くげぬま》の空乗寺《くうじょうじ》にある。

十三絃《じゅうさんげん》　琴《こと》は弦楽器《げんがっき》の総称《そうしょう》で、そのうち糸《いと》が十三本《ぼん》の琴《こと》を箏《そう》と呼《よ》ぶ。現在《げんざい》、普及《ふきゅう》している琴《こと》は箏《そう》のことで、このため十三《じゅうさん》絃《げん》とは箏《そう》の異称《いしょう》でもある。

衛生兵《えいせいへい》　軍隊《ぐんたい》に所属《しょぞく》して野戦病院《やせんびょういん》などで傷病兵《しょうびょうへい》の看護《かんご》にあたる兵士《へいし》。

お琴師《ことし》　琴《こと》を製造《せいぞう》する職人《しょくにん》。

ラワン　（lauan）フィリピンなど東南《とうなん》アジアの熱帯地方《ねったいちほう》に生《は》えるフタバガキ科《か》の高木《こうぼく》の総称《そうしょう》。材質《ざいしつ》は軟《やわ》らかく、器具《きぐ》・家《か》具《ぐ》・建築《けんちく》に用《もち》いられる。

タンジェール　未詳《みしょう》。同一《どういつ》のエピソードを扱《あつか》った十蘭《じゅうらん》の掌篇《しょうへん》「月《つき》」（一九四五）には「ラワンと鉄木《てつぼく》でつくった見事《みごと》な琴《こと》」とあるので、ウリンなどの鉄木《てつぼく》（硬質《こうしつ》な樹木《じゅもく》）を指《さ》すか。

甲《こう》　弦楽器《げんがっき》の胴《どう》の部分《ぶぶん》。

本間《ほんけん》　六尺《しゃく》五寸《すん》（一・九七メートル）の箏《そう》。

夜直《やちょく》　夜《よる》の当直《とうちょく》。当番制《とうばんせい》で夜間《やかん》に勤務《きんむ》すること。

「由縁《ゆかり》」　鶴山勾当《つるやまこうとう》作曲《さっきょく》の地歌《じうた》「由縁《ゆかり》の月《つき》」。元文《げんぶん》五年《ねん》（一七四〇）初演《しょえん》。「憂《う》しと見《み》し、流《なが》れの昔懐《むかしなつ》かしや、可愛《かわ》い男《おとこ》に逢坂《おうさか》の、関《せき》より辛《つら》い世《よ》の慣《な》らひ、思《おも》はぬ人《ひと》に堰《せ》き止《と》められて、今《いま》は野《の》沢《ざわ》の一《ひと》つ水《みず》」……思《おも》わぬ人《ひと》に身請《みう》けされる遊女《ゆうじょ》の心情《しんじょう》を月影《つきかげ》によせて歌《うた》う。浄瑠璃《じょうるり》や歌舞伎《かぶき》の「夕霧物《ゆうぎりもの》」に取《と》り入《い》れられて、大《おお》いに流行《りゅうこう》した。月影《つきかげ》ばかりか、おけいの胸中《きょうちゅう》とも響《ひび》き交《か》わす内容《ないよう》であろう。

光太郎《こうたろう》は下目《しため》＊に眼《め》を伏《ふ》せてきいていたが、玲瓏《れいろう》＊と月《つき》のわたる＊千古《せんこ》の＊密林《みつりん》を洩《も》れる琴《こと》の音《ね》は、どんなに凄艶《せいえん》＊なものだろうと思《おも》っているうちに、あの琴爪《ことづめ》で琴《こと》をひいているおけいのようすが眼《め》に見《み》えるようでふと肌寒《はださむ》くなった＊。

「おけいさんはあんな方《かた》ですから、なにもおっしゃらなかったのですが、そのころはもうだいぶお悪《わる》かったのです＊。終戦《しゅうせん》のすこし前《まえ》でしたが、雨《あめ》に濡《ぬ》れてお帰《かえ》りになってたいへん喀血《かっけつ》＊なさると、ずんずんいけなくおなりになって、病室《びょうしつ》へ移《うつ》すとまもなく危篤《きとく》＊ということになりました……それで、あたくしみなさんを代表《だいひょう》してお別《わか》れにまいりますと、枕元《まくらもと》に「謡曲全集《ようきょくぜんしゅう》」なんて本《ほん》＊が置《お》いてありますので、こんなもののお読《よ》みになるのとたずねますと、ええ、ほんとうにいいコントばかりよ、すばらしいと思《おも》うわといって、「松虫《まつむし》」＊のはなしをはじめて、枯野《かれの》＊を友《とも》とあるいているうちに、その友《とも》がいつの間《ま》にか死《し》んでいたというところまできますと、だしぬけに＊ふっとだまりこんで、大《おお》きな眼《め》でじっと天井《てんじょう》を見《み》つめていらっしゃいますのよ。どうしたのだろうと思《おも》って顔《かお》をみていますと、ちっとも眼《ま》ばたきしないようなので、おけいさん、おけいさん、どうなすったのと大《おお》きな声《こえ》をだしますと、おけいさんは夢《ゆめ》からさめた人《ひと》のような眼《め》つきであたしの顔《かお》をごらんになりながら、面白《おもしろ》かったわ、あたしいま巴里《パリ》へ行《い》ってきたのよとおっしゃるの……そう、どんな景色《けしき》だって、*と

下目《したため》　視線《しせん》を下方《かほう》に向《む》けた目《め》つき。

玲瓏《れいろう》　うるわしく冴《さ》え冴《ざ》えと光《ひか》り輝《かがや》くさま。

月《つき》のわたる　月《つき》が天空《てんくう》を移動《いどう》してゆく。

千古《せんこ》の　太古《たいこ》より続《つづ》く。

凄艶《せいえん》　ゾクリとするほど艶《あで》やかなさま。

肌寒《はだざむ》くなった　鬼気《きき》迫《せま》るものを感《かん》じた。文字《もじ》どおり鬼気《きき》（死者《ししゃ》の気配《けはい》）が迫《せま》りくる、すなわち冷気《れいき》＝霊気《れいき》の到来《とうらい》を暗示《あんじ》する描写《びょうしゃ》とも解《かい》される。

お悪《わる》かった　体調《たいちょう》が悪化《あっか》していた。

喀血《かっけつ》　肺《はい》や気管支《きかんし》から出血《しゅっけつ》した血《ち》を咳《せき》とともに吐《は》きだすこと。肺結核《はいけっかく》の典型的症状《てんけいてきしょうじょう》。

危篤《きとく》　絶命《ぜつめい》を目前《もくぜん》にした状態《じょうたい》。

「謡曲全集《ようきょくぜんしゅう》」なんて本《ほん》　能《のう》の詞章《ししょう》である謡曲《ようきょく》の全集本《ぜんしゅうぼん》。したがって、いわゆる謡本《うたいぼん》ではなく、公刊《こうかん》された活字本《かつじぼん》と考《かんが》えられる。刊行時期《かんこうじき》と収録内容《しゅうろくないよう》から見《み》て、野上豊一郎編《のがみとよいちろうへん》『解註《かいちゅう》・謡曲全集《ようきょくぜんしゅう》』（中央公論社《ちゅうおうこうろんしゃ》／一九三五）の第《だい》四巻《かん》である可能性《かのうせい》が高《たか》い。本書《ほんしょ》の「幻妖《げんよう》チャレンジ！」参照《さんしょう》。

コント　（conte）軽妙《けいみょう》でエスプリ（機知《きち》）に富《と》んだ内容《ないよう》の短《みじか》い物語《ものがたり》。短篇《たんぺん》よりも短《みじか》い作品《さくひん》を指《さ》す場合《ばあい》が多《おお》い。コント・ファンタスティック（幻想譚《げんそうたん》）の「コント」である。

「松虫《まつむし》」　能《のう》の演目《えんもく》のひとつ。四番目物《よばんめもの》で、右《みぎ》の『謡曲全集《ようきょくぜんしゅう》』では「執心《しゅうしん》・遊楽物《ゆうらくもの》（男舞物《おとこまいもの》）」に分類《ぶんるい》されている。作者《さくしゃ》は金春禅竹説《こんぱるぜんちくせつ》や世阿弥説《ぜあみせつ》があったが、現在《げんざい》は不詳《ふしょう》とされることが多《おお》い。詳《くわ》しくは、本篇《ほんぺん》に続《つづ》き所収《しょしゅう》の「松蟲《まつむし》」を参照《さんしょう》。ちなみに「松虫《まつむし》」を「すばらしいと思《おも》う」人《ひと》は、おけいばかりではない。皆川博子《みながわひろこ》「私《わたし》の愛《あい》した一曲《いっきょく》〈松虫《まつむし》〉」より引用《いんよう》する。「『松虫《まつむし》』は、仄《ほの》かに、衆道《しゅどう》の気配《けはい》を滲《にじ》ませます。それとあらわな言葉《ことば》はほとんどないにもかかわらず。（略《りゃく》）二人《ふたり》の関《かか》わりを暗示《あんじ》するのは、〈死《し》なば一所《いっしょ》とこそ思ひしに〉の一句《いっく》のみ。／あまりにも簡潔《かんけつ》な言葉《ことば》の奥《おく》にひろがる執着《しゅうじゃく》のいかばかり激《はげ》しく美《うつく》しいことか」（「幽《ゆう》」第《だい》十九号掲載《ごうけいさい》）これは「松虫《まつむし》」のみならず「黄泉《よみ》から」にも相応《ふさわ》しい評言《ひょうげん》だろう。

枯野《かれの》　草木《くさき》が枯《か》れ果《は》てた冬野原《ふゆのはら》。

だしぬけに　いきなり。突然《とつぜん》に。

どんな景色《けしき》だって　どんな景色《けしき》でしたか？

たずねますと、あれはマドレーヌ*というのでしょう、太《ふと》い円柱《えんちゅう》が並《なら》んでいるお寺《てら》の前《まえ》の道《みち》を、光太郎《こうたろう》さんが煙草《たばこ》を吸《す》いながら歩《ある》いていたわ、とそんなことをおっしゃいました」

「それは、いつごろのことですか」

「六月二十七日《ろくがつにじゅうしちにち》。お亡《な》くなりになる朝《あさ》のことでした……日《ひ》が暮《く》れて、いよいよご臨終《りんじゅう》*が近《ちか》くなると、なんともいえない美《うつく》しい顔《かお》つきにおなりになって、あたし「松虫《まつむし》」は文章《ぶんしょう》がきれいだからすきなのよ、とおっしゃって、いい声《こえ》で上《あ》げ歌《うた》*のところを朗読《ろうどく》なさいました。

そこへ部隊長《ぶたいちょう》がいらして、ご苦労《くろう》だった。こんなところで死《し》なせるのはほんとうに気《き》の毒《どく》だ。お前《まえ》、なにかしてもらいたいことはないか。遠慮《えんりょ》しないでいいなさい。どんなことでもいい、といわれますと、おけいさんは、では、雪《ゆき》を見《み》せていただきますとおっしゃいました。

雪《ゆき》……雪《ゆき》って、あの降《ふ》る雪《ゆき》のことか。ええ、そうですわ。これは困《こま》った、神《かみ》さまでないかぎり、ニューギニアに雪《ゆき》など降《ふ》らせられるわけはなかろうじゃないかといいますと、おけいさんは笑《わら》って、冗談《じょうだん》ですわ。内地《ないち》*を発《た》つ晩《ばん》、きれいな雪《ゆき》が降《ふ》りましたので、もういちど見《み》たいと思《おも》ったのです、とおっしゃいました。
　そのとき、軍医長《ぐんいちょう》が部隊長《ぶたいちょう》になにか耳打《みみう》ち*しますと、部隊長《ぶたいちょう》は眉《まゆ》をひらいたような*顔《かお》つきになって、じゃ、そうしようといっておけいさんを担架《たんか》*に移《うつ》して下《した》の谷間《たにま》のほうへ運《はこ》びだしました。
　あたくしたち、なにがはじまるのだろうと思《おも》って担架《たんか》について谷間《たにま》の川《かわ》のあるところま

マドレーヌ　ここは洋菓子《ようがし》ではなく、パリ八区《く》にあるマドレーヌ寺院《じいん》（Église de la Madeleine）を指《さ》す。マグダラのマリア（Madeleine はフランス語《ご》で「マグダラのマリア」の意味《いみ》。ちなみに川端康成《かわばたやすなり》「片腕《かたうで》」にも、この聖人《せいじん》への言及《げんきゅう》があった）を守護聖人《しゅごせいじん》とするカトリック教会《きょうかい》。コリント式《しき》の円柱《えんちゅう》が並《なら》ぶ外観《がいかん》は、キリスト教会《きょうかい》としては異例《いれい》の新古典主義様式《しんこてんしゅぎようしき》（古代《こだい》ギリシャ・ローマの神殿《しんでん》を模《も》した様式《ようしき》）で異彩《いさい》を放《はな》ち、数々《かずかず》の美術品《びじゅつひん》が屋内《おくない》に飾《かざ》られている。作曲家《さっきょくか》フォーレと関《かか》わりが深《ふか》く、彼《かれ》の「レクイエム」は一八八八年《ねん》、この教会《きょうかい》で初演《しょえん》された。

臨終《りんじゅう》　死《し》に際《ぎわ》。いまわの際《きわ》。末期《まつご》。

上《あ》げ歌《うた》　平《ひら》ノリ拍子《びょうし》（謡《うたい》の拍子《ひょうし》である地拍子《じびょうし》の大半《たいはん》を占《し》める拍子《ひょうし》、小《こ》ノリとも）に合《あ》う長《なが》い謡《うたい》。上音《じょうおん》（謡《うたい》の音階《おんかい》で上《うえ》から二番目《ばんめ》の音《おと》）で始《はじ》まり、下音《げおん》（最《もっと》も低《ひく》い音《おと》）で終《お》わる。

内地《ないち》　満州《まんしゅう》や朝鮮半島《ちょうせんはんとう》、台湾《たいわん》、樺太《からふと》など、第《だい》二次大戦終結《じたいせんしゅうけつ》以前《いぜん》における日本本土《にほんほんど》以外《いがい》の領土《りょうど》（＝外地《がいち》）を除外《じょがい》した、日本《にほん》固有《こゆう》の領土《りょうど》。

耳打《みみう》ち　耳《みみ》もとに口《くち》を寄《よ》せ囁《ささや》くこと。

眉《まゆ》をひらいたような　憂《うれ》いや心配事《しんぱいごと》が晴《は》れて安堵《あんど》するさま。愁《しゅう》眉《び》を開《ひら》く。

担架《たんか》　傷病者《しょうびょうしゃ》を載《の》せて運《はこ》ぶための道具《どうぐ》。二本《ほん》の棒《ぼう》の間《あいだ》に厚《あつ》い布《ぬの》を張《は》ったもの。

でまいりますと、空《そら》の高《たか》みからしぶき*とも、粉《こな》とも、灰《はい》ともつかぬ、軽々《かるがる》とした雪《ゆき》がやみまもなく、*チラチラと降《ふ》りしきって、*見《み》る見《み》るうちに林《はやし》も流《なが》れも真白《まっしろ》になって行《い》きます。

部隊長《ぶたいちょう》はおけいさんに、さあ、見《み》てごらん。雪《ゆき》を降《ふ》らしてやったぞと高《たか》い声《こえ》でいわれますと、おけいさんはぼんやり眼《め》をあいて、雪《ゆき》だわ、まあ美《うつく》しいこととうっとりと*ながめていらっしゃいましたが、間《ま》もなく、それこそ眠《ねむ》るように眼《め》をとじておしまいになりました」

「その雪《ゆき》というのは、なんだったのですか」

「ニューギニアの雨期明《うきあ》けによくある現象《げんしょう》なんだそうですけど、河《かわ》へ集《あつ》まってきた幾億幾《いくおくいく》千万《せんまん》とも知《し》れないかげろう*の大群《たいぐん》だったのです」

「ありがとうございました。これを聞《き》けなかったらなにも知《し》らずにしまった*ところでした」

といっているうちに、この家《いえ》をだれから聞《き》いたろうとふしぎになって、

「この家《いえ》はながらくひとに貸《か》してあったのを、つい一昨日《いっさくじつ》明《あ》けさせて越《こ》*してきたばかりで、どちらへもまだ移転《いてん》の通知《つうち》をしてありませんが、よくここがおわかりになりましたね」

というと、伊草《いぐさ》は光太郎《こうたろう》の顔《かお》を見《み》ながら、

「ええ、あたくし、きょうこの先《さき》の宋林寺《そうりんじ》へ*お墓《はか》まいりにまいりましたのよ。いつも六阿《ろくあ》弥陀《みだ》*のほうから帰《かえ》るのですけど、きょうはなにげなく長明寺《ちょうめいじ》*のほうへ曲《まが》りますと、すっかりわからなくなって、このへんをいくどもぐるぐる回《まわ》っているうちに、ふと見《み》るとお宅《たく》の表札《ひょうさつ》に魚返《おがえり》と書《か》いてありますでしょう。いちどおたずねしなければと思《おも》っておりましたもんですから、ふらふらと玄関《げんかん》へ入《はい》ってしまいましたのよ。でも、かんがえてみますと、

しぶき　飛散《ひさん》する細《こま》かい液体《えきたい》の粒《つぶ》。飛沫《しぶき》。

やみまもなく　止《や》むことなく。絶《た》え間《ま》なく。

降《ふ》りしきって　盛《さか》んに降《ふ》ること。

うっとりと　美《うつく》しいものに心《こころ》を奪《うば》われて恍惚《こうこつ》とするさま。

かげろう　「蜉蝣《かげろう》」「蜻蛉《かげろう》」と表記《ひょうき》。カゲロウ目《もく》の昆虫《こんちゅう》の総称《そうしょう》。成虫《せいちゅう》は体《からだ》も羽《はね》も繊弱《せんじゃく》で、夏《なつ》に水辺《みずべ》を飛《と》びまわり、交尾《こうび》と産卵《さんらん》を終《お》えて数時間《すうじかん》で死《し》ぬ。このため古来《こらい》、儚《はかな》いもののたとえに用《もち》いられる。集団《しゅうだん》で飛《と》び交《か》うさまが陽炎《かげろう》のゆらめきを思《おも》わせるため、この名《な》がある。

知《し》らずにしまった　知《し》らずに終《お》わった。

明《あ》けさせて　引《ひ》っ越《こ》させて。

宋林寺《そうりんじ》　妙祐山宗林寺《みょうゆうざんそうりんじ》。台東区谷中《たいとうくやなか》三丁目《ちょうめ》にある日蓮宗寺院《にちれんしゅうじいん》。同地《どうち》はかつて蛍沢《ほたるざわ》と呼《よ》ばれた蛍《ほたる》の名所《めいしょ》で、萩《はぎ》の名所《めいしょ》でもあったことから「萩寺《はぎでら》」の別名《べつめい》で知《し》られる。

六阿弥陀《ろくあみだ》　谷中《やなか》の六阿弥陀通《ろくあみだどお》り。谷中小学校《やなかしょうがっこう》の辺《あた》りから北《きた》へ、道灌山通《どうかんやまどお》りに到《いた》る細《ほそ》い道路《どうろ》。宋林寺《そうりんじ》と長明寺《ちょうめいじ》は、六阿弥陀通《ろくあみだどお》りをはさんで東西《とうざい》に位置《いち》する。

長明寺《ちょうめいじ》　日照山長明寺《にっしょうざんちょうめいじ》。台東区谷中《たいとうくやなか》五丁目《ちょうめ》にある日蓮宗寺院《にちれんしゅうじいん》。

ずいぶん頓狂《とんきょう》な＊はなしね。あたしいやだわ＊」

といってうっすらと顔《かお》をあからめた。

光太郎《こうたろう》は、おけいが光太郎《こうたろう》のお嫁《よめ》さんはじぶんの友達《ともだち》を推薦《すいせん》するといっていたという、今朝《けさ》のルダンさんの話《はなし》を思《おも》いだし、この娘《むすめ》をここへ連《つ》れてきたおけいの意志《いし》をはっきりと理解《りかい》した。

急《きゅう》に別《べつ》な眼《め》になって＊そのひとを見《み》なおすと、いままで気《き》のつかなかったいろいろなよさがだんだんわかってきた。

月《つき》の光《ひかり》を浴《あ》びたような無垢《むく》な＊皮膚《ひふ》の感《かん》じも、張《は》りのある感覚《かんかく》のよくゆきとどいた深《ふか》い眼《め》の表情《ひょうじょう》も、健康《けんこう》そうな生《なま》の唇《くちびる》の色《いろ》も、どれもみないつかおけいに話《はな》してきかせた光太郎《こうたろう》の

頓狂《とんきょう》な　だしぬけで調子《ちょうし》はずれなこと。あわてて間抜《まぬ》けなこと。

あたしいやだわ　恥《は》ずかしいわ。いかにも昭和前期《しょうわぜんき》の東京《とうきょう》のお嬢《じょう》さんらしい台詞《せりふ》。

別《べつ》な眼《め》になって　あらためて別《べつ》な見方《みかた》をすると。

無垢《むく》な　心身《しんしん》に汚《けが》れなく初々《ういうい》しいさま。

推賞《すいしょう》＊する科目《かもく》＊だった。薄《うす》い梔子色《くちなしいろ》＊の麻《あさ》のタイユウル＊の胸《むね》の襞《ひだ》のようなものは、よく見《み》ると、大胆《だいたん》な葡萄《ぶどう》の模様《もよう》を浮彫《うきぼり》＊のように裏《うら》から打《う》ちだしたもので、葡萄《ぶどう》の実《み》とも見《み》えるガーネット＊の首飾《くびかざり》と照応《しょうおう》して、＊日本《にほん》ではたいていの場合《ばあい》みじめな失敗《しっぱい》に終《おわ》る＊バロック趣味《しゅみ》＊を成《せい》功《こう》させていた。

伊草《いぐさ》の娘《むすめ》が帰《かえ》ると、光太郎《こうたろう》はそのまま玄関《げんかん》に立《た》って腕《うで》を組《く》んでいたが、おけいはこれからルダンさんのところへ行《い》くだろうと思《おも》うと、せめて門《もん》までても送《おく》っていってやりたくなった。

「提灯《ちょうちん》をつけてくれないか」

女中《じょちゅう》がおどろいたような顔《かお》をした。

「さあ、提灯《ちょうちん》は……懐中電燈《かいちゅうでんとう》でいけませんか」

「いや、提灯《ちょうちん》のほうがいい」。

光太郎《こうたろう》は提灯《ちょうちん》をさげてぶらぶらルダンさんの家《いえ》のほうへ歩《ある》いていったが、道普請《みちぶしん》＊の壊《く》え＊のあるところへくると、われともなく、＊

「おい、ここは穴《あな》ぼこだ。手《て》をひいてやろう」
といって闇《やみ》の中《なか》へ手《て》をのべた。*

（「オール読物《よみもの》」一九四六年《ねん》十二月号掲載《がつごうけいさい》）

推賞《すいしょう》　ほめて人《ひと》に勧《すす》めること。
科目《かもく》　いくつかに区分《くぶん》した各部分《かくぶぶん》。要《よう》するに好《この》ましいタイプの女性《じょせい》の特徴《とくちょう》。
梔子色《くちなしいろ》　クチナシの実《み》で染《そ》めた、赤味《あかみ》を帯《お》びた濃《こ》い黄色《きいろ》。
タイユウル　(tailleur) タイユールとも。男子背広《だんしせびろ》のようにかたい感《かん》じに仕立《した》てた女性用《じょせいよう》スーツ。
浮彫《うきぼり》　レリーフ。
ガーネット　(garnet) 石榴石《ざくろいし》。透明《とうめい》で深紅色《しんこうしょく》が美《うつく》しいものは、飾石《かざりいし》や宝石《ほうせき》として用《もち》いられる。
照応《しょうおう》して　相応《あいおう》じて。響《ひび》き合《あ》って。
みじめな失敗《しっぱい》に終《お》わる　その典型《てんけい》が、「予言《よげん》」（『呪《のろい》』所収《しょしゅう》）に登《とう》場《じょう》する石黒《いしぐろ》の細君《さいくん》の、和服《わふく》にガーネットの首飾《くびかざ》りをつけた珍《ちん》妙《みょう》な着《き》こなしである。
バロック趣味《しゅみ》　バロック (Baroque) はルネサンスとロココの間《あいだ》、十六世紀後半《せいきこうはん》から十八世紀《せいき》なかばの美術《びじゅつ》、建築《けんちく》、音楽《おんがく》、文学《ぶんがく》の様式概念《ようしきがいねん》。ゆがんだ真珠《しんじゅ》を意味《いみ》する宝飾用語《ほうしょくようご》バロコに由来《ゆらい》するとされ、奇抜《きばつ》でグロテスクで流動的《りゅうどうてき》なものを志《し》向《こう》する。
道普請《みちぶしん》　道路工事《どうろこうじ》。
壊《く》え　道《みち》の崩《くず》れた所《ところ》。
われともなく　無心《むしん》に。なにげなく。
手《て》をのべた　手《て》をさしだした。

幻《げん》妖《よう》チャレンジ！

謡《よう》曲《きょく》「松《まつ》蟲《むし》」

種別《しゆべつ》——四番目物《よばんめもの》。執心《しふしん》・遊樂物《いうがくもの》。（男舞物《をとこまひもの》）。

作者《さくしや》——金春禪竹《こんぱるぜんちく》。

主題《しゆだい》——同性《どうせい》の戀慕《れんぼ》に近《ちか》い友愛《いうあい》を表現《へうげん》したもので、秋《あき》の野《の》の松蟲《まつむし》の音《ね》を尋《たづ》ねて草《くさ》の露《つゆ》と消《き》えた友人《いうじん》の跡《あと》を慕《した》ふ男《をとこ》の執心《しふしん》がいつまでも浮《う》かびきれないといふ所《ところ》は執心物《しふしんもの》のやうでもあるが、その男《をとこ》の魄《はく》靈《れい》は思《おも》ひ出《で》の郊原《かうげん》に現《あら》はれては酒《さけ》を飲《の》んで遊樂《いうがく》に興《きよう》じる所《ところ》は遊樂物《いうがくもの》である。「錦木《にしきぎ》」と同種《どうしゆ》のものである。

出典《しゆつてん》——「古今集《こきんしふ》」の「秋《あき》の野《の》に人《ひと》まつ蟲《むし》の聲《こゑ》すなり」の歌《うた》や、白樂天《はくらくてん》の詩句《しく》などに依《よ》つて構想《こうさう》したものであらう。

構成《こうせい》——

第一場《だいいちば》**。序の段**《じよ》《だん》**。**ワキ登場《とうぢやう》。（一）。

破《は》の段《だん》。シテ・ツレ次第《しだい》で登場《とうぢやう》。（二）。——問答《もんだふ》（三）。——語《かたり》。（四）。

急《きふ》の段《だん》。ロンギ。（五）。

第二場《だいにば》。序《じよ》の段《だん》。ワキの待謠《まちうたひ》。（一）。

破《は》の段《だん》。後《のち》ジテ一聲《いつせい》で登場《とうぢやう》。（二）。——クセ。（三）。——男舞《をとこまひ》。（四）。

急《きふ》の段《だん》。結末《けつまつ》（五）。

時所《じしよ》——季《き》は秋《あき》。所《ところ》は津《つ》の國《くに》・阿倍野《あべの》。

配役《はいやく》——

ワキ（市人《いちびと》）、素袍上下《すはうじやうげ》、着附《きつけ》・段熨斗目《だんのしめ》、小刀《ちさがたな》、扇《あふぎ》。

シテ（里人《さとびと》）、水衣《みづごろも》、着附《きつけ》・段熨斗目《だんのしめ》、白大口《しろおほくち》、腰帶《こしおび》、扇《あふぎ》。

ツレ（里人《さとびと》）三人《さんにん》、シテに準《じゆん》じる。

後《のち》ジテ（里人《さとびと》の魄靈《はくれい》）、面《めん》・眞角《しんかく》、白鉢卷《しろはちまき》、黑頭《くろがしら》、法被《はつぴ》（肩脫《かたぬぎ》）、着附《きつけ》・厚板《あついた》、半切《はんぎり》、腰帶《こしおび》、扇《あふぎ》。

アヒ——里人《さとびと》（狂言方《きやうげんかた》）が市《いち》に出《で》てワキに聞《き》かれて松蟲《まつむし》を聞《き》きに行《い》つて死《し》んだ男《をとこ》の昔話《むかしばなし》をする。

流派《りうは》——各流《かくりう》にある。

演出《えんしゆつ》――「錦木《にしきぎ》」と同《おな》じく、観世流《くわんぜりう》以外《いぐわい》の諸流《しよりう》では舞《まひ》は男舞《をとこまひ》。観世流《くわんぜりう》は黄鐘早舞《わうしきはやまひ》。特殊演出《とくしゆえんしゆつ》としては観世流《くわんぜりう》に「勧盃之舞《けんぱいのまひ》」といふのがある。

第一場《だいいちば》*

一*

ワキ「これは津《つ》の國阿倍野《くにあべの》*の市《いち》に出《い》でて酒《さけ》を賣《う》る者《もの》にて候《そおろお》。さても此《こ》の程《ほど》いづくとも知《し》らぬ男《をとこ》、某《それがし》が酒《さけ》を買《か》ひ《(い)》飲《の》み候《そおろお》が、更《さら》に歸《かへ》るさを知《し》らず候《そおろお》。今日《きよお》も來《きた》りて候《そおら》は《(わ)》ば、如何《いか》なる者《もの》ぞと名《な》を尋《たづ》ねばやと存《ぞん》じ候《そおろお》。

二*

シテ
ツレ「(次第)もとの秋《あき》をも松蟲《まつむし》の、*もとの秋《あき》をも松蟲《まつむし》の、音《ね》にもや友《とも》をしのぶらん。*

シテ「(サシ)秋《あき》の風《かぜ》更《ふ》け行《ゆ》くままに長月《ながづき》の*、有明《ありやけ》*寒《さむ》き朝風《あさかぜ》に、

シテ ツレ「袖《そで》ふれつづく市人《いちびと》の、伴《ともな(い)》ひ出《い》づる道《みち》のべの、草葉《くさば》の露《つゆ》も深緑《ふかみどり》、立《た》ち連《つ》れ行《ゆ》くや色色《いろいろ》の蓑代衣《みのしろごろも》＊日《ひ》も＊出《い》でて、阿倍《あべ》の市路《いちぢ》に出《い》づるなり。

「(下歌) 遠里《とおざと》ながら程近《ほどちか》き＊こや住《すみ》の江《え》の＊浦傳《うらづた(い)》ひ。

「(上歌) 潮風《しおかぜ》も吹《ふ》くや岸野《きしの》＊の秋《あき》の草《くさ》、吹《ふ》くや岸野《きしの》の秋《あき》の草《くさ》、松《まつ》も響《ひび》きて沖《おき》つ波《なみ》、聞《き》こえて聲聲友誘《こゑごゑともさそ(お)》ふこの市人《いちびと》の數數《かずかず》に、われも行《ゆ》き人《ひと》も行《ゆ》く、阿倍野《あべの》の原《はら》や面白《おもしろ》や＊阿倍野《あべの》の原《はら》や面《おも》

【編者付記《へんじゃふき》】 以下《いか》の註釈《ちゅうしゃく》は、本書《ほんしょ》『霊《れい》』の編者《へんじゃ》によるものではなく、「松蟲《まつむし》」の底本《ていほん》とした野上豊一郎編《のがみとよいちろうへん》『解註《かいちゅう》・謡曲全集《ようきょくぜんしゅう》』所収《しょしゅう》の脚註《きゃくちゅう》を、傍註《ぼうちゅう》の形《かたち》に直《なお》して再録《さいろく》したものである。

第一場《だいいちば》。 津《つ》の國《くに》、阿倍野《あべの》の市《いち》で酒《さけ》を賣《う》る店《みせ》へ、いつも飲《の》みに來《く》る男《おとこ》が、松蟲《まつむし》の音《ね》を聞《き》きに行《い》つてそのまま死《し》んだ哀《あわ》れな男《おとこ》の物語《ものがたり》をして消《き》える。

(一) 序《じょ》の段《だん》。ワキ登場《とうじょう》。

阿倍野《あべの》 今《いま》の大阪《おおさか》の天王寺《てんのうじ》から住吉《すみよし》へかけての土地《とち》が昔《むかし》の阿倍《あべ》野《の》であつた。

(二) 破《は》の前段《ぜんだん》。シテ・ツレ次第《しだい》で登場《とうじょう》。

もとの秋《あき》をも松蟲《まつむし》の 昔《むかし》の秋《あき》の立《た》ちかへるのを待《ま》つから松蟲《まつむし》にかける。

松蟲《まつむし》の音《ね》にもや友《とも》をしのぶらん 「松蟲《まつむし》の音《ね》に友《とも》をしのび」(「古今集《こきんしゅう》」序《じょ》)。

長月《ながづき》 九月《くがつ》。

有明《ありやけ》 月《つき》がありながら夜《よ》が明《あ》けるの意《い》で、殘月《ざんげつ》。

蓑代衣《みのしろごろも》 蓑《みの》の代用《だいよう》の着物《きもの》。

日《ひ》も 紐《ひも》と同音《どうおん》。

遠里《とおざと》ながら程近《ほどちか》き 住吉《すみよし》の遠里小野（ヲリヲノ）は名《な》は遠里《とおざと》であるが距離《きょり》は近《ちか》い。

こや住《すみ》の江《え》の これや住吉《すみよし》の浦《うら》づたひ。附近《ふきん》の昆陽（コヤ）の池《いけ》の名《な》も含《ふく》む。

岸野《きしの》 住吉海邊《すみよしかいへん》の名《な》。

阿倍野《あべの》の原《はら》や面白《おもしろ》や 阿倍野《あべの》の原《はら》は面白《おもしろ》や(觀世《かんぜ》)

白《しろ》や。

三*

ワキ「傳《つた》へ《(え)》聞《き》く白樂天《はくらくてん》が酒功賛《しゅこおさん》の《(の)》作《つく》りし琴詩酒《きんししゅ》の友《とも》*、今《いま》に知《し》られて市館《いちやかた》*に、樽《そん》の《(の)》をする盃《さかづき》を並《なら》べて、寄《よ》り來《く》る人《ひと》を待《ま》ちゐたり。

いかに人人《ひとびと》酒召《さけめ》され候《そおら》へ《(え)》。

シテ「わが宿《やど》は菊《きく》賣《う》る市《いち》にあらねども、四方《よも》の門邊《かどめ》に人騒《ひとさわ》ぐ*と、詠《よ》みしも古人《こじん》の心《こころ》なるべし。いかに人人面面《ひとびとめんめん》に、醽酒《れいしゅ》*を酌《く》みてもてなし給《たま》へ《(え)》。

ワキ「又《また》かの人《ひと》*の來《きた》れるぞや。今日《きよお》はいつより酒《しゅ》*を湛《たた》へ《(え)》、遊樂遊舞《いうがくいうぶ》の和歌《わか》を詠《えい》じ、人《ひと》の心《こころ》を慰《なぐさ》め給《たま》へ《(え)》。

早《はや》くな歸《かえ》り給《たま》ひ《(い)》そとよ*。

シテ「何《なに》われをな早《はや》く歸《かえ》りそとや*。

ワキ「なかなかのこと暮《くれ》過《す》ぐるとも、月《つき》をも見捨《みす》て給《たま(お)》ふなよ。

シテ「仰《おお》せまでもなし何《なに》とてか、この酒友《しゅいう》*をば見捨《みす》つべき。古《ふる》き詠《えい》にも花《はな》のもとに、

ワキ「歸《かえ》らん事《こと》を忘《わす》るるは、*

シテ「美景《びけい》に因《よ》ると作《つく》りたり。

シテ ワキ「樽《そん》の前《まえ》に醉《ゑい》を勸《すす》めては、これ春《はる》の風《かぜ》ともいへ《(え)》り。

地 今《いま》は秋《あき》の風《かぜ》、暖《あたた》め酒《ざけ》の身《み》を知《し》れば、*藥《くすり》*と菊《きく》の花《はな》のもとに、歸《かえ》らん事《こと》を忘《わす》れいざや御酒《みき》を

(三) 破《は》の中段《ちゅうだん》。問答《もんどう》。

白樂天《はくらくてん》が酒功贊《しゅこうさん》を作《つく》りし琴詩酒《きんししゅ》の友《とも》 唐《とう》の詩人白樂天《しじんはくらくてん》は酒《さけ》の徳《とく》を稱《たた》へて「酒功贊《しゅこうさん》」を作《つく》った。彼《かれ》は琴《きん》・詩《し》・酒《しゅ》を友《とも》とした。「琴詩酒友皆抛我、雪月花時最憶君」(「白氏文集《はくしもんじゅう》」)。

市館《いちやかた》 市場《いちば》の商館《しょうかん》。

四方《よも》の門邊《かどめ》に人騷《ひとさわ》ぐ 門《もん》のあたりに人《ひと》がたかつて賑《にぎ》はつてゐる。

醽酒《れいしゅ》 神《かみ》に捧《ささ》げる酒《さけ》。

かの人《ひと》 序《じょ》の段《だん》でワキが問題《もんだい》にした男《おとこ》。

いつより いつもよりたつぷりと。

早《はや》くな歸《かえ》り給《たま》ひそ ゆつくりして行《ゆ》き給《たま》へ。

な早《はや》く歸《かえ》りそ ゆつくりして行《ゆ》け。

この酒友《しゅいう》 三人《にん》のシテヅレを意味《いみ》する。

花《はな》のもとに(て)歸《かえ》らんことを忘《わす》るるは 「花下忘歸因美景、樽前勸醉是春風」(「和漢朗詠集《わかんろうえいしゅう》」白樂天《はくらくてん》)。

暖《あたた》め酒《ざけ》の身《み》を知《し》れば 酒《さけ》で身軀《からだ》を暖《あたた》めるのによいといふことを知《し》つて居《い》るから。

藥《くすり》 酒《さけ》。(酒《さけ》は百藥《ひゃくやく》の長《ちょう》といはれる。)

愛《あい》せん。
たとひ《(い)》暮《く》るるとも、たとひ《(い)》暮《く》るるとも、夜遊《やいう》の友《とも》に馴衣《なれごろも》の、袂《たもと》に受《う》けたる月影《つきかげ》の、移《うつ》ろふ《(お)》花《はな》の顔《かお》ばせの*、盃《さかづき》に向《むか》へ《(え)》ば色《いろ》も猶《なお》まさり草《ぐさ》*、千年《ちとせ》の秋《あき》*をも限《かぎ》らじな。松蟲《まつむし》の音《ね》も盡《つ》きじ。いつまで草《ぐさ》*のいつまでも、變《かわ》らぬ友《とも》こそは買《か》ひ《(い)》得《え》たる市《いち》の寶《たから》なれ買《か》ひ《(い)》得《え》たる市《いち》の寶《たから》なれ。

四*

ワキ「いかに申《もお》し候《そおろお》。唯今《ただいま》の言葉《ことば》の末《すゑ》に、松蟲《まつむし》の音《ね》に友《とも》をしのぶと承《うけたまわ》り候《そおろお》は、如何《いか》なる謂《い》は《(わ)》れにて候《そおろお》ぞ。

シテ「さん候《ぞおろお》それについて物語《ものがたり》の候《そおろお》。語《かた》つ《(ツ)》て聞《き》かせ申《もお》し候《そおろお》べし。(語)昔《むかし》この阿倍野《あべの》の松原《まつばら》を、ある人《ひと》二《に》人《にん》伴《ともな》ひ《(い)》て*通《とお》りしに、折節《をりふし》松蟲《まつむし》の聲《こゑ》面白《おもしろ》く聞《き》こえしかば、一人《いちにん》の友《とも》人《びと》蟲《むし》の音《ね》を慕《した》ひ《(い)》行《ゆ》きしに、今一人《いまいちにん》の友人《ともびと》、やや久《ひさ》しく待《ま》てども歸《かえ》らざりし程《ほど》に、心《こころ》もとなく思《おも》ひ《(い)》尋《たづ》ね行《ゆ》き見《み》れば、かの者《もの》草露《そおろ》*に臥《ふ》して空《むな》しくなる。死《し》なば一所《いツしよ》とこそ思《おも》ひ《(い)》しに、こはそも何《なに》といひ《(い)》たる事《こと》ぞとて、泣《な》き悲《かな》しめどかひ《(い)》ぞなき。

地 そのまま土中《どちう》に埋木《ンもれぎ》の、*人知《ひとし》れぬ*とこそ思《おも(い)》ひしに、朽《く》ちもせで松蟲《まつむし》の、音《ね》に友《とも》をもしのぶ名《な》の世《よ》に漏《も》れけるぞ悲《かな》しき。今《いま》もその友《とも》をしのびて松蟲《まつむし》の、友《とも》をしのびて松蟲《まつむし》の、音《ね》に誘《さそ(わ)》はれて市人《いちびと》の、身《み》を變《か(え)》へて亡《な》き跡《あと》の亡靈《ぼおれい》ここに來《きた》りたり。恥《はづ》かしやこれまでなり。立《た》ちすがりたる*市人《いちびと》の、人影《ひとかげ》に紛《まぎ》れて・阿倍野《あべの》の方《かた》に歸《かえ》りけり阿倍野《あべの》の方《かた》に歸《かえ》りけり。

五*

地(ロンギ) 不思議《ふしぎ》やさてはこの世《よ》にも、亡《な》き影《かげ》少《すこ》し殘《のこ》しつつ、この程《ほど》の友人《ともびと》の*名殘《なごり》を暫《しば》し留《と》

移《うつ》ろふ花《はな》の顔《かお》ばせ 月影《つきかげ》が盃《さかずき》の中《なか》に映《うつ》ることと、變《かわ》り行《ゆ》く花《はな》の顔《かお》にかける。

まさり草《ぐさ》 菊《きく》。

千年《ちとせ》の秋《あき》 菊《きく》も松《まつ》も長壽《ちょうじゅ》の象徴《しょうちょう》。

いつまで草《ぐさ》の いつまでもの序詞《じょことば》。いつまで草《ぐさ》は壁《かべ》に生《は》える蔓《つる》草《くさ》。

(四) 破《は》の後段《こうだん》。語《かたり》。

ある人《ひと》二人《にんともな》伴《に》ひて ある人《ひと》が(他《ほか》の人《ひと》と)二人《ふたり》づれで。

草露《そうろ》 草《くさ》の露《つゆ》。露《つゆ》のおいた草原《くさはら》。

土中《どちゅう》に埋木《うもれぎ》の 土中《どちゅう》に埋《うず》もつて、埋木《うもれぎ》の如《ごと》く。

埋《うもれ》 木《ぎ》の人知《ひとし》れぬ(こととなりて) 「古今集《こきんしゅう》」序《じょ》。

立《た》ちすがりたる 立《た》ち寄《よ》つてゐる。

(五) 急《きゅう》の段《だん》。ロンギ。

この程《ほど》の友人《ともびと》の この間《あいだ》から馴染《なじみ》になつた名殘《なごり》のおもかげを殘《のこ》し給《たま》へ。

め給《たま(え)》へ。

シテ「折節秋《をりふしあき》の暮《くれ》、松蟲《まつむし》も鳴《な》くものをわれをや待《ま》つ聲《こゑ》ならん。

地 そも心《こころ》なき蟲《むし》の音《ね》の、われを待《ま》つ聲《こゑ》ぞとはまことしからぬ言葉《ことば》かな。

シテ「蟲《むし》の音《ね》も、蟲《むし》の音《ね》もしのぶ友《とも》をば待《ま》てばこそ言《こと》の葉《は》にもかかるらめ。*

地 げにげに思《おも(い)》ひ出《い》だしたり。古《ふる》き歌《うた》にも秋《あき》の野《の》に、

シテ「人松蟲《ひとまつむし》の聲《こゑ》すなり、

地 われかと行《ゆ》きて、いざとむらはん《(わ)》と*思《おぼ》しめすか人人《ひとびと》、ありがたやこれぞ誠《まこと》の友《とも》を、しのぶぞと松蟲《まつむし》の音《ね》に、伴《ともな(い)》ひて歸《かえ》りけり蟲《むし》の音《ね》につれて歸《かえ》りけり。

(中入)

第二場《だいにば》*

一*

ワキ「(待謠) 松風寒《まつかぜさむ》きこの原《はら》の、松風寒《まつかぜさむ》きこの原《はら》の、草《くさ》の假寝《かりね》のとことはに《(わ)》*・御法《みのり》をなし

て夜《よ》もすがら・かの跡弔《あとと(お)》ふぞありがたきかの跡弔《あとと(お)》ふぞありがたき。

二*

後ジテ「（サシ）あらありがたの御弔《おんとむら(い)》ひやな。秋霜《しゅうそお》に枯《か》るる蟲《むし》の音《ね》*聞《き》けば、閻浮《えんぶ》の秋《あき》*に歸《かえ》る心《こころ》、猶郊原《なおこおげん》に朽《く》ち殘《のこ》る、*魄靈《はくれい》これまで來《きた》りたり。嬉《うれ》しく弔《とむら(い)》ひ給《たま(お)》ふものかな。

ワキ「はや夕影《いうかげ》も深緑《ふかみどり》、草《くさ》の花色露深《はないろつゆふか》き、そなたを見《み》れば人影《ひとかげ》の、幽《かす》かに見《み》ゆるは《(わ)》ありつる人《ひと》か*。

シテ「なかなかなれやもとよりの、昔《むかし》の友《とも》を猶《なお》しのぶ、蟲《むし》の音《ね》ともに現《あら(わ)》はれて、手向《たむけ》を

言《こと》の葉《は》にもかかる　歌《うた》の言葉《ことば》にも表現《ひょうげん》される。

秋《あき》の野《の》に、人《ひと》まつ蟲《むし》の聲《こえ》すなり、われかと行《ゆ》きて、いざとむらはん　「古今集《こきんしゅう》」巻《まき》四、讀人不知《よみびとしらず》。松蟲《まつむし》が自分《じぶん》を待《ま》つて呼《よ》んでゐるから行《い》つて見《み》よう。

第《だい》二場《ば》。酒賣《さけう》る市人《いちびと》が回向《えこう》をしてゐると、友《とも》を慕《した》ふ男《おとこ》の亡魂《ぼうこん》が現《あら》はれる。

（一）序《じょ》の段《だん》。ワキの待謠《まちうたい》。

とことはに　假寢《かりね》の床《とこ》から、とことはに（いつまでも）とかける。

（二）破《は》の前段《ぜんだん》。後《のち》ジテが一聲《いっせい》の囃子《はやし》で登場《とうじょう》。

秋霜《しゅうそう》に枯《か》るる蟲《むし》の音《ね》　霜《しも》に枯《か》れ行《ゆ》くやうに蟲《むし》の音《ね》の細《ほそ》り行《ゆ》くのを。

閻浮《えんぶ》の秋《あき》　娑婆《しゃば》の秋《あき》。閻浮《えんぶ》は須彌四洲《しゅみししゅう》の一の南閻浮提《みなみえんぶだい》、もと天《てん》竺《じく》を意味《いみ》したが、後《のち》この世《よ》を意味《いみ》するやうになつた。

郊原《こうげん》に朽《く》ち殘《のこ》る　「暮爲白骨朽郊原」（和漢朗詠集《わかんろうえいしゅう》）藤原義孝《ふじわらよしたか》）。

ありつる人《ひと》　さつきの人《ひと》

受《う》くる草衣《くさごろも》*の、

ワキ「浦《うら》は難波《なにわ》の里《さと》も近《ちか》き、

シテ「阿倍《あべ》の市人《いちびと》馴《な》れ馴《な》れて、

ワキ「弔《とむろ》ふ《(お)》人《ひと》も、

シテ「弔《と》は《(わ)》るるわれも、

ワキ「いにしへ《(え)》今《いま》こそ、*

シテ「變《かわ》れども、

地 古里《ふるさと》に住《す》みしは同《おな》じ難波人《なにわびと》*、住《す》みしは同《おな》じ難波人《なにわびと》、蘆火《あしび》焚《た》く屋《や》*も市館《いちやかた》も、變《かわ》らぬ契《ちぎ》りを忍《しの》ぶ草《ぐさ》*の、忘《わす》れ得《え》ぬ友《とも》ぞかしあら、なつかしの心《こころ》や。

三*

地（クリ）忘《わす》れて年《とし》を經《へ》しものを、また古《いにしえ》に歸《かえ》る波《なみ》の、*難波《なにわ》のことの*よしあしもげ*に、隔《へだ》てなき友《とも》とかや。

シテ「（サシ）朝《あした》に落花《らツくわ》を踏《ふ》んで相伴《あいともな（ツ）》つて出《い》で、

地　夕《いうべ》には飛鳥《ひちよお》に随《したが（ツ）》つて一時《いツし》に歸《かえ》る。＊

シテ「然《しか》れば花鳥遊樂《くわちよおいうがく》の瓊筵《けいえん》、＊

地　風月《ふげつ》の友《とも》＊に誘《さそ（わ）》はれて、春《はる》の山邊《やまべ》や秋《あき》の野《の》の草葉《くさば》にすだく蟲《むし》＊までも、聞《き》けば心《こころ》の、友《とも》ならずや。

（クセ）一樹《いちじゅ》の蔭《かげ》の宿《やど》り＊も他生《たしよお》の縁《えん》と聞《き》くものを、一河《いちが》の流《なが》れ汲《く》みて知《し》る、その心浅《こころあさ》からめや。

草衣《くさごろも》　粗衣《そい》。衣《ころも》の裏《うら》から浦《うら》にかける。
いにしへ今《いま》**こそ**　昔《むかし》の人《ひと》（幽靈《ゆうれい》）と今《いま》の人《ひと》のちがひはあるが。
古里《ふるさと》**に住**《す》**みしは同**《おな》**じ難波人**《なにわびと》　どちらも難波人《なにわびと》で同《おな》じ古里《ふるさと》に住《す》んだ。
難波人《なにわびと》**、蘆火**《あしび》**焚**《た》**く屋**《や》　（の煤《すす》してあれどおのが妻《つま》こそとこ珍《めず》らしき）「萬葉集《まんようしゅう》」巻《まき》十一。
忍《しの》**ぶ草**《ぐさ》　草《くさ》の名《な》にかけて思《おも》ひ忍《しの》ぶることをいふ。
(三)　破《は》の中段《ちゆうだん》。クセ。
古《いにしえ》**に歸**《かえ》**る波**《なみ》**の**　昔《むかし》の思《おも》ひ出《で》に歸《かえ》る、歸《かえ》る波《なみ》の。

難波《なにわ》**の事**《こと》　何《なに》はの事《こと》。
よしあしも　何《なに》かの事《こと》につけて、善《よ》し悪《あ》し共《とも》に。葭《よし》と葦《あし》とは同《おな》じ物《もの》で隔《へだ》てのないものである。
朝踏落花相伴出、暮随飛鳥一時歸　「和漢朗詠集《わかんろうえいしゅう》」白樂天《はくらくてん》。
瓊筵《けいえん》　花《はな》やかな宴席《えんせき》。
風月《ふげつ》**の友**《とも》　風雅《ふうが》の友《とも》。
すだく　むらがる。
一樹《いちじゅ》**の蔭**《かげ》**の宿**《やど》**り**　「宿一樹下、汲一河流、……皆是先世　結縁」（「説法明眼論《せっぽうみょうげんろん》」）。

奥山《おくやま》の深谷《みたに》の下《した》の菊《きく》の水汲《みづく》*めども、汲《く》めどもよも盡《つ》きじ。流水《りうすゐ》の盃《さかづき》*は手《て》まづ遮《さえぎ》れる心《こころ》*なり。されば廬山《ろさん》の古《いにしえ》虎溪《こけい》を去《さ》らぬ室《むろ》の戸《と》の、*その戒《いまし》めを破《やぶ》りしも、志《こころざし》を淺《あさ》からぬ、*思《おも》ひ《(い)》の露《つゆ》の玉水《たまみづ》のけいせきを出《い》でし道《みち》*とかや。

シテ「それは賢《かし》き、古《いにしえ》の、

地 世《よ》もたけ心《こころ》さえて、*道《みち》ある友人《ともびと》の數數《かずかず》、積善《しやくぜん》の餘慶《よけい》*家家《いえいえ》に普《あま》ねく廣《ひろ》き道《みち》とかや。今《いま》は濁世《ぢよくせ》の人間《にんげん》殊《こと》に拙《つたな》きわれらにて、心《こころ》もうつろふ《(お)》や菊《きく》をたたへ《(え)》竹葉《ちくよお》*の、世《よ》は皆《みな》醉《ゑ》へ《(え)》り*さらばわれ一人《ひとり》醒《さ》めもせで、萬木皆紅葉《ばんぼくみなもみぢ》せり。唯松蟲《ただまつむし》の獨音《ひとりね》に、友《とも》を待《ま》ち醉《ゑい》をなして、舞《ま》ひ《(い)》かなで遊《あそ》ばん。

四*

シテ「盃《さかづき》の。

地 雪《ゆき》を廻《めぐ》らす、花《はな》の袖《そで》*。

——シテの男舞《をとこまひ》。

五*

シテ「面白《おもしろ》や、千草《ちくさ》にすだく、蟲《むし》の音《ね》の、

地　機織《はたお》る音《おと》は、

シテ「きりはたりちよう《(お)》。

地　きりはたりちよう《(お)》。つづりさせて*てふ《(ちよお)》蟋蟀《きりぎりす》茅蜩《ひぐらし》、色色《いろいろ》の色音《いろね》のなかに、わきてわが忍《しの》

奥山《おくやま》の深谷《みたに》の下《した》の菊《きく》の水《みず》　南陽菊水傳說(「菊慈童《きくじどう》」「枕慈童《まくらじどう》」)。

流水《りゅうすい》の盃《さかずき》　曲水《きょくすい》の盃《さかずき》。

手《て》まづ遮《さえぎ》れる心《こころ》　「礙石遲來心窃待、牽流遄過手先遮」(「和漢《わかん》朗詠集《ろうえいしゅう》」菅原雅規《すがわらまさのり》)。

廬山《ろさん》の古《いにしえ》虎溪《こけい》を去《さ》らぬ室《むろ》の戸《と》の　廬山《ろさん》の慧遠禪師《えおんぜんじ》が三十年《ねん》の禁足《きんそく》を守《まも》つて虎溪《こけい》から外《そと》へ出《で》なかつたのに親友《しんゆう》(陶淵明《とうえんめい》・陸《りく》修靜《しゅうせい》)が訪問《ほうもん》して飲酒《いんしゅ》して禁《きん》が破《やぶ》れた故事《こじ》。(「三笑《さんしょう》」)。

志《こころざし》を淺《あさ》からぬ　友情《ゆうじょう》の深《ふか》い。

けいせきを出《い》でし道《みち》　友情《ゆうじょう》の玉水《たまみず》が溪石《けいせき》の間《あいだ》から流《なが》れ出《で》たといふ意《い》か。

世《よ》もたけ心《こころ》さえて　世情《せじょう》にもたけ心境《しんきょう》も澄《す》んで。

積善之家《しやくぜんのいえ》、必有餘慶《かならずよけいあり》　「周易《しゅうえき》」(繫辭傳《けいじでん》)。

竹葉《ちくよう》　酒《さけ》。

世《よ》は皆醉《みなよ》へり　衆人皆醉我獨醒(屈原《くつげん》「漁夫辭《ぎょふのじ》」)。

萬木皆紅葉《ばんぼくみなもみぢ》　醉《よ》つてゐるのは自分《じぶん》だけではなく、木《き》まで皆赤《みなあか》くなつてゐる。

(四)　破《は》の後段《こうだん》。男舞《おとこまい》。觀世流《かんぜりゅう》は黃鐘早舞《おうしょうはやまい》にする。

雪《ゆき》を廻《めぐ》らす花《はな》の袖《そで》　舞踊《ぶよう》の巧妙《こうみょう》を形容《けいよう》して流風廻雪《りゅうふうかいせつ》といふ。(「文選《もんぜん》」洛神賦《らくしんふ》)。

(五)　急《きゅう》の段《だん》。結末《けつまつ》。

つづりさせ　きりぎりすの鳴聲《なきごえ》。「秋風《あきかぜ》に綻《ほころ》びぬらし藤袴《ふじばかま》つづりさせてふきりぎりす鳴《な》く」(「古今集《こきんしゅう》」巻《まき》十九、在原棟梁《ありわらのむねはり》)。

ぶ松蟲《まつむし》の聲《こゑ》、りんりんりんりんとして夜《よる》の聲《こゑ》めいめいたり*。すは《(わ)》や難波《なにわ》の鐘《かね》*も明方《あけがた》のあさまに*もなりぬべし。さらばよ友人名殘《ともびとなごり》の袖《そで》を、招《まね》く尾花《をばな》のほのかに*見《み》えし跡絶《あとた》えて、草茫茫《くさぼおぼお》たるあしたの原《はら》の*、草茫茫《くさぼおぼお》たるあしたの原《はら》。蟲《むし》の音《ね》ばかりや殘《のこ》るらん蟲《むし》の音《ね》ばかりや殘《のこ》るらん。

（留拍子《とめびようし》）

めいめい　冥冥《めいめい》。

難波《なにわ》の鐘《かね》　難波寺《なにわでら》（天王寺《てんのうじ》）の鐘《かね》の聲《こえ》。

あさま　朝間《あさま》、あからさま。

尾花《おばな》のほのかに　尾花《おばな》の穂《ほ》、ほのかに。

あしたの原《はら》　明方《あけがた》の郊野《こうや》。（大和《やまと》の名所《めいしょ》にも同名《どうめい》の原《はら》がある）。

基本用語解説《きほんようごかいせつ》（東雅夫《ひがしまさお》）

アイ（間《あい》）　間狂言《あいきょうげん》の略《りゃく》。能《のう》の演目中《えんもくちゅう》に加《くわ》わった狂言方《きょうげんかた》（狂言《きょうげん》師《し》）が演《えん》ずる役《やく》の総称《そうしょう》。主《おも》に中入《なかいり》の間《あいだ》に演《えん》じられる。

上歌《あげうた》　上音《じょうおん》を基調《きちょう》とする平《ひら》ノリ拍子《びょうし》（三字《さんじ》を二拍《にはく》に配《はい》するのを原則《げんそく》とする謡曲《ようきょく》独自《どくじ》の拍節法《はくせつほう》）の謡《うたい》。

一声《いっせい》　シテの登場《とうじょう》に際《さい》して奏《そう》される囃子《はやし》。囃子《はやし》が終《お》わって最初《さいしょ》にシテがうたう謡《うたい》も一声《いっせい》と呼《よ》ぶ。

黄鐘早舞《おうしきはやまい》　雅楽《ががく》に由来《ゆらい》する黄鐘調《おうしきちょう》の早舞《はやまい》。能管《のうかん》（横笛《よこぶえ》）を中心《ちゅうしん》に大小鼓《だいしょうつづみ》と太鼓《たいこ》の囃子《はやし》に乗《の》せて舞《ま》われる典雅《てんが》な舞《まい》。貴人《きじん》や成仏《じょうぶつ》した女人《にょにん》の舞《まい》である。

男舞《おとこまい》　直面《ひためん》（素顔《すがお》で演《えん》じること）のシテが舞《ま》う舞《まい》。大小の鼓《だいしょうつづみ》と笛《ふえ》で奏《そう》される。

語《かたり》　シテやワキが節《ふし》をつけず、コトバで物語《ものがた》ること。

クセ（曲《くせ》）　中世芸能《ちゅうせいげいのう》のひとつ曲舞《くせまい》の節《ふし》を採《と》り入《い》れた長文《ちょうぶん》の謡《うたい》で、一曲《いっきょく》の中心《ちゅうしん》となる内容《ないよう》を、ほとんどが地謡《じうたい》により拍子《ひょうし》に乗《の》せてうたわれる。

下歌《さげうた》　平《ひら》ノリ拍子《びょうし》で中音《ちゅうおん》よりうたいだして下音《げおん》で止《と》める謡《うたい》。

サシ　サシ声《ごえ》の略称《りゃくしょう》で、メロディーに乏《とぼ》しく、詞《ことば》に節《ふし》がついた程度《ていど》の朗読調《ろうどくちょう》の謡《うたい》。

地謡《じうたい》　能舞台《のうぶたい》の右端《うたん》（地謡座《じうたいざ》）に着座《ちゃくざ》した演者《えんじゃ》たちによって集《しゅう》団《だん》でうたわれる謡《うたい》（能《のう》・狂言《きょうげん》の歌唱《かしょう》パート）。

次第《しだい》　主《おも》にワキの登場《とうじょう》に際《さい》して奏《そう》される囃子《はやし》。囃子《はやし》が終《お》わってワキが最初《さいしょ》にうたう謡《うたい》も次第《しだい》と呼《よ》ぶ。

シテ（仕手《して》）　能《のう》・狂言《きょうげん》の主役《しゅやく》。前場《ぜんば》に出《で》るシテを前《まえ》ジテ、中入《なかいり》を経《へ》た後場《ごば》に出《で》るシテを後《のち》ジテと呼《よ》ぶ。

ツレ（連《ツレ》）　助演《じょえん》の役者《やくしゃ》。シテに同行《どうこう》する者《もの》をシテツレ、ワキに同行《どうこう》する者《もの》をワキツレと呼《よ》ぶ。複数《ふくすう》の場合《ばあい》も多《おお》い。

中入《なかいり》　前場《ぜんば》と後場《ごば》の間《あいだ》に、シテがいったん能舞台《のうぶたい》から退場《たいじょう》すること。

待謡《まちうたい》　後《のち》ジテの登場《とうじょう》を待《ま》つ間《あいだ》にワキがうたう上歌《あげうた》の謡《うたい》。

問答《もんどう》　多《おお》くはシテとワキが、土地《とち》の故事来歴《こじらいれき》や名所旧蹟《めいしょきゅうせき》について対話《たいわ》を交《か》わすこと。

ロンギ　声明《しょうみょう》（仏教音楽《ぶっきょうおんがく》）の「論義《ろんぎ》」から。問答形式《もんどうけいしき》の謡《うたい》の部分《ぶぶん》。

ワキ（脇《わき》）　シテの相手役《あいてやく》。ワキ柱《ばしら》（舞台正面《ぶたいしょうめん》から見《み》て右手前《みぎてまえ》の柱《はしら》、大臣柱《だいじんばしら》とも）の近《ちか》くに座《ざ》を占《し》め、一曲《いっきょく》の全容《ぜんよう》を見届《みとど》ける役割《やくわり》を有《ゆう》する。

〔現代《げんだい》語訳《ごやく》〕

酒売《さけう》りの男《おとこ》（＝ワキ／以下《いか》「酒売《さけう》り」と略記《りゃっき》）「私《わたくし》は津国《つのくに》（摂津国《せっつのくに》。現在《げんざい》の大阪府《おおさかふ》北西部《ほくせいぶ》と兵庫県《ひょうごけん》南東部《とうぶ》）阿倍野《あべの》（現在《げんざい》の天王寺《てんのうじ》から住吉《すみよし》にかけての一帯《いったい》）の市場《いちば》に出《で》て、酒《さけ》を商《あきな》う者《もの》です。さて、近頃《ちかごろ》どこからともなく男《おとこ》たちがやってきては、私《わたし》の酒《さけ》を買《か》って、いつ帰《かえ》るともなく酒盛《さかも》りをしております。なんとなく不審《ふしん》に思《おも》われますので、今日《きょう》も来《く》るようなら、どういう方《かた》か名前《なまえ》を訊《たず》ねてみようと思《おも》います」

里《さと》の男《おとこ》（＝前《まえ》ジテ）**と友人《ゆうじん》たち**（＝ツレ）「昔《むかし》の秋《あき》がまた訪《おとず》れるのを待《ま》つように鳴《な》く松虫《まつむし》の（「待《ま》つ」に「松《まつ》」を掛《か》ける）、あの日《ひ》の秋《あき》を松虫《まつむし》の、鳴《な》く音《ね》にも友《とも》が偲《しの》ばれる」

里《さと》の男《おとこ》「吹《ふ》く秋風《あきかぜ》とともに更《ふ》け（深《ふか》まり）ゆく長月《ながつき》（九月《くがつ》の異称《いしょう》）の、明《あ》け方《がた》の肌寒《はだざむ》い朝風《あさかぜ》に」

里《さと》の男《おとこ》と友人《ゆうじん》たち「袖《そで》ふれあうばかり一団《いちだん》となって市場《いちば》へ急《いそ》ぐ人々《ひとびと》の、連《つ》れ立《だ》ち歩《あゆ》む道《みち》ばたの、草《くさ》葉《ば》も深《ふか》く露《つゆ》を置《お》き、衣《ころも》の色《いろ》もさまざまに、いつか朝日《あさひ》も出《で》たなかを、阿倍野《あべの》の市《いち》への道《みち》をゆく」

里《さと》の男《おとこ》と友人《ゆうじん》たち「呼《よ》び名《な》は遠《とお》いが遠里小野《おりおの》（現在《げんざい》の大阪市住吉区遠里小野《おおさかしすみよしくおりおの》）や昆陽《こや》（兵庫《ひょうご》の児屋郷《こやのごう》）も間近《まぢか》い、これは住吉《すみのえ》（大阪市住吉区《おおさかしすみよしく》から堺市北部《さかいしほくぶ》にかけての地名《ちめい》）の浦《うら》づたい」

里《さと》の男《おとこ》と友人《ゆうじん》たち「潮風《しおかぜ》も吹《ふ》きつけるよ岸辺《きしべ》の野《の》に咲《さ》く秋草《あきくさ》に、岸辺《きしべ》の野《の》に咲《さ》く秋草《あきくさ》に、松風《まつかぜ》の響《ひび》きや沖波《おきなみ》の音《ね》も聞《き》こえるなか、友《とも》と呼《よ》び交《か》わす市人《いちびと》たちの声《こえ》もにぎやか、我《われ》も行《ゆ》き人《ひと》も行《ゆ》く、阿倍野《あべの》の原《はら》は面白《おもしろ》い、阿倍野《あべの》の原《はら》や面白《おもしろ》や」

酒売《さけう》り「かの白楽天《はくらくてん》（中唐《ちゅうとう》の詩人《しじん》。白居易《はくきょい》とも）が、酒《さけ》の徳《とく》を讃《たた》えて『酒功賛《しゅこうさん》』の名文《めいぶん》をつくり（『和漢朗詠集《わかんろうえいしゅう》』）、音楽《おんがく》や詩歌《しいか》と共《とも》に酒《さけ》を友《とも》としたその胸中《きょうちゅう》が、今《いま》に知《し》られるこの市《いち》の店《みせ》、酒樽《さかだる》を据《す》え酒杯《しゅはい》を並《なら》べて、お客《きゃく》が寄《よ》るのを待《ま》っている」

酒売《さけう》り「さあさあ皆《みな》さん、酒《さけ》はいかがですか」

里《さと》の男《おとこ》「わが宿《やど》は菊売《きくう》る市《いち》にあらねども、四方《よも》の門《かど》べに人騒《ひとさわ》ぐ（我《わ》が家《や》は菊《きく》を売《う》る市場《いちば》ではないのに、門《もん》のあたりで人々《ひとびと》が菊《きく》を求《もと》めてにぎわっていることよ）という歌《うた》を古人《こじん》が詠《よ》んだ（『冷泉家流伊勢《れいぜいけりゅういせ》物語抄《ものがたりしょう》』）のも、同《おな》じ心《こころ》ゆえだろうか。さあ御亭主《ごていしゅ》、みんなに美酒《びしゅ》を汲《く》んでふるまってください」

酒売《さけう》り「おや、またあの客《きゃく》が来《き》たぞ。はいはい、今日《きょう》はいつもより酒《さけ》をたっぷり用意《ようい》しましたからね、歌舞音楽《かぶおんがく》に打《う》ち興《きょう》じ、詩歌《しいか》を吟《ぎん》じて、心《こころ》を慰《なぐさ》めてくださいな。さっさとお帰《かえ》りになってはいけませんよ」

里《さと》の男《おとこ》「この私《わたし》に、早《はや》く帰《かえ》るな、とは」

酒売《さけう》り「いかにも。日《ひ》が暮《く》れても、月《つき》をお見捨《みす》てなきように」

里《さと》の男《おとこ》「言《い》われるまでもないこと。どうしてこの酒友《しゅゆう》たちを見捨《みす》てるものか。古《ふる》い詩《し》（『和漢朗詠《わかんろうえい》集《しゅう》』に見《み》える白楽天《はくらくてん》の詩《し》）にもありますな、花《はな》の下《もと》に……」

酒売《さけう》り「帰《かえ》ることを忘《わす》れるのは」

里《さと》の男《おとこ》「その美《うつく》しき景色《けしき》ゆえ、と詠《うた》われている」

里《さと》の男《おとこ》と酒売《さけう》り「酒樽《さかだる》を前《まえ》にして酔心地《よいごこち》を誘《いざな》うように春風《はるかぜ》が吹《ふ》く、と」

地謡《じうたい》「今《いま》は秋風《あきかぜ》に冷《ひ》えた身《み》を、酒《さけ》が暖《あたた》めてくれることを思《おも》えば、なるほど酒《さけ》は百薬《ひゃくやく》の長《ちょう》（最高《さいこう》の妙薬《みょうやく》）、菊《きく》の花《はな》のもとで、帰《かえ》ることも忘《わす》れて、いざ、美酒《みき》を愛《め》でようではないか」

地謡《じうたい》「たとえ日《ひ》は暮《く》れようとも、日《ひ》が暮《く》れてしまっても、友《とも》よ親《した》しく夜《よる》に遊《あそ》ぼう。衣《ころも》の袂《たもと》（＝杯《さかずき》）

には月影《つきかげ》が映《えい》じ、散《ち》りゆく花《はな》の顔《かんばせ》は、酒杯《しゅはい》を重《かさ》ね赤《あか》く色味《いろみ》を優《まさ》り草《ぐさ》（菊《きく》の異称《いしょう》）。この草《くさ》は千年《せんねん》を越《こ》えて秋《あき》を迎《むか》えるとやら。やはり長寿《ちょうじゅ》な松《まつ》の名《な》をもつ松虫《まつむし》の鳴《な》く音《ね》も絶《た》えることはないであろう。そのように、いついつまでも連《つる》む交情《こうじょう》の変《か》わることなき友《とも》こそが、この市場《いちば》で買《か》えた宝《たから》であるよ、得《え》がたい宝物《たからもの》なのだよ」

酒売《さけう》り「なんと申《もう》しましょうや、いまのお言葉《ことば》の最後《さいご》に、松虫《まつむし》の音《ね》に友《とも》を偲《しの》ぶと承《うけたまわ》りましたが、これはいかなる謂《い》われ（『三流抄《さんりゅうしょう》』に見《み》える故事《こじ》）があるのでしょうか」

里《さと》の男《おとこ》「そうそう、それについては物語《ものがたり》があるので、これからお聞《き》かせしましょう」

里《さと》の男《おとこ》「昔《むかし》、この阿倍野《あべの》の松原《まつばら》を、ある人《ひと》が友《とも》と二人《ふたり》連《づ》れで通《とお》りかかったときのこと。道々《みちみち》、松虫《まつむし》の声《こえ》が耳《みみ》に面白《おもしろ》く聞《き》こえたので、片方《かたほう》の男《おとこ》が、その虫《むし》の音《ね》を慕《した》って行《い》ってしまった。もう一人《ひとり》の男《おとこ》は、いくら待《ま》っても友人《ゆうじん》が戻《もど》ってこないので、心細《こころぼそ》くなって探《さが》しに行《い》ってみると、友人《ゆうじん》は露《つゆ》を置《お》いた叢《くさむら》に倒《たお》れ臥《ふ》して息絶《いきた》えていた。死《し》ぬときは一所《いっしょ》に、と思《おも》い定《さだ》めていたのに、これはそも何《なん》としたことだろうかと、嘆《なげ》き悲《かな》しんだが空《むな》しいばかり」

地謡《じうたい》「そのまま土中《どちゅう》に埋《う》めて葬《ほうむ》り、誰《だれ》にも知《し》られぬと思《おも》ったものを、埋《うも》れ木《ぎ》のように朽《く》ちることなく、松虫《まつむし》の音《ね》に友《とも》を偲《しの》ぶという噂《うわさ》が、世間《せけん》に漏《も》れ聞《き》こえてしまったのは不本意《ふほんい》で悲《かな》しいことです」

地謡《じうたい》「今宵《こよい》もまた、友《とも》を偲《しの》んで松虫《まつむし》の、友《とも》を偲《しの》んで松虫《まつむし》の、鳴《な》く音《ね》に誘《さそ》われ市場《いちば》の客《きゃく》に身《み》を変《か》えて、友《とも》の亡《な》き跡《あと》に亡霊《ぼうれい》が、こうしてやって来《き》たのですよ。あら恥《は》ずかしや、今《いま》はこれまでなり。店仕舞《みせじま》いの近《ちか》づいた市場《いちば》の雑踏《ざっとう》に紛《まぎ》れて、阿倍野《あべの》の方《ほう》へと立《た》ち去《さ》った。阿倍野《あべの》の方《ほう》に帰《かえ》りけり」

地謡《じうたい》「不思議《ふしぎ》なことだ。さてはすでに世《よ》に亡《な》き人《ひと》か。とはいえ今《いま》しばしお留《とど》まりください、せっかく先日来《せんじつらい》、友人《ゆうじん》となったものを、名残惜《なごりお》しいではないですか」

里《さと》の男《おとこ》「おりしも秋《あき》の暮《く》れ、松虫《まつむし》が鳴《な》くのは、私《わたし》を待《ま》つ声《こえ》だろうか」

地謡《じうたい》「いかに心《こころ》をもたぬ虫《むし》の音《ね》が、我《われ》を待《ま》つ声《こえ》ぞとは、疑《うたが》わしい言葉《ことば》であることか」

里《さと》の男《おとこ》「虫《むし》の音《ね》も、虫《むし》の音《ね》も、偲《しの》ぶ友《とも》を待《ま》てばこそ、歌《うた》にも詠《よ》まれるのでありましょう」

地謡《じうたい》「まことにまことに、思《おも》い出《だ》しました。古歌《こか》にも、秋《あき》の野《の》に」

里《さと》の男《おとこ》「人松虫《ひとまつむし》の声《こえ》すなり」（人《ひと》を待《ま》つ松虫《まつむし》の声《こえ》がするよ）

地謡《じうたい》「われかと行《ゆ》きて（私《わたし》を呼《よ》んでいるから行《い》ってみよう）、いざ弔《とむら》わん、と（『古今集《こきんしゅう》』）。その歌《うた》のように、私《わたし》を弔《とむら》ってくださるおつもりなのですか。ありがたい、それでこそ誠《まこと》の友《とも》だ、おお友《とも》を偲《しの》ぶ松虫《まつむし》が鳴《な》くよ、と虫《むし》の音《ね》に誘《さそ》われるように帰《かえ》って行《い》った。虫《むし》の音《ね》に連《つ》れて帰《かえ》りけり」

（中入《なかいり》）

酒売《さけう》り「寒《さむ》い松風《まつかぜ》が吹《ふ》きわたるこの草原《そうげん》の、仮寝《かりね》の床《とこ》（野宿《のじゅく》、野営《やえい》）でいつまでも仏事《ぶつじ》を続《つづ》けて夜《よ》もすがら（一晩中《ひとばんじゅう》）、彼《か》の人《ひと》の菩提《ぼだい》を弔《とむら》うことぞありがたや、彼《か》の跡《あと》弔《と》うぞありがたき」

男《おとこ》の霊《れい》（＝後《のち》ジテ）「ああ、なんとありがたいお弔《とむら》いであることか。秋《あき》の霜《しも》に枯《か》れる草《くさ》のように弱《よわ》まりゆく虫《むし》の音《ね》を聞《き》けば、現世《げんせ》の秋《あき》に立《た》ち戻《もど》った心地《ここち》がする。今《いま》も郊外《こうがい》の野《の》に朽《く》ち残《のこ》る（『和漢朗詠集《わかんろうえいしゅう》』）魄霊《はくれい》（地上《ちじょう》に残《のこ》る霊魂《れいこん》）が、ここまでやって参《まい》りました。なんとまあ嬉《うれ》しくも、お弔《とむら》いくださいますことか」

酒売《さけう》り「すでに暮色《ぼしょく》も深《ふか》まりゆき、草花《くさばな》に深々《しんしん》と露《つゆ》を置《お》く野辺《のべ》の彼方《かなた》を見《み》やれば、幽《かす》かに人影《ひとかげ》が見《み》えるのは、先《さき》ほどの客人《きゃくじん》なのか」

男《おとこ》の霊《れい》「そのとおりです。かねてから、昔《むかし》の友《とも》をなお偲《しの》ぶ、虫《むし》の音《ね》と共《とも》に現《あら》われて、手向《たむ》け（回向《えこう》）を受《う》ける草衣《くさごろも》（草《くさ》で織《お》られた衣《ころも》）の」

酒売《さけう》り「難波《なにわ》の浦里《うらざと》に近《ちか》い」
男《おとこ》の霊《れい》「阿倍野《あべの》の市人《いちびと》と親《した》しくなったが」
酒売《さけう》り「弔《とむら》う人《ひと》も」
男《おとこ》の霊《れい》「弔《とむら》われる私《わたし》も」
酒売《さけう》り「昔《むかし》と今《いま》と」
男《おとこ》の霊《れい》「変《か》われども」
地謡《じうたい》「古都《こと》である同《おな》じ難波《なにわ》に住《す》む者同士《ものどうし》、芦火焚《あしびた》く（干《ほ》した芦《あし》を燃《も》やすこと）家《いえ》と市場《いちば》の店《みせ》と住居《すみか》は違《ちが》えど、難波人《なにわびと》に変《か》わりなし。変《か》わらぬ友情《ゆうじょう》を契《ちぎ》り交《か》わした昔《むかし》が懐《なつ》かしく偲《しの》ばれて、亡《な》き友《とも》が忘《わす》れられないことよ」
地謡《じうたい》「忘《わす》れたままで年《とし》を経《へ》てきたのに、またもや昔《むかし》に返《かえ》るは、善《よ》し（葭《よし》）も悪《あ》し（芦《あし》）も同《おな》じこと、そのように万事《ばんじ》に隔《へだ》てのない真《まこと》の友《とも》だった」
男《おとこ》の霊《れい》「朝《あさ》には散《ち》り落《お》ちた花《はな》を踏《ふ》んで相伴《あいともな》って出《で》かけ」
地謡《じうたい》「夕《ゆう》には塒《ねぐら》に戻《もど》る鳥《とり》にしたがい時《とき》を同《おな》じくして帰《かえ》る」（『和漢朗詠集《わかんろうえいしゅう》』）

男《おとこ》の霊《れい》「されば花鳥風月《かちょうふうげつ》につけて瓊筵《けいえん》（華美《かび》な宴席《えんせき》）を設《もう》けては遊《あそ》び興《きょう》じ」

地謡《じうたい》「風雅《ふうが》を愛《あい》する友《とも》に誘《さそ》われ行《ゆ》けば、春《はる》の山辺《やまべ》や秋《あき》の野《の》の、草葉《くさば》に集《つど》い鳴《な》く虫《むし》までも、その音《ね》に耳《みみ》かたむければ、風雅《ふうが》の心《こころ》を共《とも》にする友《とも》となるではないか」

地謡《じうたい》「同《おな》じ木陰《こかげ》に宿《やど》ることさえ、他生《たしょう》の縁《えん》（前世《ぜんせ》からの因縁《いんねん》）と聞《き》くものを、同《おな》じ川《かわ》の流《なが》れを汲《く》み合《あ》った同士《どうし》の友情《ゆうじょう》が、浅《あさ》からぬ因縁《いんねん》であるわけがない。奥山《おくやま》の深《ふか》い谷底《たにぞこ》に湧《わ》く菊水《きくすい》（中国《ちゅうごく》の伝説《でんせつ》に語《かた》られる不老《ふろう》の霊水《れいすい》）は、いくら汲《く》んでも尽《つ》きることはあるまい。曲水《きょくすい》の宴《えん》で流《なが》れくる杯《さかずき》は、まず手《て》を差《さ》しだして留《とど》めておこうとするものだ。されば昔《むかし》、廬山《ろざん》（中国《ちゅうごく》・江西省《こうせいしょう》の名山《めいざん》。仏教《ぶっきょう》の霊跡《れいせき》）の寺院《じいん》に籠《こも》って虎渓《こけい》（廬山《ろざん》の谷《たに》）の外《そと》へ出《で》なかった僧《そう》・慧遠《えおん》が、うっかり禁足戒《きんそくかい》（結界《けっかい》の外《そと》へ出《で》ない誓《ちか》い）を破《やぶ》ったのも、訪《おとず》れた友人《ゆうじん》たちの深《ふか》き志《こころざし》に感《かん》じて渓彴《けいせき》（渓《たに》の石《いし》もしくは谷川《たにがわ》に架《か》かる丸木橋《きばし》か）を越《こ》えてしまったのだとか（虎渓三笑《こけいさんしょう》の故事《こじ》）」

男《おとこ》の霊《れい》「さりとてそれは賢《かしこ》き昔《むかし》の」

地謡《じうたい》「世《よ》もたけなわで、人心《じんしん》も清澄《せいちょう》な頃《ころ》のことで、道理《どうり》をわきまえた友人《ゆうじん》たちが相集《あいつど》い、余慶《よけい》（先《せん》祖《ぞ》の善行《ぜんこう》のおかげで子孫《しそん》が得《え》る幸福《こうふく》）が家々《いえいえ》に広《ひろ》まっていたがゆえであるとか。今《いま》は濁《にご》り汚《けが》れた世《よ》の中《なか》で、前世《ぜんせ》の果報《かほう》もつたない我々《われわれ》、心《こころ》は移《うつ》ろいやすく、世《よ》の人《ひと》は皆《みな》、菊酒《きくざけ》に酔《よ》ったごときありさま。私《わたし》もそのひとりだが、木々《きぎ》も同様《どうよう》で、万木《ばんぼく》が酔《よ》ったように紅葉《こうよう》している。ただ松《まつ》のみが緑《みどり》のままで、松虫《まつむし》ばかりが独《ひと》り音《ね》に、友《とも》を待《ま》ち鳴《な》いている。私《わたし》もまた友《とも》を偲《しの》んで酔《よ》いにまかせ、舞《ま》い奏《かな》でると致《いた》そうか」

男《おとこ》の霊《れい》「杯《さかずき》の」

地謡《じうたい》「雪《ゆき》をめぐらす花《はな》の袖《そで》」

男《おとこ》の霊《れい》「面白《おもしろ》や、千草《ちぐさ》に集《すだ》く虫《むし》の音《ね》の」

地謡《じうたい》「機織《はたお》る音《おと》は」

男《おとこ》の霊《れい》「きりはたりちょう（機織虫《はたおりむし》の擬声《ぎせい》）」

地謡《じうたい》「きりはたりちょう、つづりさせちょう（蟋蟀《きりぎりす》の擬声《ぎせい》）、蟋蟀《きりぎりす》茅蜩《ひぐらし》、いろいろな虫《むし》たちの声《こわ》音《ね》の中《なか》に、わけても私《わたし》が偲《しの》ぶ、松虫《まつむし》の声《こえ》が、りんりんりんりん、りんとして夜《よる》の声《こえ》は冥々《めいめい》と昏《くら》い」

地謡《じうたい》「おや、難波《なにわ》の寺《てら》（天王寺《てんのうじ》）で暁《あかつき》の鐘《かね》が鳴《な》る、まもなく朝《あさ》になるだろう。さらば友《とも》よ、と名残《なごり》の袖《そで》を振《ふ》る姿《すがた》が、招《まね》く尾花《おばな》（ススキ）の穂蔭《ほかげ》にほのかに見《み》えたが、やがて跡《あと》もなく消《き》え失《う》せて、草《くさ》茫々《ぼうぼう》たる朝《あさ》の野原《のはら》の、草茫々《くさぼうぼう》たる朝《あした》の原《はら》、虫《むし》の音《ね》ばかりが残《のこ》るだけ、虫《むし》の音《ね》ばかりや残《のこ》るらん」

（東雅夫《ひがしまさお》訳《やく》）

編者解説《へんじゃかいせつ》

東雅夫《ひがしまさお》

夢《ゆめ》を見《み》て、獣《けもの》になって、恋《こい》をして……〈文豪《ぶんごう》ノ怪談《かいだん》 ジュニア・セレクション〉シリーズで、「文学《ぶんがく》」という素敵《すてき》な呪（のろい／まじない）をかけられてしまった皆《みな》さんに、いよいよ最終巻《さいしゅうかん》の『霊《れい》』を、お届《とど》けいたします。

ちなみに「呪《のろ》い」といえば、第一巻《だいいっかん》『夢《ゆめ》』の解説《かいせつ》で私《わたし》は、泉鏡花《いずみきょうか》（『獣《けもの》』に「蛇《へび》くひ」を、『恋《こい》』に「幼《おさな》い頃《ころ》の記憶《きおく》」を収録《しゅうろく》）の「龍潭譚《りゅうたんだん》」という作品《さくひん》について、生《う》まれて初《はじ》めて接《せっ》した正字《せいじ》・旧仮名《きゅうかな》・文語体《ぶんごたい》（戦前《せんぜん》まで使用《しよう》されていた書体《しょたい》・仮名遣《かなづか》い・文体《ぶんたい》のこと。「幻《げん》妖《よう》チャレンジ！」収録作《しゅうろくさく》の原文《げんぶん》を参照《さんしょう》）の文章《ぶんしょう》を、まるで妖《あや》しげな呪文《じゅもん》のように感《かん》じた、と申《もう》しあげました。そして、呪文《じゅもん》のような言葉《ことば》の迷宮《めいきゅう》を、国語辞書《こくごじしょ》を片手《かたて》に彷徨《さまよ》ううちに、日本語《にほんご》の奥深《おくぶか》さと面白《おもしろ》さ、それを駆使《くし》して綴《つづ》られる文学《ぶんがく》という営《いとな》みの変幻自在《へんげんじざい》な不思議《ふしぎ》さに、心《こころ》から魅了《みりょう》されたのだ、とも。ちょうど私《わたし》が、十代《じゅうだい》の初《はじ》めごろのことでした。

汐文社《ちょうぶんしゃ》からこのシリーズ企画《きかく》の打診《だしん》をいただいたとき、私《わたし》が真《ま》っ先《さき》に考《かんが》えたのは、そんな文学《ぶんがく》との出逢《であ》いを、どのようにしたら、紙上《しじょう》で実現《じつげん》できるだろうかということでした。いちいち辞書《じしょ》を手許《てもと》に置《お》いて本《ほん》を読《よ》むのは、文学《ぶんがく》ビギナーの皆《みな》さんには、おそらくハードルが高《たか》いでしょう。外《そと》で読《よ》むにも不便《ふべん》です。ならば、註釈《ちゅうしゃく》を充実《じゅうじつ》させて、しかも同一《どういつ》の見開《みひら》きページ内《ない》に本文《ほんもん》と共《とも》に配置《はいち》することで、最小限《さいしょうげん》の視線《しせん》の移動《いどう》だけで、そのページに書《か》かれている文章《ぶんしょう》の単語《たんご》、言《い》い回《まわ》し、固有名詞《こゆうめいし》などについて必要十分《ひつようじゅうぶん》な情報《じょうほう》を得《え》られるようにしたら、どうだろう。

担当編集者《たんとうへんしゅうしゃ》の北浦学《きたうらまなぶ》氏《し》は当初《とうしょ》、脚註《きゃくちゅう》（本文《ほんもん》の下《した》に小《ちい》さく註《ちゅう》が入《はい》る形式《けいしき》）のスタイルを考《かんが》えていたようですが、それではとても分量《ぶんりょう》が足《た》りないことが判明《はんめい》、傍註《ぼうちゅう》（本文《ほんもん》の左横《ひだりよこ》に註《ちゅう》が入《はい》る形式《けいしき》）で組《く》むことになりました。ときには見開《みひら》きページの半分以上《はんぶんいじょう》を註《ちゅう》が占《し》める異常事態《いじょうじたい》となりましたが、「分《わ》かりました。これで行《い》きましょう！」とゴーサインを出《だ》してくれた北浦氏《きたうらし》と汐文社《ちょうぶんしゃ》の英断《えいだん》には、本当《ほんとう》に頭《あたま》が下《さ》がります。

ジュニア向《む》けの文学全集《ぶんがくぜんしゅう》やアンソロジーの類《たぐい》では、註釈付《ちゅうしゃくつ》きの本《ほん》は珍《めずら》しくありませんが、ここまで徹底《てってい》して、痒《かゆ》いところに可能《かのう》なかぎり手《て》が届《とど》くように（もちろん到《いた》らないところもあるでしょうから、お気《き》づきの点《てん》は御教示《ごきょうじ》を賜《たま》わりたく）、踏《ふ》みこんだ註釈《ちゅうしゃく》を施《ほどこ》した本《ほん》は珍《めずら》しいのではないかと思《おも》います。私自身《わたしじしん》、十代《じゅうだい》の初《はじ》めごろ（もう半世紀近《はんせいきちか》くも前《まえ》のことです）の自分《じぶん》に戻《もど》って、難解《なんかい》に感《かん》じた言葉《ことば》や文章《ぶんしょう》を拾《ひろ》い出《だ》してみたつもりです。

この新機軸《しんきじく》によって、古代《こだい》から現代《げんだい》にいたる日本語《にほんご》の、とても同《おな》じ言語《げんご》とは思《おも》えないほど千変万化《せんぺんばんか》する面白《おもしろ》さと、その日本語《にほんご》を文豪《ぶんごう》たちが自在《じざい》にあやつって（魔法使《まほうつか》いならぬ言《こと》霊使《だまづか》い！）書《か》きあげた文学作品《ぶんがくさくひん》の妙味《みょうみ》を、よりいっそう深《ふか》く、隅々《すみずみ》まで味《あじ》わっていただくことができたら、さらには作品《さくひん》の背後《はいご》に秘《ひ》められたさまざまな時代《じだい》の息吹《いぶき》を身近《みぢか》に実感《じっかん》していただけたなら、編者《へんじゃ》／註釈者《ちゅうしゃくしゃ》として、これに優《まさ》る歓《よろこ》びはありません。

ただし、ひとつだけ、お願《ねが》いしたいことがあります。本文《ほんもん》や註《ちゅう》を読《よ》んでいて「おや？」と感《かん》じることがあったなら、紙《かみ》や電子《でんし》の辞書《じしょ》を引《ひ》いたり、インターネットで検索《けんさく》したりして、自分《じぶん》で調《しら》べて考《かんが》えてみることを実践《じっせん》していただきたいのです。特《とく》に画像《がぞう》や動画《どうが》まで一《いっ》瞬《しゅん》でアクセスできるネット検索《けんさく》は、便利《べんり》な魔法《まほう》のツールです。動植物《どうしょくぶつ》や歌舞音曲《かぶおんぎょく》をはじめとして、言葉《ことば》で説明《せつめい》されるよりも実物《じつぶつ》を見《み》せられたほうが分《わ》かりやすいケースは、いくらでもありますし、気《き》になる作家《さっか》の本《ほん》を調《しら》べるのにも最適《さいてき》です（青空文庫《あおぞらぶんこ》のように無料《むりょう》で瞬時《しゅんじ》に作品《さくひん》を読《よ》めるサイトまであります）。とはいえ便利《べんり》だからといって、ネット経由《けいゆ》の情報《じょうほう》を鵜呑《うの》みにするのは危険《きけん》です。出版物《しゅっぱんぶつ》のように専門《せんもん》の校閲者《こうえつしゃ》や編集者《へんしゅうしゃ》による入念《にゅうねん》なチェックを経《へ》ずに流通可能《りゅうつうかのう》なネットの情報《じょうほう》には、真偽《しんぎ》の疑《うたが》わしいものも少《すく》なくないからです。

ネット情報《じょうほう》を鵜呑《うの》みにせず、必《かなら》ず情報《じょうほう》のウラを取《と》る習慣《しゅうかん》を身《み》につけたいものです。そうして養《やしな》われる知的《ちてき》な判断力《はんだんりょく》は、皆《みな》さんが社会《しゃかい》に出《で》たときに必《かなら》ずや役《やく》に立《た》つことでしょう。

さて、最終巻《さいしゅうかん》となる『霊《れい》』には、人間《にんげん》の霊魂《れいこん》にまつわる奇妙《きみょう》で不思議《ふしぎ》な物語《ものがたり》を八篇《はちへん》、収録《しゅうろく》しました。そう、幽霊《ゆうれい》や怨霊《おんりょう》の「霊《れい》」ですね。まさに怪談《かいだん》そのものというべき神秘《しんぴ》的《てき》で怖《おそ》ろしげな言葉《ことば》ですが、その一方《いっぽう》で、目《め》には見《み》えないけれど、われわれ人間《にんげん》にとって、最《もっと》も身近《みぢか》なものでもあります。人間《にんげん》の肉体《にくたい》という器《うつわ》を動《うご》かしているのは霊魂《れいこん》であり、それが抜《ぬ》けてしまうと人間《にんげん》は死《し》に到《いた》る。そして体《からだ》を抜《ぬ》け出《で》た霊《れい》は、冥府《めいふ》とか地獄極楽《じごくごくらく》と呼《よ》ばれる死者《ししゃ》の世界《せかい》へ旅立《たびだ》つ……人類文明発祥《じんるいぶんめいはっしょう》の地《ち》エジプトをはじめ古代《こだい》の人々《ひとびと》は、そのように考《かんが》えていたようですが、だとすれば、今《いま》こうして生《い》きて動《うご》いているわれわれは、常《つね》に自分《じぶん》の内《うち》なる霊《れい》と共《とも》に毎日《まいにち》を過《す》ごしていることになるわけです。

………というか、こうして霊《れい》についての文章《ぶんしょう》を書《か》いている私自身《わたしじしん》が、実《じつ》は、霊《れい》そのものなのかも!?　**倉橋由美子《くらはしゆみこ》「霊魂《れいこん》」**の冒頭近《ぼうとうちか》く、「わたしの霊魂《れいこん》をおそばにまいらせますわ」と婚約者《こんやくしゃ》のKに呼《よ》びかけたMが、「それからちょっと考《かんが》えこむようすがあって、『霊魂《れいこん》がおそばにまいりますわ』と」云《い》い直《なお》すシーンは、霊《れい》をめぐる、こうしたややこしい事情《じじょう》を、如実《にょじつ》に云《い》い当《あ》てているように感《かん》じられます。

映画《えいが》『シン・ゴジラ』の謳《うた》い文句《もんく》である「現実対虚構《げんじつたいきょこう》」の構図《こうず》を、戦後文学《せんごぶんがく》の世界《せかい》でいちはやく先取《さきど》りしていた倉橋《くらはし》と、戦後《せんご》エンターテインメントの世界《せかい》に「SF」および「ショートショート」という新《しん》ジャンルを切《き》り拓《ひら》いた**星新一《ほししんいち》**。時代《じだい》の尖端《せんたん》を歩《あゆ》み続《つづ》けた両作家《りょうさっか》が、旧来《きゅうらい》の幽霊譚《ゆうれいたん》の常套《じょうとう》を逆手《さかて》にとって（「**あれ**」では心霊《しんれい》スポット、「霊魂《れいこん》」では『牡丹《ぼたん》燈籠《どうろう》』的《てき》な死霊婚姻譚《しりょうこんいんたん》という定番《ていばん》がしっかり踏《ふ》まえられている点《てん》に注目《ちゅうもく》）描《えが》きだした新《しん》感覚《かんかく》の幽霊物語《ゴーストストーリー》から、本書《ほんしょ》は幕《まく》を開《あ》けます。さるにても、「霊《れい》」という言葉《ことば》を一度《いちど》も用《もち》いることなく、柳田國男《やなぎたくにお》（『呪《のろい》』に「遠野物語《とおのものがたり》」を抄録《しょうろく》）の祖霊観《それいかん》にも通《つう》ずるような日本的《にほんてき》霊魂《れいこん》のありようを鮮《あざ》やかに照射《しょうしゃ》した「あれ」の離《はな》れ業《わざ》には驚嘆《きょうたん》を禁《きん》じえません。

倉橋《くらはし》の「霊魂《れいこん》」は、霊《れい》の姿《すがた》を愛玩動物《あいがんどうぶつ》さながら、これでもかとばかり即物的《そくぶつてき》に描《えが》いた野《や》心作《しんさく》ですが、それとは正反対《せいはんたい》に、霊《れい》の姿《すがた》を一切《いっさい》、具体的《ぐたいてき》に描写《びょうしゃ》することなく、その実在《じつざい》をまざまざと描《えが》きだしたのが、**岡本綺堂《おかもときどう》**の名品《めいひん》「**木曾《きそ》の旅人《たびびと》**」でした。しんしんと身《み》に沁《し》みる秋冷《しゅうれい》の夜半《よわ》、炉辺《ろへん》で語《かた》られる（それは物語《ものがたり》の内《うち》と外《そと》、双方《そうほう》の舞台《ぶたい》でもあります）迫真《はくしん》の怪談《かいだん》は、註釈《ちゅうしゃく》（２５３頁《ぺーじ》）でも触《ふ》れた西洋《せいよう》における怪談《かいだん》シーズン（ハロウィーンからクリスマスにかけての時期《じき》）のそれを髣髴《ほうふつ》させます。和漢洋《わかんよう》の怪談文芸《かいだんぶんげい》に通暁《つうぎょう》し、『世界怪談《せかいかいだん》名作集《めいさくしゅう》』（一九二九）『支那怪奇小説集《しなかいきしょうせつしゅう》』（一九三五）という二大傑作《にだいけっさく》アンソロジーを編訳《へんやく》した綺堂《きどう》ならではの趣向《しゅこう》と申《もう》せましょう（右《みぎ》の両書《りょうしょ》は海外怪談文芸入門《かいがいかいだんぶんげいにゅうもん》に最適《さいてき》な名著《めいちょ》なので、本《ほん》シリーズで怪談《かいだん》の魅力《みりょく》に目覚《めざ》めた向《む》きには、ぜひ一読《いちどく》されることをお勧《すす》めします）。

これに対《たい》して、**室生犀星《むろうさいせい》「後《のち》の日《ひ》の童子《どうじ》」**は、生後《せいご》まもなく世《よ》を去《さ》った愛児《あいじ》が、少《すこ》しだけ成長《せいちょう》した姿《すがた》で両親《りょうしん》の家《いえ》を訪《おとず》れるという哀切《あいせつ》な不思議《ふしぎ》を、余情纏綿《よじょうてんめん》として仄暗《ほのぐら》い詩的文体《してきぶんたい》で描《えが》ききった絶品《ぜっぴん》です。とりわけ、家《いえ》の近所《きんじょ》にあるようでもあり遠《とお》い彼方《かなた》のようにも映《えい》じる（これぞ文学《ぶんがく》の力《ちから》！）妖《あや》しくも美《うつく》しい他界《たかい》の描写《びょうしゃ》は、草葉《くさば》の蔭《かげ》に魂《たましい》が宿《やど》ると考《かんが》える日本的霊魂観《にほんてきれいこんかん》を体現《たいげん》して、美事《みごと》というほかありません。

やはり死児《しじ》をめぐる物語《ものがたり》である**水木《みずき》しげる「ノツゴ」**には、皆《みな》さん、驚《おどろ》かれるのではないでしょうか。妖怪漫画《ようかいまんが》の巨匠《きょしょう》としてあまりにも有名《ゆうめい》な水木翁《みずきおう》が、かくも破天荒《はてんこう》な着想《ちゃくそう》の小説作品《しょうせつさくひん》を遺《のこ》していたとは、と。念《ねん》のために申《もう》し添《そ》えると、水木翁《みずきおう》が貰《もら》われ児《こ》であったという事実《じじつ》はありません。しかし子供時代《こどもじだい》、親御《おやご》さんから「おまえは○○で拾《ひろ》ってきたんだよ」と冗談半分《じょうだんはんぶん》に脅《おど》されて、不安《ふあん》にかられた経験《けいけん》のある人《ひと》は少《すく》なくないでしょう。それは人間《にんげん》が本能的《ほんのうてき》に抱《かか》えもつ生《せい》の不安《ふあん》に直結《ちょっけつ》するものだからです。

ここで「霊《れい》」という文字《もじ》の意味《いみ》を再確認《さいかくにん》しておきましょう。学習研究社版《がくしゅうけんきゅうしゃばん》『漢字源《かんじげん》』

に拠《よ》れば、「霊《れい》」の正字体《せいじたい》（旧字体《きゅうじたい》）である「靈《れい》」（この字《じ》そのものが何《なに》かを放《はな》っているようではないですか!?）とは「靈《れい》の上部《じょうぶ》の字《じ》（音《おん》レイ）は『雨《あめ》＋○印《じるし》三《みっ》つ（水《みず》たま）』をあわせた会意文字《かいいもじ》で、連《つら》なった清《きよ》らかな水《みず》たま。零《れい》と同《おな》じ。靈《れい》はそれを音符《おんぷ》とし、巫（みこ）を加《くわ》えた字《じ》で、神《かみ》やたましいに接《せっ》する清《きよ》らかなみこ。転《てん》じて、水《みず》たまのように冷《つめ》たく清《きよ》らかな神《かみ》の力《ちから》やたましいをいう。冷（レイ）とも縁《えん》が近《ちか》い」とあります。

本《ほん》シリーズの収録作《しゅうろくさく》に頻出《ひんしゅつ》するように何故《なぜ》、霊的《れいてき》なものが接近《せっきん》すると人《ひと》は冷気《れいき》を感《かん》ずるのか、雨《あめ》や霧《きり》や水辺《みずべ》などがつきものなのか、そして何《なに》より、幽霊物語《ゆうれいものがたり》に若《わか》い女性《じょせい》を主人公《しゅじんこう》にした作品《さくひん》が多《おお》いのは何故《なぜ》か……いずれも漢字《かんじ》の成《な》り立《た》ちからして一目瞭然《いちもくりょうぜん》ですね。

かくして巻末《かんまつ》には、**三浦哲郎《みうらてつお》**の「**お菊《きく》**」、**久生十蘭《ひさおじゅうらん》**の「**黄泉《よみ》から**」という共《とも》に若《わか》い娘《むすめ》を主人公《ヒロイン》とする可憐《かれん》な幽霊譚《ゆうれいたん》を配《はい》してみました。どちらも一読《いちどく》忘《わす》れがたい感銘《かんめい》をもたらすと同時《どうじ》に、死後《しご》の世界《せかい》への幽暗《ゆうあん》な畏敬《いけい》の念《ねん》を掻《か》きたてる秀作《しゅうさく》だと思《おも》います。東日本大震災《ひがしにほんだいしんさい》の被災地《ひさいち》で、「お菊《きく》」に似《に》た怪談実話《かいだんじつわ》が広《ひろ》まったことは記憶《きおく》に新《あたら》しいところです。そしてその背景《はいけい》には「黄泉《よみ》から」に詳述《しょうじゅつ》されるような盂蘭盆《うらぼん》の美風《びふう》——年《ねん》に一度《いちど》、死者《ししゃ》を間近《まぢか》に迎《むか》えて饗応《きょうおう》し、歌舞《かぶ》（盆踊《ぼんおど》り）や芸能《げいのう》（怪談芝居《かいだんしばい》、怪談噺《かいだんばなし》）に興《きょう》じるならわしがあります。

これこそが、日本的怪談《にほんてきかいだん》の原点《げんてん》でしょう。

歌舞《かぶ》による死者《ししゃ》との交感《こうかん》を様式化《ようしきか》したともいえるのが、能楽《のうがく》の伝統《でんとう》です。その台本《だいほん》である**謡曲**《ようきょく》は古典幻想文学《こてんげんそうぶんがく》の精華《せいか》であり、日本語《にほんご》の綺羅《きら》を尽《つ》くした綾錦《あやにしき》であります。掛詞《かけことば》（同音異義《どうおんいぎ》を利用《りよう》して一語《いちご》に二《ふた》つ以上《いじょう》の意味《いみ》をもたせること。「待《ま》つ」と「松《まつ》」の意《い》に掛《か》けて「秋《あき》の野《の》に人《ひと》まつ虫《むし》の声《こえ》すなり」など）ほか言葉《ことば》の絢《あや》を凝《こ》らしすぎて、ときに意味不明《いみふめい》に陥《おちい》る（と専門家《せんもんか》が嘆《なげ》いているくらいです）きらいもありますが、そこには優雅《ゆうが》な言葉遊《ことばあそ》びの愉《たの》しさが横溢《おういつ》しています。細部《さいぶ》にはこだわらず、現代語訳《げんだいごやく》を通読《つうどく》して大意《たいい》をつかみ、ぜひ原文《げんぶん》を音読《おんどく》していただきたいと思《おも》います、「黄泉《よみ》から」のヒロインおけいのように。

二〇一七年《ねん》三月《がつ》　東日本大震災《ひがしにほんだいしんさい》から六年目《ねんめ》の日《ひ》に

東雅夫

著者《ちょしゃ》プロフィール（収録順《しゅうろくじゅん》）

星新一《ほししんいち》

（一九二六〜一九九七）小説家《しょうせつか》。東京生《とうきょうう》まれ。祖父《そふ》は東京大学名誉教授《とうきょうだいがくめいよきょうじゅ》で人類学者《じんるいがくしゃ》の小金井良精《こがねいよしきよ》、祖母《そぼ》は森《もり》鷗外《おうがい》の妹《いもうと》・喜美子《きみこ》。一九五〇年《ねん》、東京大学大学院《とうきょうだいがくだいがくいん》（農《のう》学部発酵生産学教室《がくぶはっこうせいさんがくきょうしつ》）前期修了《ぜんきしゅうりょう》。星製薬株式会社取《ほしせいやくかぶしきがいしゃとり》締役社長《しまりやくしゃちょう》、副社長《ふくしゃちょう》を経《へ》て、一九五七年《ねん》、同人誌《どうじんし》「宇宙《うちゅう》塵《じん》」に発表《はっぴょう》した「セキストラ」が江戸川乱歩編集《えどがわらんぽへんしゅう》「宝《ほう》石《せき》」に転載《てんさい》されデビュー。日本《にほん》SF文学《ぶんがく》の旗手《きしゅ》として脚《きゃっ》光《こう》を浴《あ》びる。原稿用紙十数枚程度《げんこうようしじゅうすうまいていど》のショートショートと呼《よ》ばれる小説形式《しょうせつけいしき》を得意《とくい》とした。主《おも》な作品《さくひん》に『ボッコちゃん』『ようこそ地球《ちきゅう》さん』『きまぐれロボット』など。

倉橋由美子《くらはしゆみこ》

（一九三五〜二〇〇五）小説家《しょうせつか》。高知県生《こうちけんう》まれ。明治大《めいじだい》学仏文科《がくふつぶんか》に在学中《ざいがくちゅう》の一九六〇年《ねん》、明治大学学長賞《めいじだいがくがくちょうしょう》に応《おう》募《ぼ》した小説《しょうせつ》「パルタイ」が入選《にゅうせん》。芥川賞候補《あくたがわしょうこうほ》ともなった同作《どうさく》で、一九六一年《ねん》の女流文学者賞《じょりゅうぶんがくしゃしょう》を受賞《じゅしょう》。一九六三年《ねん》には、その業績《ぎょうせき》に対《たい》して田村俊子賞《たむらとしこしょう》を受賞《じゅしょう》。海外文学《かいがいぶんがく》やギリシア悲劇《ひげき》などの影響《えいきょう》を受《う》けた独自《どくじ》の文学的世界《ぶんがくてきせかい》で注目《ちゅうもく》を浴《あ》びる。主《おも》な作品《さくひん》に『スミヤキストQの冒険《ぼうけん》』『アマノン国往還記《こくおうかんき》』『大人《おとな》のための残酷童話《ざんこくどうわ》』など。絵本《えほん》『ぼくを探《さが》しに』（シェル・シルヴァスタイン作《さく》）などの翻《ほん》訳《やく》も多《おお》く手《て》がける。

岡本綺堂《おかもときどう》

（一八七二〜一九三九）劇作家《げきさっか》、小説家《しょうせつか》。東京生《とうきょうう》まれ。中学時代《ちゅうがくじだい》から劇作《げきさく》を志《こころざ》す。一八九〇年東京日日新《ねんとうきょうにちにちしん》聞入社《ぶんにゅうしゃ》、一八九三年中央新聞社会部長《ねんちゅうおうしんぶんしゃかいぶちょう》となり、劇評《げきひょう》も担当《たんとう》した。一八九六年《ねん》に処女戯曲《しょじょぎきょく》『紫宸殿《ししんでん》』を発表《はっぴょう》。『維新前後《いしんぜんご》』（一九〇八）、『修禅寺物語《しゅぜんじものがたり》』（一九一一）の成功《せいこう》によって、新歌舞伎《しんかぶき》を代表《だいひょう》する劇作家《げきさっか》となった。一九一三年以降《ねんいこう》は作家活動《さっかかつどう》に専念《せんねん》し、数多《かずおお》くの小説《しょうせつ》や戯《ぎ》曲《きょく》を残《のこ》した。小説《しょうせつ》に『青蛙堂鬼談《せいあどうきだん》』『半七捕物帳《はんしちとりものちょう》』など。

室生犀星《むろうさいせい》

(一八八九〜一九六二) 詩人《しじん》、小説家《しょうせつか》。石川県金沢市《いしかわけんかなざわし》出身《しゅっしん》。私生児《しせいじ》として生《う》まれ、僧侶《そうりょ》の養子《ようし》になるが、貧窮《ひんきゅう》のため十二歳《さい》で裁判所《さいばんしょ》の給仕《きゅうじ》となり、働《はたら》きながら文学《ぶんがく》を志《こころざ》す。萩原朔太郎《はぎわらさくたろう》らと交流《こうりゅう》し、一九一八年《ねん》に処女詩集《しょじょししゅう》『愛《あい》の詩集《ししゅう》』、第二詩集《だいにししゅう》『抒情小曲集《じょじょうしょうきょくしゅう》』を刊行《かんこう》、詩壇《しだん》での地位《ちい》を確立《かくりつ》した。翌年《よくねん》、小説《しょうせつ》『性《せい》に眼覚《めざ》める頃《ころ》』を発表《はっぴょう》し、その後生涯《ごしょうがい》にわたり多数《たすう》の小説《しょうせつ》を執筆《しっぴつ》した。主《おも》な作品《さくひん》に『蜜《みつ》のあわれ』『杏《あんず》っ子《こ》』『かげろふの日記遺文《にっきいぶん》』『我《わ》が愛《あい》する詩人《しじん》の伝記《でんき》』など。

水木《みずき》しげる

(一九二二〜二〇一五) 漫画家《まんがか》。鳥取県境港市《とっとりけんさかいみなとし》で育《そだ》つ。第二次世界大戦時《だいにじせかいたいせんじ》、激戦地《げきせんち》であるラバウルに出征《しゅっせい》し、爆撃《ばくげき》で左腕《ひだりうで》を失《うしな》う。復員後紙芝居画家《ふくいんごかみしばいがか》となり、その後貸本《かしほん》漫画家《まんがか》に転向《てんこう》した。一九六五年《ねん》、「別冊少年《べっさつしょうねん》マガジン」に発表《はっぴょう》した『テレビくん』で第六回講談社児童《だいかいこうだんしゃじどう》まんが賞《しょう》を受賞《じゅしょう》。代表作《だいひょうさく》に『ゲゲゲの鬼太郎《きたろう》』『河童《かっぱ》の三平《さんぺい》』『悪魔《あくま》くん』など。一九九一年紫綬褒章《ねんしじゅほうしょう》、二〇〇三年朝《ねんあさ》日賞受賞《ひしょうじゅしょう》、二〇〇七年《ねん》『のんのんばあとオレ』でフランス・アングレーム国際漫画《こくさいまんが》フェスティバル・最優秀《さいゆうしゅう》コミック賞《しょう》を、二〇〇九年《ねん》『総員玉砕《そういんぎょくさい》せよ!』で同《どう》・遺《い》産賞《さんしょう》を受賞《じゅしょう》。二〇一〇年《ねん》、文化功労者《ぶんかこうろうしゃ》に選《えら》ばれた。

三浦哲郎《みうらてつお》

(一九三一〜二〇一〇) 小説家《しょうせつか》。青森県《あおもりけん》生《う》まれ。早稲田《わせだ》大学《だいがく》を中退《ちゅうたい》し、故郷《こきょう》で教職《きょうしょく》につくが、一九五三年《ねん》に再《さい》入学《にゅうがく》し、一九五七年《ねん》に仏文科《ふつぶんか》を卒業《そつぎょう》。一九五五年《ねん》『十五歳《さい》の周囲《しゅうい》』で新潮同人雑誌賞《しんちょうどうじんざっししょう》、一九六一年《ねん》『忍《しの》ぶ川《かわ》』で芥川賞《あくたがわしょう》を受賞《じゅしょう》。故郷青森《こきょうあおもり》の風土《ふうど》に取材《しゅざい》した叙情的《じょじょうてき》な作風《さくふう》で知《し》られる。主《おも》な作品《さくひん》に『拳銃《けんじゅう》と十五の短篇《たんぺん》』(野《の》間文芸賞《まぶんげいしょう》)、『少年讃歌《しょうねんさんか》』(日本文学大賞《にほんぶんがくたいしょう》)、『白夜《びゃくや》を旅《たび》する人々《ひとびと》』(大佛次郎賞《おさらぎじろうしょう》)、『みちづれ』(伊藤整文学賞《いとうせいぶんがくしょう》)など。短篇《たんぺん》『じねんじょ』『みのむし』で川端康成文学賞《かわばたやすなりぶんがくしょう》を二《に》度受賞《どじゅしょう》した。

久生十蘭《ひさおじゅうらん》

（一九〇二〜一九五七）小説家《しょうせつか》、演出家《えんしゅつか》。北海道《ほっかいどう》出身《しゅっしん》。一九三九年《ねん》『キャラコさん』で第《だい》一回新青年読者《かいしんせいねんどくしゃ》賞《しょう》を受賞《じゅしょう》。一九五二年《ねん》『鈴木主水《すずきもんど》』により直木賞《なおきしょう》を受《じゅ》賞《しょう》。一九五五年《ねん》『母子像《ぼしぞう》』（英訳者《えいやくしゃ》は吉田健一《よしだけんいち》）がニューヨーク・ヘラルド・トリビューン紙主催《ししゅさい》の第二回国際《だいにかいこくさい》短篇小説《たんぺんしょうせつ》コンクールで第《だい》一席《せき》に入選《にゅうせん》。歴史物《れきしもの》、現代物《げんだいもの》、時代小説《じだいしょうせつ》、ノンフィクション・ノベルなど多彩《たさい》な作品《さくひん》を手《て》がけ、「小説《しょうせつ》の魔術師《まじゅつし》」とも呼《よ》ばれた。

底本一覧

星新一「あれ」『たくさんのタブー』新潮文庫
倉橋由美子「霊魂」『ヴァージニア』新潮文庫
岡本綺堂「木曾の旅人」『日本怪奇小説傑作集1』東京創元社
室生犀星「後の日の童子」『文豪怪談傑作選　室生犀星集』ちくま文庫
水木しげる「ノツゴ」『妖怪文藝3　魑魅魍魎列島』小学館文庫
三浦哲郎「お菊」『蟹屋の土産』福武文庫
久生十蘭「黄泉から」『文豪怪談傑作選　女霊は誘う』ちくま文庫
謡曲「松蟲」『解註・謡曲全集　巻四』中央公論社

＊本シリーズでは、原文を尊重しつつ、十代の読者にとって少しでも読みやすいよう、文字表記をあらためました。
●右記の各書を底本とし、新漢字、現代仮名づかいにあらためました。ただし「松蟲」については例外的に旧仮名づかいのままとしました。
●ふりがなは、すべての漢字に付けています。原則として底本などに付けられているふりがなは、そのまま生かし、それ以外の漢字には編集部の判断でふりがなを付しました。
●代名詞、副詞、接続詞、補助動詞などで、仮名にあらためても原文を損なうおそれが少ないと思われるものは、仮名にしました。
●作品の一部に、今日の人権意識に照らして不当・不適切と思われる表現・語句がふくまれていますが、発表当時の時代的背景と作品の文学的価値に鑑み、原文を尊重する立場からそのままにしました。

東雅夫（ひがし・まさお）
一九五八年、神奈川県生まれ。アンソロジスト、文芸評論家。元「幻想文学」編集長で、現在は怪談専門誌「幽」編集顧問。『遠野物語と怪談の時代』で日本推理作家協会賞を受賞。著書に『百物語の怪談史』『文学の極意は怪談である』、編纂書にちくま文庫版『文豪怪談傑作選』、平凡社ライブラリー版『文豪怪異小品集』ほか多数、監修書に岩崎書店版『怪談えほん』ほかがある。

金井田英津子（かないだ・えつこ）
群馬県生まれ。国内、海外の展覧会、個展等で版画作品を発表するかたわら本の装幀装画を手がける。『河童のユウタの冒険』（斎藤惇夫作・福音館書店）、『人形の旅立ち』（長谷川摂子作・福音館書店）、『哲夫の春休み』（斎藤惇夫作・岩波書店）、『瓦経』（日和聡子作・岩波書店）、日本昔ばなし大型絵本シリーズ全5巻（小澤俊夫再話・くもん出版）ほか。2004年、『人形の旅立ち』の造本挿絵で赤い鳥挿絵賞、造本装幀コンクール審査員奨励賞受賞。

装丁 – 小沼宏之
編集協力・校正 – 上田宙
編集担当 – 北浦学

文豪ノ怪談 ジュニア・セレクション
霊 星新一・室生犀星ほか

二〇一七年 三月三十一日 初版第一刷発行
二〇一九年 一月三十一日 初版第三刷発行

編 東雅夫
絵 金井田英津子

発行者 小安宏幸
発行所 株式会社汐文社
〒102-0071
東京都千代田区富士見1-6-1
TEL 03-6862-5200
FAX 03-6862-5202
http://www.choubunsha.com

印刷 新星社西川印刷株式会社
製本 東京美術紙工協業組合

ISBN978-4-8113-2331-2

乱丁・落丁本はお取り替えいたします。